ज्ञान चतुर्वेदी

ज्ञान चतुर्वेदी का जन्म 2 अगस्त, 1952 को मऊरानीपुर (झाँसी), उत्तर प्रदेश में हुआ। उन्होंने चिकित्सा शिक्षा के दौरान सभी विषयों में स्वर्ण पदक प्राप्त करनेवाले छात्र का गौरव हासिल किया। भारत सरकार के एक संस्थान (बी.एच.ई.एल.) के चिकित्सालय में कोई तीन दशक से ऊपर सेवाएँ देने के पश्चात शीर्षपद से सेवानिवृत्त हुए। मध्य प्रदेश में हृदयरोग विशेषज्ञ के रूप में उनकी विशिष्ट पहचान है।

लेखन की शुरुआत सत्तर के दशक में 'धर्मयुग' से। भारतीय चिकित्सा-शिक्षा और व्यवस्था पर आधारित उनका प्रथम उपन्यास 'नरक-यात्रा' अत्यन्त चर्चित रहा। इसके पश्चात 'बारामासी', 'मरीचिका', 'हम न मरब' तथा 'स्वाँग' जैसे उपन्यास आए। 'प्रेत कथा', 'दंगे में मुर्गा', 'मेरी इक्यावन व्यंग्य रचनाएँ', 'बिसात बिछी है', 'ख़ामोश! नंगे हमाम में हैं', 'प्रत्यंचा' और 'बाराखड़ी' व्यंग्य-संग्रह प्रकाशित हुए। अभी तक तक़रीबन हज़ार व्यंग्य रचनाओं का प्रकाशन। स्वास्थ्य सम्बन्धी पुस्तक 'ज्ञान है तो जहान है' भी प्रकाशित। दस वर्षों तक 'इंडिया टुडे' तथा 'नया ज्ञानोदय' में नियमित स्तम्भ। इसके अतिरिक्त 'राजस्थान पत्रिका' और 'लोकमत समाचार' दैनिकों में भी काफ़ी समय तक व्यंग्य स्तम्भ-लेखन। शरद जोशी के 'प्रतिदिन' के प्रथम खंड का अंजनी चौहान के साथ सम्पादन किया।

भारत सरकार द्वारा 2015 में 'पद्मश्री' से सम्मानित। 'राष्ट्रीय शरद जोशी सम्मान', दिल्ली अकादमी का व्यंग्य-लेखन के लिए दिया जानेवाला प्रतिष्ठित 'अकादमी सम्मान', 'अन्तरराष्ट्रीय इन्दु शर्मा कथा-सम्मान' तथा 'चकल्लस पुरस्कार' के अलावा कई विशिष्ट सम्मानों से सम्मानित।

सम्पर्क : ए-40, अलकापुरी, भोपाल-402024 (म.प्र.)

ई-मेल : gyanchaturvedibpl@gmail.com

पागलख़ाना

ज्ञान चतुर्वेदी

राजकमल पेपरबैक्स

पहला पुस्तकालय संस्करण
राजकमल प्रकाशन प्राइवेट लिमिटेड द्वारा
2018 में प्रकाशित

राजकमल पेपरबैक्स में
पहला संस्करण : 2018
चौथा संस्करण : 2026

राजकमल पेपरबैक्स : उत्कृष्ट साहित्य के जनसुलभ संस्करण

राजकमल प्रकाशन प्रा.लि.
1-बी, नेताजी सुभाष मार्ग, दरियागंज
नई दिल्ली-110 002
द्वारा प्रकाशित

शाखाएँ : अशोक राजपथ, साइंस कॉलेज के सामने, पटना-800 006
पहली मंजिल, दरबारी बिल्डिंग, महात्मा गांधी मार्ग, प्रयागराज-211 001
1, अनमोल सोराबजी सन्तुक लेन, धोबी तलाव, मरीन लाइंस, मुम्बई-400 002
वेबसाइट : www.rajkamalprakashan.com
ई-मेल : info@rajkamalprakashan.com

बी.के. ऑफसेट
नवीन शाहदरा, दिल्ली-110 032
द्वारा मुद्रित

मूल्य : ₹399

PAGALKHANA
Novel by Gyan Chaturvedi

ISBN : 978-93-87462-74-8

किया के लिए मेरी यह रचना

किया मेरी पौने दो साल की प्यारी नातिन है

उसे पता नहीं कि बाज़ारवाद क्या होता है
पर रोज़ शाम होते ही ज़िद करने लगती है
कि उसे घुमाने के लिए मॉल ले जाया जाए

ताकि सनद रहे...

श्रीलाल शुक्ल ने, उपन्यास रचने के दौरान लेखक जिस कठिन समय से गुज़रता है, उसकी चर्चा कहीं अपने एक लेख में की है। मैं उसी बात को अपनी तरह से यहाँ बढ़ा रहा हूँ। यहाँ इस बात का उत्तर तलाशने की कोशिश भी होगी कि यदि एक किताब को रचना (यहाँ उपन्यास मान लें) इतना तनावपूर्ण, कठिन, लेखक को कुछ लम्बे समय के लिए अकेला कर देने वाला अनुभव ही होता है तो फिर आदमी (यहाँ लेखक कह लें) इस चक्कर में पड़ता ही क्यों है? और उपन्यास लिखने की ग़लती एक बार कर ही बैठा तो वह बार-बार ऐसा ही क्यों करने बैठ जाता है? क्यों उसी कठिन समय से बार-बार गुज़रना चाहता है वह? क्या है उपन्यास रचने में ऐसा जो उसे इतना रचनात्मक सन्तोष देता है? क्यों एक उपन्यास रचने के 'नरक' से गुज़रने के बाद भी लेखक बार-बार उसी से गुज़रना चाहता है? कहीं ऐसा तो नहीं कि एक लम्बे कठिन समय के 'नरक' से गुज़रने के अन्त में जब वह उपन्यास पूरा होता है तो लेखक को कदाचित् ऐसा 'स्वर्ग' मिल जाता है जो फिर उसे लम्बे समय तक के लिए अनोखे सन्तोष से भर देता है? हाँ, शायद, यही सच है। जब लेखक एक लम्बे एकान्तवास में होता है, तब उपन्यास के पात्र और उनकी बनती-रची जा रही बस्ती, जिसमें एकदम अकेला घूम-घूमकर लेखक चीज़ें बनाता, तोड़ता, रचता, सजाता, सँवारता है—वह एकान्त लेखक का खुद का चुना हुआ 'सोलीटेरी कन्फाइनमेंट' (एकान्त में क़ैद) जैसा ज़रूर होता है पर इसी एकान्त में वह तपस्या होती है जिसे 'परकाया प्रवेश' कहते हैं। यदि आप पात्रों और उनके संसार में पूरा उतरकर, उनसे एकाकार होकर, उनकी आत्मा में प्रवेश करके इस एकान्त में उपन्यास रचते हैं (जो एक मुकम्मल किताब रचने की पहली और आख़िरी शर्त होनी चाहिए) तो फिर उपन्यास को लिखना एक पूरा जनम ही जीने जैसा क्लान्त कर देने वाला, परन्तु आनन्दपूर्ण सन्तोष का अपूर्व अनुभव सिद्ध हो सकता है। एक बार इस अद्वितीय अनुभव से गुज़रने के बाद लेखक फिर बार-बार ऐसे ही किसी अनुभव से गुज़रने को तड़पता-सा रहता है।

हर ऐसी कोई किताब रचने के बाद लेखक में यह अहसास बना रहता है कि अभी तो बहुत सारा कहने को छूट गया। बस, यही वह भाव है जो आपको एक और

नया उपन्यास रचने की तरफ़ धकेलता है या कहें, खींचता है। आप खूब अच्छी तरह से जानते हैं कि अभी-अभी एक बेहद थकाने वाली एकान्त साधना से बमुश्किल निकले हैं, पर तभी कुछ ऐसा दुर्दमनीय आकर्षण मिल जाता है—किसी नई थीम में, एकदम नये चरित्रों और पात्रों के नये अलक्षित संसार में कि आप लिखने का अपना सारा साजोसामान पुन: बाँधकर फिर से एक नया उपन्यास रचने बैठ जाते हैं। अपना पुराना रचा हुआ, सब भूलकर, अपने सांसारिक जीवन की आपाधापी से किनारा करके आप नये सिरे से एक नये ही संसार की नागरिकता ग्रहण करते हैं। नये पड़ोसियों के बीच उठने-बैठने लगते हैं, नये सुखों-दुखों से गुज़रते हैं, नये सपनों को साझा करते हैं और फिर अपने जीवन के कुछ साल ऐसे गुज़ारते हैं जहाँ आप अपनी वास्तविक दुनिया के कोलाहल और भागमभाग में मुब्तिला रहते हुए, इस दुनिया और अपने रचे जा रहे उपन्यास की काल्पनिक दुनिया के बीच निरन्तर आवाजाही करते रहते हैं और समझ ही नहीं पाते कि आप इन दिनों वास्तव में हैं किस दुनिया के रहवासी ? दोस्तियाँ रह जाती हैं, आप ठीक से दुनियादारी, रिश्तेदारियाँ नहीं निभा पाते, खोए-खोए से रहते हैं और इस दुनिया में विचरते हुए भी उपन्यास की वही दुनिया आपका पीछा-सा करती रहती है।...एक अच्छा लेखक बार-बार इसी अनोखे अनुभव से गुज़रना चाहता है जो अन्तत: इतना अलौकिक सिद्ध होता है कि ऐसा उपन्यास ख़त्म करने के 'तुरन्त बाद के कुछ दिनों तक' तो उसे समझ ही नहीं आता कि अपना यह गज़ब अनुभव किससे और कैसे बयान करे। वैसे, कोई मिले भी तो उसे यह बताना बेहद कठिन होता है कि वह उपन्यास पूरा करके आजकल कैसा महसूस कर रहा है। उसका यह सुख गूँगे के गुड़ जैसा होता है। उपन्यास को पूरा करके पाठकों को सौंपने का सुख किसी भी वर्णन से परे की चीज़ है। 'पागलख़ाना' का छठवाँ (अन्तिम) ड्राफ्ट फ़ाइनल टाइपिंग के लिए अपने साहसी टाइपिस्ट को सौंपने के बाद मैं कुछ इसी मानसिकता में डूबता-उतराता रहा हूँ।

'पागलख़ाना' मेरा पाँचवाँ उपन्यास है।

पिछला उपन्यास (हम न मरब) समाप्त करते-करते ही एक नये उपन्यास के लिए दो कहानियाँ मेरे मन के क्षितिज पर उभरने लगी थीं। एक कहानी तो पुन: बुन्देलखंड के ग्रामीण परिवेश की ही थी जो वास्तव में तो 'हम न मरब' से भी पहले से मेरे पीछे पड़ी हुई है कि मुझे भी तो कभी अपने पाठकों से कहो! पर वह रह गई क्योंकि यह दूसरी कथा तो मानो किसी काले तूफ़ान-सी मन में अचानक उठी और मेरी कल्पना पर कुछ इस तरह से छाई कि इससे निजात पाए बिना फिर कुछ भी और

लिख पाना लगभग असम्भव-सा हो गया। एक जुनून-सा छाया रहा मेरे दिमाग़ पर 'पागलख़ाना' लिखने के दौरान, हरदम। पिछले दो साल में मानो और सब लिखना छूट गया। कॉलम के ऑफ़र थे जो छोड़ने पड़े। फुटकर भी नहीं लिखा। मित्रों को नाराज़ किया। सम्पादकों का बुरा बना। किसी को ठीक से यह समझा पाना भी बड़ा कठिन था कि पिछले दो सालों से मैं अपने ही तैयार किए 'पागलख़ाने' में रह रहा हूँ। मेरे पिछले सारे उपन्यासों से कहीं ज़्यादा कठिन, ज़्यादा चुनौतीपूर्ण, ज़्यादा थकाने वाला, मुझे और ज़्यादा अकेला कर डालने वाला, और बहुत ज़्यादा डराने वाले संसार में (मानो लगातार अँधेरे में) दो साल गुज़ारने पर मजबूर कर देने वाला बड़ा अनोखा अनुभव रहा है 'पागलख़ाना' का लिखना। यह बेहद कठिन विषय था। चूक जाने के ख़तरे हर पंक्ति में थे। पूरा उपन्यास ही फ़ैंटेसी में रचे जाने की बड़ी चुनौती थी और उसे लगातार निभाना बहुत डराता भी था।

फ़ैंटेसी में ही इस कहानी को कहा जा सकता है—ऐसा लग रहा था मुझे। बाज़ारवाद पर, और किसी भी तरह से यदि मैं लिखता भी तो शायद वह पूर्ण सत्य होते हुए भी सपाटबयानी-सा कुछ रिपोर्ताज बन जाता। बाज़ारवाद के डरावने यथार्थ को जब तक बड़ा (एन्लार्ज) करके, बदल के (ट्रांसफार्म करके) और 'छाया के खेल' में बदलने के बाद भी चेहरे की पहचान क़ायम रखने की कला को साधकर न लिखा जाएगा तब तक मेरे उपन्यास में वे बातें शायद न आ पाएँगी जो मेरे जैसे ही असंख्य संवेदनशील पाठकों को बाज़ारवाद से डराती रहती हैं। ऐसा लग रहा था, मुझे तभी इसे फ़ैंटेसी में लिखने का ख़याल मन में बना।...कि यह एक बेहद मुश्किल काम हाथ में ले बैठा हूँ, मैं शुरू से यह बात जानता था। फ़ैंटेसी लिखना वैसे भी एक बेहद कठिन कला है। फिर बाज़ारवाद की वर्तमान चाल इतनी तेज़ है कि इसे फ़ैंटेसी में पकड़ना और भी बड़ी चुनौती थी। बाज़ारवाद इतनी तेज़ी से वैश्विक समाज को अपनी चपेट में ले रहा है (और हमारी आँखों के सामने रोज़ ही लेता जा रहा है) कि अभी जो कुछ भी मैं फ़ैंटेसी में रचता हूँ, वह कल होने तक यथार्थ बन जाता है। फ़ैंटेसी मानो कहीं बची ही नहीं। कल्पना में पलती डरावनी फ़ैंटेसी रोज़ यथार्थ में बदल जाती है और हम बस देखते रह जाते हैं। बाज़ारवाद ने हमारी दुनिया कुछ यों बदलकर रख दी है, लगने लगा है कि यथार्थ में अब कुछ भी होना सम्भव है। फ़ैंटेसी-सा यथार्थ हो गया है इस दुनिया का। इस उपन्यास को रचते हुए मैं कब फ़ैंटेसी रचते-रचते यथार्थ के पाले में पाँव धर देता था और कब उसी फ़ैंटेसी को जीवन में घटते देखकर चकित रह जाता था—इसे विस्तार से यहाँ लिखना सम्भव नहीं। भूमिका और शराफ़त की एक सीमा होती है।

फ़ैंटेसी लिखने में लेखक वास्तविकता के प्रदीर्घ चित्रण से बच जाता है, परन्तु यह तो इसका एक पक्ष मात्र है। नामवर सिंह 'विश्व साहित्य कोश' का सन्दर्भ देते हुए कहते हैं कि फ़ैंटेसी की क्रियाशीलता में ऐसे 'वातावरण या चरित्र' उपस्थित होते

हैं जो 'मनुष्य जीवन की सामान्य परिस्थितियों में असम्भव माने जाते हैं।' हाँ, यह सच है कि लेखक अपनी कल्पना से फ़ैंटेसी की एक समान्तर, असम्भव-सी प्रतीत होती दुनिया, पात्र और उनका अजीबोग़रीब असम्भव-सा कार्य-व्यवहार रचता है परन्तु फ़ैंटेसी के ज़रिये यथार्थ का पीछा करनेवाले लेखक की कल्पना का अपना ही लॉजिक होता है। नामवर जी लेखक की इस कल्पना के नितान्त निजी होते हुए भी सामाजिक होने की शर्त लगाते हैं। मैंने अपनी इस फ़ैंटेसी में उनकी इस शर्त पर खरा उतरने की कोशिश की है।

चुनौती दोहरी थी।

जिस यथार्थ को आप फ़ैंटेसी के ज़रिये उघाड़ने की कोशिश में हैं, कहीं आपकी रची फ़ैंटेसी में वह ऐसा अबूझ भी न बन जाए कि उस यथार्थ का सिरा ही पाठक के हाथ से निकल जाए। यह तो थी पहली चुनौती। फ़ैंटेसी लिखने में दूसरी चुनौती थी फ़ैंटेसी के नरेशन पर पूरा नियंत्रण। फ़ैंटेसी का प्रवाह कहीं इतना तेज़ और ऊँचा-नीचा-सा न हो जाए कि पाठक के पाँव ही उखड़ जाएँ। फ़ैंटेसी के प्रवाह पर लगातार लेखक का ऐसा कंट्रोल बना रहे कि पाठक को फ़ैंटेसी की इस दुनिया में और-और भीतर तक जाने की उत्सुकता बनती चली जाए। इसके लिए भाषा, शैली, बिम्ब-योजना, व्यंजना और दृश्यविधान पर लेखक की पकड़ लगातार चाहिए। 'पागलख़ाना' लिखना मेरे लिए भी एकदम ही नया अनुभव रहा। पाठकों को यदि मेरा यह प्रयोग भा गया तो मैं अपने उस विश्वास की दाद दूँगा जो मुझे अपने पाठकों की बारीक समझ पर हमेशा रहा है। इसके बूते ही मुझे यह भरोसा बना कि मैं बाज़ारवाद के ख़िलाफ यह उपन्यास इस प्रायोगिक शैली में पूरा करूँ।

बाज़ारवाद मुझे ठीक उसी तरह डराता है, जैसा वह आजकल किसी भी समझदार शख़्स को डराता होगा। बाज़ार जीवन के लिए बड़ा ज़रूरी है परन्तु जीवन को जब पूर्णत: बस बाज़ार के लिए होना ही मान लिया जाए, तब ? जब जीवन का हर भाव, पल, निर्णय, रोना, गाना, हँसना, खाना, पीना, सोना, सम्बन्ध, लोक, कला, संस्कृति, किताब तथा हर सोच बाज़ार ही नियंत्रित करने लगे, तब ? बाज़ारवाद द्वारा निर्देशित यह दुनिया तब एक विराट 'पागलख़ाना' नहीं बन जाएगी क्या ? हाँ, यह पागलपन ही कहलाएगा। परन्तु वर्तमान समय की मुसीबत यह है कि इसी तरह के बाज़ारवाद को वैश्विक स्वीकृति देने के चालाक आग्रह हैं। इस विचार के विरुद्ध सोचने वालों को पागल करार दिया जा रहा है।

मैंने कुछ पात्र रचे। ये पात्र वे हैं जो ऐसे बाज़ारवाद के विरुद्ध हैं और अपनी-अपनी तरह से इस बाज़ार के पैंतरों को पूरा समझ गए हैं। ये पात्र एक फ़ैंटेसी में जीते हैं। उनकी अपनी दुनिया है। ये नितान्त निजी-सी फ़ैंटेसी की दुनिया के नागरिक हैं। यथार्थ के संसार के बरक्स इनको देखें तो इनकी हरकतें पागलपन के दायरे में ही आती कही जाएँगी। इस उपन्यास की दुनिया वह है जहाँ बाज़ार

सर्वशक्तिमान बन चुका है (इसे अपना ही समय मान लें तो भी बहुत ग़लत नहीं कहाएगा)। इस दुनिया में इन पात्रों की नियति बस 'पागलख़ाना' है। किस 'पागल' पात्र को बाज़ार के विरुद्ध 'कैसे बरतूँ', यह भी एक बड़ी चुनौती रही पूरे उपन्यास में। वह पात्र जो भी सोच रहा है या कर रहा है, वह 'पागलपन' होते हुए भी क्योंकर पागलपन नहीं है, यह बात पाठक तक पहुँचाने की चुनौती और भी विकट थी। फिर, बाज़ारवाद की भयावहता, क्रूरता और 'कोल्ड ब्लडेड' दबोच को लेखक ने, पूरे उपन्यास के लिखने के दौरान, अपने पात्रों से एकाकार होकर जिस डरावनेपन के साथ शिद्दत से महसूस किया है, ठीक वही दबोच क्या मेरा पाठक भी 'पागलख़ाना' पढ़ते हुए महसूस करेगा, यह चिन्ता भी लगातार मेरा पीछा करती रही है। मुझे उपन्यास का ड्राफ्ट छठवीं बार दोहराते हुए अन्ततः यह लगा है कि (कदाचित्) 'वह बात' अब जाकर उपन्यास में आ गई है, और अब इसे अपने सहृदय पाठकों के समक्ष परोसा जा सकता है।

घंटों तक, कई सप्ताहों तक, नित्य कई घंटे बैठकर जब मैं बार-बार नये-नये ड्राफ्ट लिखने का यह नाशुक्रा काम करता रहा तब मेरी पत्नी शशि पर क्या बीती होगी, इसे मैं खूब जानता हूँ। पर धन्य भाग्य मेरे कि शशि मेरे काम के महत्त्व को जानती हैं। उनके धैर्य और मेरे प्रति कमिटमेंट का मैं कभी भी कोई चुकारा नहीं कर सकता। वे धन्य हैं। चरण छूने का मन करता है, पर कहते हैं कि पति से यह अपेक्षित नहीं माना जाता।

यह उपन्यास, इसका बार-बार नया ड्राफ्ट लिखना अंजनी चौहान के बिना न हो पाता। वे मेरे मित्र हैं। बड़े व्यंग्यकार हैं। हर बार टाइप करवाए पन्ने वापस मुझे देकर कहते थे कि ग्यानू, एक बार फिर पढ़कर देख लो और जो काटपीट करनी हो, कर लो। वे मेरे हर नये ड्राफ्ट पर ऐसे खुश होते रहे जैसे कि आत्मीय गुरुजन अपने शिष्य को बड़ी मेहनत से परीक्षा की तैयारी करते देखकर होते हैं। मेरे प्रति उनका स्नेह अद्भुत है।

यह उपन्यास मैंने जून, 2017 में पूरा किया है। पाठकों के हाथों में यह जनवरी, 2018 (नये वर्ष) में ही आएगा, ऐसा मानिए। अच्छी बात यह है कि तक तक मैं 'पागलख़ाना' से पूरी तरह से बाहर आ चुका होऊँगा। तब 'पागलख़ाना' पूर्णतः मेरे पाठकों का होगा। मैं तब तक अपने नये उपन्यास को रचने में लगा होऊँगा। मेरा अगला उपन्यास बुन्देलखंड के ग्रामीण परिवेश की वह कथा होगी जो मेरे अवचेतन में लम्बे समय से पल रही है। सबकुछ इतना अनोखा और अद्भुत है कि कभी ठीक वैसा

लिख पाया जैसा कि वह वास्तव में है तो वह 'बारामासी' तथा 'हम न मरब' की शृंखला में मेरी सबसे उल्लेखनीय कृति बनेगी।

जब तक वह अनाम उपन्यास रचा जाएगा तब तक यह (पागलख़ाना) पढ़िए। उपन्यास ठीक न लगे तो भी बताएँ—मैं बुरा नहीं मानूँगा। उम्र के इस पड़ाव पर लेखक को इतना वीतरागी तो हो ही जाना चाहिए कि वह अपनी प्रशंसा और आलोचना को समान भाव से ग्रहण कर सके।

—ज्ञान चतुर्वेदी

पागलख़ाना

एक दिन जीवन पर बाज़ार का पूरा कब्ज़ा हो गया

समय ऐसा आया कि विचार, सोच, धज, कपड़े-लत्ते, भाव, प्यार, मुस्कान, संस्कृति, कला, संगीत, साहित्य, लोक-जीवन की हर शै बाज़ार के इशारे पर चलने लगी

पर तब भी कुछ सिरफिरे जीवन को बाज़ार से बड़ा मानते रहे। वे मानते थे कि बाज़ार जीवन के लिए है पर जीवन मात्र बाज़ार के लिए नहीं, जीवन के अर्थ बड़े हैं

ये पागल कहलाए

यह उन्हीं पागलों की कथा है

यह उसी पागल समय की कथा है

यह आपके समय की कहानी है

बेहद कठिन समय है यह
और पागल भी

पागल समय और पागलों के बारे में एक कैफ़ियत

बड़ा अजब-गजब समय आया हुआ था।

गजब था कि समय कुछ इस तरह बाज़ार का हो गया था कि वह अब किसी और का नहीं रह गया था। और अजब यह हुआ था कि पहले तो बाज़ार किसी बेहद सुहानी घटा की तरह आया था परन्तु फिर वह धीरे-धीरे फैलकर एक डरावनी काली घटा-सा सब तरफ़ छा गया था।

डरावने बादलों ने सारी दुनिया को घेर लिया था।

बाज़ारवाद का अँधेरा अब सब तरफ़ इतना घना था कि समय को समय नहीं सूझता था।

फिर काले आकाश में तेज़ बिजलियाँ भी चमकने लगीं।

कुछ समझदार ज़रूर चौकन्ने हुए। वे जानते थे कि यह बिजली जिधर भी गिरी, सब जला देगी। परन्तु सभी लोग ऐसा नहीं मान रहे थे। बाज़ार के पैरोकार भी थे, और ये दिनोंदिन बढ़ ही रहे थे।

बाज़ार को भगवान माननेवाले इन लोगों ने सबसे इसे नई तरह की रोशनी मानने का इसरार किया। बाज़ार की घनी घटाओं के बीच चमकती बिजली से सब तरफ़ चकाचौंध मच जाती। वे कहते कि देखो तो कि कैसी बढ़िया रोशनी! यह रोशनी अजीब थी। इसमें सब दिखता भी था और सारा परिदृश्य अँधेरे में भी रहा आता था। दुनिया इस नई रोशनी की चकाचौंध में खूब देख तो पा रही थी, पर वास्तव में कुछ भी नहीं देख पा रही थी।

दुनिया बाज़ारवाद के कब्ज़े में आ गई थी। दुनिया बाज़ार में रहना और जीना सीख रही थी। पर कुछ लोगों ने बाज़ारवाद को पागलपन माना तथा बाज़ार को पागलख़ाना।

एक चमकीले अँधेरे से भरा हुआ पागलख़ाना।

इन लोगों ने इस अँधेरे से भागने की कोशिशें शुरू कीं।

तो क्या ये लोग पागल थे?

पर दुनिया जब एक विराट पागलख़ाने में बदल रही हो तब भला कौन तय

करता कि असल में पागल कौन है : वे, जो बाज़ार से भाग रहे थे, या वे, जो बाज़ार का हिस्सा हो गए थे?

बड़ा पागल समय था यह
यह इसी कठिन समय की कहानी है

तो यह उस समय की बात है जब बाज़ार
ही जीवन की हर शै तय करने लगा था
या कहें कि ठीक उन दिनों के आसपास
की बात है यह कि जब...

उन दिनों जब पूरी दुनिया बाज़ार में तब्दील हो रही थी

दुनिया में किसी को पता ही नहीं चला और उसका दुनिया पर कब्ज़ा हो गया।

मनुष्य को कानोंकान ख़बर नहीं हुई और जीवन पर बाज़ार का पूरा कब्ज़ा हो गया। यह सब कुछ इतने कौशल से हुआ कि स्वयं जीवन को ही अहसास नहीं होने दिया गया कि वह किसी के कब्ज़े में आ गया है। जीवन को तो अपनी पराजय की ख़बर ही नहीं मिली। सब लोग बाज़ार के कब्ज़े में एक-एक करके आते चले गए और किसी को पता ही नहीं चला। न वहाँ दुश्मन के दस्ते उतरे, न कोई बिगुल बजे, न किसी गोला-बारूद का इस्तेमाल हुआ, न ही रणभेरी बजी। बस, कब्ज़ा हो गया।

ऐसा भी नहीं था कि कब्ज़ा होने पर जीवन नहीं बचा हो। नहीं। बाज़ार अपने क़ैदियों का बड़ा ख़याल रखता है। सो जीवन तो आज भी था। वैसा ही जीवंत दीखता भी था। बल्कि कई मायनों में तो वह पहले से भी शानदार और गुलजार प्रतीत होता था। दिन वैसे ही आते थे। अभी भी सुबहें सुहावनी होती थीं। शाम भी वैसी ही आती थी। रात भी ठीक उसी तरह उतरती थी। सबकुछ वही था पर कुछ था जो अब वैसा नहीं था। अब भी सुबह तो होती थी परन्तु सूरज यों ही हर एक को फोकट में उपलब्ध नहीं था। रोशनी और धूप के लिए बाकायदा पेमेंट करना पड़ता था। बाज़ार का सिद्धान्त था कि जीवन में कुछ भी मुफ़्त में मिलने की आशा करना भी पाप है—'नो फ्री लंचेज, प्लीज़...!' अब सूरज, चाँद, सितारे भी बाज़ार का हिस्सा बन चुके थे। वे दिन हवा हो चुके थे जब लोग कहते थे कि धूप, रोशनी, पानी और हवा पर सबका बराबर का नैसर्गिक अधिकार है। अब सूर्योदय उन्हीं घरों में होता था जिन्होंने सूर्य का प्री-पेड कार्ड बनवा रखा हो और समय पर इसे रीचार्ज भी करते रहते हों। बाज़ार ने सूरज को अपनी मुट्ठी में बाँध लिया था और सूरज बाज़ार का कुछ भी नहीं बिगाड़ पाया। न तो बाज़ार की हथेलियाँ ही जलीं, न ही उसके हाथ की रेखाएँ। बाज़ार की पकड़ ही बेहद ठंडी थी, या कि बाज़ार के समक्ष सूरज का तेज़ ही ठंडा पड़ गया था—कहना बेहद कठिन था। जो हो, अब रोशनी के सर्वाधिकार बाज़ार के पास थे।

तो क्या आदमी के हाथ बस अँधेरा रह गया था?...नहीं। अब अँधेरे भी बाज़ार के कब्ज़े में थे। अँधेरों की भी अलग तरह की स्कीमें निकाल रखी थीं बाज़ार ने।

आप पैसा देकर हर अँधेरे को अपने मज़े के लिए इस्तेमाल कर सकते थे। अब अँधेरे आनन्ददायक भी हो सकते थे। मादक भी। स्वप्निल भी। उत्तेजक भी। बाज़ार में अँधेरे और तरह से भी उपलब्ध थे। किसी और के इलाक़े या घर को यदि गहन अन्धकार में डुबोना हो तो बाज़ार उसकी व्यवस्था भी कर सकता था। यहाँ तक कि बाज़ार अँधेरे की अन्तरराष्ट्रीय सुपारी तक ले सकता था। किसी पूरे के पूरे देश को भी अँधेरे में डुबोया जा सकता था बशर्ते कि बाज़ार को इसमें अपने फ़ायदे की कोई स्कीम नज़र आ जाए। अँधेरा बाज़ार की ताबेदारी में था। अँधेरे में रहने को अभिशप्त लोग भी, अँधेरे में सुरक्षित रहने के लिए बाज़ार पर निर्भर हो गए थे। बाज़ार उन्हें चमकीली चप्पलें बेचता था।

चाँद, तारे, दिन, रात, प्रकाश, अन्धकार, मौसम और साँसें—सब बाज़ार के कब्ज़े में चले गए थे या जाते जा रहे थे।

इस तरह बाज़ार जब पूरी कायनात को ही अपने कब्ज़े में लेने के लिए दसों दिशाओं में एक साथ बढ़ा जा रहा था, तब की ही कहानी है यह।

यहाँ कौन तय करे कि पागल कौन है

डॉक्टरी के बाज़ार की एक लकदक क्लीनिक है यह।

इलाक़े का बेहद सफल सायकेट्रिस्ट है इस क्लीनिक का डॉक्टर।

लोग जिन्हें भ्रम है कि वे पागल नहीं हैं, वे लोग यहाँ उन लोगों को लेकर आते हैं जिन्हें वे पागल समझते हैं। वैसे प्रायः यह तय करना कठिन है कि किसको यहाँ लाया जाना चाहिए था और कौन आ गया है। पागलपन के मापदंड साफ़ नहीं हैं। बहरहाल।

किसी भव्य शोरूम जैसी है यह क्लीनिक।

बड़े-बड़े काँच। दीवारों पर ऐसी मायावी रोशनी जो दिखाती कम है, छुपाती ज़्यादा है। एक तरफ़ की दीवार पर डॉक्टर को समय-समय पर मिले कई तरह के प्रमाणपत्र लगे हैं। सुन्दर काग़ज़ और बढ़िया छपाई वाले प्रमाणपत्र। बेहद आलीशान फ्रेमों में जड़े प्रशंसापत्र तथा डिग्रियाँ। इतने सुन्दर हैं ये प्रमाणपत्र कि देखते ही इनके नक़ली होने का अहसास होता है।

क्लीनिक के प्रतीक्षालय में मरीज़ अपनी बारी आने की प्रतीक्षा में बैठे हुए हैं। तीन तरफ़ शानदार सोफ़े लगे हैं। यहाँ ऐसे गद्दीदार सोफ़े हैं कि बैठो तो धँस जाओ,

और फिर धँसते ही चले जाओ। नितम्ब पाताल में, सिर आसमान में।...कई डिज़ाइनर कुर्सियाँ भी वहाँ धरी हैं।

वहीं एक छोटा-सा आकर्षक कोना भी है। सुन्दर-सी रिसेप्शनिस्ट बैठी है वहाँ।

शानदार, संगमरमरी टाइल्स क़दमों में। सिर पर, फाल्स सीलिंग की ऐसी भव्य-सी छत कि पागलों तक को अपनी खोपड़ी पर रश्क हो उठे जिसे ऐसी शानदार छत के नीचे बैठने का सौभाग्य मिला।

दरअसल इस क्लीनिक में सब कुछ इतना भव्य, शानदार और हसीन है कि एकबारगी तो विश्वास ही न हो कि यहाँ पागलों का इलाज होता होगा। पर होता है। हाँ, पागलों पर इस भव्यता का कितना असर होता होगा, यह पता नहीं।

बहरहाल, शहर के बेहद मशहूर मानसिक रोग विशेषज्ञ की क्लीनिक है यह। पुराने दिन होते तो वह 'पागलों का डॉक्टर' कहलाता। आज तो कोई पागल भी उसे ऐसा नहीं कहेगा। परन्तु बीमारों के इलाज की इस जगह को एकदम शोरूम जैसा चमकीला, लकदक बना रखा है डॉक्टर साहब ने। डॉक्टर जानता है कि वह बाज़ार में बैठा है। 'आजकल की चमकीली दुनिया में अपनी क्लीनिक भी बड़ी चमकदार रखनी पड़ती है ज़नाब वर्ना कौन इत्ता पागल है कि यहाँ अपने पागलपन का इलाज कराने की इतनी फीस देगा?' कभी, किसी को हँसकर बता रहा था कि यही सायकेट्रिस्ट!

क्लीनिक में इतने मरीज़ हैं कि देखकर ही आपको डर लगने लगता है। बाप रे, इतने पागल! ये क्या हो रहा है दुनिया को? ...क्या दुनिया में वास्तव में पागल इतने बढ़ रहे हैं? या कहीं समझदारों को भी तो पागल करार नहीं कर दिया जा रहा?

क्लीनिक की एक दीवार पर 'हिप्पोक्रेट्रीज़ की शपथ' टँगी है।

मरीज़ों की निःस्वार्थ सेवा करने की शपथ।

बाज़ार ऐसी शपथ, सद्‌वचन, उद्‌घोषणाओं, नारों को बहुत सम्मान का स्थान देता है। यहाँ भी देखिए न कि कहाँ टँगी है यह शपथ?

नहीं, नहीं, शपथ फाँसी पर नहीं टँगी है। वह, बस, एक शानदार, आबनूसी फ्रेम में क़ैद भर है। वहाँ छटपटा रही हो तो देखकर तो पता नहीं चल पा रहा। दरअसल महँगा फ्रेम ही आपका इतना ध्यान खींच लेता है कि शपथ के शब्दों पर ध्यान ही नहीं जाता। बाज़ार में आजकल सद्‌वचनों, आप्तवाक्यों, सूक्तियों का भी अपना एक बहुत बड़ा बाज़ार है। लोग इन्हें अपने दफ्तरों तथा घरों आदि में बढ़िया, शानदार फ्रेम में जड़कर सही जगह पर लगाकर रखते हैं। फ्रेम यदि एक बार चमकीला, नक़्क़ाशीदार और बहुत महँगा वाला लगा दो तो फिर इस बात का कहीं कोई ख़तरा नहीं रह जाता कि आदमी का ध्यान उस विचार की तरफ़ भी जा सकता है।

फ्रेम में शपथ के साथ हिप्पोक्रेट्रीज़ की तस्वीर भी है।

इस तस्वीर में ज़रा हिप्पोक्रेट्रीज़ की शक्ल तो देखो! वह स्वयं ही बड़े दर्द में प्रतीत होता है। जानने वाले समझदार बताते हैं कि इसका चेहरा क्लीनिक में चल रहे 'डॉक्टरी धंधे' के कारण दर्द में नहीं है, वह तो था ही ऐसा। वैसे भी, जिसने अपना सारा जीवन दुनिया के बारे में चिन्तन और चिन्ता में गुज़ारा हो, उसका चेहरा ऐसा ही तो निकल आएगा।

यहाँ हिप्पोक्रेट्रीज़ की शपथ की नाक के ठीक नीचे, मरीज़ों की मंडी लगी हुई है। अपने नम्बर की प्रतीक्षा में रत, बोर होते एक मरीज़ ने बैठे-बैठे उस दीवार पर यों ही नज़र डाली है। उसे लगा कि फ्रेम में बँधा हिप्पोक्रेट्रीज़ ज़ोर-ज़ोर से कसमसा रहा है। यार, ये इतना ही कसमसाता रहा तो कहीं फ्रेम तोड़कर, यह नीचे न आ गिरे! मरीज़ का मन तो किया कि साथ आई पत्नी को यह बात बताई जाए पर वह बोला कुछ नहीं। यहाँ कौन उसकी बात मानेगा? सब उसे पागल मानते हैं। चुप बैठे रहना ही बेहतर। हिप्पोक्रेट्रीज़ जाने, और उसका काम जाने!

अलबत्ता, उसने अचानक ही पाया कि उसके ठीक पास बैठे एक बूढ़े ने भी यही बात नोट की है। 'देखा तुमने?' उसने इशारे से बूढ़े को पूछा।

बूढ़े ने सिर हिलाकर हामी भरी पर होंठों पर उँगली रखकर बोलने से मना भी किया।

दोनों बस, एक दूजे को देखकर बेसाख़्ता हँस पड़े। दोनों हिप्पोक्रेट्रीज़ की तरफ़ इशारा करके आपस में मुस्कुराने लगे। रिसेप्शनिस्ट ने दोनों को ध्यान से देखा। वहीं से बैठे-बैठे इन दोनों को इशारा किया। 'चुपचाप बैठो अंकल...' उसने घूरकर ही इशारे से कह दिया।

बूढ़े के साथ आए युवक ने भी पलटकर दोनों को घूरा। 'आराम से बैठो न पापा...' उसने डपटकर कहा, फिर उस सुन्दर रिसेप्शनिस्ट की तरफ़ देखकर मुस्कुराने लगा। 'क्या करें, बाप हैं!' वाले भाव में 'तुम बहुत सुन्दर हो' वाला भाव मिला दो तो जैसा चेहरा बनेगा, वैसा चेहरा लेकर वह रिसेप्शन पर बैठी युवती को घूर रहा है।

उधर के अलावा युवक बार-बार अपनी घड़ी को भी घूर रहा है। समय देख-देखकर परेशान हो रहा है। शायद उसे कहीं निकलना था और यहाँ देर हुई जा रही है। हिप्पोक्रेट्रीज़ से ज़्यादा परेशानी दिख रही है उसके चेहरे पर। 'कितनी देर और लगेगी?' उसने रिसेप्शन पर बैठी सुन्दरी से पूछा।

'बस, इनके बाद आपका ही नम्बर है।' रिसेप्शनिस्ट ने मुस्कुराकर सूचना दी।

और ठीक उसी समय हिप्पोक्रेट्रीज़ ने हिकारत से नीचे थूका।

वह तो अच्छा रहा कि बूढ़े ने ऐन मौक़े पर हिप्पोक्रेट्रीज़ को ऐसा करते देख लिया वर्ना थूक तो ऐसा उचटा था कि उस पर और उसके बेटे, दोनों पर गिरता। बूढ़ा एकदम से अपनी सीट से उचककर कूद गया। कूदते-कूदते उसने बेटे को भी एक तरफ़ धकेलकर उस पर भी थूक पड़ने से बचा लिया।

'ये क्या कर रहे हो पापा?' युवक धक्का खाकर रिसेप्शनिस्ट की काँच से ढँकी मेज़ तरफ़ लड़खड़ा गया था।

'वो...वो बूढ़ा तुम पर थूक रहा था...' बूढ़े ने दीवार पर टँगी शपथ पर बनी तस्वीर की तरफ़ उँगली उठाकर बताया।

युवक बाप को ग़ुस्से से घूरने लगा और घूरता ही रहा। बाप सहम गया। बाप को खा जानेवाली नज़रों से देखता हुआ वह रिसेप्शनिस्ट लड़की से माफ़ी माँगते हुए बोला, 'ये बस ऐसे ही दिन भर कुछ भी उल्टा-सीधा करते रहते हैं!'

लड़की ने मुस्कुराकर उसकी परेशानी को समझने की मुद्रा में अपना सिर हिलाया।

'अब आप एकदम चुपचाप बैठना पापा—एकदम चुपचाप!...नम्बर आने ही वाला है।' युवक ने उन्हें वापस सोफ़े पर बिठा दिया।

बाक़ी पागल भी बूढ़े को देखकर मुस्कुराने लगे। कुछ तो पहले से ही बिना कारण के स्वयं में ही मगन बेबात मुस्कुरा रहे थे—पागल थे न!

समय ही ऐसा आ गया था कि अब केवल पागल ही मुस्कुरा पा रहे थे।

सब तरफ़ पानी था
बाढ़ में वाटर स्पोर्ट्स का समय था यह

बस्ती में बाढ़ आ गई थी।

सब तरफ़ बाज़ार चढ़ गया था। पानी-पानी समय था यह।

बाढ़ थी। जीवन सब तरफ़ बाज़ार से घिर गया था। सब तरफ़ बाज़ार का प्रवाह था। हँसना, बोलना, व्यवहार, खानपान, साहित्य, संस्कृति, लोक, धर्म, विचार और संगीत—सभी बाज़ार के तेज़ रेले में बह रहे थे।

बाढ़ आ गई थी, तो बस्ती को तो डरना चाहिए था न? सामान उठाकर सुरक्षित जगहों पर चला जाना चाहिए था न? परन्तु यही तो इस समय का गजबपन था। डरने या घबराने की जगह बस्ती इसी बात का उत्सव मना रही थी कि देखो, बस्ती में बाढ़ आई है। बाज़ार फैलता गया। बाढ़ का यही सिद्धान्त है। वह फैलती है तो सब कुछ उसकी चपेट में आता चला जाता है। बाज़ार अब तो वहाँ तक भी आ गया था जहाँ पहले कभी बाज़ार था ही नहीं। पर बस्ती बिलकुल भी परेशान नहीं थी; बल्कि बस्ती मज़े में थी और लोग बड़े खुश थे।

बाज़ार बस्ती में घुस आया था। बाढ़ बस्ती में आ चुकी थी।...और सारी बस्ती

इसे तमाशा मान, किनारे खड़े होकर इसका मज़ा ले रही थी। कि अचानक बाज़ार और उठा। बाढ़ का पानी अचानक ही और तेज़ी से बढ़ने लगा। सबसे पहले, ये किनारे खड़े भोलेभाले तमाशबीन ही उसके कब्ज़े में आए। फिर गलियाँ, मोहल्ले, बस्तियाँ, सड़कें, चबूतरे, चौखटें, दरवाज़े। यदि कोई शख़्स किसी उपग्रह से ये सारा दृश्य देख पाता तो घबरा ही जाता। सारी बस्ती बाढ़ में डूबने को थी। हर तरफ़, बस बाज़ार ही बाज़ार था। घर डूब रहे थे। सम्बन्ध तो सबसे पहले डूबे। दोस्तियाँ गले-गले तक इस मटमैले पानी में थीं। बोर्ड, होर्डिंग्स और विज्ञापनों का कीचड़ हर मकान में घुस गया था। घरों की अपनी पहचान गुम थी। सब तरफ़ बाज़ार ही बाज़ार लहरा रहा था।

लहरें ऊँची थीं। आतीं तो रोमांचित कर देतीं। इसी चक्कर में शुरू-शुरू में तो खूब तमाशा रहा साहब।

बस्ती के लोग इसे भी कोई खेल जैसा ही समझे। वे बाढ़ के शुरुआती पानी में खूब छप-छप करते खेलते, कूदते, भागते फिरे। वे इसी में वाटर स्पोर्ट्स का आयोजन करने लगे। वे बाढ़ का उत्सव मनाने लगे। कुछ समझदारों ने चेताया भी कि भैया, यह खेलने वाला पानी नहीं है। बाढ़ आए तो सबसे पहले पानी से परे भागने की कोशिश करो। अपने घर बचाओ। खुद बचो। पर लोग माने ही नहीं। वे इन चेताने वालों की ही खिल्ली उड़ाने लगे। उनके बारे में चिन्तक जी के अललटप्पू जोक्स बनाकर फ़ेसबुक, वाट्सएप वग़ैरह पर शेयर करने लगे जो खूब 'वॉयरल' हुए साहब। फिर यह भी हुआ कि सारे लोग इन चिन्तकों को ही फ़ालतू का चेताना छोड़कर बाढ़ के पानी और बदलते समय के साथ चलने और स्वयं को बदलने की शिक्षा देने लगे। सब लोग बाढ़ के पक्ष में आपस में एक-दूसरे को समझाने लगे। बोले कि यह तो बाज़ार का एकदम गजब का इंतज़ाम है कि चीज़ें अब सीधे ही आपके दरवाज़े के अन्दर घुसकर बेची जा रही हैं। एक बार धीरे से भी बोल भर दो तो वे सामान को सीधे घर आकर, वह भी ख़ासे डिस्काउंट पर डिलीवर कर रहे हैं—और भला अपुन को क्या चाहिए? देखो कि पानी के लिए हमें नदी तट पर नहीं जाना पड़ रहा। नदी स्वयं ही हमारे दरवाज़े पर आ गई है, और आप बाढ़ का फ़ालतू रोना रोए जा रहे हो! बताइए कि पहले कभी भी ऐसा सुभीता दुनिया में रहा है क्या? बताइए न?

पर शनैः-शनैः यही टखनों तक बहता पानी जब उनकी कमर तक आ गया तो उत्सव मनाती भीड़ में शामिल कई समझदार भी चौंके। पर इनको भी बाक़ी समझदारों ने घेरकर समझाया कि यदि आदमी तनिक तैरना तथा प्रवाह के साथ बहना सीख ले तो ऐसी कोई चिन्ता की बात कहीं भी नहीं है। अब तक बाढ़ का पानी घरों में भी पूरी तरह घुस आया था। सबके घर अब किसी दुकान टाइप लगने लगे थे। घर में, घर के लिए ही जगह नहीं रह गई थी।

फिर समय के साथ बाढ़ और बढ़ी। लोग छतों पर चढ़ गए। मार्केट फ्रेंडली समझदारों ने फिर भी सबको समझाया कि यदि हम छत पर रहने की इस तनिक मामूली-सी परेशानी से कुछ एडजस्ट कर सकें तो बाज़ार का बस्ती में यों घुस आना कई लिहाज़ से अच्छी ही बात कहलाएगी! इन समझदारों से किसी की यह पूछने की हिम्मत नहीं थी कि यदि बाढ़ छत पर भी चढ़ आई तो फिर इस बस्ती का क्या होगा?

तो जब सारी आबादी छत पर थी और सारे घर बाज़ार के कब्ज़े में आ चले थे, यह उसी के आसपास के समय की कहानी है। यह, दुनिया के बाज़ार की डूब में आने की कहानी है।

भगवान बाज़ार के साथ था क्योंकि वह पागल नहीं था

सायकेट्रिस्ट की उसी क्लीनिक की एक दीवार में भगवान का सुन्दर-सा आला बना है।

मूर्ति के समक्ष दीपकनुमा रोशनी के बल्ब जल रहे हैं। भगवान यहाँ बेवजह मुस्कुराते बैठे हैं। वे सबकुछ इतनी निरपेक्षता से ताक रहे हैं मानो कि यह दुनिया उनकी बनाई दुनिया ही न हो...या शायद यह उनके हाथों से निकल गई दुनिया हो!

अभी क्लीनिक में बड़ी भीड़ है। रहती ही है।

'क्या हो गया बाबा को?' एक बच्चे के साथ अधेड़-सी औरत बैठी है। उसी ने, पास बैठे बूढ़े के साथ वाली औरत से, मानो यों ही, टाइम काटने के लिए पूछ लिया। बूढ़ा ऊँघ रहा है। वह अपनी बारी की प्रतीक्षा में सोफ़े पर ऊँघ रहा है अथवा डॉक्टर द्वारा दी गई दवाइयों के प्रभाव में उनींदा है, बताना बड़ा कठिन है। उसके पास बैठी उसकी पत्नी ऊँघते पति को बड़ी चिन्तित निगाहों से देख ही रही थी जब बच्चे के साथ आई औरत ने उससे पूछा कि बाबा को क्या हो गया है?

इधर बच्चा एकदम चुप बैठा हुआ है। वह बीच-बीच, बिना किसी की भी तरफ़ देखे मुस्कुराने लगता है। एकाध बार वह ज़ोर से हँसा भी तो साथ आई औरत ने उसे चुप बैठने को कहा। बच्चे की मुस्कान और हँसी बच्चे जैसी नहीं है, और डरानेवाली बात यह है कि यह बात यहाँ किसी को भी डरा नहीं रही।

समय ऐसा है कि बच्चे तक पागल हुए जा रहे हैं और सब लोग इसे एकदम सामान्य-सी घटना मान लेते हैं।

'क्या हो गया बाबा को?' उसने फिर पूछा।

'पता नहीं!...बस, दिन-रात डरे से रहते हैं!' बुढ़िया ने चिन्तित निगाह से बूढ़े की तरफ़ देखते हुए कहा।

'क्यों? किस बात का डर?'

'बस, घबराए रहते हैं। सोते ही नहीं।...एक जगह भी चैन से बैठते नहीं। बेचैन घूमते हैं घर भर में। ...ज़रा-ज़रा-सी आहट पर भी चौंक जाते हैं। ...रात भर पलंग पर चौकन्ने बैठे रहते हैं। सोते नहीं। ...हरदम डरे रहते हैं।' जब कोई यों सहानुभूतिपूर्वक पूछ ही रहा है तो औरत ने अपना सारा दर्द एक साथ उड़ेल दिया।

'कहते क्या हैं?...आख़िर क्या डर है?'

'अब क्या कहें आपको...बताते शर्म आती है।...एकदम बच्चों जैसी बातें!'

'फिर भी...?'

'कहते हैं कि हम दोनों अब जूना पुराना सामान हो गए हैं।...घर में हम किसी पुराने अटाले जैसे पड़े रहते हैं।...कहते रहते हैं कि अपने बच्चे हमें कहीं ओएलएक्स पर न निकाल दें।...घर का पुराना-धुराना सामान बेचने की इंटरनेट पर कोई जगह है न—ओएलएक्स, वहीं! हरदम यही कहते हैं कि कहीं से जो कभी इनको हमारे ठीक दाम मिल गए तो ये बच्चे ज़रूर हमें ऑनलाइन बेच देंगे।'

'ऐसे कैसे?'

'वो विज्ञापन में दिखाते हैं न कि बस, सामान की फ़ोटो खींचकर ओएलएक्स पर डाल दो तो कोई न कोई ख़रीद ही लेता है।...पुराने सामान के भी खूब ग्राहक हैं न आजकल।'

'अरे यह तो ठीक है, पर इनको अपना ऐसा क्यों लग रहा है?'

'बस, एक दिन ये बरामदे में बैठे थे, यूँ ही आराम कुर्सी पर। बेटे ने उस दिन नया मोबाइल ख़रीदा था। उसने अपना यह मोबाइल इनको भी दिखाया। उसी से इनकी तस्वीर भी खींच ली। फिर दिखाने लगा कि देखो पापा, कितनी शानदार फोटू आई है आपकी!...बस, उसी के बाद इनका ये हाल है। कहते हैं कि हमें मूर्ख समझता है बेटा कि हम असली बात को नहीं समझेंगे। 'पर मैं तो तुरन्त समझ गया। उसने मुझे बेचने के लिए ही ऐसी शानदार तस्वीर खींची है ताकि ग्राहक को सामान पसन्द आ जाए।' उस दिन से, बस, यही रट लगा रखी है। बेटे ने बहुत समझाया। औरों ने भी इनसे बात की है। खूब समझाया है सबने। पर ये हैं कि मानते ही नहीं। अब तो घर के बाहर कहीं ज़रा-सी आहट भी हो, कोई पोस्टमैन भी दरवाज़े की घंटी बजाए—चौंककर इधर-उधर भागने लगते हैं कि ज़रूर कोई ग्राहक आ गया है!...'

बुढ़िया रुआँसी हो गई सारा कुछ बताते-बताते।

बच्चे के साथ आई औरत सारी रामकथा ध्यान से सुनती रही। बीच-बीच में वह उस बूढ़े को भी देखती रही जो सोफ़े पर दुबका हुआ-सा बैठा है।

बुढ़िया सारी रामकहानी कहकर अब चुप हो गई थी।

औरत भी सबकुछ सुनकर थोड़ी देर तक चुप रही।

फिर वह औरत बुढ़िया के कान के पास आकर एकदम फुसफुसाकर बोली, 'क्या पता कि बाबा शायद सच ही कह रहे हों?'

'जी?' बुढ़िया ने आश्चर्य से उसे देखा।

'जी हाँ! हो सकता है कि बाबा पागल न हों। मान लो कि वे सच कह रहे हों?...मान लो कि सही बात पर ही डर रहे हों, तो?'

'कैसी अजीब बातें कर रही हैं आप?'

'देखिए माताजी, दुनिया में कभी कहीं कोई भी बात जब पहली बार होती है तो हमें शुरू में वह अजीब ही लगती है!'

'मतलब यह, कि आपका भी मानना है कि हमारा बेटा अब हमें पुराना सामान मानता है?'

'क्यों नहीं मान सकता? बताइए न? और वही क्यों, बहुत से बच्चे ऐसा ही मानते हैं।...हाँ, माँ-बाप को किसी पुराने सामान की तरह ऑनलाइन निकाल देने का आपके बेटे का यह आइडिया ज़रूर एकदम नया है।'

'उसका ऐसा कोई भी आइडिया नहीं है, समझीं आप?' बुढ़िया नाराज़ होने लगी।

'नाराज़ न हों। भगवान करे कि ऐसा ही हो।...परन्तु, वैसे आपको यह कैसे पता कि उसका ऐसा कोई आइडिया नहीं है? हो सकता है कि हो।...क्यों नहीं हो सकता? ...हो सकता है कि बाबा तो सबकुछ समझ गए हों और आप ही ग़लतफ़हमी में हों?'

'कैसी घटिया और उल्टी-सीधी बातें कर रही हैं आप?'

'इसमें उल्टा-सीधा जैसा तो कुछ भी नहीं है आंटी। और यह ऐसी घटिया बात भी नहीं है। ज़रा सोचिए न! यह क्यों नहीं हो सकता कि बाज़ार में बूढ़े माँ-बाप को ख़रीदने की कोई आकर्षक स्कीम हाल ही में लांच हो गई हो?...आजकल बाज़ार में कुछ भी हो सकता है। रोज़ होता रहता है। अरे, जब कचरा ख़रीदने की स्कीमें तक लांच हो रही हैं तो यह क्यों नहीं हो सकती?'

'आप भी पागल हैं क्या?'

'देखिए, नाराज़ न हों।...बात को तनिक समझें।...मैं कोई ग़लत नहीं बोल रही। मैंने तो बस आपको यही बताया न कि हो सकता है कि अंकल पागल न हों।...हो सकता है कि आपके बेटे ने आपको यहाँ बस इसीलिए भेजा हो...'

'किसलिए भेजा हो?...' बुढ़िया तैश में आ गई।

'शायद इसीलिए भेजा हो कि यहाँ की दवाइयों के नशे में अंकल घर में सोते रह जाएँ और इन्हें सोते-सोते ही, आराम से पैक करके किसी ख़रीदार को पकड़ाया

जा सके। जागते आदमी को बेचना ज़रा मुश्किल होगा न, तभी।...पिताजी जागते रहेंगे तो वे फ़ालतू का हल्ला भी कर सकते हैं न?...ग्राहक भड़क जाएगा।...बाज़ार मानता है कि कुछ भी हो, ग्राहक को नहीं भड़कना चाहिए। ग्राहक सबसे ऊपर है...'

'आप तो न जाने क्या-क्या बोले चली जा रही हैं।...'

'मैंने तो आपको बस एक बात बताई।...ज़माना बदल गया है आंटी।...सँभलकर रहिएगा। इनका भी ठीक से ख़याल रखिए।...ये जो भी कह रहे हैं, उसे भी ठीक से सुनिये और इनके कहे को समझिए भी।...हो सकता है कि अंकल ही सही कह रहे हों?'

बुढ़िया घबराकर उस औरत से तनिक दूर खिसक गई।

उसने साथ बैठी औरत को घूरकर देखा।

यह औरत अभी कैसी पागलों जैसी बातें कर रही थी!...कहीं ये खुद ही तो यहाँ इलाज के लिए नहीं लाई गई है? पागलख़ाने में यह फ़र्क़ करना कभी-कभी कठिन हो जाता है कि यह जो सामने अभी आपसे मिल रहा है, वह पागल है या पागल का तीमारदार, या फिर पागलख़ाने का कोई कर्मचारी?

इधर औरत के साथ बैठा बच्चा बुढ़िया को घूर रहा है।

बच्चा बुढ़िया को देखकर ऐसे खुलकर मुस्कुराया मानो उसके मन की बात जान गया हो! फिर वह बच्चा हँसने लगा।

औरत ने बच्चे की पीठ पर हाथ रखकर समझाया, 'बेटा, ऐसे नहीं हँसते।...सब डिस्टर्ब होते हैं।...'

पर बच्चा हँसता ही रहा।

उधर बूढ़ा एकदम चुपचाप बैठा है।

बच्चा बुढ़िया की तरफ़ देखकर हँसे जा रहा है। बुढ़िया असहज होकर आले में धरी भगवान की मूर्ति को ताकने लगी।

भगवान बेवज़ह मुस्कुरा रहा है।...शायद यही वह समय था जब भगवान भी बाज़ार के साथ हो गया था।...मानो इसी में उसकी भलाई भी थी।

सत्ता हमेशा उनके ही साथ होती है
या शायद हमेशा उनकी ही सत्ता होती रही है

यहाँ पाठक कुछ जायज़ प्रश्न उठा सकता है। जैसे यह कि जब बाज़ार यों चारों तरफ़ कब्ज़ा कर रहा था तब सरकार कहाँ थी?

उसने इस अनर्थ को रोका क्यों नहीं?

संविधान का क्या हुआ? संविधान की रक्षा की शपथ लेनेवालों का क्या हुआ? आजकल वे कहीं भी दिखते क्यों नहीं थे? जो लगाम बाज़ार पर होनी थी वही लगाम इन लोगों पर कैसे दिख रही थी?...क्या अब यहाँ सत्ता वास्तव में सरकार की ही थी? यह क्यों हुआ था कि बाज़ार की सुनामी की एक बड़ी-सी लहर में क़ानून, नियम, नागरिक अधिकार, संविधान, धर्म, क़ायदे, सामाजिक शास्त्र, समाज और उसका हर सिस्टम कचरे की तरह बह निकला था?...लोग या तो इन लहरों पर सवार होने की कोशिश कर रहे थे या फिर डूब रहे थे।

सत्य है कि सरकार नहीं डूबी थी। सरकार बड़ी चीज़ थी। उसे डुबोना आसान भी नहीं था। वह बाज़ार के सैलाब में भी बची रही। बस, डूबती-उतराती रही। सरकार चलाने के सारे गुर सरकार को आते थे। सरकार यह बात जान रही थी। उसने लगभग स्वीकार कर लिया था कि बाज़ार उससे भी ज़्यादा ताक़तवर है। तभी उसने यह निर्णय लिया कि सरकार बाज़ार की ताक़त का इस्तेमाल खुद के सरकार बने रहने के लिए करेगी, मानो कोई सुनामी की लहरों से बिजली पैदा करने की योजना बनाए और इस मूर्खता पर अपनी पीठ भी थपथपाए! इस निर्णय द्वारा सरकार ने अपनी सारी कल्याणकारी योजनाएँ बाज़ार के हवाले कर दीं। सरकार ने सार्वजनिक तौर पर मान लिया कि अब मंडियों और बाज़ार के रास्ते ही देश आगे बढ़ेगा। देश को एक बार सुनामी की लहरों के हवाले भर कर दो तो लहरें देश को झक मारकर आगे बहाकर ले ही जाएँगी—ऐसा मानना था सरकार का।

यह सोच सत्ता का भोलापन था, कमीनापन या काइयाँपन, पता नहीं, पर यह स्पष्ट था कि सरकार बाज़ार के साथ मिल गई थी।

इस तरह यह बड़ा ही अनोखा और डरावना समय बन गया था। बाज़ार की सत्ता, सरकार की सत्ता से मिलकर यों गड्डमड्ड हो गई थी कि पता करना कठिन हो गया था कि दुकान कहाँ तक है और सरकार का दफ़्तर कहाँ से शुरू हो जाता है। सरकारी घोषणाएँ एकदम बाज़ार द्वारा डिक्टेट करके लिखवाई गई लगती थीं। संसद में ऐसे बिल पास होने लगे थे जिनकी बुनावट साँप के बिल जैसी होती थी। वहाँ उपस्थित सभी माननीय लोग सहमत हो चुके थे कि अब समय आ गया है जब बाज़ार को आधिकारिक तौर पर ईश्वर का दर्जा दे दिया जाए। वे चाहते थे कि अब बाज़ार की पवित्रता से छेड़छाड़ को ईशनिन्दा के समकक्ष दंडनीय अपराध मान लिया जाना चाहिए।

अब ज़मीन के हर चप्पे पर पहला हक़ बाज़ार का ही था। फिर जो भी ज़मीन बाज़ार से छूट जाए, उसी पर खेती की जा सकती थी, नदी बह सकती थी और घास को उगने की अनुमति थी। इससे भी बची धरती पर आदमी रह सकता था, या चाहे तो, दफ़्न भी हो सकता था। आकाश, पानी, हवा और धूप पर भी बाज़ार के नैसर्गिक

अधिकार होने का यही नियम लागू कर दिया जाए, इस विषय पर बड़ी विचारोत्तेजक बहसें माननीयों के बीच चलती थीं जिन्हें बाज़ार ने मीडिया के ज़रिये, एक वृहद मनोरंजक कार्यक्रम में तब्दील करा डाला था।

यही वह समय था जब आदमी एकदम अकेला हो गया था। यही वह समय था जब बाज़ार के साथ न होनेवाला हर शख़्स पागल घोषित किया जा रहा था।

पागलपन की परिभाषा को नये सिरे से तय कर रहा था बाज़ार।...बहुत सारे लोग इस काम में उसके साथ थे। दिग्गज बुद्धिजीवी बाज़ार के साथ बैठकर इस परिभाषा को गढ़ने में मुब्तिला थे। एक बड़ा ही अजब पागलपन छा गया था, जहाँ बहुत से पागल, पागलपन को परिभाषित करने बैठे थे।...

इसी समय कुछ लोगों ने यह निर्णय
लिया कि वे बाज़ार की इस पकड़
और दबोच से छूटकर ही रहेंगे
ये अलग ही तरह के पागल लोग थे

यह कहानी इस पागल समय
और इन पागलों की कहानी है

एक अन्धी सुरंग से निकल भागने के लिए सुरंग खोद रहा था वह

अन्ततः उसने निर्णय ले लिया था—यहाँ से भाग निकलना ही उचित होगा।

उसने बाज़ार से भाग निकलने की ठान ली थी।

निर्णय बेहद कठिन था। उसे तो यह भी नहीं पता था कि यहाँ से भागकर वह जाएगा कहाँ? क्या बाज़ारवाद की चपेट में आई दुनिया से भागा भी जा सकता है? उसे तो यह भी ठीक से पता नहीं था। बाज़ार से बाहर कोई दुनिया वास्तव में बची भी है—उसे यह भी पता नहीं था। उसे तो बस इतना पता था कि उसे दूर जाना है। उसे यह भी खूब पता था कि बाज़ार उसे इतनी आसानी से खुद से दूर भागने नहीं देगा। दुनिया का हर शख़्स उसका बहुमूल्य ग्राहक है। वह क्लाइंट को छोड़ नहीं सकता।

फिर?

कैसे भागेगा वह इस सर्वशक्तिमान बाज़ार से? क्या प्लान है उसका?

कहाँ होकर भागेगा? दुनिया के हर रास्ते पर तो बाज़ार का कब्ज़ा है। इन रास्तों से भागा तो वह उसे तुरन्त पकड़ लेगा।...भागना है तो उसे एकदम ही नया रास्ता पकड़ना होगा। ऐसा रास्ता, जिस पर पहले कभी बाज़ार भी न गया हो।...ऐसे रास्ते की तलाश करते-करते अचानक उसे सुरंग खोदने का ख़याल आया। हाँ, यह किया जा सकता है। बाज़ार से छुपकर कोई सुरंग खोदी जा सकती है। वह यही करेगा। उसने सुरंग खोदकर भागने की सोची।

अब वह रोज़ थोड़ी-थोड़ी सुरंग खोदता था। रोज़ थोड़ी-थोड़ी खोदेगा तो धीरे-धीरे दूर तलक एक लम्बी सुरंग खुद ही जाएगी। इस सुरंग को वह अकेले ही खोदता था। किसी को साथ लो तो बाज़ार को ख़बर हो जाने का खतरा था। नहीं, किसी को भी इस काम का पता नहीं चलना चाहिए। अभी तो परिवार जन को भी नहीं। जब सुरंग पूरी खुद जाएगी तो वह भागेगा तो सपरिवार ही। तभी परिवार को बताएगा। अभी नहीं। अभी किसी को भी ख़बर नहीं होने देना है।

पहली चुनौती तो यही थी कि कहाँ खोदे कि किसी को पता न चले?...आख़िर, सबसे छुपकर कहाँ खोदे?

बहुत विचार करके उसने सुरंग खोदने की जगह चुनी। वह भी बाज़ार की पीठ के ठीक पीछे की जगह। चमकीले बाज़ार के ठीक पीछे कबाड़ पड़ा रहता था। वहाँ एकदम घुप्प अँधेरा था। कचरा पड़ा रहता था वहाँ। ग़लीज़ था। वहाँ, बस कचरा बीनने वाले ही कभी-कभी आते थे। बस।...यह बाज़ार द्वारा ही पैदा कचरा था जिसे बाज़ार कभी देखता भी नहीं था। उसने यहीं से खोदना शुरू किया। जब सब लोग सो जाते, तो वह घर से पोशीदा निकलता। बाज़ार भी तब रात के नशे में उनींदा-सा होता। वह बाज़ार के पिछवाड़े जा पहुँचता। वहाँ पड़े काग़ज़, कचरे और अंगड़-खंगड़ के अटाले को हटाकर सुरंग के मुहाने को उघाड़ता। अँधेरे में ही टटोल-टटोलकर सुरंग में घुसता। फिर वह रात भर सुरंग खोदता रहता। पसीने से तर-ब-तर हो जाता पर कभी रुकता नहीं। खोदता ही रहता। सुरंग में भी निचाट अँधेरा मचा रहता। वह अँधेरे में ही खोदता रहता। टॉर्च साथ में ज़रूर रहती पर वह उसे प्राय: जलाता नहीं। डरता है। सतर्क रहता है। बाज़ार बड़ा ही मायावी है। चमत्कारी ताक़तें उसके साथ हैं। धरती के ऊपर से ही धरती के अन्दर खुदी सुरंगों की रोशनी पकड़ने वाली जादुई शक्तियाँ भी उसके पास हों तो कोई आश्चर्य की बात नहीं। टॉर्च जली तो पकड़ लेगा। टॉर्च से वह बस घड़ी देखता। सुबह होते-होते वहाँ से निकल पड़ता। मॉर्निंग वाक करने वालों की तरह घर वापस आकर बिस्तर में सो जाता। खोदने का सामान वहीं सुरंग में दबा वापस आकर ऐसे सो जाता कि घर वालों को भी पता न चल पाए।

हाँ, सुबह को फिर वह बड़ी देर से जागता। घर वाले कहते कि रिटायरमेंट के बाद रूटीन बिगड़ गया है बाबूजी का। दिन में भी सोते रहते हैं।...

विश्वास तो नहीं करेंगे आप पर मैं एकदम ठीक हूँ

'क्या हुआ है इनको ?' सायकेट्रिस्ट ने बेहद ध्यान से देखते हुए पूछा है उनके बारे में।

दरअसल वे एक दिन सुबह-सुबह एकदम रँगे हाथों पकड़े गए। सुरंग खोदकर ब्रह्ममुहूर्त में, धूल-धूसरित, घर में चुपचाप घुसकर, अपने पलंग के नीचे कपड़े बदल ही रहे थे कि उनकी पत्नी ने पकड़ लिया। पूछने लगी कि ये यहाँ पलंग के नीचे क्या कर रहे हो ? उन्हें भी आश्चर्य हुआ कि पत्नी यहाँ कैसे आ गई ? उनसे झूठ बोलते नहीं बना। बताना पड़ा। सुरंग वाली बात तथा भागने का प्लान—सब बताना पड़ा। पत्नी के तो कुछ भी पल्ले नहीं पड़ा। वह मानो कुछ समझी ही नहीं।

कैसी सुरंग? बाज़ार से कैसा भागना? कैसी बहकी-बहकी बातें हैं ये? घबराकर छाती कूटने लगी। दहाड़ें मारकर रोने लगी। बेटा दूसरे कमरे से भागा-भागा आया। पीछे-पीछे बहू। उसके पीछे, पाँच साल का डरा-डरा पोता। वैसे पास नहीं आने पाया पोता। बहू ने खींचकर अपनी छाती से लगाकर रोक लिया। ससुरजी पागल हो गए लगते हैं। इनसे दूर ही रहे बच्चा तो ठीक।

तब से, वे हर बात के उत्तर में किसी सुरंग से भाग जाने की बात कह रहे थे। ज़ाहिर था कि दिमाग़ ख़राब हो गया है। बड़ी मुश्किल से समझा-बुझाकर उन्हें डॉक्टर को दिखाने के लिए राज़ी किया गया है। वे उसे पकड़कर यहाँ क्लीनिक में ले आए हैं।

सायकेट्रिस्ट का चेम्बर ऐसा भव्य तथा लकदक है कि अन्दर घुसते ही वह और भी घबरा गया। शानदार, सिंहासननुमा रिवॉल्विंग कुर्सी पर बैठा था डॉक्टर। काँच की जगमग बड़ी-सी टेबल के पीछे। खिड़की पर मोटे शानदार पर्दे। दीवार पर, यहाँ-वहाँ ढँकी, उजागर रोशनियाँ। महँगे वस्त्रों में सुसज्जित था डॉक्टर।...पूरे चेम्बर में हर तरफ़ वैभव टपक रहा था। वैभव रिस रहा था। वैभव पूरे कमरे में बह रहा था। कॉलीन वैभव में निचुड़ रहा था। कमरे में घुसो तो आपके साधारण पाँव टखनों तक वैभव में डूब जाते थे। वह बड़े ही ऐहतेयात से कमरे में घुसा। बचते-बचाते। पैंट को टखनों के ऊपर खींचकर। अभी भी, अपनी टाँगें तनिक ऊपर को हवा में उठाकर ही बैठा हुआ था वह!

'इक्जेक्ट्ली, क्या प्राब्लम है इनकी?' सायकेट्रिस्ट हवा में टँगे उनके पंजों को बड़ी रुचिपूर्वक देख रहा है। मरीज़ की 'बॉडी लैंग्वेज' से ही बहुत सारी बातें जान जाता है। बड़ा अनुभवी डॉक्टर है।

लड़के ने सारी कथा सुनाई।

'आज सुबह-सुबह माँ की नींद टूट गई। अभी अँधेरा ही था। माँ ने देखा कि पापा पलंग पर नहीं हैं।...कहाँ गए होंगे? वे सोचने लगीं। तभी पलंग के नीचे खटपट लगी। देखा तो वहाँ पापा पड़े थे। आवाज़ दी तो वहाँ से निकले। पसीने से एकदम तरबतर थे। कपड़े धूल-धसरित! बाल बिखरे हुए।...बेहद घबरा रहे थे। मानो किसी ने चोरी करते हुए पकड़ लिया हो! माँ का हाथ पकड़कर कहने लगे कि यह बात किसी को भी मत बताना। बोले कि यदि यह बात खुल गई तो अपनी सुरंग पकड़ ली जाएगी।...माँ तो समझी ही नहीं कि पापा क्या कहे जा रहे हैं। वह एकदम घबरा गई। ये बार-बार किसी सुरंग की बात कर रहे थे जिसे ये सबसे छुपकर कहीं खोद रहे हैं। पूरे टाइम उसी की बातें करते रहे। फिर माँ ज़ोर-ज़ोर से रोने लगी। माँ की आवाज़ सुनकर मैं भी भागकर पहुँचा।...ये तब भी उसी सुरंग की बातें किये चले जा रहे थे।...और तब से बस सुरंग, बाज़ार, भागना—ऐसी ही बहकी-बहकी बातें किये जा रहे हैं। बड़ी मुश्किल से तो ये यहाँ आने को माने हैं।...'

बेटा उनकी केस हिस्ट्री बताता रहा।

वे भी चुपचाप बैठे हुए बेटे की बात सुनते रहे।

'क्यों सर, ये क्या बता रहे हैं?...' सायकेट्रिस्ट पूछने लगा।

वे क्या बताएँ? घर वालों की बात तो एकदम अलहदा थी परन्तु इस डॉक्टर को सुरंग की बात कैसे बता दें? गोपनीय बात है। ये परिवारजन तो कुछ भी समझते ही नहीं। बात फैल जाएगी। फैली तो फिर बाज़ार को पता चलते कित्ती देर लगती है? डॉक्टर की बातों का सतर्क रहकर जवाब देना होगा। डॉक्टर को सच्चाई की भनक भी नहीं लगने देनी है। वैसे भी बड़ा काइयाँ दिखता है शक्ल से।

'नहीं, नहीं, मैं एकदम ठीक हूँ डॉक्टर साहब।' उन्होंने कहा और मुस्कुराने लगे।

'और ये लोग जो कह रहे हैं, वो?' डॉक्टर ने पूछा।

'पागल हैं सब...' कहकर पागलों की भाँति हँसने लगे थे वे। एक आँख भी दबा दी ताकि स्पष्ट रहे कि बात यों ही मज़ाक में कही गई है।

'यह सुरंग खोदने का क्या मामला है सर?...'

'कोई भी मामला नहीं है डॉक्टर...' वे इतने आत्मविश्वास से झूठ बोल गए कि उन्हें स्वयं पर ऐसा आश्चर्य तथा गर्व हुआ कि वाह!

बेटा सब सुन रहा था। वह उत्तेजित हो उठा। बोला, 'क्यों? कोई मामला कैसे नहीं है? डॉक्टर को सबकुछ बताइए न?...अपनी सुरंग का प्लान इनको भी बतलाइए न?...घर पर तो आप सुरंग-सुरंग की रट लगाए हुए थे? अब यहाँ क्या हुआ?'

वे चुप बैठ गए। बेटे को चुपचाप देखते रहे।

बेटा बताने लगा। डॉक्टर से बोला, 'कह रहे थे कि अब जब तुम लोगों को भी पता चल ही गया है तो आज से सब लोग, रात में मेरे साथ चलकर सुरंग खुदवाया करो। कहते हैं कि हम सब लोगों को यहाँ से बहुत दूर निकल जाना है।...बोलते-बोलते डरने भी लगते थे। चार बार उठकर खिड़की तक भी गए। कहने लगे कि देख रहा हूँ, कहीं कोई छुपकर हमारी बातें न सुन रहा हो!...बताइए।'

'कौन सुनेगा आपकी बातें?' डॉक्टर ने पूछा।

वे चुप बैठे रहे।

'कहते हैं कि बाज़ार के आदमी जासूसी करते घूमते रहते हैं। कोई भी सुन लेगा तो सुरंग पकड़ ली जाएगी।...बस, ऐसी ही बातें।...' बेटे ने बताया।

डॉक्टर ने सबकुछ यूँ ध्यान से सुना मानो सारा मुद्दा उसकी समझ में आता जा रहा हो।

इधर वे मन-ही-मन डॉक्टर पर हँसते रहे।...कुछ नहीं पता चलने दूँगा तुझे!

'कौन-सी सुरंग खोद रहे हैं आप?...कहाँ तक खोदेंगे?' डॉक्टर ने कहा।

वे डॉक्टर को घूरने लगे।

यह डॉक्टर भी बाज़ार से मिला हुआ लगता है। उन्हें बेहद सतर्क होकर इसके प्रश्नों के उत्तर देने होंगे। यह बाज़ार को सुरंग का बता देगा! इसे बरगलाना ही होगा!

'मैं कोई सुरंग-फुरंग नहीं खोद रहा साहब,' वे मुस्कुराकर बोले।

'और ये लोग जो कह रहे हैं... ?'

'अरे, मेरे हाथ देखिए न!...क्या ये किसी सुरंग खोदने वाले के हाथ लगते हैं? ...क्या मेरी हथेलियों में भट्टे पड़े हैं?...नहीं न? फिर?...' कहकर वे हँसने लगे।

डॉक्टर चुप होकर उन्हें घूरता रहा।

डॉक्टर अब उनके बेटे और पत्नी की तरफ़ मुड़ा। वह, उनसे अन्य बहुत-से प्रश्न पूछने लग गया :

'इन्हें नींद कैसी आती है? दिन भर सोते रहते हैं तो फिर रात में क्या करते हैं? खाना ठीक से खाते हैं या नहीं? 'वॉयलेंट' तो नहीं हो जाते, बीच-बीच में? सुरंग के सिवाय और भी कोई बहकी बातें करते हैं क्या? जीवन में नास्तिक रहे हैं कि आस्तिक?...जब ये कई दिनों से डरे-डरे लगते थे तो आपने कभी इनसे पूछा नहीं कि ये डर क्यों रहे हैं?'

वे लोग अपनी तरह से जवाब देते रहे।

डॉक्टर बीच-बीच में सामने धरे पैड पर कुछ नोट करता चला गया।

वे मौन होकर सबकुछ देखते-सुनते रहे। वे डॉक्टर की तरफ़ देखकर मुस्कुराते रहे।

वे मुस्कुरा क्यों रहे थे?

दरअसल वे डॉक्टर को यह बताना चाहते थे कि देखिए, हम एकदम ठीक हैं, और यह सुरंगवाली बात को बस एक खामखा-सी बात मान लिया जाना चाहि

सपनों के बिना जीना

उस रात, जब सारी बस्ती ठाठ से सो रही थी, वह जाग रहा था। कमरे में नाइट बल्ब की झीनी-सी रोशनी है। मच्छरदानी। तकिये। बाहर ठीकठाक-सा सुहावना मौसम। बारिश हो रही है। सब सो रहे हैं। वह जागा हुआ है। बग़ल में लेटी पत्नी खर्राटे मारकर सो रही है और वह दो तकिये पीठ से लगाए पलंग के सिरहाने से टिका बैठा है। न जाने किस तरफ़, क्या ताकता हुआ। एकदम पूरा जागा हुआ। आँखें झपक ही नहीं रहीं। सोने के लिए लेटा था। पत्नी तो कब की सो चुकी। वह देर तक की प्रतीक्षा करता रहा। बड़ी बेचैनी। कुछ-कुछ घबराहट। फिर दिल में भी कुछ ह लगा। और वह उठकर बैठ गया था।

अभी तो न जाने कब से यों ही बैठा है। रात न जाने कितनी गुज़र चुकी और

कितनी अभी बकाया है। वह तकियों से टिका चुपचाप बैठा हुआ है। न जाने क्या सोच रहा है!

तभी अचानक पत्नी की नींद खुली। उसने करवट ली और उसे यों बैठे देखा। रात के निचाट एकान्त में उसे यों बैठा पाकर वह एकदम घबरा गई।

बाहर बारिश तेज़ हो गई थी।

'क्या हुआ?' पत्नी ने घबराकर पूछा।

'कुछ नहीं।' वह बोला।

'फिर? यों बैठे क्यों हो? सोते क्यों नहीं?' पत्नी ने पूछा।

'बस, नींद नहीं आ रही थी...' खोया-खोया सा स्वर था उसका।

'तबीयत खराब है?'

'क्यों, तबीयत को क्या होना है?'

'फिर?'

'मैं सोने को ही था कि एक बात मन में आई और मेरी नींद उचट गई। तब से वही बात परेशान कर रही है।' उसने बताया।

पत्नी भी अब उठकर बैठ गई।

'कैसी बात?' पत्नी ने पूछा।

'मुझे अचानक ही यह ख़याल आया कि आजकल मुझे सपने ही नहीं आते। महीनों से मैंने कोई सपना ही नहीं देखा है।' वह बताने लगा।

'तो? इसमें क्या बात है?' पत्नी ने कहा।

'क्यों, इसमें कुछ भी बात नहीं?' उसने आश्चर्य से पूछा।

'हाँ, इसमें क्या हुआ? अरे, सपने न आते हों तो न सही।...' पत्नी ने लापरवाही से कहा।

'मैं 'सपनों' की बात कर रहा हूँ—'सपनों' की?' उसने दोहराया।

'हाँ, हाँ, मैं भी तो सपनों की ही बात कर रही हूँ।...बहरी नहीं हूँ।' पत्नी चिढ़-सी गई।

'मैंने कहा कि मैंने सपने देखने बन्द कर दिये हैं और तुम कहती हो कि...'

'वही तो मैं कह रही हूँ। अरे, ऐसी कौन-सी मुसीबत आ गई? सपने नहीं देखे तो न सही!' पत्नी ने कहा।

'अजीब बात करती हो तुम!...'

'मैं, कि तुम?'

'मुझे सपने नहीं दिख रहे और तुम कहती हो कि...'

'तुम यह पागलों टाइप बात क्यों कर रहे हो?...सो जाओ। रात पहले ही बहुत हो चुकी।' पत्नी बड़बड़ाती हुई वापस लेट गई।

वह ज़रूर वैसा ही बैठा रहा।

'अब लेट भी जाओ। लेटोगे, तब तो नींद आएगी न?' पत्नी ने कहा और करवट बदल ली।

वह मौन बैठा रहा।

'अरे, सो जाओ।...' पत्नी ने लेटे-लेटे कहा।

'सोता हूँ...'

'न तो खुद सोते हो, न दूसरे को सोने देते हो...' पत्नी बड़बड़ाई।

वह लेट गया। आँखें खोलकर लेटा रहा। पत्नी सोने लगी थी, यह उसके छोटे-छोटे खर्राटों से ज़ाहिर था।

थोड़ी देर बाद ही घबराकर वह फिर बैठ गया। पलंग हिला तो पत्नी कुनमुनाई।

'सो जाओ न...' पत्नी नींद में ही बोली।

'मान लो कि मुझे सपने आने ही बन्द हो गए हों, तो?' वह पूछने लगा।

'प्लीज, सो जाओ! रात के दो बजे तुम यह क्या सपनों का रोना लेकर बैठ गए हो?' पत्नी ने कहा।

वह चुप बैठा रहा।

'सपने न आएँ तो न सही...' पत्नी सोने लगी।

'सपनों के बिना फिर इस जीवन का मतलब ही क्या रहा?' वह बोला।

पत्नी ने नहीं सुना। वह वापस सो गई थी।

थोड़ी देर बाद पत्नी ने ज़ोर से चिल्लाकर कहा, 'अरे सो जाओ महाराज!...सपनों की चिन्ता कल सुबह कर लेना।'

फिर वह लेट गया। नींद तो नहीं आई परन्तु फिर बिना हिले-डुले ही पड़ा रहा। रात भर अपने सपनों के बारे में सोचता रहा। लगता तो यही था कि यह रात कभी ख़त्म नहीं होगी, पर हो गई।

सुबह हुई।

पत्नी तो सपनों का मसला ही भूल गई थी। सुबह से सौ काम, उसे। झाँककर देखा। किचन में बच्चों का और उसका टिफ़िन तैयार कर रही थी।

वह ऑफ़िस जाने को तैयार होने लगा। मन नहीं था पर उसे लग रहा है कि वहाँ मित्रों से वह सपनोंवाला मसला डिस्कस करेगा तो ज़रूर कोई रास्ता निकलेगा। वर्ना उसके साथ कितनी बड़ी दुर्घटना घट गई थी और पत्नी को तो कुछ भी समझ ही नहीं आ रहा था। मित्र समझेंगे।

ब्रश करने के बाद मुँह धोया। धोते समय उसने आँखों पर छींटे मारे तो अचानक ही उसका ध्यान अपनी आँखों पर गया। और वह ज़ोर-ज़ोर से चीखने लगा। दोनों बच्चे भागकर आए।

'क्या हुआ पापा ?'

पत्नी भी रसोईघर से दौड़ती हुई आई।

'क्या हुआ ?'

'मेरी आँखें...'

'क्या हुआ आँखों को, दिखाओ ?' पत्नी ने घबराकर पूछा।

बच्चे भी उसकी आँखों में झाँकते लगे। उसने अपनी आँखें उनकी तरफ़ कर दीं। पत्नी ने पपोटे नीचे करके देखे।

'ठीक तो हैं ? क्या हुआ ?'

'तुम्हें ठीक लग रही हैं ?' वह उत्तेजित होकर बोला।

'हाँ, थोड़ी लाल हैं, बस। तुम रात में ठीक से सोए नहीं हो न, इसीलिए...' वह बोली।

'अरे, ज़रा ध्यान से देखो। मैंने अभी-अभी दर्पण में झाँककर देखा है...' वह बेहद उत्तेजित होकर बोला।

पिता को यों परेशान देखकर किशोर पुत्र ने चिन्ता से माँ की तरफ़ देखा। बेटी अभी छोटी है। बहुत-सी बातें समझती नहीं। रात भर पानी बरसा है। बादल अभी भी घिरे हैं। बाहर आसमान में काली घटाएँ हैं। घर में अँधेरा-सा है। पत्नी ने गुसलख़ाने की बत्ती जला दी।

'कुछ तो नहीं है। क्यों परेशान हो ?' पत्नी ने बिजली की रोशनी में अपनी तरफ़ से आँखों का एक बार और निरीक्षण किया।

'हाँ, पापा, कुछ भी तो नहीं है।' बेटे ने भी आँखों में झाँककर कहा।

'अरे, ध्यान से देखो न ज़रा...'

'क्या देखें ?' पत्नी चिढ़कर बोली।

'देखो तो...मेरी आँखें एकदम ख़ाली नहीं दिखतीं तुम्हें ?' वह बेचैन होकर पूछने लगा।

'ख़ाली ?'

'हाँ, एकदम ख़ाली !'

'ख़ाली का क्या मतलब ?...बढ़िया तो दिख रही हैं। क्यों न बेटा ?' पत्नी को उसकी बात ही समझ नहीं आई।

'हाँ, पापा, आँखें तो एकदम ठीक नज़र आ रही हैं,' बेटे ने भी कहा।

अलबत्ता बाप का उड़ा-उड़ा चेहरा देखकर छोटी बेटी ज़रूर अपनी माँ से चिपक गई। दोनों बच्चे स्कूल ड्रेस में हैं। आधे-अधूरे तैयार। स्कूल की तैयारी कर रहे थे कि बाप की पुकार सुनकर यहाँ भाग आए। अब उसके अलावा सबकी निगाहें दर्पण के ठीक ऊपर लगी दीवार घड़ी पर भी हैं। स्कूल बस के समय का ध्यान भी तो रखना है। हाँ, उसकी नज़रें बस दर्पण पर हैं। वह आँखें फाड़कर वहाँ अपनी आँखों में झाँक रहा है।

'कमाल है!...मेरी आँखों में इतना ख़ालीपन है और तुम लोगों को नहीं दिखता?' वह बोला।

'पापा क्या कह रहे हैं मम्मी?' बेटा समझ नहीं पा रहा।

पत्नी अलबत्ता अब कुछ-कुछ समझ रही है। उसे रात में उसकी कही बातें याद आ रही हैं।

'बेटा, तुम लोग स्कूल के लिए तैयार हो। तुम्हारा टिफ़िन लगा दिया है। लेकर निकलो। मैं इनको देखती हूँ...' उसने बच्चों को भेज दिया।

बच्चों को भेजकर वह उसकी तरफ़ पलटी।

'तुम्हारी आँखें एकदम ठीक हैं।...कल रात से यह क्या तमाशा बना रखा है तुमने?' उसने फटकारा।

'यार, मेरी आँखें एकदम ख़ाली हो गई हैं और तुम इसे तमाशा...?'

'तुम्हें सबकुछ ठीक से दिख रहा है न?'

'हाँ, वो तो...'

'आँखों में दर्द तो नहीं न?'

'नहीं, वो बात...'

'यार, तो फिर क्या बात है? क्यों परेशान हो? क्यों परेशान कर रहे हो?' पत्नी ने पूछा।

'देखो तो, मेरी आँखें एकदम ख़ाली हैं! मैंने अभी-अभी नोट किया है।' वह अपनी बात फिर से समझाने लगा।

'मतलब?'

'ऐसी ख़ाली हैं जैसे किसी ने कोना-कोना बुहारकर वहाँ से सब उठा लिया हो।...'

'पता नहीं, तुम क्या कहे जा रहे हो!'

'जैसे मकान को कोई पूरा ख़ाली कर दे, वैसा। अब मेरी आँखों में कोई नहीं रहता। ये ख़ाली मकान जैसी ख़ाली हैं...'

'ख़ाली मकान?...तो पहले यहाँ कौन रहता था जो ख़ाली कर गया?' पत्नी चिढ़ भी रही है और डर भी रही है, उसकी बहकी-बहकी बातों से। क्या हो रहा है इसे?

'तुमसे बात करते हुए अब मुझे सब समझ आ रहा है। मेरी आँखों में सपने ही नहीं रहे। मेरी आँखों में सपने ही तो बसते थे। वे चले गए। आँखें ख़ाली कर गए। यही बात है। तभी तो, जिसके सपने ही न बचें, उसकी आँखें तो ख़ाली ही लगेंगी! है न?' वह मानो खुद से बातें कर रहा था।

'तुम्हारा दिमाग़ तो ठीक है न?' पत्नी के स्वर में फटकार और भय दोनों हैं।

'क्यों? ऐसा क्यों कह रही हो?'

'तुमने फिर से वही सपनों का पचड़ा वापस उठा लिया? यह कल रात से क्या हो गया है तुम्हें?'

'यार, मुझे सपने नहीं आ रहे, तो मैं परेशान न होऊँ क्या?'

'सपने नहीं आ रहे तो ऐसा कौन-सा आसमान टूट पड़ा?'

'मेरे सपने ही नहीं बचे और तुम कहती हो कि चिन्ता की यह कोई बात ही नहीं?' उसे आश्चर्य हो रहा था कि पत्नी सपनों की बात को कितने हल्के से ले रही थी।

'अरे, चिन्ता करने के लिए और भी सौ मसले हैं ज़िन्दगी में। उनका रोना रोएँ कि तुम्हारे सपनों के लिए अपनी छाती कूटें?' पत्नी बड़बड़ाती हुई वापस रसोईघर में चली गई।

वह चुपचाप खड़ा रह गया। फिर देर तक दर्पण में खुद को देखता रहा। दर्पण में खड़ा व्यक्ति इतना दयनीय, अकेला और ख़ाली लग रहा था कि उसे स्वयं पर दया आने लगी।

वह परेशान था और चकित भी कि इतनी-सी बात उसकी पत्नी क्यों नहीं समझ पा रही? बच्चे तो बच्चे हैं। वे नहीं समझ सकेंगे।

वह धीरे-धीरे दफ़्तर के लिए तैयार होने लगा। एकदम बेमना-सा। शेविंग करने को मन नहीं किया। ज़रा-सा पानी डालकर नहा लिया। कोई से भी कपड़े पहन लिये। नाश्ता गुटका। फिर वह चुप ही रहा। उसने पत्नी से इस बाबत बात ही नहीं की। पत्नी भी चुप रही। बच्चे 'बाय-बाय पापा' कहकर निकल गए। उसने भी बैग उठाया और दफ़्तर को निकल गया।

'ठीक तो हो?' जाते-जाते पत्नी ने पूछ लिया।

'हाँ, मैं ठीक हूँ,' उसने उड़ती-उड़ती आवाज़ में कहा और बिना पत्नी की तरफ़ देखे ही चल दिया। पर दफ़्तर पहुँचा तो सबने नोट कर लिया कि वह ठीक नहीं है।

रात भर का जागरण। लाल-लाल आँखें। दाढ़ी बढ़ी हुई। चेहरा उतरा हुआ। सारा व्यक्तित्व तनाव से भरा। दफ्तर के मित्र चिन्तित हुए।

'क्या हुआ रे तेरे को?...तबीयत तो ठीक है न?' किसी ने पूछा।

वह कुछ नहीं बोला। अपनी टेबल पर सामान व्यवस्थित करने में व्यस्त रहा। मन में तय करता रहा—इनसे सपनों की बात करूँ या नहीं? उसके दिमाग़ में सपनों की बात किसी रील-सी घूम रही है। अभी भी। अनवरत।

'तबीयत तो ठीक है न तेरी?' किसी ने फिर पूछा।

फिर उसने तय कर लिया, इनसे भी पूछ ही लिया जाए :

'यार, मैं एक बात से बड़ा परेशान हूँ। मुझे बताओ ज़रा।...आजकल तुम लोगों को सपने आते हैं या नहीं?' उसने झिझकते हुए पूछा।

मित्र उसका प्रश्न ही नहीं समझ पाए।

'यह साला कैसा सवाल?'

'जैसा भी हो, पर बताओ न?'

'पर यह तू पूछ क्यों रहा है?'

'मैं परेशान हूँ।'

'इस सवाल से?'

'हाँ...'

'इसमें परेशान होने की कौन-सी बात?' मित्र बोले।

'फिर भी, बताओ न?' उसने इतने बेचैन होकर पूछा कि उसका चेहरा देखकर मित्र घबरा गए।

'तू यह सब क्यों पूछ रहा है यार?' उन्होंने पूछा।

वह कुछ देर तक चुप ही रहा। उसका उतरा चेहरा और भी लटक गया। फिर उसने बेहद रुआँसी आवाज़ में दोस्तों को बताया कि मुझे महीनों से सपने दिखना बन्द हो गए हैं।

'तो?' दोस्तों ने उसकी बात को विशेष ध्यान देने लायक माना ही नहीं।

'तो?...मैं बहुत परेशान हूँ।'

'तू इस बात से परेशान है?' दोस्तों को भरोसा ही नहीं हुआ।

'हाँ...।'

'क्यों?'

'मैं सपनों के बारे में सोचता रहता हूँ।'

'क्या?'

'कि कहाँ गए होंगे मेरे सपने?...'

दोस्त उसका मुँह देखते रह गए। कैसी बातें कर रहा है?...दिमाग़ तो ठीक है?

'...क्या हुआ होगा मेरे सपनों का?' उसने ऐसी व्यग्रता से फिर पूछा कि दोस्त उसे देखते ही रह गए।

'बस?' एक दोस्त हँसने लगा।

'बस का मतलब?'

'बस का मतलब यही कि तू बस, इत्ती-सी बात पर परेशान है, क्यों?'

'यह इत्ती-सी बात है?' वह पूछने लगा।

दोस्त उसे और भी ध्यान से देखने लगे। हँसना बन्द करके एक दोस्त ने पूछा, 'अबे, इत्ती-सी बात पर ऐसा परेशान क्यों हो रहा है?'

वह दोस्त को देखता रह गया।

'यार, मैं सपनों की बात कर रहा हूँ। समझे न? सपनों की...'

'हाँ, हम समझ रहे हैं।'

'तुम्हें पता है न? मेरे सपने ही नहीं बचे। महीनों से मैंने एक भी सपना नहीं देखा। मैं चिन्तित हूँ। और तुम मेरी इस चिन्ता पर हँसते हो?' वह बोला।

दोस्त उसे समझाते हुए बोले कि यदि सपने नहीं आ रहे हैं तो भैया, ऐसी कौन-सी मुसीबत आ गई? आजकल तो सपने न ही हों, यही बेहतर। फ़ालतू में अपनी नींद का डिस्टर्बेन्स, और क्या! वास्तव में ठीक से समझो तो तुम्हारे तो मज़े हैं कि सपनों से निजात मिल गई तुम्हें।

उसने उनकी बात ही अनसुनी कर दी। उनसे फिर से उसने वही प्रश्न पूछा, 'यह बताओ कि तुम्हें सपने आते हैं कि नहीं?'

'यार, हमें तो याद ही नहीं, और हमें परवाह भी नहीं। दरअसल, हमें यह सोचने की फ़ुर्सत भी नहीं...।' मित्रों ने कहा।

'तुम्हें अपने सपनों की परवाह ही नहीं?' वह आश्चर्यचकित होकर पूछने लगा।

'इसमें हैरानी की कौन-सी बात है?' उल्टे दोस्त ही उससे पूछने लगे।

एकाध दोस्त ने तो उसे यह भी समझाया कि ज़माना ख़राब चल रहा है आजकल। तुझे तो खुश होना चाहिए कि तुझे सपने नहीं आते। लोगों को तो बड़े डरावने सपने आते हैं आजकल। यह डरावने सपनों का समय है। डरानेवाले सपने देखने से तो बेहतर है कि सपने आए ही नहीं।

वह चुप रह गया।

वह दोस्तों की बातों पर हैरान रह गया था। कैसी बातें बोल रहे हैं ये लोग!

'सपने देखने की क्षमता ही तो मनुष्य को मनुष्य बनाती है दोस्त। तुमने कभी किसी कुत्ते या बिल्ली को सपने देखते सुना है?' उसने आख़िरी तर्क दिया।

दोस्त हँसने लगे थे। 'यार, तुम भी...' टाइप की हँसी।

'और यार, तू कैसे जानता है? क्या पता, वे सपने देखते हों!' एक दोस्त हँसते हुए बोला।

'तब तो यह और भी ख़तरनाक होगा कि हमें सपने न आएँ। क्या हम जानवरों से भी गए-बीते हो चले हैं?' वह बोला।

दोस्त उसकी शक्ल देखते रह गए! वह भी चुप रह गया।

क्या कहे? क्या बोले?

फिर वह दिनभर, ऑफ़िस में चुपचाप ही अपना काम करता रहा। एकदम चुपचाप रहा। किसी ने कुछ पूछा भी तो उड़ता-उड़ता-सा कुछ उत्तर दे दिया। पर उस दिन के बाद मानो उसकी दुनिया ही बदल गई। वह पूरा बदल गया।...उस दिन के बाद तो वह एकदम चुप ही हो गया। हरदम गुमसुम रहता। न जाने क्या सोचता रहता! रातों में भी सोता नहीं। करवटें बदलते रात काट देता। सड़क पर चुपचाप चलता। बस में चुपचाप बैठता। पास की सीटवाले ने कभी पूछ लिया कि भाई

साहब, रामनगर स्टॉप कब आएगा तो उससे कहने लगता कि मुझे सपने नहीं आते हैं आजकल, और क्या, आपके साथ भी ऐसा ही हुआ है?

धीरे-धीरे सब तरफ़ यह ख़बर फैल गई कि भाई साहब तो एकदम पगला गए लगते हैं। न जाने किन सपनों के लिए ऐसे परेशान रहते हैं कि क्या बताएँ! पगलटों टाइप बातें किया करते हैं आजकल, चौबीसों घंटे। लोग उनसे कटकर रहने लगे। वे भी इस स्थिति में अच्छा महसूस करने लगे कि लोग उनसे कतराते हैं। वे स्वयं भी सबसे कतराते।

इस तरह सबसे दूर, चुपचाप रहकर वह अपने सपनों के बारे में सोच सकता था।

वह अहर्निश बस एक ही विचार की गिरफ़्त में था कि उसे सपने क्यों नहीं आते आजकल? सपने यदि नहीं आ रहे तो आख़िर वे हैं कहाँ? किधर गए उसके सपने?

अब वह तीन-तीन दिनों तक शेविंग न करता। पत्नी समझाती रह जाती पर वही कपड़े पहने रहता। दो-तीन दिन भी न बदलता। बाल ऐसे बिखरे रहते कि एक-दो बार तो बॉस ने ही चेम्बर में बुलाकर पूछ लिया कि आपकी कोई परेशानी चल रही है क्या?

वैसे, सबको उससे सहानुभूति थी। वह हमेशा ही बड़ा ईमानदार, कर्तव्यपरायण, सीधा-सादा और ज़िम्मेदार व्यक्ति रहा है। लोगों ने दबी जुबान में यह भी माना कि इन्हीं कमियों के कारण ही शायद वह पगला गया था। यह समय ईमानदार, कर्तव्यपरायण, सीधे-सादे तथा ज़िम्मेदार बने रहने का नहीं था। सब यह बात जानते तथा मानते थे।

तभी एक दिन उसे अपने सपनों की चोरी का पहला सुराग़ घर में टीवी देखते हुए मिला।

नहीं, टीवी पर इस बाबत कोई समाचार नहीं था। वह तो हुआ यों कि एक दिन उसे अपने ही सपने टीवी में चल रहे कई विज्ञापनों में काम आते हुए दिखाई दे गए! वह हैरान रह गया। चोरी का माल ऐन उसके सामने था। चोर हमेशा उसके आसपास था। एकदम सामने। वही अपने सपनों के चोर को नहीं देख पाया था। दरअसल, वह इतना अकेला हो गया था कि घरवालों के साथ बैठकर बतियाना, आराम से परिवार के साथ पैर फैलाकर शाम गुज़ारना भी कब का बन्द कर चुका था।

इसी चक्कर में टीवी देखना भी कब का तज चुका था वह।...वह तो उस दिन जबरन ही उसे टीवी देखना पड़ गया। वह तो हमेशा की तरह कमरे में अकेला ही बैठा था। लड़के ने आकर टीवी चला दिया। वह तुरन्त वहाँ से उठकर जाने लगा तो नाराज़ होकर लड़के ने उसे जबरन वापस बिठा लिया। कहा कि पापा, क्या एकदम

चुपचाप बैठे रहते हो—तनिक टीवी वग़ैरह देख लिया करो, मन बहल जाएगा।

तो वह अनमना-सा टीवी के सामने बैठ गया।

तभी मानो चमत्कार-सा हुआ। टीवी में चल रहे शो के बीच अचानक ही विज्ञापन चलने लगे और जैसाकि होता है, फिर चलते ही चले गए। शुरू में तो वह अनमना-सा बैठा रहा, फिर अचानक ही चौंककर जैसे जाग गया। फिर इसके बाद वह हर विज्ञापन को बड़े ध्यान से देखता रहा। उसने पाया कि टीवी विज्ञापनों में उसके ही सपनों को लिबास बदलकर, नये सिरे से सजा-धजाकर दुनिया के समक्ष पेश किया जा रहा था। हाँ, ये सब उसके ही तो सपने थे।

टीवी पर बाज़ार के विज्ञापन थे। बाज़ार ने सपनों को सामान बेचने के काम पर लगा दिया था। बाज़ार ने सामान और सपनों को ऐसा मिला दिया था कि आदमी सामान का सपना देखने लगे।

उसने अपने सारे सपनों को बाज़ार की ताबेदारी में विज्ञापनों का काम करते देखा उस दिन। उसके सारे सपने। सच, ईमानदारी, प्यार, सफलता, भाईचारा, लोकतंत्र, वात्सल्य, भलाई, सुन्दरता, स्वास्थ्य, सुकून भरी नींद, एकता, बराबरी—उसके हर सपने को बाज़ार ने उठा लिया था और अपने काम पर लगा दिया था।

वह चुपचाप बैठा टीवी पर यह सब देखता रहा और फिर चुपचाप ही उठ गया।

तो यह बात है!...वह पलंग पर लेटा सोचता रहा।...उसके सपने बाज़ार ने उठा लिये हैं!

क्या करे वह अब? सोचता रहा वह। कुछ समझ नहीं पाया कि क्या करे।

सोचते-सोचते ऊँघने लगा वह।

बहुत दिन बाद ऐसा हुआ कि उसे गहरी नींद आ गई।

और बहुत दिनों के बाद यह चमत्कार हुआ कि उसे एक सपना भी आया। हाँ, उसने सपना देखा।

पर वह एक डरावना सपना था।

उसने देखा कि बाज़ार ने उसके सपनों को ज़ंजीरें बाँधकर क़ैद कर रखा है। वह हर सपने को क़त्ल करने का इरादा रखता है। बाज़ार के हाथों पूँजी का पैना चाकू था। वह हर सपने का एक क्लोन बनाने के बड़े प्रोजेक्ट पर कार्यरत दिखा। अन्तत: वह इन क्लोन्स को अपने लिए इस्तेमाल करेगा और असली सपनों को ज़िबह कर देगा। अभी वह इन सपनों का ख़ून निकालकर इनके हमशक्ल तैयार कर रहा था। सपने में लहूलुहान सपने कराहते दिखे उसे।

...वह घराबकर अधकच्ची नींद से उठ बैठा।

फिर सो ही नहीं सका वह।

रात भर पलंग पर बैठा रहा।

इसका मतलब यह हुआ कि उसके सपने ख़तरे में थे। उसे सपनों के चोर का

भी पता चल गया था। चोर आगे-पीछे, कभी-न-कभी सपनों का क़त्ल कर देगा, यह बात भी अब एकदम साफ़ थी।

तब?

क्या करे वह? घर में तो यह बात किसी को बतलाने का कोई अर्थ ही नहीं था। वे लोग उल्टा उसी पर ग़ुस्सा होंगे। कहेंगे कि फिर से आप यह अपनी सपनों वाली फ़ालतू बात लेकर बैठ गए? नहीं, परिवार में बताने से कुछ नहीं होगा।...और मित्र? ऑफ़िस वाले?...वे भी सारी बात सुनकर बस हँसेंगे, कहेंगे कि यार, तुम भी, बस...। कोई उसके सपनों पर मँडराते ख़तरे को नहीं समझेगा।...तब उसे पुलिस की याद आई। देश में अभी भी क़ानून का राज था। क़ानून की ताबेदारी में तो हर कोई है। बाज़ार भी।...वह थाने में जाकर रिपोर्ट दर्ज कराएगा। सारा केस शीशे की तरह साफ़ था। पुलिस ज़रूर ही उसके सपनों को बरामद कर लेगी।...हाँ, यही ठीक है।

उसने अपने सबसे ख़ास दोस्त को सारा मामला समझाया और साथ में थाने चलने की प्रार्थना की। दोस्त उसे देखता ही रह गया। तो क्या उसके बाक़ी दोस्त वाकई सही कहते हैं? क्या इसका दिमाग़ वास्तव में ख़राब हो गया है?

दोस्त ने चेताया कि तू भूलकर भी कभी थाने मत पहुँच जाना। दोस्त ने बताया कि क़ानून पर इतना भरोसा करना ठीक चीज़ नहीं क्योंकि स्वयं क़ानून भी क़ानून पर कोई ख़ास भरोसा नहीं करता है आजकल। 'हो सकता है कि वे तेरे को ही तेरे सपनों के मामले में फँसा दें और ठुकाई करके इस बारे में तुझसे कोई इकबालिया बयान भी लिखवा लें!'

दोस्त ने उसके साथ जाने से एकदम मना कर दिया।

दोस्त ने बार-बार समझाइश भी दी कि भूलकर भी थाने मत पहुँच जाना कभी।

उसने दो दिन किसी तरह गुज़ारे।

फिर वह एक दिन थाने में रपट लिखाने पहुँच ही गया।

अपने सपनों के अपहरण की रिपोर्ट।

कहीं तो मिलेगी कोई और दुनिया

रात अभी पूरी गई नहीं है और सुबह एक भ्रम की तरह उतर आई है। सब तरफ़ अँधेरा है, पर उजास का भ्रम भी है क्षितिज पर।

अलसभोर की बेला से ठीक पूर्व का कोई पल है यह।

और इस पल में वह एक मेनहोल के पास सतर्क-सा खड़ा है।

वह मेनहोल की पड़ताल कर रहा है। बीच-बीच में आसपास के माहौल का जायज़ा भी ले रहा है।

सड़क की बत्तियाँ गुल हैं। सर्दी की रात। कोहरे के धुँधलके में अँधेरा घोल दो और फिर उसमें क्षितिज पर उतरती सुबह की एक मुट्ठी उजास मिला दो—सारा दृश्य कुछ ऐसा मायावी बन रहा है। यह लम्बी-सी सड़क दोनों तरफ़ सूनी है। कोई भी कहीं नहीं दिखता।

अब वह झुककर उस मेनहोल का ढक्कन उठा रहा है।

तभी, इसी पल, दूर से कोई इसी सड़क पर आता हुआ दिखा है। वैसे, वह अभी बेहद धीमे-धीमे आ रहा है। और अभी बड़ी दूर है वह। जब तलक वह शख़्स इधर पास आएगा, तब तक तो वह अपना काम इत्मीनान से पूरा कर लेगा।

अच्छी बात है कि अभी अँधेरा है। कुछ भी साफ़ नज़र नहीं आता। वह स्वयं भी एक साये-सा लग रहा था।

अब वह मेनहोल पर एकदम झुक गया है। वह ढक्कन को छूने ही वाला था कि अचानक ही सड़क की बत्तियाँ जल उठीं। सड़क के खम्भों में गई हुई लाइट आ गई थी।

मेनहोल के ठीक ऊपर का लट्टू चमकता हुआ जलने लगा। अब वह माहौल में एकदम उजागर हो गया है। उसके सारे डिटेल्स सामने हैं। वह एक फटेहाल-सा शख़्स है। एकदम दुबला-पतला। बिखरे बाल। यहाँ-वहाँ से गंजा होता हुआ सिर। यही पैंतालीस वर्ष के आसपास की वय। गाल पर खरंट से उगे बाल। पाँच-छह दिनों से शेविंग न की हो, ऐसा चेहरा। सामने के दो दाँत नदारद। चेहरा देखकर यह भी समझ में आता है कि दाँत किसी से पिटने में ही गए होंगे।...पुरानी-सी टी-शर्ट। झुका तो रोशनी ने मानो पीछे से बेपर्दा ही कर डाला। पैंट नितम्बों पर दो जगह से फटी है।

कुल मिलाकर एक ऐसा व्यक्तित्व जिसे देखते ही कोई भी जागरूक शहरी नागरिक बता सकता था कि वह झुग्गी-झोपड़ी की ग़लीज़ बस्ती का कोई बाशिन्दा है जो मेनहोल का ढक्कन चुराने की कोशिश कर रहा है। ये ढक्कन चोरी होते रहते हैं अक्सर। पर अभी तो सारे ज़िम्मेदार नागरिक घर पर नींद लेने में व्यस्त हैं। हाँ, एक सज्जन ज़रूर कोई धीरे-धीरे इसी तरफ़ आ रहे हैं। वैसे अभी वे यहाँ से काफ़ी दूर हैं।

रोशनी आ जाने से बेपरवाह उसने झुककर ढक्कन उठाने की अपनी कोशिश जारी रखी है।

मेनहोल का ढक्कन उसके लिए बेहद भारी है। दुबले-पतले शख़्स ने किसी

तरह फिर भी उसे उठा लिया। उठाते-उठाते ढक्कन एकबारगी उसके हाथों से फिसला। तेज़ आवाज़ के साथ ढक्कन बग़ल की सड़क पर जा गिरा है। आवाज़ हुई तो उसने सतर्क होकर चारों तरफ़ देखा। कहीं किसी ने उसे देखा तो नहीं? दूर से आते हुए शख़्स ने शायद ढक्कन की आवाज़ सुन ली है। तभी वह रुककर इसी तरफ़ ही देख भी रहा है। बाक़ी तो सड़क वीरान पड़ी है। अँधेरे और उजाले के चहबच्चे दूर तलक हैं। दूर क्षितिज पर किंचित रोशनी धीरे-धीरे उभर रही है मानो बिखरने से पूर्व वह भी जायज़ा लेती क्षितिज की मुँडेर से झाँक रही हो। मेनहोल सामने खुला पड़ा है। ढक्कन बग़ल में ही उलटा पड़ा है। नहीं, किसी ने भी उसे नहीं देखा है।

अब वह सीधा खड़ा होकर खुले मेनहोल को दूर से ही झाँकता हुआ कुछ सोच रहा है। इधर दूर से आता आदमी अभी किंचित तेज़ चलने लगा है। थोड़ी देर में ही वह मेनहोल के क़रीब आ जाएगा। तो उसे जो भी करना है, जल्दी ही करना होगा। उसे अपना काम तुरन्त अंजाम देना होगा। वह धीरे-से मेनहोल के गड्ढे के क़रीब बैठ गया। उकड़ूँ बैठकर उसने मेनहोल में अन्दर झाँका। अन्दर अँधेरा है। घुप्प अँधेरा। उसने अपने दोनों पाँव मेनहोल में लटका लिये। अब वह खिसककर मेनहोल के अन्दर जाने की कोशिश में लग रहा है। वह मेनहोल की परिधि पर यों बैठ गया है जैसे कोई छत की मुँडेर पर पाँव लटकाकर बैठा हुआ हो!

एक नई दुनिया का दरवाज़ा उसके सामने खुला पड़ा है। सीवेज लाइन की दुनिया। वह दरअसल इसी दुनिया में जाने का इरादा रखता है। उस दुनिया का प्रवेश-द्वार सामने है। मेनहोल उसे आमंत्रित कर रहा है। वह मेनहोल में कूदने ही वाला है।

दरअसल मेनहोल के नीचे फैली सीवेज लाइनों की दुनिया न जाने कितने दिनों से उसे पुकार रही थी। और वह आज घर से सबकुछ तय करके आया है। धरती पर बसी इस दुनिया से भागकर वह उस नई दुनिया में जानेवाला है जिसका दरवाज़ा उसने ढक्कन हटाकर अभी-अभी खोला था। सीवेज लाइन में बसी दुनिया।

वह पाँव लटकाकर मेनहोल में नीचे की तरफ़ खिसकने लगा। पर कोई ऐसी बात सोच भी कैसे सकता है?

सीवेज पाइपों के मलमूत्र और बहते कीचड़ की दुनियां!

और उस दुनिया में जाकर बस जाने की यह पागल तमन्ना!

और तमन्ना भी ऐसी कि दुर्दम्य!

वह पिछले एक वर्ष से सिर्फ़ यही करने की सोच रहा है।

परन्तु कोई शख़्स मेनहोल में कूदकर, ज़मींदोज़ पाइपों में बहते ग़लीज़ के

दमघोंट संसार में क्यों बस जाना चाहता है—पागल है क्या? हाँ, दुनिया तो यही कहेगी। दुनिया ने उससे यही कहा भी कि तू पागल हो गया है क्या, जो ऐसी बात भी तेरे भेजे में आई!

पर उसके अपने तर्क हैं...और अच्छे ख़ासे तर्क हैं।

वह कहता है कि अभी भी वह मलमूत्र, कीचड़, बहती नालियों, दमघोंट हवा और अँधेरे से ठसाठस भरी दुनिया का ही बाशिन्दा तो है। शहर की एक ग़लीज़ झुग्गी बस्ती में, कैसे तो भी पाँव सकेलकर, सिर नीचा किये हुए रहा करता है वह। उसे बदबू, मच्छर, कीड़े-मकोड़ों, ग़लीज़तम गन्दगी की ऐसी आदत-सी पहले ही पड़ गई है कि वह अब इनके बिना जीवन की कल्पना ही नहीं कर पाता। वह इस दुनिया से थक गया है। किसी एक नई दुनिया में जाकर बसना चाहता है। 'नहीं, उसे वह जगमग, साफ़ शफ़्फ़ाफ़, ख़ुशबू मारती दुनिया नहीं चाहिए जो उसकी बस्ती के ठीक समान्तर बसी है। वह जानता है कि वह वाली दुनिया तो ख़ैर उसके लिए बनी ही नहीं है। अब तो वह कभी किसी नई दुनिया की कल्पना भी करे तो वह दुनिया भी ऐसी ही कीचड़, ग़लीज़ और बदबू की दुनिया होती है, पर वह उसकी झुग्गी बस्ती की दुनिया से थोड़ी अलग होगी। वहाँ उसे थोड़ी स्वतंत्रता, थोड़ी कम ग़ुलामी, थोड़ी अपनी-सी हवा, थोड़ा अपना-सा जीवन, थोड़ा अपना माथा, थोड़ा अपना क़द, थोड़ा...कुछ ऐसा मिले जो अभी यहाँ नहीं मिलता, और न ही कभी मिलने की कोई उम्मीद ही बची है।

बहुत सालों से बेरोज़गार है वह। बहुत सालों से भरपेट खाया ही नहीं उसने। बहुत सालों से ठीक से जिया ही नहीं उसने। वह मरा तो नहीं, परन्तु जिया भी नहीं। अजीब कैफ़ियत में साँसें लिये जा रहा है वह, बस। वह यदाकदा, इस झुग्गी बस्ती से निकलकर उस दुनिया में भी होकर आता है जहाँ खूब रोशनी है, खूब लकदक है, सामानों से ठसाठस भरी दुकानें हैं, ज़ोरदार चमाचम है। ऐसा नहीं कि उसने इस चमकीली दुनिया में घुसने की कोशिश नहीं की हो। की है। पर वे उसे तुरन्त पहचान जाते हैं। न जाने कैसे, पर वे उसे जान लेते हैं। वह वहाँ वेश बदलकर भी घुसे, तो भी कान पकड़कर बाहर कर दें। शायद, वे उस जैसों को सूँघ लेते हैं। शायद, वह नाली जैसा गन्धाता है। पता नहीं। और वह ही क्यों, उसकी पूरी बस्ती ही, कभी-न-कभी यह कोशिश करके देख चुकी है। अभी भी कोशिशें करती रहती है। पर उस चमकदार दुनिया ने एक सीमा-रेखा खींच रखी है। वे लोग उसकी बस्ती को बस वहीं तक आने देते हैं जहाँ रोशनियाँ पैदा करने की भट्ठियाँ लगी हुई हैं। भट्ठियों के लिए ईंधन चाहिए। उसकी बस्ती के बाशिन्दे ही उनकी रोशनी और चमक-दमक के लिए ईंधन का काम करते हैं। वह भी कभी यही काम करता रहा। वह भी उनके लिए गलता और जलता रहा। पर अब वह थक गया है। वह रोशनी के इस सिस्टम को पूरा जान भी गया है। अब वह जानता है खुद के बारे में। इस

सिस्टम में वह रोशनी पैदा तो कर सकता है पर इस रोशनी का इस्तेमाल स्वयं नहीं कर सकता है वह। उसे बस उन अँधेरों की मिल्कियत दी गई है जिन्हें इसी रोशनी ने पैदा किया है। उसे बस, इसी अँधेरे में खड़े रहने की इजाज़त मिली है। यहाँ से वह उस रोशनी के तमाशे को देख भर सकता है जिसे उसे ही इस्तेमाल करके पैदा किया जाता है।

जब से उसने होश सँभाला, वह उसी दुनिया की रोशनी के लिए ईंधन की तरह काम करता रहा। करता ही रहा।...खपता रहा।...फिर थक गया। फिर उसने काम पर जाना बन्द कर दिया। झुग्गी के दरवाज़े पर दिन भर चुपचाप बैठा रहता। नालीनुमा गली से आने-जाने वालों को देखता रहता। लोग हँसते; कहते, बीवी की कमाई पर ऐश कर रहा है। वैसे तो 'ऐश' शब्द का ठीक अर्थ भी उसे नहीं पता। हाँ, कभी-कभी दारू ज़रूर पी लेता था। शायद इसे ही ये लोग ऐश कहते हों!

वह अपनी झोपड़ी के सामने, नाली पर पड़े पटिये पर बैठा रहता। दिन भर। बेफ़ालतू। वहीं बैठकर अपनी बस्ती के जीवन का जायज़ा लेता रहता। जितना ही वह अपनी आँखें खोलकर देखता, उसकी घबराहट बढ़ती जाती।...क्या है उसकी यह दुनिया? क्या उसका अपना सारा जीवन यों ही कट जाना है? क्यों नहीं एक नई दुनिया को तलाशते हैं ये लोग? कहीं अलग जाकर तो एकदम नई दुनिया बसाई जा सकती है न! वह बैठा-बैठा यही सोचता रहता।

वह बैठा ही रहता। वह सोचता ही रहता। सब जगह बैठा मिलता वह। हरदम कुछ सोचते हुए।

प्रायः पटिये पर। वरना यहाँ-वहाँ। उसे बस्ती के लोग आते-जाते दीखते। ये रोज़ ही काम पर जाते लोग थे। न जाने किस-किस काम पर, किस-किसके काम आने के लिए जाते लोग। पूँजी पैदा करनेवाली मशीनों का पुर्ज़ा बने ये लोग जिन्हें पता ही नहीं कि इसी मशीन द्वारा उत्पन्न कचरा ही उनकी बस्ती में 'डिस्पोज' कर दिया जाता है। उनकी बस्ती की गलियों में यही कचरा सड़ रहा है। यह ग़रीबी, दुर्दशा, कीचड़, बीमारियाँ, भूख—सारा कचरा उसी मशीन का 'बाय-प्रोडक्ट' है। वह अब जाकर यह सारा क़िस्सा समझ पाया है। वर्ना तो वह भी सालों तक ऐसे ही काम पर जाता रहा है। कभी दरबान, कभी चौकीदार, कभी हम्माली, कभी वेटर, कभी ड्राइवर, कभी खोमचे वाला, कभी सब्ज़ी का ठेला, कभी नौकर, कभी मदारी, कभी कूरियर बॉय, कभी क्लर्क, कभी राजगीर, कभी मिस्त्री—न जाने कितने रूप धर के वह उनकी दुनिया में जाता रहा। वह खूब जानता था कि वह एक बेचेहरा शख़्स है उस दुनिया के लिए। वह यह भी खूब जानता था कि एक दुर्निवार सा चमकीला आकर्षण है बाज़ार की उस दुनिया में। नशा जैसा है। धोखा है। ऊपर से दिखता है कि अगर इस दुनिया को किसी तरह खुश कर लोगे तो फिर तुम्हारी भी दुनिया बदल जाएगी। उसके साथ वाले मित्र भी उससे यही कहते-समझाते थे।

उसकी बस्ती वाले भी यही खुशी ज़ाहिर करते कि आजकल बाज़ार खूब बढ़ा है तो उन्हें काम भी मिल रहा है। इसी तरह एक दिन उनके दिन भी बदलेंगे। 'एक दिन वे उस चमकीली दुनिया का हिस्सा होंगे'—ऐसा सोचते थे सब। 'पर उस दुनिया में तो प्रवेश की सख़्त मुमानियत है'—जब-जब वह उनसे यह निर्मम प्रश्न पूछता, वे कोई जवाब न दे पाते। जवाब में वे बस यही कहने लगते कि यार, तू क्यों ऐसी पागलों जैसी बातें किया करता है? हमारे साथ काम पर चला कर।...वह इनकी बातों पर कोई जवाब नहीं देता। पटिये पर बैठा-बैठा चुपचाप मुस्कुरा देता है। बस्ती के लोग उसकी पत्नी को समझाते रहते हैं कि इसकी झाड़-फूँक कराओ, इसका दिमाग़ सरक गया है।

वैसे, धीरे-धीरे, लोगों ने उसकी बातें सुनना ही बन्द कर दिया था; बल्कि अब तो लोग उसकी बातें सुनकर हँसने तक लगे थे। अभी लोगों ने उस पर पत्थर फेंकना या उसे चपतिया कर भागना शुरू नहीं किया था, पर जिस तेज़ी से उसके सिर्री हो जाने की ख़बर सब तरफ़ बस्ती में फैल रही थी, किसी दिन उसके साथ ऐसा भी हो जाता तो यह आश्चर्य की बात नहीं कहाती। बस्ती वाले तो अब उसे पागल ही मानते हैं। पत्नी ने ज़रूर किसी मज़ार से तावीज़ लाकर बाँध दिया है उसकी बाँह पर। बड़ी मान्यता है उस मज़ार की इस बस्ती के बाशिन्दों में।

एक दिन वह ऐसे ही हस्बमामूल बैठा हुआ था। किसी सड़क के किनारे। सामने मेनहोल की सफ़ाई के लिए, उसी की बस्ती का एक शख़्स मेनहोल में नीचे उतरा हुआ था। वह शख़्स मेनहोल से निकलकर बाहर आया तो उसने उसे यहाँ किनारे पर बैठा देखा।

वह हँसता हुआ उसके पास आया। वह भी उसी की बस्ती का है। जानता है कि यह पगलट है। चलो, तनिक मज़ा लेते हैं!

'यहाँ कैसे बैठे हो?' उसने बीड़ी पेश करते हुए पूछा।

'बस, यों ही।...' उसने बीड़ी लेते हुए कहा।

'आजकल क्या करता रहता है रे तू?'

'बस, कुछ नहीं। यूँ ही।'

'बोल, कुछ काम करेगा?...ठेकेदार कहता है कि उसे दो आदमी तो तुरन्त चाहिए।'

'काहे के लिए?'

'अरे, इसी काम के लिए।...मेनहोल में उतरना पड़ेगा, बस। उतरकर सीवेज वग़ैरह देखना होता है।...ये ही, थोड़ी साफ़-सफ़ाई।...चोक-वोक हटाना।...पैसा भी इस काम में ठीकठाक ही मिल जाता है। बोल, करेगा?...'

उसने कोई उत्तर नहीं दिया। चुपचाप बैठा मेनहोल की तरफ़ देखता रहा। मेनहोल का ढक्कन वहीं ज़मीन पर, एक तरफ़ पड़ा है। बहुत-सा कीचड़ और

ग़लीज़ भी वहीं सड़क किनारे बाहर निकला पड़ा हुआ था, जिसे अभी पास ही खड़ी कचरा गाड़ी में डाला जाना शेष था।

'अन्दर जाकर तेरा दम नहीं घुटता?' उसने लम्बी चुप्पी के बाद मानो यों ही पूछा।

'नहीं रे, सब बढ़िया है नीचे।...'

'नीचे सब बढ़िया है?'

'बहुत बढ़िया है।'

'सीवेज पाइपों में तुझे घबराहट नहीं मचती?'

'काहे की घबराहट?'

'वहाँ खूब अँधेरा रहता होगा?'

'वो तो रहता है। पर वो भी कोई ख़ास बात नहीं। अँधेरे में भी एक बार उतर भर जाओ तो थोड़ी-सी देर में सब दिखने लगता है।'

'और कीचड़? बदबू?'

'वो तो तू उत्ती ही समझ ले जित्ती कि अपनी बस्ती में। उत्ता ही कीचड़। वैसी ही बदबू।'

'बस? सच्ची?'

'बिलकुल।...तू तो ऐसा कुछ समझ, हमारी बस्ती भी मान ले कि खुली हुई सीवेज लाइन जैसी है।...नीचे पाइपों में भी हमारी बस्ती जैसा ही कीचड़ है। बस।'

वह चुपचाप बैठा कुछ सोचता रहा। साथी की बीड़ी पीता रहा।

'माने यह कि नीचे भी वैसा ही है जैसा ऊपर? एकदम हमारी बस्ती जैसा, क्यों?'

'हाँ, वैसा ही समझ ले।'

'तब तो फिर कोई आदमी, यदि चाहे तो वहाँ रह भी सकता है, क्यों?'

'यार, वहाँ कोई क्यों रहेगा?' उसकी पगलट वाली बात सुनकर वह हँसने लगा।

'पर मान लो कि कोई वहाँ पहले से ही रहता हो?'

'यार, तू ये पागलों टाइप बातें न किया कर।'

'तू तो बस, ये बता कि कोई रह सकता है न वहाँ?'

'पर कोई क्यों रहेगा वहाँ?'

'क्यों का क्या मतलब? आदमी का यही तो है। वह हर जगह रह सकता है। हर जगह रहता आदमी हमें रोज़ ही दिखता है न?'

'यार, तू भी...'

वह कुछ देर तक टकटकी लगाए मेनहोल की तरफ़ ही देखता रहा।

'अच्छा, ये बता।...नीचे, तूने कभी वहाँ कोई बस्ती देखी है क्या?' अचानक ही पूछ लिया उसने।

'क्या बोला रे?' साथी ने आश्चर्य से पूछा।

'मैं सोच रहा था कि वहाँ नीचे कोई बस्ती भी तो हो सकती है? मान लो, वहाँ पाइपों में लोग रहते भी हों, तो?'

'यार, तू तो सही में ही पगला गया है...। लोग सही कहते हैं।'

'क्यों? जब ऊपर भी तो लोग पाइपों में रहने लगते हैं, वैसे ही वहाँ भी...'

'तू अपना इलाज करा।...दिमाग़ गड़बड़ा रहा है तेरा। सच्ची। पगला रहा है तू।'

'इसमें पगलाने की बात ही क्या है?...पूरे शहर में नीचे-नीचे मीलों तक पाइप बिछे हुए हैं। क्या पता कि वहाँ कोई बस्ती भी बस गई हो? लोग रहते हों वहाँ?...'

'यार, भैया, अपुन हैं काम वाले आदमी। वैसेई भौत काम पड़ा है। सारी गाद अभी गाड़ी में भरनी है। तेरी बातों में...'

'...सच बता, तूने वहाँ कभी कोई बस्ती नहीं देखी?' उसने बेचैन होकर हाथ पकड़ लिया उसका।

'...मुझे माफ़ कर दे रे भैया तू।... ग़लती हो गई मुझसे जो तेरे जैसे पागल से बात कर बैठा।...' उसने हाथ छुड़ाया और वहाँ से उठ गया।

कचरा गाड़ी की तरफ़ चला गया वह शख़्स। वह अलबत्ता वहीं बैठा रह गया। फिर वह देर रात तक सड़क किनारे बैठा ही रहा। वहीं। मेनहोल को निरन्तर ताकता हुआ। ढक्कन बन्द करके, मेनहोल ढाँककर बस्ती का वह शख़्स भी अन्ततः चला गया। जाते-जाते, दूर से ही आवाज़ मारी उसने, 'घर जा रे! यहीं बैठा रहेगा क्या?'

उसने मानो कुछ सुना ही नहीं। गहरी सोच में था वह। सोचता हुआ बैठा रहा। वहीं बैठा रहा। रात में पत्नी ही उसे खोजती हुई यहाँ आ पहुँची। साथ में पड़ोस की झुग्गी वाले लोग थे। सब उसे कैसे भी घर वापस ले गए।

रात बहुत हो गई थी।

वह कुछ खा-पीकर अनमना-सा लेट गया।

पत्नी पास ही चिन्तित बैठी रही।

पत्नी भी तो पागल समझने लगी है उसे। कितनी बार पकड़कर पीर बाबाओं के पास ले जा चुकी है। रोज़ एकाध नया गंडा तावीज़ ले आती है। झुग्गी में पूजापाठ करा चुकी। आजकल वह भी कुछ ज़्यादा चुप रहने लगी है। डरी-डरी-सी रहती है। आज से पहले भी उसने पत्नी से कई बार 'नई दुनिया' बसाने, खोजने की अपनी बात कही है। सुनकर वह तो रोने ही लगी। समझाने लगी कि तुम ऐसा उल्टा-पुल्टा मत सोचा करो। उसने अपनी बात पत्नी को समझाने की कोशिश की। पर वह समझती ही नहीं। जानती ही नहीं कि वह एक नई दुनिया बसाने की जुगाड़ में है। नालियों, कीचड़ और मच्छरों, कीड़ों-मकोड़ों की दुनिया में भी जीने को तैयार है वह, बशर्ते कि उसे स्वतंत्रता मिले। एक नई दुनिया बनानी है उसे।

बस, आज तक वह यह नहीं सोच पा रहा था कि अपनी यह नई दुनिया, वह

बसाए तो कहाँ जाकर बसाए?

उनसे बचकर तो कहीं भी जाना मुमकिन नहीं। दुनिया में कहीं भी जाओगे, वे पहुँच जाएँगे। तुम्हारा उपयोग करेंगे। कहीं भी जा लो तुम। वे वहीं आ जाएँगे। पहाड़ पर। गुफ़ा में। समन्दर में। जंगल में। तुम आदिवासी बन जाओ, वे तुम्हें खेल-तमाशा बनाकर तुम्हारा इस्तेमाल कर लेंगे। तुम साधु बनकर गुफ़ा में बैठ जाओ, वे भक्त बनकर पहुँच जाएँगे और तुम्हारे बहाने अपनी दुकान लगा देंगे।...नहीं।...यहाँ तुम कहीं भी अपने हिसाब की नई दुनिया नहीं बना पाओगे।

वह कितने टाइम से परेशान था कि आख़िर वह कहाँ जाए कि जहाँ वे न पहुँच सकें।

आज मेनहोल को देख के उसे वह जगह मिल गई थी। आज समस्या का निदान मिल गया था।

मीलों लम्बी ज़मीन पड़ी थी, इसी ज़मीन के नीचे। मीलों लम्बे पाइप नीचे बिछे पड़े थे।

अरे, वही मूर्ख रहा इतने दिनों। इस जगह का ख़याल ही नहीं आया उसे। ज़मीन के ऊपर भटकता रहा। ज़मीन के नीचे ख़ाली पड़े इन सीवेज पाइपों का ख़याल ही नहीं आया उसे। क्यों न इनमें ही अपनी दुनिया बसाई जाए?

वही एक जगह ऐसी है जहाँ अभी तक वे नहीं पहुँचे हैं। शायद, अभी पहुँचेंगे भी नहीं। ये धरती के ऊपर ही पूँजी बनाने में इतने व्यस्त हैं कि धरती के नीचे जाकर वहाँ की दुनिया पर कब्ज़ा करने की फ़ुर्सत अभी उनको शायद नहीं होगी।

हाँ, वहीं जाएगा वह।

इस नई दुनिया के दरवाज़े पर बस एक लोहे का ढक्कन ही तो लगा है, बस। वह यह दरवाज़ा खोलेगा और उस नई दुनिया में प्रवेश कर जाएगा। जब, झोपड़ी में सब सो रहे होंगे, वह धीरे से बाहर निकल जाएगा। फिर मेनहोल का ढक्कन हटाकर निकल जाएगा इस दुनिया से बाहर।

एक सम्भावना-भरी दुनिया वहाँ उसकी प्रतीक्षा कर रही थी।

ढक्कन हटाकर बैठा है वह, मेनहोल में पाँव लटकाए।

धीरे-धीरे नीचे की तरफ़ खिसक रहा है।

कुछ ही पलों में कूद जाएगा वह नीचे।

अब तलक सुबह की बेहद धुँधली-सी कमज़ोर उजास चारों तरफ़ फैल चुकी है।

दूर से आता हुआ शख़्स अब उसके एकदम पास आ चुका है। परन्तु वह नीचे कूद पाता, इससे पहले ही उस शख़्स ने पहचान लिया है इसे।

और वह शख़्स अब भागकर उसके पास आ रहा है। आवाज़ लगाकर कूदने से रोक रहा है उसे।

'अबे, ये क्या कर रहा है रे रमेश?...स्साले, नीचे टपक जाएगा।...'

एकदम पास आकर उसका हाथ पकड़ लिया उस शख़्स ने।

'मरना है क्या बे?' उसका हाथ खींचते हुए कहा उसने।

सुबह हो रही है।

एक सायकेट्रिक क्लीनिक खुले मैदान में भी है

जो सभी जगहों से निराश हो जाता है, यहाँ आता है या लाया जाता है। बड़ी मान्यता है, दूर-दूर तक इस स्थान की। मज़ार तो यहाँ वर्षों से थी, परन्तु पहले ऐसा जलवा नहीं था। फिर, दस साल पहले एक सनकी-से पीर वहाँ नमूदार हुए, न जाने, कहाँ से! धीरे-धीरे उनकी ख़ुशबू चहुँओर फैली। आसपास के इलाक़े के लोग जान गए कि बाबा बड़े चमत्कारी हैं। वे यदि किसी को गाली भी दे दें तो उसका काम बन जाता है। और जो किसी को लतिया दें तब तो उसकी क़िस्मत ही पलट जाती है। भक्तों को हमेशा घूरकर देखते हैं, अचानक ही उत्तेजित हो जाते हैं और कभी जो मन में मौज उठ जाए तो भीड़ के बीच ही नाचने भी लग जाते हैं। स्त्री को देखकर भड़क जाते हैं। स्त्रियों का प्रवेश यहाँ वर्जित है। वैसे, इलाज स्त्रियों का भी करते हैं। स्त्री सम्बन्धित समस्या हो तो उक्त स्त्री का वस्त्र लेकर दरबार में आना पड़ता है। बस, वे उस वस्त्र को छू लें, या वस्त्र लाने वाले को थपड़िया ही दें तो भी पीर का आशीर्वाद मिल गया मान लिया जाता है।

स्त्रियाँ परिवारजनों के साथ आती हैं परन्तु मज़ार में प्रवेश नहीं करतीं। बाहर मैदान में बैठी दुआ माँगती रहती हैं।

दुनिया-जहान से पागलों को यहाँ लाया जाता है। यहाँ का इलाज सस्ता है और उसके, लगभग शर्तिया होने की मान्यता है। मानसिक रोगियों का इलाज वरना इतना महँगा हो चुका है कि ठीक से इलाज कराने बैठो तो घबराकर स्वयं भी पगला जाओ। ग़रीबों के बूते की बात नहीं। मध्यवर्गीय पागल भी इतना पागल नहीं। वह एकाध बार ही मेडिकल के महँगे बाज़ार में विराजे सायकेट्रिस्ट की क्लीनिक में जाता या ले जाया जाता है, फिर उन्हीं दवाओं को बाद में आधा-अधूरा खाता रहता है। समय कठिन है। इन दिनों मानसिक रोगी होना भी एक क़िस्म की ऐयाशी है।

गाँठ में ढेर-सा पैसा हो तो ही सायकेट्रिस्ट मिलेगा। शेष सभी मरीज़ों के लिए, यहाँ-वहाँ बिखरी ऐसी ही मज़ारें हैं और सनकी पीर बाबाओं की लातें, गालियाँ हैं। वैसे, यह भी बहुत सस्ता नहीं है। इसका भी अपना बाज़ार है। एक अलग ही तरह का बाज़ार खड़ा हुआ है मज़ारों और मन्दिरों के आसपास। ख़ासी चहल-पहल रहती है, शहर से दूर इस वीराने में।

मज़ार के बाहर ढेर-सी दुकानें बनी हुई हैं। सड़क के दोनों तरफ़, दूर तलक दुकानों का यह सिलसिला है। फिर मज़ार के सामने बने आँगननुमा अहाते में भी न जाने क्या-क्या बिक रहा है। प्रसाद, मज़ार पर चढ़ाने के लिए छोटी-बड़ी, गोटेदार, सादा, मखमली चादरें—जैसी जिसकी हैसियत और श्रद्धा, लोबान, मज़ार की तस्वीरें, मोरपंख के बने पंखे और मोरपंख की झाड़ुएँ भी। फिर खाने-पीने की दुकानें। बाबा के पास मरीज़ का नम्बर आने में कई बार घंटों लग जाते हैं। तब तक ये दुकानें ही सहारा देती हैं। अपनी बारी की प्रतीक्षा में मानसिक रोगी अहाते में यहाँ-वहाँ दरियाँ बिछाकर बैठे या लेटे रहते हैं। बाबाजी से बिना नम्बर के ही मिलवाने का इंतज़ाम भी है। बाबाजी के चेले पैसे लेकर उनसे जल्दी भी मिलवा सकते हैं। पैसे देने की हैसियत वाले ग्राहकों को सूँघ लेते हैं वे लोग। इस समय भी ये गुर्गे भीड़ को सूँघते फिर रहे हैं मज़ार के अहाते में।

'क्या हुआ है बाबूजी को?' ऐसे ही एक गुर्गे ने दरी पर बैठे एक सज्जन की तरफ़ इशारा करते हुए पूछा है।

'क्या बताएँ बेटा, बस, मन बड़ा ख़राब रहता है इनका।' साथ बैठी चिन्तित महिला ने बताया है।

'आंटी, यहाँ तो सभी मन के मारे लोग ही आते हैं।...इनको हुआ क्या है?' वह पूछने लगा।

आसपास बैठे लोग भी समय काटने के लिए इनके वार्तालाप की तरफ़ मुख़ातिब हो गए हैं।

'बस, बेचैन रहते हैं बेटा। चौबीसों घंटे। रात में भी उठ-उठकर बैठ जाते हैं।' महिला बताने लगी।

'बेचैन तो अभी भी बहुत दिख रहे हैं।...क्यों बेचैन हैं? क्या कहते हैं?' गुर्गे के स्वर से अतिरिक्त आत्मीयता टपक रही है; इतनी कि नीचे दरी गीली हो चली।

'कहते हैं कि मेरे सपने उठा लिये हैं किसी ने...।'

'अरे, भला कोई किसी के सपने क्योंकर उठाएगा?...और करेगा भी क्या इनके सपने उठाकर?' आसपास बैठकर सुन रहे लोगों को संवाद में जोड़ते हुए गुर्गे ने भीड़ की तरफ़ देखते हुए कहा

सज्जन चुपचाप बैठे आसमान को ताक रहे हैं।

'क्यों अंकल...?' गुर्गे ने सीधे उनसे ही पूछा।

उन्होंने सिर उठाया।

'आपके सपने गुम गए हैं?'

वे मौन बैठे रहे।

'पीर बाबा की कृपा हुई तो सब मिल जाएँगे।...परेशान न हों।...आपके सपने ज़रूर मिल जाएँगे। दस साल पहले के गुमे हुए बच्चे तक यहाँ मिल जाते हैं। चिन्ता मत करें।...'

'मेरे सपने गुमे थोड़ेई हुए हैं...' अन्ततः वे बोले।

'फिर?'

'वे तो उठा लिये गए हैं।'

'सपनों को भला कौन उठाएगा?'

'बाज़ार।...बाज़ार की हर शख़्स के सपनों पर पैनी नज़र है। उसी ने मेरे सपने उठा लिये हैं।'

'देखिए, बाज़ार में तो सबको सँभलकर ही चलना पड़ता है अंकल!...वहाँ तो कोई आपका कुछ भी उठा सकता है। लोग जेब काट लेते हैं। आपकी नज़र हटी कि वे आपका सामान उठा सकते हैं।'

'नहीं, उन्होंने ऐसे ही नहीं उठा लिये।'

'फिर?'

'बाज़ार ने तो जबरन ही छुड़ा लिए मेरे सपने मुझसे।...'

'आजकल गुंडागर्दी तो साहब, इत्ती बढ़ गई है कि...'

'बाज़ार ने मेरे सपने उठा लिये...' वे अचानक ही 'मेरे सपने', 'मेरे सपने' कहते हुए हाय-हाय करने लगे।

'आप चुप हो जाइए। हौसला रखिए। यहाँ सब ठीक हो जाएगा। एक बार पीर बाबा की कृपा भर हो जाए तो...'

'पर सपना उठानेवालों में एक बाबा भी था।...'

'वह कोई नक़ली बाबा रहा होगा।...असली बाबा इस देश में बचे ही कहाँ हैं?' गुर्गा बोला।

'आप रोइए मत! सपने मिल जाएँगे आपके।...' दूसरा गुर्गा बोला।

'आपने कहीं शिकायत दर्ज नहीं कराई?' पास खड़े एक भोले से सज्जन पूछने लगे।

सवाल सुनकर सब हँस पड़े।

'गए थे न।...ये तो थाने पहुँच गए थे।' महिला ने बताया।

'अरे, फिर?' किसी ने पूछा।

'वहाँ क्यों पहुँच गए? भगवान न करे कि कोई इत्ता भी पागल हो कि खुद चलकर थाने जा पहुँचे...' एक चुस्त सज्जन ने टिप्पणी की।

'हमने थानेदार से कहा कि हमारे सपने उठा लिये हैं उन्होंने।' वे बताने लगे।

'तो...'

'तो क्या? उन्होंने हमको ही कूट-काट के वापस भगा दिया।...' वे बोले और रोने लगे।

'यह भी तो बताओ कि फिर कित्ता पैसा लेकर उन्होंने तुम्हें छोड़ा?' महिला ने कहा।

'ख़ैर, थाने जाएँगे तो पैसा तो लग ही गया होगा।' किसी ने कहा।

'वैसे, कैसे सपने थे आपके?'

'बहुत चमकीले सपने थे मेरे!' वे रोना छोड़कर एकदम विभोर से हो चले। अविभूत होकर फिर अपने सपनों के बारे में बताने लगे।

'बड़े चमकदार सपने थे साहब!...सदियों से हमारे पुरखों ने इनको सहेजकर रख छोड़ा था। सोचा था, इन सपनों की रोशनी में...'

इसी भीड़ के ठीक पीछे ही अपनी आँखें बन्द करके लेटा हुआ है एक शख़्स। नंगी ज़मीन पर। ग़रीब-सा। एकदम फटेहाल तो नहीं, पर तक़रीबन वही।

'मैंने देखा है आपके सपनों को...' उसने बिना आँखें खोले हुए, वहीं से, ज़मीन पर पड़े-पड़े कहा।

वे एकदम उसकी तरफ़ पलट गए।

'तुमने मेरे सपने देखे हैं?' वे व्यग्रता से पूछने लगे।

वह अब आँखें खोलकर सज्जन की तरफ़ पलटा। उसने प्रतिप्रश्न किया।

'तुम्हारे सपने कुछ ज़्यादा ही चमकीले थे न?'

'अच्छे सपनों की अपनी चमक होती ही है।...' वे बोले।

'इन सपनों से रोशनी-सी झरती रहती थी न?...ये सपने दुनिया भर को रोशनी से भर दें, इत्ते रोशन थे न?'

'हाँ, हाँ, एकदम वही।...एकदम वही तो थे।...कहाँ देखे हैं तुमने मेरे ये सपने? ...बताओ न? कहाँ देखे?...'

'मैंने उन्हें सीवेज पाइप में बहते हुए देखा है...' वह बोला। अब वह उठकर पूरा बैठ गया है और उनको दया की दृष्टि से देख रहा है।

'सीवेज पाइप में?...तुम सीवेज पाइप में क्यों झाँक रहे थे?... वहाँ सफ़ाई-वफाई करते हो क्या?' लोगों ने उससे तिरस्कारपूर्वक पूछा।

लोग उससे थोड़ा हटकर भी बैठ गए।

उसकी पत्नी लोगों के हाथ जोड़ने लगी।

'नहीं, ये वहाँ काम नहीं करते। इनकी बातों पर आप ध्यान न दें। दिमाग़ चल गया है इनका।'

'यहाँ तो सभी ऐसे ही आए हैं बेटा...' एक ने निराश स्वर में कहा।

'आपने मेरे सपनों को सीवेज पाइप में बहते देखा है?...क्या आप सच कह रहे

हैं?...' जब सब लोग उससे दूर हटकर बैठ गए थे, वे उसके एकदम पास पहुँचकर पूछने लगे।

'मैं आपसे झूठ क्यों बोलूँगा? एकदम सच कह रहा हूँ। मैंने एक बार मेनहोल का ढक्कन हटाया तो देखा...'

'जब वहाँ का काम नहीं करते हो तो फिर मेनहोल का ढक्कन काहे को हटा रहे थे भैया?' किसी ने बीच में टोककर प्रश्न किया।

पत्नी ने एक बार फिर से सबके हाथ जोड़े।

'इनकी बातों पर ध्यान न दो आप लोग।...दिमाग़ चल गया है इनका। चाहे जब, मेनहोल में घुसने की कोशिश करते रहते हैं। कहते हैं, अब मैं नीचे, पाइपों में जाकर रहूँगा।...'

'अरे! नीचे? सीवेज पाइप के कीचड़ में?...हद है!' कोई बोला।

'यार, एक से एक पागल आते हैं यहाँ...' कोई और बोला।

'आपने वहाँ मेरे सपनों को देखा?' वे और व्यग्र होकर उसके कन्धे झिंझोड़ने लगे थे।

'हाँ, देखा है न।...पूरे मेनहोल के नीचे पाइपों में एकदम से रोशनी भर गई थी। सच्ची में, तुम्हारे सपनों की लाशें बेहद चमकीली थीं।...'

'लाशें?'

'हाँ, सारे तो ख़ैर मरे हुए नहीं लगते थे—कुछ मरे मानिए, कुछ अधमरे...'

'मेरे सपने कभी मर नहीं सकते। मर गए होते तो चमकते कैसे?'

'हो सकता है, सभी अधमरे रहे हों!...तब नीचे, पाइपों में इत्ती चकाचौंध मच गई थी कि मैं ठीक से देख भी नहीं पाया।...'

'पर मेरे सपने वहाँ कैसे पहुँच गए?...' वे उत्तेजित भी थे, घबराए हुए से भी।

'वो मुझे कैसे पता?...आप ही जानते होंगे। सपने तो आपके थे।...पर मैंने वहाँ देखे, यह बात पक्की है। बाद में, जब मैं पाइपों में रहने लगूँगा, तब आपके सपनों को वहाँ ज़रूर खोजने की कोशिश करूँगा।' वह शख़्स बोला।

वे बेहद बेचैन हो गए थे।

'ज़रूर ही, उन्होंने मेरे सपनों को मारकर मेनहोल से नीचे फेंक दिया होगा।...क्यों न?' वे उससे पूछने लगे।

'कहानियों और फ़िल्मों में तो ऐसा होते हमने भी सुना है...' कोई सहमत हुआ।

वे उत्तेजना के चरम पर थरथराने लगे। वे अचानक ही उठकर खड़े हो गए। वे उस शख़्स के आसपास गोल-गोल घूमने लगे।

'तुम मेरे चश्मदीद गवाह बनोगे...?' वे रुककर पूछने लगे।

'गवाही?'

'हाँ, तुमने मेरे सपनों को सीवेज में बहते देखा है न?...अब मैं फिर से थाने

जाऊँगा।...बस, तुम मेरी तरफ़ से गवाही भर दे देना।...थाने वालों को अब तो उसके ख़िलाफ़ रिपोर्ट लिखनी ही पड़ेगी।'

'किसके ख़िलाफ़?' उस शख़्स ने पूछा।

'बाज़ार के ख़िलाफ़।...उसने ही तो मेरे...' वे बोले।

उनकी बातें सुनकर वह शख़्स कुछ सोचता हुआ बोला, 'कौन मानेगा मेरी गवाही या तुम्हारी बात?...वह तो बहुत बड़ी हस्ती है जिसके ख़िलाफ़ आप थाने जाना चाहते हो।'

वे सिसकने लगे।

'थाने की छोड़ो। आप तो मेरे साथ नीचे चले चलो।...पाइपों की उस दुनिया में अपने सपने तलाशिएगा, मेरे साथ।...' वह शख़्स बोला।

वे चुपचाप रोते रहे।

पीर बाबा का गुर्गा तक यह दृश्य देखकर घबरा गया। वह यह कहकर वहाँ से खिसक लिया कि अंकल के लिए जल्दी ही दर्शन की कोशिश करता हूँ। थोड़े कम रुपयों में ही स्पेशल दर्शन का जुगाड़ लगवाता हूँ।

'तो क्या कोई मेरी शिकायत कहीं नहीं सुनेगा?...' वे सिसकते हुए, पास बैठे शख़्स से पूछने लगे।

'ये ऐसे ही, फ़ालतू बोलते रहते हैं, दिन भर...' सज्जन की पत्नी आसपास वालों की तरफ़ क्षमाभाव से देख रही है।

वे सिसकते-सिसकते अब खुलकर रोने लगे थे।

'मेरे सपने...हाय, मेरे सपने...' वे रोते-रोते सपनों का स्मरण भी करने लगे।

वह शख़्स भी जिसने मेनहोल में उनके सपने बहते देखे थे, धीरे-धीरे खिसकता हुआ इनके पास आने लगा। इधर वे ज़ोर-ज़ोर से रोये जा रहे थे। अचानक ही वह शख़्स इनसे लिपट गया और उनके साथ-साथ ज़ोर से रोने लगा।

पीर बाबा की मज़ार के अहाते में, दो पागल, आपस में लिपटे हुए ज़ोर-ज़ोर से रो रहे हैं। सपनों का मातम मनाया जा रहा है।

बेदख़ल करने वाले आ रहे हैं

वह चोरों की तरह कब घर में घुस आया, पता ही नहीं चला।

'अरे! तुम कब आ गए...?' पत्नी ने देखा तो पूछा।

वह कुछ नहीं बोला। बस, चुपचाप से घर का दरवाज़ा बन्द करने लगा।

पहले साँकल। फिर ऊपर की सटकनी। नीचे की सटकनी। इंटरलॉक। दरवाज़े के सब लॉक उसने खटाखट लगा दिये।

फिर वह कमरे की हर खिड़की को भाग-भागकर बन्द करने लगा। ऐसे भागते हुए कि यदि देर हो गई तो कोई ज़रूर खिड़की से अन्दर कूद आएगा।

'अरे, ये क्या कर रहे हो?' अचानक ही वह क्योंकर सारे खिड़की-दरवाज़े बन्द कर रहा है? समझ नहीं सकी वह।

परन्तु पत्नी का प्रश्न मानो उसने सुना ही नहीं। बस, उसी तेज़ी और तन्मयता के साथ उसने कमरे के सारे परदे भी खींच डाले।

'अरे, मुझे तुम कुछ बताओगे भी—ये सब क्या किये चले जा रहे हो?' अब पत्नी अपनी जगह से उठकर उसके एकदम पास आ गई थी।

पूछते-पूछते ही पत्नी ने उसके चेहरे की तरफ़ देखा। घबरा गई वह उसका भाँय-भाँय करता हुआ चेहरा देखकर।

चेहरा ऐसा राख-राख सा सफ़ेद हो रहा था मानो किसी ने उसका सारा ख़ून ही सोख लिया हो! आँखें भी एकदम ख़ाली, परन्तु सतर्क। कान खड़े हुए। एक घबराया, चौकन्ना, भयभीत और सतर्क आदमी खड़ा था उसके सामने।

'अरे, बोलो न?...क्या हो गया?...' पत्नी ने हाथ पकड़कर झकझोर दिया उसे।

वह हाथ छुड़ाकर तेज़ी से बढ़ा और रिमोट उठाकर चलता हुआ टीवी भी बन्द कर दिया उसने।

अब पहली बार वह कुछ बोला।

'इतनी तेज़ आवाज़ में टीवी चलाओगी तो वे जान जाएँगे कि घर में कोई है...' वह बोला।

'कौन जान जाएँगे?' पत्नी हैरान थी।

इसी बीच वह दबे क़दमों से खिड़की तक पहुँच गया था। परदे का कोना थोड़ा-सा खिसका के बाहर की टोह ले रहा था वह।

'तुम किसकी बात कर रहे हो? कौन जान जाएगा?' पत्नी चिल्लाई।

उसने एकदम फुसफुसाकर चेतावनी वाले अन्दाज़ में कहा, 'धीरे बोलो।...एकदम धीरे।...वे सुन लेंगे...'

'कौन?...कौन सुन लेंगे?'

'उनके कान हर जगह मौजूद हैं। दीवारें हमारी हैं पर कान उनके हैं।'

'तुम क्या बोले चले जा रहे हो? कौन-सी दीवारें, कौन-से कान?'

वह अभी भी परदे का कोना उठाकर खिड़की के बाहर कुछ देखने की सतर्क कोशिश कर रहा था।

पत्नी ने परदा खींचकर देखना चाहा कि आख़िर माज़रा क्या है? वह किसे देखने की कोशिश कर रहा है? उसने घबराहट में पत्नी को ज़ोर से धक्का मारा। वह गिरते-गिरते बची।

'परदा मत खींचो।...वे बाहर ही तो मँडरा रहे हैं।' वह परदे से पीठ टिकाकर खड़ा हो गया था और पत्नी को घूरे जा रहा था।

ज़ोर-ज़ोर से साँस चल रही हैं उसकी।

पत्नी डर गई।

'कौन?...कौन है बाहर?' पत्नी ने फुसफुसाकर ही पूछा।

उसने होंठों पर उँगली धर के उसे बोलने से बरजा।

वह बाहर से आती आवाज़ों पर ध्यान लगाये हुए है।

मोहल्ले की सड़क पर गुज़रते स्कूटरों, कारों की आवाज़ें हैं।...कुछ बच्चे हँसते हुए सड़क से निकले। बॉल की धप-धप। शायद फुटबॉल खेलकर लौट रहे बच्चे हैं।...दो कुत्ते लड़ने लगे हैं।...फिर और भी कुत्तों की भौं-भौं शुरू हो गई। कुकरहाव अब धीरे-धीरे फ़ेड आउट हो रहा है। लगता है, कुत्ते लड़ते-भौंकते दूसरी गली तरफ़ निकले जा रहे हैं। कोने के मन्दिर में आरती शुरू हो गई है। वह धीमे से खिड़की छोड़कर उसके पास आया।

'बच्चे घर नहीं पहुँचे?' उसने धीरे से पूछा।

'कैसी बात कर रहे हो?...अभी तो बस सात बजे हैं। कोचिंग से लौटते-लौटते रोज़ नौ बजते हैं उनको।...' पत्नी बड़बड़ाई।

'अभी सात ही बजे हैं?' उसने आश्चर्य से पूछा।

'क्यों? घड़ी नहीं देखते हो क्या?'

'देख ही नहीं पाया। मुझे मौका ही नहीं मिला। वे एकदम मेरे पीछे लगे थे। पीछा कर रहे थे मेरा। खूब इधर-उधर घूमघाम के बड़ी मुश्किल से घर तक पहुँचा हूँ। उनको धोखा दे पाना इतना आसान नहीं था।' वह बताने लगा तो फिर से उन लोगों का ज़िक्र आया।

'आख़िर कौन पीछा कर रहा है तुम्हारा?...ऐसा क्या किया है तुमने?'

'मैंने?...मैं क्यों करूँगा कुछ? मैंने कुछ भी नहीं किया है।'

'फिर?...'

'फिर का मतलब?'

'...फिर तुम्हारा पीछा कोई क्यों करेगा?'

'वे कोई मेरा ही पीछा थोड़े ही कर रहे हैं। वे तो हर एक के पीछे हैं। देश के हर नागरिक का पीछा हो रहा है। वह क्या बात करता है, यह तक नोट किया जा रहा है। वह कहाँ रहता है, यह भी दर्ज किया जा रहा है।...'

'न जाने तुम कैसी बातें कर रहे हो—यह सब मेरी समझ से तो बाहर है!'

'यही बात तो गड़बड़ है। लोग समझ ही नहीं पा रहे हैं कि उनका पीछा हो रहा है। और जब तक वे कुछ समझेंगे, बड़ी देर हो चुकी होगी।'

तभी अन्दर किचन की तरफ़ कुछ खटपट सुनाई दी। वह ऐसा घबरा गया कि सम्हालना कठिन।

'वे आ गए!...देखा न?...हम मेन गेट बन्द करके बैठे रहे और वे पीछे के रास्ते से घर में आ गए...' वह घबराकर दीवार से सट गया था।

'अरे, बिल्ली होगी। कभी किचन की खिड़की खुली रह जाए तो घुस नहीं आती है?'

'देखो, ऐसी लापरवाही मत करना। वे बिल्ली का भेस धर के भी घुस सकते हैं...'

वह हड़बड़ाते हुए कमरे में यहाँ से वहाँ टहलने लगा।

पत्नी को समझ ही नहीं आ रहा कि वह क्या करे?

वह दौड़कर अन्दर से पानी लाई। जबरन, इसरार करके उसे सोफ़े पर बिठाया। पानी दिया। पीठ पर हाथ फेरा। माथा छूकर देखा।

'तुम आराम से बैठ लो पहले, फिर ठीक से बताओ कि आख़िर बात क्या है?'

'वे बड़े ही ख़तरनाक लोग हैं...'

'हम सीधे-सादे लोग हैं।...उनका हमसे क्या मतलब?'

'उनको सबसे मतलब है।...वे हमें बेदख़ल करना चाहते हैं। वे सबको बेदख़ल करनेवाले हैं।'

'तुम ये क्या कह रहे हो?'

'तुम मेरी बात को समझ क्यों नहीं रहीं?...हमें घर से बेदख़ल करने का इरादा है उन लोगों का...'

'अरे, ऐसे कैसे?' पत्नी बोली।

'वे लोग, हमें जीवन से बेदख़ल करके वहाँ बाज़ार को जगह देने की मुहिम पर निकले हैं...' वह अपनी बात समझाने की कोशिश कर रहा है।

'कोई हमें ऐसे, कैसे बेदख़ल कर सकता है?' पत्नी के स्वर में अविश्वास के अलावा इस बात की चिन्ता है कि वह कैसी उल्टी-सीधी बातें किये चला जा रहा है।

'क्यों?...क्यों नहीं कर सकता?'

'कोई मज़ाक़ है क्या?...कोई हमें बेदख़ल कैसे कर सकता है? अरे, यह हमारा मकान है। इसकी रजिस्ट्री है हमारे नाम...क़ानून भी तो कोई चीज़ है कि नहीं?'

वह ऐसे तनाव में भी मुस्कुराने लगा। बोला, 'क़ानून स्वयं में एक बहुत बड़ा मज़ाक़ है।...'

'तुम कैसी बात कर रहे हो?'

'मैं एकदम सच कह रहा हूँ। क़ानून बस एक चुटकुला है। सुनो तो, यह बात ज़रूर है कि हँसने की जगह रोने का मन करता है। कहीं वे आएँ तो उन लोगों के सामने तो क़ानून की बात बिलकुल ही मत कर बैठना।'

फिर वह बेचैन ही रहा। घर भर में घूम-घूमकर पड़ताल करता रहा। फिर बच्चे भी घर लौट आए। पूरी पड़ताल करके बड़ी कठिनाई से उनके लिए घर का दरवाज़ा खोला।

फिर रात आ गई। वे सोए नहीं। पत्नी, बच्चे—सब परेशान रहे।

फिर वह बोला कि मैं तो छत पर जाकर पहरा दूँगा क्योंकि वे कहीं रात में आ गए तो?...हम तो सोते ही रह जाएँगे।

जब तक बच्चे कुछ समझें, वह भागकर छत पर चला गया। वापस आने को ही राज़ी नहीं हुआ। किसी तरह नीचे लाए तो बोला कि मैं बीच-बीच में छत पर जाकर तो ज़रूर देखूँगा। फिर वह रात भर, उठ-उठकर पूरे घर में घूमता रहा। सब कुछ बार-बार चेक करता रहा। छत पर जाता रहा। वहाँ मुँडेर से नीचे देखता रहा। छत पर रेंगकर नीचे गली में झाँकता रहा। कहीं, ज़रा-सा खटका भी सुनाई दिया तो वह पलंग से कूदकर उस दिशा में भागा।...न तो स्वयं सोया, न ही किसी को सोने दिया।

और फिर तो यह प्रतिदिन का ही क़िस्सा हो गया।

और उस रात के बाद वह फिर हमेशा के लिए ऐसा ही हो गया।

अब उसके दिन-रात ऐसे ही डर में गुज़रने लगे। हमेशा घबराया रहता। हमेशा बेचैन। निरन्तर सतर्क। आगत की आशंका में अपनी आँखें भी झपकाना बन्द कर दीं। फटी-फटी आँखें लिये पूरे घर में घूमता। पत्नी के बहुत कहने पर कभी थोड़ी देर को सोता भी तो पलंग के नीचे एक मोटा डंडा धर के सोता। बीवी-बच्चों को समझाता कि घर के हर सदस्य को अपने पास मिर्ची पाउडर अवश्य रखना चाहिए। सबसे मिलना-जुलना भी छोड़ दिया। घर से बाहर निकलना बन्द कर दिया। काम पर जाना बन्द कर दिया। लम्बी छुट्टी की अर्ज़ी भिजवा दी।

घर पर ही रहकर दुश्मन की गतिविधि पर नज़र रखनी होगी। खुद उसको ही यह ज़िम्मेदारी उठानी होगी। घर के सारे सदस्य बड़े लापरवाह हैं। इतना कहता समझाता हूँ, पर ये लोग सुनते ही नहीं। मैं दिन भर दरवाज़े, खिड़कियाँ बन्द करता फिरता हूँ और ये नालायक वापस खोल देते हैं। इनके भरोसे तो इस घर को नहीं छोड़ा जा सकता। सो वह तो अब घर से बाहर ही नहीं निकलता। कभी कोई मिलने आ गया तो उससे भी फुसफुसा-फुसफुसाकर यही पूछता कि तुमने तो ज़रूर देखा होगा, बताओ तो कि बाज़ार कहाँ तक बढ़ आया है और अभी शहर में कहाँ-कहाँ

बेदख़ली चल रही है? फिर मित्रों ने भी उसके घर आना बन्द कर दिया। पड़ोसी और पहचान के लोग भी आपस में यही बोलने लगे कि शर्मा जी आजकल न जाने कैसी बहकी-बहकी बातें करने लगे हैं।

फिर धीरे-धीरे उसकी हालत और गड़बड़ हो गई। डर और बढ़ गया। वह अब निरन्तर भयभीत रहता। हर आवाज़ पर चौंक जाता। कभी कोई उसके घर का दरवाज़ा खटखटा दे तो डर से पलंग के नीचे घुसकर छुप जाता। वहीं छुपा रहता। कहता कि मैं यहीं पलंग के नीचे रहूँगा। डरता रहता कि वे उसे पलंग के नीचे से बरामद न कर लें। सरकार की सीक्रेट सर्विस के सन्देश जो वे लोग वायरलेस के ज़रिये एक-दूसरे को भेजते हैं, वह उनको बीच में ही हवा से पकड़ लेता है।

इसी से तो उसे पता चलता रहता है कि सरकार बाज़ार से मिल गई है। तभी तो सरकार के लोग भी उसको खोज रहे हैं। बाज़ार के विरुद्ध जो भी है, सब पर सरकार की नज़र है।

और उस दिन तो हद ही हो गई। एक दिन वह अपने बैंक चला गया। वहाँ अपने जमा खाते की सारी रक़म निकलवाने की अर्ज़ी देकर एक कोने में छुपकर बैठ गया। वह तो बैंक वाला परिवार का परिचित था। उसने, इसके बारे में, उड़ती-उड़ती कुछ बातें भी सुन रखी थीं। उसे सन्देह हो गया। उसने उसको बैठने को कहा और उसके घर पर फ़ोन करा दिया। सब भागे-भागे आए।

किसी तरह पकड़कर घर वापस लाए।

किशोर बेटा मानो रातोंरात एकदम बड़ा हो चुका है। पिता की मानसिक स्थिति ने उसकी उम्र तथा समझ वर्षों बढ़ा दी है।

'यह आप क्या करनेवाले थे पापा?' बेटे ने घर आकर डाँटते हुए कहा।

'वे हमारा सारा पैसा ज़ब्त करनेवाले हैं...।'

'कोई ऐसा नहीं कर सकता पापा...'

'वे सरकार से एक ऑर्डर निकलवाने वाले हैं कि बैंक में जमा सारी रक़म बाज़ार को दे दी जाए।'

'ऐसा कुछ नहीं है।' पत्नी ने समझाया।

'ऐसा ही है। मुझे पता है। मैंने उनके वायरलेस सन्देश पकड़े हैं।'

'हे भगवान!' पत्नी रोने लगी।

'आप थोड़ा आराम कर लो। तनिक देर आँखें मूँदकर लेट जाओगे तो अच्छा...' बेटे ने उसे जबरन लिटाने की कोशिश की।

'आँखें मूँद लूँ? पागल हुए हो क्या? अरे, यह आँखें खोलकर नज़र रखने का समय है।...वे लोग यहाँ कभी भी आ सकते हैं।...बेदख़ल करनेवाले यहीं के लिए तो निकले हुए हैं।...'

'पापा, कोई यहाँ नहीं आ रहा!' बेटा चिढ़कर बोला।

'वे आ रहे हैं!...मैं जानता हूँ!'

'और हमारी सरकार?...सरकार नहीं रोकेगी उनको?' पत्नी ने कहा।

'वे सबसे पहले सरकारों को ही तो बेदख़ल करते हैं। वे यह काम कर चुके।'

'और संसद?'

'मत पूछो। भ्रम बना रहे, यही अच्छा है।'

'और संविधान?'

'वे संविधान में इतने संशोधन करा चुके कि अब संविधान का हर पेज कटा-पिटा है। अब उसे पढ़ना मुश्किल है, समझना तो और भी मुश्किल।...हमें बेदख़ल करना एकदम संविधान-सम्मत घोषित कर दिया जाएगा। वे सरकार का आदेश लेकर आएँगे। वे हमें मुआवज़ा थमा देंगे। वे हमारा कान पकड़कर हमें सड़क पर बिठा दें तो अदालत भी बस यही कहकर रह जाएगी कि आपको इसका मुआवज़ा तो दिया जा चुका है न?...'

'तुमको यह सब कैसे पता?...और कोई तो ऐसी बात कहता नहीं?' पत्नी ने फिर कहा।

'मैं वह देख पाता हूँ जो और कोई देख नहीं पा रहा।'

'कैसे?'

'मेरे पास दिव्य दृष्टि है। मेरा देवताओं से सीधा कनेक्शन बैठ गया है आजकल।'

'देवताओं से क्या हो गया है?'

'देवता रोज़ आकाशवाणी करके मुझे अन्दर का सब कुछ बताते रहते हैं। वैसे आजकल वे भी कुछ ठीक से बताते नहीं।'

'हे भगवान!'

'कहीं बाज़ार से डरकर देवताओं ने बोलना तो बन्द नहीं कर दिया? वे नहीं बताएँगे तो मुझे कैसे पता चलेगा?' कहते-कहते वह चिन्ता में पड़ गया।

पत्नी सर पकड़कर बैठ गई और रोने लगी।

'मैंने देवताओं से कहा भी कि जब आपको सब कुछ पता है तो आप इन दुष्टों को रोकते क्यों नहीं? यहाँ वे आपके भक्तों को बेदख़ल कर रहे हैं और आप चुपचाप बैठे, बस, देख रहे हैं?' वह बड़बड़ाने लगा।

पत्नी रोती रही।

'देवता बोले कि वे अब हमारे बस से एकदम बाहर हो चुके हैं। अब खुद ही सबसे बड़ा देवता बन गया है बाज़ार।'

'सबका दिमाग़ ख़राब कर डाला है आपने...' बेटा माथा पीटकर बोला।

वह बड़बड़ाता रहा।

'देवता खुद भी अब बाज़ार से नहीं लड़ सकते। मैंने पूछा तो कहते हैं कि हमारा पूजा-पाठ भी तो अब बाज़ार के हाथों में ही है, सो हम तो मजबूर हैं।...हम बस कभी-कभी आकाशवाणी भर कर सकते हैं।...'

पत्नी रोती रही। बेटा माँ की पीठ पर हाथ फेरने लगा।

मैं कौन हूँ

'मे आई हेल्प यू सर?' बाज़ार ने आदरपूर्वक पूछा।

'क्या तुम मुझे बता सकते हो कि मैं कौन हूँ?'

'जी?'

'हाँ, मेरी स्मृति बिलकुल भी साथ नहीं दे रही। मैं क्या करूँ? अभी मुझे मेरा नाम तक याद नहीं आ रहा। मैं भूल गया हूँ कि मैं कौन हूँ। मुझे समझ ही नहीं आ रहा कि पूछूँ किससे? यहाँ सब तरफ़ आप-ही-आप नज़र आ रहे हो—सो आपसे ही पूछ रहा हूँ। प्लीज़, हेल्प मी!...मैं कौन हूँ?' उसने बाज़ार से पूछा।

बाज़ार मुस्कुराया। बाज़ार ने होंठों के पास लगा एक खटका दबाया। उसकी मुस्कुराहट बिना मुस्कुराहट महसूस किये ही बढ़ गई और चेहरे पर विनम्रता की झाईं भी पड़ने लगी।

'तो इसमें कौन-सी बड़ी बात है! आजकल तो यह परेशानी आम है। चिन्ता न करें। हम खूब जानते हैं आपको।'

'तो जल्दी से बतलाइए फिर...?'

'...आप हमारे बहुमूल्य कस्टमर हैं सर।...'

वह खुश हुआ।

चलो, कोई तो उसे पहचानने वाला मिला वर्ना उसकी स्मृति तो साथ ही नहीं दे रही आजकल। जाने-पहचाने रास्ते भूल जाते हैं। आजकल उसे चेहरे याद नहीं रहते। और आज तो हद ही हो गई। अभी तो उसे यही याद नहीं आ रहा कि वह कौन है? ऐसे में कोई ऐसा मिल जाए जो आपको जानता हो तो यह कितनी बड़ी राहत की बात है।

'तुम मुझे पहचानते हो न?' उसने पूछा।

'जी, मैं आपको खूब पहचानता हूँ।...आप हमारे महत्त्वपूर्ण कस्टमर हैं सर!...'

'महत्त्वपूर्ण?'

'देखिए, हमारे लिए हर कस्टमर बेहद महत्त्वपूर्ण है सर।' बाज़ार ने गर्दन के पास लगा खटका कुछ ऐसी कारीगरी के साथ घुमाया कि गर्दन आदरपूर्वक, बिना आदर का भाव महसूस किये ही झुक गई। कभी ऐसे संवाद बोलने पड़ें तब यही खटका काम आता है—बाज़ार में ट्रेनिंग दी गई है उसे।

'बताइए, मैं आपकी क्या हेल्प कर सकता हूँ?' बाज़ार ने उससे फिर पूछा।

'बस, यही। इसमें मेरी कुछ हेल्प कर सको तो करो। मैं आजकल सब भूल जाता हूँ मित्र।...अभी तो मुझे यही याद नहीं आ रहा कि मैं कौन हूँ? मुझे, अभी मेरा नाम तक याद नहीं आ रहा। बताओ कि अब मैं क्या करूँ?' उसने बाज़ार से पूछा।

'आप मुझे तो पहचान रहे हैं न सर?' बाज़ार ने पूछा।

'आजकल तुमको कौन नहीं पहचानता भैया।'

'यह तो आपका बड़प्पन है।' बाज़ार एक और खटका दबाकर और भी विनम्र हुआ।

'आपने मुझे पहचान लिया, तब तो स्मृति एकदम अच्छी है आपकी। है न सर?'

'नहीं, यह बात नहीं। तुम्हारी बात और है। तुम तो आजकल सब तरफ़ व्याप्त हो। तुम्हें भूलना तो सम्भव ही नहीं।...पर मुझे वास्तव में ही अभी अपना नाम याद नहीं आ रहा।' वह बोला।

'सर, आपको अपना नाम न भी याद आ रहा हो, पर अपना कोई नम्बर तो याद होगा? वह बता दीजिए। उसे किसी भी कम्प्यूटर में डालकर आप अपना नाम निकाल सकते हैं।' बाज़ार ने रास्ता सुझाया।

वह हँसा। अरे जब अपना नाम ही भूल गया तो कोई नम्बर कहाँ से याद आएगा?

फिर भी सोचने की कोशिश करने में कोई बुराई नहीं। वह सोचने लगा।

और सोचते-सोचते वह बड़े आश्चर्य में पड़ गया।

उसे अपना पैन नम्बर, दोनों मोबाइल नम्बर, अपने जॉब का स्टाफ़ नम्बर, अपने क्रेडिट कार्ड का पासवर्ड नम्बर, अपना ड्राइविंग लाइसेंस नम्बर—सब एक-एक करके याद आ गए। अरे, यह तो हद है! नम्बर इतने सारे याद हैं और अपना नाम ही भूल गया! यह तो कमाल है!

'क्या मैं अब, बस, एक नम्बर में तब्दील हो गया हूँ?' उसने पूछा।

'जी?' बाज़ार उसकी चिन्ता को समझ नहीं पाया।

'मैंने यह इसीलिए पूछा क्योंकि मुझे अपना नाम तो याद नहीं आ रहा पर नम्बर सारे याद हैं।'

'वैसे भी, नाम में क्या रखा है सर...! बस, ये नम्बर भूलकर भी मत भूलिएगा। आजकल ये हर जगह लगते हैं।'

'फिर भी!...मेरा नाम...'

बाज़ार उसको परेशान देखकर, एक और खटका दबाकर बिना परेशानी का अहसास किये ही परेशान दिखने लगा। कैसे हेल्प करी जाए अपने इस संभावित ग्राहक की?

बाज़ार अपने कस्टमर की सहायता के लिए कृतसंकल्प रहता है। यह सहायता भाव उसके बाज़ार होने का एक अहम हिस्सा है। करो, न करो—पर लगे कि सहायता की गई। बाज़ार ने वही किया।

'आपकी जेब में अपना कोई न कोई कार्ड तो पड़ा ही होगा, सर?' बाज़ार ने पूछा।

'हाँ, हैं न, कई हैं।...' कहकर वह अपनी जेब में हाथ डालने लगा।

'फिर तो कोई दिक़्क़त ही नहीं सर! कोई भी कार्ड निकालकर देख लीजिए न? उसमें आपका नाम भी ज़रूर दर्ज होगा ही।'

धत्!

इतनी-सी बात उसे क्यों नहीं सूझी? एकदम सही बात कह रहा है। उसे पहले ही कार्ड में अपना नाम चेक कर लेना था। वह शर्मिन्दा होकर जेब से कार्ड निकालने लगा। कार्ड को उसने ग़ौर से देखा। कार्ड में एक शख़्स की फ़ोटो और नाम ज़रूर था पर वह उसे पहचान ही नहीं पा रहा था। यह शख़्स वो ही है या कोई और?

बाज़ार को कार्ड की फ़ोटो दिखाते हुए उसने पूछा, 'यह मैं ही हूँ क्या?'

'हाँ, आप ही हैं।...आप ही होंगे। और कौन हो सकता है?...जब कार्ड आपका है तो ये आप ही तो होंगे न?'

'पर यह मेरा ही कार्ड है, यह बात इतने विश्वास से कैसे कह सकते हैं आप?'

'यह आपकी ही जेब से निकला है तो ये फिर और किसका हो सकता है?'

'पर यह तो कोई बात नहीं हुई। हो सकता है, यह किसी और का कार्ड हो और मेरी जेब में यों ही आ गया हो—फिर?'

'वैसे, यह फ़ोटो तो आपकी ही है।' कार्ड की फ़ोटो से उसका मिलान करते हुए बाज़ार बोला।

'मेरी है? पर मेरी लगती तो नहीं।'

'क्यों?'

'यह फ़ोटो वाला आदमी तो बड़ा खुश दिख रहा है। मैं ऐसा खुश तो सालों से नहीं हुआ हूँ।'

'देखिए सर, आदमी जब फ़ोटो खिंचाता है तब झूठमूठ खुश हो ही लेता है। कहते हैं कि इससे फ़ोटो अच्छी आती है।'

'पर मैं तो इत्ता खुश कभी झूठमूठ भी नहीं हुआ हूँ?'

'जो हो परन्तु फ़ोटो तो आपकी ही है।' बाज़ार ने पहले फ़ोटो, फिर उसे देखकर अन्तिम निर्णय-सा सुनाते हुए कहा।

'पर इसकी नाक तो टेढ़ी है?' उसने भी फ़ोटो को ग़ौर से देखते हुए आपत्ति प्रकट की।

'नाक पर बहुत ध्यान न दें सर।...आजकल तो जो नये कस्टमर कार्ड बनकर आ रहे हैं, उनमें तो नाक है ही नहीं।... फ़ोटो से नाक हटाने का ट्रेंड चल रहा है आजकल। कस्टमर यही पसन्द कर रहे हैं इन दिनों...' बाज़ार की नये ट्रेंड्स पर नज़र रहती है।

'पर...पर नकटा आदमी...?' वह आश्चर्य में पड़ गया।

'हाँ, आदमी ठीक-सा नकटा हो, यह आजकल ज़रूरी हो गया है। नकटा समय चल रहा हो तो नाक से निजात पाना ज़रूरी हो जाता है।'...बाज़ार ने नाक कटाने की वैश्विक फ़िलॉसफी बताई।

'पर नकटा आदमी तो बड़ा ही अजीब लगेगा?'

'कभी अपने आसपास भी तो देखिए न ज़रा। क्या आपको कोई भी आदमी अजीब लग रहा है यहाँ?—चारों तरफ़ नज़रें डालिए सर।...सब नकटे हैं, पर सभी...'

'नहीं, नहीं, सबके नाक दिख तो रही है?' उसने आसपास नज़रें घुमाकर देखा।

'नहीं सर, ये सब नकटे हैं।' बाज़ार ने समझाया।

'पर नाक...?'

'वह नाक नहीं, बस, नाक का एक भ्रम है। बाज़ार में आजकल भ्रम डिस्काउंट रेट पर मिल जाता है और नाक बड़े ऊँचे भाव पर बिक जाया करती है। लोग नाक बेच देते हैं और भ्रम लगाये घूम रहे हैं। इससे सभी को बड़ा सुभीता हो गया है।'

'सुभीता?'

'हाँ, सुभीता।...नाक हर काम में बड़ी आड़े आती थी सर।...फिर जब समय ने ही अपनी नाक उतार डाली हो तब ऐसे नकटे समय में अपनी नाक रखने का आग्रह करना बड़ी मूर्खता कहलाएगी। है न सर?'

बार-बार समय का ज़िक्र सुन उसे अचानक ही समय का ख़याल आया। क्या टाइम हुआ होगा अभी? वह काफ़ी देर से बाज़ार में भटकता रहा है। घर में लोग उसके लिए परेशान न हो रहे हों।

उसने कलाई पर बँधी घड़ी पर नज़र डाली।

अभी क्या टाइम होगा? उसने ध्यान से घड़ी देखी।

और वह चौंक गया।

घड़ी तो वहीं कलाई पर यथावत् बँधी हुई थी पर उसमें से समय ग़ायब हो चुका था।

घर से जब वह चला था, तब तो यही घड़ी एकदम ठीक से समय बता रही थी। फिर? इसी बीच ऐसा क्या हुआ?

कहाँ गया उसका समय? घर से निकलते ही चौखट के पार बाज़ार शुरू हो

गया था। बाज़ार में ही कहीं उसका समय उसके हाथ से टपककर न गिर गया हो? वह अब मात्र ख़ाली घड़ी लेकर घूम रहा है।

'मेरा समय कहीं गुम हो गया है।' उसने कहा।

'अरे वहीं घड़ी में पड़ा होगा।...आपके पास।...ठीक से देखिए ज़रा। देखिए, इन दिनों समय इतना तेज़ी से बढ़ रहा है कि आदमी अपने समय को ही नहीं पहचान पाता।...एक बार फिर से देखिए।' बाज़ार समय को खूब पहचानता है।

उसने वापस अपनी घड़ी को खूब ध्यान से देखा।

घड़ी की सुइयाँ ऐसी टेढ़ी-मेढ़ी हो गई थीं मानो किसी ने समय की कलाई पकड़कर उन्हें ज़ोर से मरोड़ दिया हो!...डायल पर कोई नम्बर भी नहीं दिख रहे थे। वास्तव में डायल का चेहरा एकदम सपाट और ख़ाली-सा था। घड़ी बहुत डरावनी लग रही थी।

'बड़ा ही डरावना समय है...' उसने मानो स्वगत कहा।

बाज़ार उसे दया की दृष्टि से देखता रहा।

'क्या हो गया है सर आपको?...बी पॉज़िटिव, थिंक पॉज़िटिव...'

वह चुपचाप रहा। वह अब अपने चेहरे पर हाथ फेर रहा था, ख़ास तौर पर अपनी नाक पर।...यह उसकी नाक ही थी न? कहीं यह उसका भ्रम तो नहीं?...वह कार्ड पर छपी अपनी फ़ोटो को भी ध्यान से देखता रहा।

'वैसे, मेरी असली शक्ल क्या है?' उसने मानो बड़बड़ाते हुए कहा।

'इससे क्या फ़र्क़ पड़ता है सर...!'

'फिर भी...'

'वह तो आपको याद होगी न?'

'मुझे याद रहता तो फिर अभी यह नौबत ही क्यों आती?...'

'कैसी नौबत?'

'वही नौबत जो अपनी स्मृतियाँ खो जाने पर आया करती है।...अपनी स्मृतियों को सहेजकर रखना बेहद ज़रूरी है। स्मृतियाँ बचानी चाहिए—आदमी को भी, समाज को भी...'

पता नहीं—क्या तो ऊलजुलूल-सी बातें किये जा रहा है यह कस्टमर। ज़रा-सी स्मृति खो जाने की बात का नाहक ही बतंगड़ बनाये जा रहा है।

बाज़ार उसे ग़ौर से देखता रहा।

'आपको अपनी शक्ल तनिक तो याद होगी न?'

'क्यों?'

'याद नहीं होगी तो फिर फ़ोटो को पहचानेंगे कैसे? कन्फ़र्म कैसे करेंगे?'

वह भी सोच में पड़ गया। बात तो सही कह रहा है।

'मुझे विश्वास है। खुद को देखूँगा तो पहचान लूँगा।'

'आप अभी-अभी तो कह रहे थे कि आप भूल जाते हैं?'

'पर अभी खुद को नहीं भूला हूँ मैं।' वह अपनी बात पर स्वयं ही मुस्कुरा दिया।

'तब तो काम बड़ा आसान हो गया।...आप उधर दर्पण में झाँककर देख लीजिए न? वहाँ वाशरूम में बड़े-बड़े शीशे लगे हुए हैं। जूतों के शोरूम से लेफ्ट मुड़कर वाशरूम बने हुए हैं।...वहीं जाकर अपनी शक्ल से इस फ़ोटू को मिलाकर देख लें। हो सकता है कि इस एक्सरसाइज़ से आपकी स्मृति भी वापस आ जाए!...जाइए। ...देखिए।' बाज़ार अब इस कस्टमर से पिंड छुड़ाना चाहता है।

बाज़ार ने थैंक्स कहा और मुड़कर दूसरे ग्राहकों की तरफ़ जाने को हुआ तो उसने भी बाज़ार को थैंक्स दे डाला।

फिर वहाँ से निकलकर वह धीरे-धीरे चलता हुआ वाशरूम पहुँच गया।

उसके हाथ में कार्ड था। कार्ड पर एक फ़ोटो थी जो उसकी बताई जा रही थी।

वाशरूम की एक दीवार पर बड़े-बड़े दर्पण लगे हुए हैं। दर्पण का फ्रेम ही इस कदर जड़ाऊ क़िस्म का है कि उसकी हिम्मत ही नहीं हो रही है कि ऐसे बेशक़ीमती शीशे में झाँककर देखे। डर-सा लग रहा है। मान लो, अभी कोई आए और उसका कॉलर पकड़कर उसे घसीटकर यहाँ से बाहर कर दे कि तुमने इतने कीमती दर्पण में झाँकने की हिमाकत कैसे की?

वह थोड़ी देर तलक बिना उसमें झाँके ही दर्पण के सामने खड़ा रहा।

फिर धीरे से सिर उठाकर झाँका है उसने।

उसने देखा कि दर्पण में एक शख़्स खड़ा है। उसे घूरता हुआ।

यह आदमी कौन है? क्या यही वह स्वयं है? यदि, यही वो है तो फिर वह खुद को ही पहचान में क्यों नहीं आ रहा?

कहीं वह बदल तो नहीं गया है? कहीं वह ऐसा ही तो नहीं निकल आया है जैसा दर्पण में दिख रहा है? उसने अपनी पुरानी शक्ल याद करने की कोशिश की। अपनी कोई भी तस्वीर ठीक से नहीं उभरी उसके मन में। पर यह तथ्य तो उसे अभी भी याद है कि यदि दर्पण के सामने खड़े हो जाओ तो उसमें आप ही दिखोगे। इस लिहाज़ से तो दर्पण में खड़ा शख़्स वह स्वयं ही होना चाहिए।...उसने एक बार फिर से ग़ौर से देखा।...तो यह हूँ मैं! परन्तु इस शख़्स को तो पहले कभी देखा ही नहीं मैंने?...फिर? यह हो क्या रहा है? कहीं ऐसा तो नहीं कि यह दर्पण ही उससे बदमाशी कर रहा हो? बाज़ार में लटके दर्पणों पर भरोसा भी तो नहीं किया जा सकता। फ्रेम कितने भी जड़ाऊ और नक़्क़ासीदार हों, बड़ी बात हमेशा ये ही रहेगी कि दर्पण कैसा है? मान लो कि बाज़ार ने किसी और ही शख़्स को इस दर्पण में लाकर बिठा दिया हो, तो? क्या पता कि बाज़ार ने वहाँ भी अपना मनमाफ़िक़

नागरिक बिठा दिया हो ?...ठीक वैसा आदमी, जैसा बाज़ार आपको बनाना चाहता है। दर्पण में रोज़ उसी-उसी को देखोगे तो अपने असली खुद को भूल जाओगे—बाज़ार का यही विश्वास होगा। धीरे-धीरे, तुम भी वैसा ही बन जाओगे जैसा कि दर्पण में बैठा वह आदमी है। दर्पण में जिसे खुद की छवि मानकर तुम झाँकते रहे हो, वास्तव में वह तो बाज़ार ने तय कर दी है। तुम तुम नहीं रहे। दर्पण में झाँकते तो तुम हो, परन्तु दिखता वो है। कहीं बाज़ार के ऐसे दर्पणों में देख-देखकर दुनिया अपना वास्तविक रूप तो नहीं भूलती जा रही ? क्या हम खुद को वैसा ही तो नहीं बनाते जा रहे हैं जैसा बाज़ार बनाना चाहता है ? दर्पण में हमारे अक्स के साथ कहीं कोई छेड़छाड़ तो नहीं हो रही ? दर्पण भी तो हमारी फ़ोटोशॉपिंग नहीं कर रहा ? कहीं इसी कारण तो बाज़ार द्वारा उसे यहाँ नहीं भेजा गया है कि मैं खुद को ऐसा ही मानने लगूँ ? भूले हुए खुद को खोजना ही बन्द कर दूँ ?

वह दर्पण में खड़े हुए शख़्स को घूरता रहा।

दर्पण में घुसा शख़्स भी उसे घूरता खड़ा है।

यकायक, दर्पण में खड़े शख़्स ने उसे आँख मारी।...या नहीं, कहीं, उसी की आँख तो नहीं फड़कने लगी है ?

नहीं, वह तो आँख मार के मुस्कुरा भी रहा है।

यह नज़ारा देखकर वह एकदम-से घबरा गया। घबराकर दर्पण के सामने से हट गया। फिर तेज़-तेज़ चलता हुआ वह वाशरूम से बाहर निकल आया।

बाहर बाज़ार, मानो उफन रहा था।

बाहर लहरें थीं। एस्केलेटर ऊपर-नीचे जा रहे थे। झाग तैर रहा था। भीड़ बह रही थी। गहरी भँवरें उठतीं और ग्राहक उनमें गुड़प हो जाते। बाढ़ की सी अराजकता थी, बाज़ार में। वह और बाहर निकल आया। निकासी के तीरों के निशानों के साथ चलता चला गया। अब सामने ही सड़क थी।

उसकी स्मृतियाँ ज़रूर खो गई थीं पर शुक्र है कि उसे घर का रास्ता याद था।

हर दर्पण में वे ही घुस गए हैं

उन्होंने इतनी ज़ोर से तो ख़ैर नहीं मारा था पर सब्बल मिट्टी में एकदम अन्दर तक धँस गया। शायद वहाँ ज़मीन ही पोली रही होगी। ज़मीन का आजकल पता नहीं चलता। ऊपर से मज़बूत दिखती है और अन्दर पोली निकल आती है। वे सुरंग में

आगे का रास्ता खोद रहे थे। तभी यह हादसा हो गया। अचानक ही बहुत-सी मिट्टी और गिट्टी भरभराकर नीचे गिरी। सुरंग की छत में बड़ा-सा छेद बन गया। छेद से आती बहुत सारी रोशनी भर गई उनकी अँधियारी सुरंग में।

अरे, ये कहाँ जाकर खुल गई उनकी सुरंग?

और बाहर इतनी जगमग रोशनी?

वे छत में अचानक बन गए छेद के ज़रिये सुरंग से बाहर ताकने लगे।

अब, क्या करूँ?

क्या इस छेद को बन्द करने का प्रयास किया जाए? पर यह तो बहुत ही बड़ा गैप बन गया है। इसे तुरन्त बन्द कर पाना कतई सम्भव नहीं। फिर बाहर लोगों ने भी तो इसे देख ही लिया होगा। अब इसे बन्द करने का कोई मतलब नहीं। सुरंग तो अब पकड़ी ही जाएगी। और वे भी।...तो क्या सुरंग के अन्दर ही अन्दर वापस भाग लिया जाया जाए? और वहाँ से बाहर?

इस तरह वे तो शायद बाहर निकल भागेंगे परन्तु पीछे उनकी सुरंग पकड़ी जाएगी।

पर तभी उन्होंने एक आश्चर्यजनक बात नोट की। अजीब-सी बात। इतना बड़ा गड्ढा अचानक ही ज़मीन में पैदा हो गया था परन्तु बाहर किसी ने इस पर मानो ध्यान ही नहीं दिया था। शायद कोई चौंका भी नहीं था। न कोई इस बड़े गैप की तरफ़ आया ही था। मानो किसी को इससे मतलब ही न हो! तो अब क्या करूँ? वापस भाग जाऊँ? या बाहर जाकर देखूँ?

उन्होंने बाहर निकलकर परिस्थिति का जायज़ा लेने की ठानी। क्या पता, बाहर भी कोई उन पर ध्यान ही न दे।

वे अपनी कोहनियों के बल छेद से बाहर निकल आए।

सुरंग बाहर एक लकदक वेटिंग हॉल में खुल गई थी।

ये क्या जगह है? वे पहचान नहीं पा रहे। इस कथा का पाठक ज़रूर इस जगह को खूब पहचान रहा है। पाठक जान रहा है कि सुरंग उसी सायकेट्रिस्ट की क्लीनिक में जा खुली है। वही वेटिंग हॉल है। वही रिसेप्शन पर बैठी लड़की, सोफ़े, रोशनियाँ, हिप्पोक्रेटीज़ की शपथ, मानसिक रोगियों का जमावड़ा और उनके साथ आए परिवारजनों का मजमा।

सुरंग से बाहर आकर वे गड्ढे से तनिक हटकर खड़े हो गए। किसी ने अभी तक न तो उस गड्ढे पर ध्यान दिया था, न ही उन पर। उनकी कोहनियों तथा बालों में धूल चिपकी हुई है। धीरे से साफ़ कर डाली वह धूल भी उन्होंने।

अब वे इस गड्ढे से और भी दूर जाकर खड़े हो गए।

फिर वे जायज़ा लेने लगे कि कहीं कोई ऐसा शख़्स दिखे जो व्यस्त न हो। उसी से कुछ पूछा जाए।

एक शख़्स, स्वयं में खोया-खोया सा बैठा है उधर एक कोने में। वे ताड़ते रहे

उसे। चलकर इसी से पूछें? तभी उस शख़्स की आँखों से उनकी आँखें मिलीं। वह भी उनको देखता रहा। फिर वह शख़्स अचानक उठा और उनकी ही तरफ़ चलने लगा। वह बड़े बेपरवाह अन्दाज़ में उनकी तरफ़ आ रहा है। उन्हें डर लगा। उसकी राह में ही सुरंग का गड्ढा पड़ रहा था।

वह शख़्स जिस तरह से बेख़बर-सा उनकी तरफ़ बढ़ रहा है, ज़रूर उस गड्ढे में टपक जाएगा।

उनकी ओर आता हुआ वह शख़्स गड्ढे के एकदम किनारे तक आ गया था।

'सँभल के...'।

वे इतना ही कह पाए थे कि उसने हवा में अपना क़दम भी उठा लिया।

उनकी हिदायत सुनकर वह मुस्कुरा भर दिया। रुका नहीं। ठिठका भी नहीं। हवा में उठा पाँव धर भी दिया उसने ठीक गड्ढे के बीच में।

फिर जो हुआ, उसे देखकर हैरान रह गए वे। वह शख़्स गड्ढे पर ही चलता चला गया। उसमें गिरा नहीं। वह हवा पर चल रहा था। उनके सामने कोई जादू-सा हो रहा था। इतना बड़ा गड्ढा है। अभी भी उनके सामने ही मौजूद है। परन्तु वह शख़्स मानो गड्ढे को देख ही नहीं रहा; बल्कि यहाँ तो कोई भी इसे देख ही नहीं रहा। कोई इस गड्ढे को क्यों नहीं देख रहा? वे अभी-अभी तो इसी गड्ढे से बाहर निकले हैं। तब किसी ने उन्हें निकलता हुआ भी नहीं देखा। अब यह शख़्स उसी गड्ढे पर ठाठ से पाँव धरता चला आ रहा है। क्या चक्कर है? यह गड्ढे में गिरा क्यों नहीं? कोई इस गड्ढे को देख क्यों नहीं पा रहा? वह शख़्स गड्ढे को पार करके उनके एकदम पास आकर रुक गया।

'आप हवा पर चल लेते हैं?' उनके मुँह से मानो बे-सोचे ही निकल गया।

'क्यों? ऐसा क्यों पूछ रहे हैं?'

'न जाने क्यों, बस आपको चलता देखकर मुझे ऐसा लगा कि आप कभी हवा पर भी चल सकते हैं।'

'मैंने कभी चलकर नहीं देखा जनाब।...और कभी चला होऊँ तो अभी तो याद नहीं आ रहा।'

'हवा में चले होते तो ज़रूर याद रहता।' वे बोले।

'आपकी यह बात भी सही है। हवा में चलना सीखा हो तो उसे भूलना तो नहीं चाहिए। हवा पर चलते हुए यदि आधे रास्ते में हवा पर चलना भूल जाए तो एकदम से नीचे गिर जाएगा आदमी।...'

'ख़ैर, मुझे लगा कि...'

'वैसे, मुझे हवा पर चलने का ऐसा कुछ ठीक से याद भी नहीं सर।...आजकल

स्मृति मेरा साथ नहीं दे रही।...हो सकता है कि मैं कभी हवा में चल भी पाता रहा होऊँ।'

वे उसे देखते रहे। ग़ौर से।

'आप मुझे पहचानते हैं?' उस शख़्स ने पूछा।

'नहीं तो!' वे बोले।

'तब तो बड़ी गड़बड़ हो गई। मैं तो बड़ी आशा लेकर आपके पास चलकर आया था।' वह बोला।

'मतलब?'

'मेरी तरफ़ जिस तरह से आप देख रहे थे तो मुझे यह लगा कि आप ज़रूर ही मुझे जानते होंगे।'

'नहीं, मैं आपको नहीं जानता।'

'तब तो बड़ी गड़बड़ हो गई।'

'कैसी गड़बड़?'

'मैं वहाँ बैठा हुआ था। अचानक ही मैंने याद करने की कोशिश की तो मुझे अपना नाम ही याद नहीं आया। मैं तो सोचकर ही घबरा गया। यदि मुझे याद नहीं कि मैं कौन हूँ तो अभी मैं क्या करूँगा? कोई पूछेगा तो क्या बताऊँगा कि मैं कौन हूँ? नाम याद न आया तो फिर मैं कहाँ जाऊँगा? यही सोचकर परेशान था कि तभी मुझे आप दिखे।'

'जी?'

'आप जिस ढंग से मेरी तरफ़ देख रहे थे, मुझे लगा, आप ज़रूर मुझे मेरी पहचान बता देंगे।'

'सॉरी, पर मैं आपको नहीं जानता।'

'फिर मैं कौन हूँ?' वह मानो खुद से पूछने लगा।

वे देखते रह गए उसे।

अजीब-सा आदमी है यह। और जब खुद इतना भ्रमित है, तो यह फिर मुझे भला क्या गाइड कर पाएगा?

अब वह शख़्स बोला, 'पर आप मुझे देख तो ऐसे ही रहे थे, मानो मुझे खूब जानते हों?'

'सॉरी, मैं खुद बड़ा परेशान हूँ। मैं रास्ता भटक गया हूँ। मैं यहाँ तक आ तो गया हूँ परन्तु अभी मैं समझ ही नहीं पा रहा कि मैं आख़िर कहाँ पहुँच गया हूँ? तभी मैं आपको ऐसे देख रहा था। आपको फ्री बैठे देखा तो लगा कि आपसे पूछूँ कि यह जगह क्या है?'

वह शख़्स आश्चर्यचकित रह गया।

'आपको नहीं पता! आप कहाँ हैं—यह नहीं पता?'

'वही तो...'

'ऐसा कैसे हो सकता है?'

'कैसा?'

'...वही, जो आप बता रहे हैं...कि आपको पता न हो कि आप कहाँ हैं?'

'पर है तो यही बात।'

वह उन्हें ग़ौर से देखता रहा।

'क्या आपको भी कुछ भी याद नहीं रहता?' उसने पूछा।

' 'भी' का मतलब?'

'क्योंकि मुझे भी तो याद नहीं रहता। मेरी याददाश्त ही नहीं बची। देखिए न, अभी तो मुझे खुद का नाम ही याद नहीं आ रहा।'

'क्यों, क्या हुआ आपकी स्मृति को?'

'होना क्या था—बस, बची ही नहीं।...वैसे, मुझे लगता है कि यह किसी का षड्यंत्र है। बाकायदा एक प्लान के तहत मेरे दिमाग़ से स्मृतियाँ हटाई जा रही हैं। जानबूझकर ख़ाली कर रहे हैं वे मेरा दिमाग़। धीरे-धीरे।'

'ख़ाली कर रहे हैं?'

'हाँ...वे मेरा दिमाग़ ख़ाली कर रहे हैं। रोज़ ही कुछ स्मृतियाँ वहाँ से हटा दी जाती हैं।'

'कोई कैसे कर सकता है ऐसा?'

'खूब कर सकता है। अब उनके पास नई-नई तकनीकें हैं। वे इंटरनेट के ज़रिये, हवाओं पर सवार होकर, साँसों में घुलकर, हमारी इन्द्रियों में सेंध लगाकर हमारे दिमाग़ में घुस रहे हैं। वे ही हमारी स्मृतियाँ उठाकर ले जाते हैं।'

'भला कौन करेगा ऐसा?'

'वे ही कर रहे हैं जो अपनी फ़ालतू चीज़ों को मेरे दिमाग़ में भरना चाहते हैं। उन्हें सबके दिमाग़ों में अपना यह अटाला धरना है। इसके लिए हमारे दिमाग़ों में ख़ाली जगह चाहिए उन्हें। हमारे दिमाग़ों पर उन्हें अपना कब्ज़ा चाहिए। इसीलिए वे सबका दिमाग़ ख़ाली कर रहे हैं।...देख लीजिएगा, आख़िर में हर नागरिक मेरे जैसा ही बेपहचान भटकेगा। सबकी याददाश्त जाने वाली है। देखना, एक दिन आपकी भी नहीं बचेगी।'...

वह बड़बड़ाता खड़ा रहा।

'नहीं, मेरी स्मृति तो अभी एकदम ठीक है...' वे बोले।

'तो सँभलकर रहना मित्र।...उनकी सब पर नज़र है। आप पर भी। सब पर।...याद रखना।...वे एक दिन सबका दिमाग़ ख़ाली कर देंगे। सबका।...सब भटकते फिरेंगे। मेरी तरह। दर-दर।...आप अभी समझ ही नहीं सकते कि स्मृतियों के बग़ैर कितना सूना हो जाता है आदमी के भीतर।...मैं एक ख़ाली मकान जैसा

हूँ ज़नाब।...एकदम ख़ाली।...मेरे मन के हर कोने में जाले पड़ गए हैं।...मैं जब भी कुछ सोचता हूँ तो मेरे दिमाग़ में गूँज होने लगती है।...इनसे बचना।...इनके षड्यंत्र से खुद को बचाना।...'

वह न जाने, क्या-क्या बड़बडाता हुआ उनके पास खड़ा रहा।

'शान्त हो जाइए सर।...' उन्होंने कहा।

उसने सिसकना शुरू कर दिया।

'देखिए, ऐसे परेशान न हों...' वे अपनी परेशानी भूलकर उसे समझाने में लग गए।

पर वह सिसकता ही रहा।

वे उसकी पीठ पर हाथ फेरने लगे।

शनैः-शनैः प्रकृतिस्थ हुआ वह।

फिर एक लम्बा मौन। इसी बीच कई लोग उस गड्ढे के ऊपर से चलते गुज़रते रहे। कोई भी गड्ढे में नहीं गिरा। किसी ने गड्ढे पर ध्यान भी नहीं दिया।...यह सब क्या हो रहा है यार?

तभी वह शख़्स बोला।

'लोग यह क्यों समझते हैं कि मैं पागल हो गया हूँ?'

'जी?'

'जी...मुझे लोग पागल मानते हैं।'

'कौन मानता है?'

'मेरे घरवाले...'

वे चुप रहे। क्या जवाब देते?

'क्या मैं पागल लगता हूँ आपको?'

'नहीं।...नहीं तो...'

'फिर वे बार-बार मुझे यहाँ क्यों ले आते हैं?'

'यहाँ, कहाँ?' उन्होंने सतर्कतापूर्वक पूछ लिया। वे यही बात तो जानना चाहते हैं।

'क्या जगह है यह?' उन्होंने पूछा।

'क्यों—आपको नहीं पता?'

'नहीं तो?'

'अरे, यह पागलख़ाना है।'

'पागलख़ाना?'

'हाँ, सायकेट्रिस्ट क्लीनिक।'

वे अब ग़ौर से अपने आसपास की पड़ताल करने लगे।

'क्या आपको वास्तव में यह बात नहीं पता थी?'

'नहीं।'

'फिर आप यहाँ आए कैसे?'

'वो तो बस, यूँ ही...' वे क्या कहते। सुरंग की बात कैसे कहते?

'देखिए, न बताना हो तो न बताएँ परन्तु यहाँ कोई यूँ ही अपने आप नहीं आता।'

'पर मैं तो खुद आया हूँ। सच।'

'खुद?'

'हाँ, खुद...'

'तब तो आप मुझसे भी बड़े पागल हैं।'

'क्यों?'

'यहाँ तो लोग लाये जाते हैं। खुद भला कौन आता है?'

'तो आपको यहाँ कौन लाया है?'

'मेरा बेटा।...मैंने बताया न, उसे मेरी बातों पर विश्वास ही नहीं होता है। वह मेरी बातों को पागलपना समझता है।'

'पर आपकी यादें खो रही हैं, यह तो उसे भी दिखता होगा न?'

'वह मानता है कि यह भी मेरे पागलपन का ही एक लक्षण है।'

दोनों कुछ देर चुप खड़े रहे।

'बेटे को तो पहचानते हैं न?' वे कुछ देर सोचकर पूछने लगे।

वह पहली बार मुस्कुराया।

'अभी इतना बुरा हाल भी नहीं हुआ है, ...' वह मुस्कुराकर बोला।

'तो फिर क्या दिक़्क़त है? उसी से अपना नाम पूछ लीजिए न?'

उसकी मुस्कान बढ़ गई। मुस्कान में कभी उदासी घोल दो, तो जैसी राख-राख-सी भदरंग मुस्कान बनती है, वही मुस्कान।

'कहीं उससे यह पूछ डाला तो फिर वह मुझे घर भी वापस नहीं ले जाएगा। यहीं भर्ती करके छोड़ जाएगा।...पहले ही वह कहता रहता है कि मैं घर में सबको फ़ालतू ही परेशान करता रहता हूँ।...पागल आदमी को आख़िर कोई कब तक बरदाश्त कर सकता है?'

वे उसकी उदास मुस्कान देखकर समझ ही नहीं पा रहे थे कि उसे क्या कहें। कुछ देर ही चुप रहे। फिर सोचा कि अब यहाँ से निकल ही जाएँ।

'मैं चलता हूँ। आपसे मिलकर बहुत अच्छा लगा।'

'ज़रूर चलिए।...वैसे, किसी पागल से मिलकर अच्छा लगना भी पागलपन का ही लक्षण है।...'

कहकर वह हँसने लगा। हँसते हुए उनसे हाथ मिलाया। फिर वह शख़्स भी एक तरफ़ चला गया।

वे इधर-उधर देखने लगे। क्लीनिक का दरवाज़ा किस तरफ़ है?

या फिर अपनी सुरंग में ही क्यों न वापस घुस जाया जाए?

यहाँ वैसे भी, कोई उन पर ध्यान तो दे नहीं रहा। सुरंग से बाहर आते हुए भी किसी ने उन पर ध्यान नहीं दिया था। फ़र्श में बन गया इतना बड़ा गड्ढा तक किसी ने नहीं देखा है। यहाँ पागल हैं सब। तभी। यही अच्छा रहा कि पागलों के बीच जाकर सुरंग खुली। कहीं और खुलती तो पकड़ी जाती। महीनों की मेहनत अकारथ जाती। तो फिर सुरंग में वापस जाना ही ठीक रहेगा।

वे गड्ढे की दिशा में वापस पलटे। वे अपनी आँखें मलते रह गए। वहाँ कोई गड्ढा नहीं था। हैरान रह गए वे।

कमाल है! कहाँ गया गड्ढा?

कहाँ गई सुरंग?

अभी तो वहाँ गड्ढे की जगह पर शानदार संगमरमरी फ्लोर दिख रहा था, बस।

गड्ढा ग़ायब हो चुका था।

यह कैसा पागलपन है? किसी को भी अभी इस गड्ढे का क़िस्सा बताऊँ, तो कौन इसे सत्य मानेगा? सभी मुझे पागल कहेंगे।

वे खड़े रह गए। देखते रहे उस स्थान को जहाँ गड्ढा होना चाहिए था पर अभी नहीं था।

वे बड़े हैरान थे।

अब?

तो चलो, क्लीनिक के दरवाज़े से ही बाहर निकल जाया जाए।

वे दरवाज़े की तरफ़ चल दिये।

चलते-चलते उनका ध्यान फिर से उस शख़्स पर ही गया। वह शख़्स अभी एक बड़े-से दर्पण के सामने खड़ा था।

क्लीनिक की एक दीवार पर बड़ा-सा दर्पण लगा है। बड़े दर्पण से स्पेस बड़ी लगने लगती है।

वे ठिठककर देखने लगे उस शख़्स की हरकतों को।

वह अभी खुद के प्रतिबिम्ब से बातें कर रहा था। वह दर्पण के समक्ष बेहद उत्तेजित खड़ा था। बेहद ग़ुस्से में। अचानक ही उसने दर्पण को घूँसा दिखाया। प्रतिबिम्ब ने भी वापस उसे घूँसा दिखाया। उसने मुँह टेढ़ा किया। प्रतिबिम्ब ने भी मुँह चिढ़ाया उसे।

अब तो बेहद उत्तेजित हो गया वह। भयंकर क्रोधित।...अभी धमकाने की मुद्रा में झाँक रहा है दर्पण में। न जाने क्या बड़बड़ा रहा है। उसकी बड़बड़ाहट बढ़ती ही जा रही है। अब तो वह चीख़ने लगा है। लोग भागकर उसके पास आए हैं। वह अपने ही प्रतिबिम्ब पर मुक्के बरसा रहा है। लोग उसे ऐसा करने से रोक रहे हैं। वह काबू

में ही नहीं आ रहा। हॉल में बड़ी अफरातफरी मच गई है। वह दर्पण पर मुक्के बरसाए चला जा रहा है। एक नौजवान आकर उससे लिपट गया है और उसे रोकने की कोशिश में है। ज़ाहिर है, यह उसका बेटा ही होगा। रोक रहा है उसको परन्तु न जाने कितना बल आ गया है उस शख़्स में! स्वयं को छुड़ाकर दर्पण पर एक ज़ोरदार घूँसा मार ही दिया उसने।

पूरा दर्पण टूटकर नीचे बिखर गया। किरचें धँस गईं उसकी हथेली में। ख़ून बह निकला।

दर्पण टूट जाने के कारण प्रतिबिम्ब ग़ायब हो गया था। कोई नहीं था अब वहाँ जिससे वह लड़ता। धीरे-धीरे शान्त हो गया वह। हथेली से रक्त की बूँदें अब भी टपक रही थीं संगमरमरी फ़र्श पर।

'भाग गया डरकर, स्साला...' उसने दर्पण के ख़ाली फ्रेम को देखकर गर्व से कहा।

'ये आपने क्या कर लिया पापा ?...' बेटे ने उसकी हथेली दबाकर पकड़ ली है।

'मैं और क्या करता बेटा ?...यह भी तो उन्हीं बदमाशों में से एक था। बाज़ार में भी तो यही था। यह मेरे हर दर्पण में घुस गया है। इसने मुझे मेरे दर्पण से बेदख़ल कर डाला है। अब हर दर्पण में बस वही है। मैं कहीं बचा ही नहीं। अगर इसी तरह से सारी जगह ये लोग ही ले डालेंगे तो फिर मैं कहाँ जाऊँगा बेटा ?...इनको तो सबक सिखाना ज़रूरी है बेटा।...वैसे, बड़े डरपोक लोग हैं ये। अभी तुमने देखा!...एक घूँसा ठीकठाक पड़ गया तो कैसा यहाँ से छूमंतर हो गया।...'

वह अपने कारनामे पर हँसने लगा था।

एक शख़्स दर्पण के बिखरे टुकड़ों के बीच खड़ा हँस रहा है।

रक्त बिखरा हुआ है उसके आसपास। उसकी हथेली से ख़ून रिस रहा है।

नर्स भागकर रुई वग़ैरह लाई है। अब पट्टी बाँधी जा रही है उसे।

इस समय सारी भीड़ का ध्यान उधर ही है।

सबसे नज़रें बचाते हुए वे धीरे से दरवाज़े की तरफ़ चलने लगे।

यहाँ से अब निकल ही लिया जाए।

वे जा रहे हैं। तभी किसी ने उनके कन्धे पर, पीछे से हाथ रखा। पीछे उनकी पत्नी और बेटा खड़े हैं।

'कहाँ जा रहे हैं पापा ?...अपना नम्बर आ गया है। कॉल कर रहे हैं वे। जल्दी चलिए। डॉक्टर के पास आपका नम्बर आ गया है।'

वे असमंजस में खड़े रहे, कुछ देर। फिर धीरे-धीरे पत्नी और बेटे के साथ सायकेट्रिस्ट की केबिन की तरफ़ चल पड़े।

वह अकेला नहीं

एक आवाज़।

फिर दूसरी।

फिर तीसरी।

फिर और।...फिर और।...फिर और, और।

वे, एकदम दम साधे हुए उस ओर से आती आवाज़ें सुनते रहे।

उन्होंने, अपने हाथ का सब्बल, धीरे से सुरंग की ज़मीन पर बेआवाज़ छोड़ दिया।

फिर धीरे से सुरंग की दीवार से टिककर बैठ गए। बैठे रहे। कान लगाकर, सुरंग की दीवार की दूसरी तरफ़ से आती आवाज़ें सुनते हुए बैठे हुए हैं वे।

भयभीत न भी कहें परन्तु सतर्क तो हैं ही। वैसे, वे भयभीत भी हैं।

कौन है ये जो अभी उनकी सुरंग के ठीक साथ-साथ खुदाई कर रहा है?

तो क्या कोई और भी है जो उनके अलावा यहाँ सुरंग खोद रहा है?

उधर से आती हुई सब्बल चलने की आवाज़ों से तो अभी ऐसा ही प्रतीत होता है।...पर यह, है कौन?...कौन है वहाँ? उनकी सुरंग के ठीक बग़ल में। उस तरफ़। क्या कोई उनको बरामद करने के लिए आया हुआ है? क्या बाज़ार को उनकी सुरंग का पता चल गया है? क्या उसके कारिन्दे हैं ये? वे ध्यान लगाकर आवाज़ें सुनने की कोशिश करते रहे।

अभी तो बाहर से आवाज़ें आनी बन्द हो गई हैं।

क्या उस तरफ़ खोदने वाला भी रुककर उनकी टोह ले रहा है?

वे भी तो कुछ देर पूर्व तक खोद ही रहे थे। उधर वाले ने शायद उनके सब्बल की आवाज़ें भी सुनी होंगी!

वे तब अपने में ही मगन अपनी सुरंग खोद रहे थे कि जब उन्हें लगा कि कहीं कुछ तो गड़बड़ है। वे अपना सब्बल मार भी न पाते कि उधर से सब्बल मारने की आवाज़ आ जाती। ये क्या हो रहा है? उस तरफ़ भी कोई सुरंग खोद रहा है या लगातार अपने सब्बल की आवाज़ें सुन-सुनकर उनके ही कान बजने लगे हैं? या कहीं वे ही तो वास्तव में पागल नहीं हो रहे हैं जैसा कि उस डॉक्टर को शक है?

अब वहाँ कोई फिर से खोद रहा है। सब्बल की आवाज़ें फिर से आ रही हैं। नहीं। यह उनका भ्रम नहीं। कोई तो है उस तरफ़।

एक। दो। तीन। चार।...कोई वहाँ खोदे जा रहा था। खुद के हाथ का सब्बल ज़मीन पर पड़ा है। सुरंग के सँकरे से दायरे में उकड़ूँ होकर, दीवार से कान लगाए बैठे हैं वे, अवाक्। आवाज़ें फिर से बन्द हो गईं। शायद थककर रुक गया? या कि फिर से उनकी टोह ले रहा है?

फिर आवाज़ें बन्द ही रहीं।

अब ?

वे चुपचाप बैठे रहे। बैठे रहे। बैठे ही रहे।

न मालूम, कब तलक। बैठे-बैठे ही, उनका हाथ बग़ल में पड़े अपने सब्बल पर आ गया। ठंडा लोहा।...वे यों ही हाथ फेरने लगे सब्बल पर।

हाथ नोक तक जा पहुँचा।

वे सब्बल की नोक पर उँगलियाँ फेरने लगे।

क्या उनका सब्बल इन दिनों ज़्यादा पैना हो गया है ?

तभी तो कल ही खोदते-खोदते अचानक सुरंग में धँस गया था। छत तोड़कर बाहर निकल गया था सब्बल। ऊपर, सायकेट्री क्लीनिक में गड्ढा तक बन गया था। वह तो अच्छा हुआ कि सुरंग पकड़ी नहीं गई। वे आज भी सोच नहीं पा रहे कि उस छेद का क्या हुआ ? सुरंग क्यों नहीं पकड़ी गई ?

कहीं आज वे और खोदें, और अभी सब्बल बग़ल वाली सुरंग में घुस जाए, तो ? नहीं, अभी वे नहीं खोदेंगे।

अभी वे ठीक से पड़ताल करेंगे।

जब तक यह बग़लवाली सुरंग की सारी पोज़ीशन साफ़ न हो, चुपचाप बैठना ही बेहतर।

वह जो बग़ल में ही सुरंग खोद रहा है

वे शहर के नामी रईस हैं।

बल्कि, बेहद रईस कह लें।

इतना पैसा है उनके पास कि क्या कहें। सिक्कों की इतनी खनखन कि जीवन भर कानों ने और कोई सुर कभी जाना ही नहीं। इतने नोट, नोटों का ऐसा अम्बार, हर तरफ़ नोटों की ऐसी सरसराहट कि उनके लिए बस यही एकमात्र वादे सबा।...इतना पैसा, फिर पैसे से और पैसा, और और पैसा, पैसा ही पैसा कि सब तरफ़ ढेर ही ढेर, कि इस ऊँचे ढेर के पीछे से वे जीवन में कभी और कुछ भी देख ही नहीं पाए।

पर वे ही बड़े डरे रहते हैं आजकल।

डरे रहते हैं कि मान लो, कोई कभी, कहीं यह सारा पैसा उनसे चुरा ले, या कि

उनका सब पैसा बाज़ार में डूब जाए, या कि सरकार ही जबरन सब कुछ ज़ब्त कर ले, तो ? आजकल समय अजीब चल रहा है। कुछ भी हो सकता है।

जीवन भर बहुत पैसा बनाया उन्होंने। परन्तु जितना पैसा आया उतना ही डर बढ़ा है।

वे आजकल अपने पैसे की सुरक्षा को लेकर बौखलाए से रहते हैं। 'अच्छी भली बातें करते-करते, चाहे जब बहकी-बहकी बातें करने लगते हैं पापा, आजकल...' बेटे ने उनकी इसी बौखलाहट को नोट किया है पिछले दिनों।

उनका लगभग सारा कारोबार आजकल बेटा ही देखने लगा है।

यों तो वे भी फैक्टरी आया-जाया करते हैं, पर बस यों ही, यदा-कदा। बेटे से मुलाक़ात रात को ही होती है। वह भी, हमेशा नहीं। बेटा देर से घर लौटता है। तब तक सो जाते हैं वे।

बेटा आज भी बड़ी देर रात घर लौटा है। पर आज वे सोए नहीं थे। वे उसकी प्रतीक्षा करते हुए मिले।

बेटा घुसा तो उन्होंने उत्कंठापूर्वक उसकी बाँह पकड़ ली।

बेटा जब तक सँभल पाता, उसे पकड़कर वे अपने बेडरूम की तरफ़ खींचने लगे।

'क्या हुआ पापा ?' बेटे ने चिढ़कर अपनी बाँह छुड़ा ली।

उन्होंने होंठों पर उँगली धर के उसे चुप रहने का इशारा किया।

फिर फुसफुसाकर उसके कान के पास आकर धीरे से कहा, 'मेरे बेडरूम में चलो।...तुम्हें कुछ बताना है।'

लड़का रुक गया। उसने बहुत ध्यान से देखा उनको।

वे बेहद भयभीत, थके-थके और आशंकित लग रहे हैं।

'क्या हुआ पापा ? आप अभी तक सोए नहीं ?' वह बोला।

'यहाँ नहीं बेटा, अन्दर चलकर बात करते हैं।' वे बोले।

लड़का चिन्तित हुआ। ऐसी क्या बात है ? वह उनके पीछे-पीछे, उनके बेडरूम तक चला आया।

अब दोनों उनके बेडरूम में थे।

उन्होंने धीरे से बेडरूम का दरवाज़ा बन्द किया।

फिर पास आकर धीरे-धीरे, फुसफुसाकर उसको कुछ बताने लगे।

'यार, तेज़ बोलो न पापा!...मुझे तो कुछ भी पल्ले नहीं पड़ रहा।' लड़का चिढ़ गया।

'तेज़ कैसे बोलें बेटा ?...दीवारों के भी कान होते हैं...।' वे थोड़ा तेज़ बोले।

'क्या कह रहे हैं ? ऐसी क्या बात है ?' बेटे के स्वर में चिन्ता भी है, चिढ़ भी।

वे फिर से धीरे-धीरे फुसफुसाने लगे।

लड़के को उनके एकदम पास आना पड़ा। सुना तो जाए कि आख़िर ऐसी क्या बात बता रहे हैं?

वे फुसफुसा रहे थे, '...याद रखो बेटा...हर दीवार में एक कान होता है...'

'यार...आप यह दीवार में कान वाली बात को ही लेकर मत बैठ जाओ। आगे भी बताओ।...' लड़का और चिढ़ गया।

'...दीवारों पर आप लाख पलस्तर करा दो, पत्थर चुनवा दो या रंगरोगन से पैक कर दो, उनके कानों को बन्द नहीं किया जा सकता।...' वे बोलते चले गए।

'क्या यही सुनाने के लिए मुझे यहाँ तक घसीट लाए हो?' लड़के ने दीवारों के कान की परवाह किये बिना, ज़ोर से चिल्लाकर बोला।

'धीमे बोलो बेटा, क्योंकि...'

'क्योंकि दीवारों के भी कान होते हैं—यही न?'

'बिलकुल ठीक समझे।...'

'चलो, यह तो समझ गया, अब आगे?' लड़का उनके नाटक से आजिज़ आ गया था।

वे उसके कान के और एकदम क़रीब आकर, और भी धीमे-धीमे फुसफुसाने लगे। उन्होंने बेहद धीमी आवाज़ में जो कहा, उसका सार यह था कि ज़माना बड़ा ख़राब आ गया है और पैसों के मामले में हमें बेहद सतर्कता बरतने की आवश्यकता है। हमें कोई भी धोखा दे सकता है। अपना पैसा कहीं भी डूब सकता है। कोई इसे इधर-उधर के नियमों का हवाला देकर ज़ब्त तक कर सकता है। घर में डकैती पड़ सकती है। मार्केट कभी भी धराशायी हो सकता है। मार्केट में लगाया हुआ अपना पैसा अचानक ही ग़ायब हो सकता है...।

लड़के ने उन्हें बीच में ही टोकते हुए रोका।

'आप यह सब अंट-शंट मुझे क्यों बता रहे हैं... ?'

वे उसके कानों के और भी पास आ गए।

'क्योंकि समय आ गया है कि मैं तुम्हें बता दूँ कि मेरा क्या प्लान चल रहा है।'

'प्लान?'

'हाँ, प्लान...' वे रहस्यमयी मुस्कान के साथ उसे देखते रहे।

'क्या प्लान?' लड़के ने पूछा।

'ऐसा है कि अब हमें अपने पैसे को लेकर डरने की ज़रूरत नहीं।' वे फुसफुसाकर बोले।

'किससे डरने की बात कर रहे हैं?'

'किसी से भी।...अब हमारा पैसा एकदम सुरक्षित रहेगा।' वे फुसफुसाकर बोले।

'जी?...'

'मैं बता रहा हूँ न कि तुम्हें अब बिलकुल चिन्ता नहीं करनी है। हमारा पैसा अब एकदम सुरक्षित रहेगा।' वे फुसफुसाकर ही हँसने लगे। फिसफिस करके खिलखिलाने लगे। मानो, कोई ऐसी भेद-भरी बात उनके मन में है जिसे अभी वे बताएँगे तो बेटा चकित रह जाएगा—ऐसी निगाहों से देखते हुए फिसफिसाते रहे।

'क्या कहे जा रहे हैं आप... ?' बेटे ने माथा पकड़ लिया। 'मेरे तो कुछ भी पल्ले नहीं पड़ रहा।'

'तो सुनो...' वे उसके और भी पास खिसक आए। चिपक से गए बेटे के कान से।

वे और भी ज़्यादा फुसफुसाने लगे।

'मैं एक सुरंग खोद रहा हूँ!' उन्होंने बेहद चुपके से बताया।

लड़का कुछ भी नहीं समझ पाया।

'सुरंग? यह क्या नई बात चल पड़ी अब?' बेटे ने पूछा।

'धीरे...धीरे। एकदम धीरे बोलो। तेज़ बोलोगे तो वे जान जाएँगे...' वे ऐसे बोले मानो कानों में मंत्र फूँक रहे हों!

'कौन जान जाएगा?'

'वही, जिन्होंने हमारी दीवारों में चुपके से अपने कान फिट कर दिये हैं और हमें पता भी नहीं चला।'

अब बेटा बौखला गया। उत्तेजित होकर काँपने लगा। हिंसक ढंग से घूरने लगा बाप को।

'पापा, मैं दिन भर भागता रहा हूँ। अभी बहुत थक गया हूँ। ऐसी बातें करके मुझे और...'

'सॉरी!...' वे बोले।

कुछ देर तक वे चुप ही रहे।

बेटे ने आँखें उठाकर प्रश्नवाचक निगाहों से उन्हें देखा। बेटे की बेचैनी बढ़ रही थी। इसे तुरन्त ही पूरी बात न बताई तो यह कुछ भी कर सकता है।

'मैं एक सुरंग खोद रहा हूँ!...' उन्होंने धीरे से बताया।

'सुरंग?' बेटा समझ नहीं पाया।

'हाँ, सुरंग!' उन्होंने मुस्कुराकर कहा मानो ऐसा सरप्राइज देकर वे खूब मज़ा ले रहे हों!

'कहाँ? कहाँ है सुरंग? कौन-सी सुरंग?'

'दिखलाऊँगा। वह भी दिखलाऊँगा। तुम्हें सुरंग में भी ले चलूँगा। तुम स्वयं देख लेना।'

'पर सुरंग क्यों?...क्या करोगे सुरंग का?'

वे मुस्कुराते रहे। यों ही मौन रहे। मुँह ऐसे चलाते रहे मानो कुछ मीठा चबा-चूस रहे हों। फिर मानो बड़ा-सा रहस्योद्घाटन करते हुए बोले :

'तुम भी नहीं समझ पाए न? मुझे पता था।...कोई नहीं सोच सकता। सुरंग खोदकर उसमें सारा पैसा छुपाकर रखने का मेरा यह आइडिया है ही ऐसा।'

'सुरंग में पैसा?'

'हाँ, अब हम वहीं अपना सारा पैसा छुपाकर रखेंगे। किसी को भी पता नहीं चलेगा। एकदम गुप्त सुरंग है। यह ऐसी गुप्त है कि यदि मुझे भी न पता हो तो खुद मैं उसके सामने आकर भी उसे देख नहीं सकता—ऐसी है।'

'पर उन मज़दूरों को तो पता रहेगा ही न... ?'

'किन मज़दूरों को?'

'जिनको भी आपने सुरंग खोदने के काम में लगाया होगा?'

'मैंने कोई मज़दूर नहीं लगाए। खुद, अकेला ही खोद रहा हूँ। छह माह से खोद रहा हूँ। रोज़ छुप-छुपकर खोदता हूँ। किसी को भी इस बात की ख़बर नहीं है।' वे बताते रहे।

यह आदमी कितनी बहकी बातें कर रहा है यार? लड़का समझ नहीं पा रहा कि क्या कहे, क्या करे? पापा को हेल्यूसिनेशन हो रहे हैं—यह स्पष्ट दिख रहा है। कल ही सायकेट्रिस्ट को दिखाना होगा।

'तुम सोच रहे हो न कि यह आदमी पागल हो गया है, है न?' उन्होंने मानो उसका चेहरा पढ़ लिया।

लड़का चुप होकर उनका चेहरा देखता रहा।

ऐसी अनर्गल बात पर मौन रहना ही बेहतर; बल्कि, अब यहाँ से जाना ही बेहतर। लड़का चलने को तत्पर हुआ।

'आपका सब हो गया हो तो मैं जाऊँ?' चलते-चलते वह पिता से बोला।

वे बात करते-करते पलंग पर बैठ गए थे। बेटे के जाने की बात सुनी, तो कूदकर खड़े हो गए। एकदम उसके सामने आ गए।

'तुमको मेरी बात का विश्वास नहीं हो रहा है न?'

'कैसे विश्वास हो?...मैं क्या, किसी को भी कैसे विश्वास होगा?'

'मैं किसी और की बात ही नहीं कर रहा। वे तो इसकी सोच भी नहीं सकते।'

'क्या नहीं सोच सकते?...'

'वे क्या, कोई भी नहीं सोच सकता। कोई नहीं सोच सकता।'

'क्या नहीं सोच सकता?'

'अच्छा, तुम ही बताओ...'

'क्या बताऊँ?'

'तुम बताओ, क्या तुम कभी सोच सकते हो कि मैंने यह सुरंग ऐसी बनाई होगी कि यह अपने बेडरूम में ही खुलती होगी? नहीं न?...वही तो। बेटा, सुरंग का एक सिरा इसी बेडरूम में है पर तुम उसे खोज नहीं सकते।'

'हमारा फ्लैट तीसरे फ्लोर पर है—पता है न पापा, आपको?'

'फिर?'

'फिर क्या?'

'फिर यहाँ तक कोई सुरंग कैसे खुद सकती है?'

वे मुस्कुराने लगे।

'वही तो...'

'वही क्या?'

'अरे, यहीं तो सब धोखा खा जाएँगे। हमारी सुरंग मेरे बेडरूम से सीधे हवा में जाकर खुलती है।'

'हवा में?'

'हाँ, सुरंग का यह सिरा हवा में है। यही तो इस सुरंग का पेच है। हवा में सुरंग।...'

'कमाल की उल्टी-सीधी बातें सोचते हैं आप।'

'उल्टी-सीधी नहीं। एकदम सच बात है। यही सच है। उनको धोखे में रखने के लिए ही ऐसा किया है मैंने।'

'किनको?'

लड़का अविश्वास से देख रहा है पिता को।

'वे इस तरह की कोई सुरंग होने की कभी कल्पना तक नहीं कर सकते...'

'वे कौन?'

'वे ही जो हमारा पैसा ज़ब्त करने की फ़िराक़ में हैं।'

'कौन फ़िराक़ में है? कौन हैं वे?'

'वे दिखते नहीं, पर हरदम, हर तरफ़ हैं।...'

'वे हैं तो फिर दिखेंगे भी न?'

'नहीं बेटा, ऐसा नहीं है।...वे पूरे विश्व में हर जगह हैं, बस, किसी को उनका पता नहीं चलता। उनकी निगाह हमारी पूँजी पर है। सबकी पूँजी पर है।...'

'पता नहीं, आप क्या बातें किये चले जा रहे हैं!'

'वही तो।...तुम भी नहीं समझोगे। कोई यह बात समझ ही नहीं पा रहा।'

'और आप समझ गए? क्यों?'

'बेटा, मैं तो ख़ैर समझ गया। पर मैं चाहता हूँ कि तुम भी समझो कि अपना पैसा ख़तरे में है। सबके पैसे ख़तरे में हैं। सारी दुनिया ख़तरे में है। दुनिया में कुछ

लोग हैं, जो धीरे-धीरे सबका धन अपने कब्ज़े में कर लेंगे। सबकी पूँजी बस कुछ हाथों में आ जाएगी अन्ततः। वे हम तक पहुँचें, उससे पहले हमें अपने धन को कहीं छुपाना होगा। उनकी शातिर आँखों से बचाकर। वे लोग बेहद चालाक हैं। निर्मम भी।...'

वे चिन्तित होकर बोलते-बोलते बेडरूम में यहाँ से वहाँ टहलने लगे।

वे साथ-साथ बड़बड़ाते जा रहे थे।

फुसफुसाते हुए बड़बड़ा रहे थे ताकि दीवारों के कानों तक उनकी कोई बात न पहुँचने पाए।

'मैं चलता हूँ पापा...' लड़का बेडरूम का दरवाज़ा खोलकर बाहर निकल गया।

वे अपना टहलना रोककर उसके पीछे भागे।

'रुको।...मैं तो तुम्हें यहाँ अपनी सुरंग दिखाने लाया था।...एक बार तुम तो देख लो।...' उन्होंने दौड़कर उसकी बाँह पकड़ ली।

'आपका दिमाग़ चल गया है, और कुछ नहीं।' बेटे ने रुककर कहा।

'इसमें तुम्हारी कोई ग़लती नहीं।...तुम क्या, कोई भी यही बात सोचेगा। पर यदि मैं तुम्हें अभी ले जाकर अपनी सुरंग बतला दूँ तब तो मेरी बात मानोगे न ?...तो चलो मेरे साथ। खुद ही सुरंग देख लो! एक बार यह सुरंग पूरी तो बन जाने दो, फिर हम अपना सारा पैसा वहीं सुरक्षित धर देंगे। ठीक ?...'

वे बेटे की बाँह पकड़कर उसे फिर से अपने बेडरूम के अन्दर खींच लाए।

मानो बला की ताक़त आ गई थी उनमें। लड़के ने स्वयं को उनकी बाँह की पकड़ से छुड़ाने की कोशिश भी की परन्तु उसकी बाँह पर उनकी पकड़ इतनी मज़बूत थी कि उसने अन्ततः हार मान ली। वह वापस उनके साथ बेडरूम में आ गया।

फिर वे उसे पकड़े-पकड़े ही बेडरूम की एक खिड़की तक ले आए।

यहाँ आकर उन्होंने लड़के की बाँह छोड़ दी।

लड़का भागा नहीं। खड़ा रहा। वे ग़ौर से खिड़की के काँच पर कुछ तलाश करने लगे। फिर उन्होंने काँच पर अपनी उँगलियाँ रख दीं।

वे अब खिड़की के काँच पर उँगलियों से यहाँ-वहाँ दबाने लगे मानो मोबाइल पर कोई नम्बर डायल कर रहे हों!

एक कोड बनाया है उन्होंने इस सुरंग का। 'और यह कोई खिड़की नहीं है बेटा। खिड़की तो उनको धोखा देने के लिए बना रखी है। यह वास्तव में सुरंग का दरवाज़ा है। गुप्त दरवाज़ा। दरवाज़ा एक कोड से खुलता है। अभी-अभी वे ही कोड नम्बर तो दबाए हैं मैंने। सही नम्बर दबाने पर सुरंग का दरवाज़ा खुल जाएगा।...' वे बता रहे हैं।

एक बार फिर से उन्होंने खिड़की के काँचों पर उँगलियों से ठकठक करके यहाँ-वहाँ दबाया।

'दो बार वही कोड दबाना होता है...' उन्होंने रहस्य खोला।

अब वे खिड़की के पास, सुरंग का दरवाज़ा खुलने की प्रतीक्षा करते हुए खड़े थे। उनकी पीठ के पास बेटा खड़ा है। देखें, अब ये अगली कौन-सी हरकत कर बैठते हैं।

सड़क की रोशनी खिड़की से गुज़र कर कमरे के अन्दर आ रही है।

यह खिड़की नीचे जा रही सड़क की तरफ़ खुलती है।

अचानक ही उन्होंने खिड़की की सिटकनी खोल दी। उसके पल्ले बाहर की तरफ़ धकेल दिये। खिड़की में पहले ही कोई ग्रिल नहीं है।

'देखो!...'

'क्या?'

'देखो, सुरंग का दरवाज़ा खुल गया!' वे खुली खिड़की के पल्लों की तरफ़ इशारा कर रहे थे।

'और आपकी वह सुरंग?' लड़के ने व्यंग्यपूर्वक पूछा।

'ये है तो, एकदम सामने...' वे खिड़की के बाहर की तरफ़ इशारा कर रहे थे।

'यहाँ, कहाँ?'

ज़ाहिर है, वहाँ कुछ भी नहीं था। खिड़की के बाहर सब ख़ाली था।

वे हँसने लगे।

तभी खुली खिड़की से हवा का एक झोंका अन्दर कूद गया और लड़के के मुँह पर थप्पड़-सा मारकर बेडरूम में ही जाकर कहीं छुप गया।

लड़का उन्हें यों हँसता देख और चिढ़ गया।

'हँस क्यों रहे हो?' उसने बाप से पूछा।

'मैं तो खुद पर हँस रहा था।...सच भी है।...अरे, भला तुमको सुरंग कैसे दिखेगी? ये हवा में बनी सुरंग है न—तभी तो।...हवा दीखती ही नहीं।...है न?'

वे खिड़की के पास आकर खुली खिड़की से बाहर झाँकने लगे।

'हवा किसी को दिखती नहीं, यही तो हवा की अच्छी बात है। चलो, मैं तुम्हें सबकुछ दिखलाता हूँ।...देखो।...ये तो रहा सुरंग का दरवाज़ा।...यहाँ से तुमको यह जो भी नीचे, सड़क पर बनी पुलिया तक दिखाई दे रहा है, वही वास्तव में सुरंग है। हवा में सुरंग।...दिखती नहीं है, पर है। एकदम हवा की तरह, जो दिखती नहीं पर होती है। फिर मैंने इसे ऐसी टेक्निक से बनाया है कि वे हमारी सड़क से भी गुज़र जाएँ तो भी इसे वे देख नहीं पाएँगे।...' बताने लगे वे।

'न तो वे देख पाएँगे, न हम।' लड़के ने मखौल उड़ाने के अन्दाज़ में कहा।

'इस सुरंग को कोई नंगी आँखों से नहीं देख सकता। मैं भी नहीं। चश्मा लगाना होगा हमें। स्पेशल चश्मा। तब जाकर दिखेगी। तुम्हें दिखाता हूँ।...मेरे पास स्पेशल चश्मे धरे हैं।'

वे बगटुक गए और एक दराज़ खोलकर उसमें से दो गॉगल्स उठा लाए।

एक चश्मा खुद पहन लिया। एक उसकी तरफ़ बढ़ाया।

'इसे पहनकर देखो। सुरंग एकदम साफ़ दिखेगी।...लगाओ।...लगाओ न?'

वे उससे काला चश्मा पहनने का इसरार करने लगे।

लड़के ने एकदम मना कर दिया। वे उससे बार-बार चश्मा पहनने का आग्रह करने लगे।

अब तक लड़का ख़ासा चिढ़ चुका था। उसने उनका हाथ झटक दिया।

पर वे नहीं माने। 'बेटा, जब तक यह स्पेशल चश्मा नहीं लगाओगे तो फिर यह सुरंग कैसे दिखेगी?'

वे आगे बढ़े और जबरन ही उसकी आँखों पर चश्मा चढ़ाने की कोशिश करने लगे।

लड़के को बहुत ग़ुस्सा आया।

उसने चश्मा उनके हाथ से छुड़ाकर, उसे खुली हुई खिड़की से बाहर फेंक दिया।

चश्मा हवा में तैरता हुआ नीचे, सड़क के किनारे लगी घास पर जा गिरा और लुढ़ककर किनारे जाकर उलट गया।

'तुम्हें विश्वास नहीं होता है न?...है न?' वे खिड़की का पल्ला पकड़े, बाहर गिरे चश्मे को देखते हुए उससे पूछ रहे हैं।

लड़के ने क्षोभ तथा वितृष्णा से उनको देखा। फिर वह चल दिया।

वे उसे बाहर की दिशा में जाते हुए देख रहे हैं।

'तुम्हें विश्वास नहीं हो रहा है न? चलो, अब तुम देखो। देखो। मैं तुमको दिखाता हूँ। यहाँ सुरंग है। बिलकुल है। मैं अभी तुम्हें इसमें उतरकर दिखाता हूँ।...' वे बोले तथा खिड़की के दोनों पल्ले पकड़कर खड़े हो गए। आँखों पर गॉगल्स पहन लिए उन्होंने।

जाता हुआ बेटा रुक गया।

क्या करने वाले हैं पिताजी?

वह पलटा।

'मैं ही अकेला नहीं...और लोग भी सुरंग बना रहे हैं। मैं जानता हूँ। मैं उनके सम्पर्क में हूँ।...' वे बताते जा रहे हैं। बोलते-बोलते वे खिड़की की चौखट पर पाँव धर रहे हैं।

और लोग भी तो सुरंग बना रहे हैं—वे जानते हैं। कल ही अपनी सुरंग के ठीक

बग़ल में कोई खोद रहा था। उन्होंने आवाज़ें सुनी थीं और एहतियात के तौर पर खुदाई रोककर वे वापस लौट आए थे। उधर लोग सुरंग खोद रहे हैं और इधर बेटे को उनकी बात पर भरोसा ही नहीं हो रहा—यह तो हद है।

वे खिड़की की चौखट से बाहर दोनों टाँगें लटकाकर बैठ गए। वे अब किसी भी पल नीचे कूद सकते थे।

बड़ा ही ख़तरनाक पल था। वे कभी भी खिड़की से नीचे टपक सकते थे।

बेटा उनकी तरफ़ दौड़ा।

दौड़कर उसने बाप का हाथ पकड़ लिया और खिड़की से उन्हें वापस अन्दर खींचने की कोशिश करने लगा।

बाप का शरीर ठीक-ठाक-सा भारी है। खींचा तो वे टस-से-मस नहीं हुए।

तभी, सड़क पर खड़े चौकीदार ने भी उन्हें खिड़की से लटके हुए देख लिया। उसने वहीं से शोर मचाना शुरू कर दिया।

इधर बेटा अन्दर से उनका हाथ पकड़कर खींच रहा है।

नीचे हल्ला सुनकर सड़क पर खिड़की के नीचे भीड़ इकट्ठी हो रही है।

पड़ोस के रहवासी भी इस भीड़ में हैं। सब उन्हें जानते हैं। वैसे भी वे मशहूर रईस हैं। उनका नाम ले-लेकर लोग उन्हें कूदने से रोक रहे हैं। 'सँभल के', 'गिर जाएँगे', 'क्या कर रहे हैं चोपड़ाजी?'—ऐसी आवाज़ें आ रही हैं भीड़ से।

सड़क का शोर यहाँ बेडरूम तक सुनाई दे रहा है।

पर वे मानो कुछ भी मानने को राज़ी ही नहीं। अभी भी हवाई-सुरंग में पाँव धरे बैठे हैं। सुरंग में उतरने को तत्पर। वे जानते हैं कि उनकी हवाई-सुरंग एकदम सुरक्षित है। अरे, उनका तो रोज़ का आना-जाना है, इसी रास्ते से।

लड़का चिल्ला-चिल्लाकर उन्हें खिड़की से अन्दर खींच रहा है।

उधर कुछ लोग कदाचित उनके फ्लैट के दरवाज़े को भी पीट रहे हैं।

शोर सुनकर घर के नौकर-चाकर तथा परिवार के दूसरे लोग भी बेडरूम में आ गए हैं।

सबने उनको किसी तरह खींचकर खिड़की से वापस कमरे में उतारा है।

इस तरह उनका ख़ासा तमाशा बन गया।

एक ही दिन में सारे शहर को ख़बर हो गई।

सब जान गए कि शहर का इतना बड़ा रईस पागल हो गया है। वो तो घर वाले टाइम पर न देख लेते भाई सा'ब, तो श्रीमानजी ने तो खिड़की से कूदकर आत्महत्या कर ही डाली थी!

धरती के नीचे से उसकी पदचापों की आवाज़

ठंड के दिन चल रहे हैं। तेज़ ठंड के।

रात लगभग दस बजे की बात है यह। चाँद ने आसमान से नीचे, धरती की तरफ़ झाँका और चौंक गया। वहाँ उसे कुछ अजीब-सा घटता दिखा। उसने चाँदनी की तरफ़ देखा। पूछा, 'देखा तुमने?' चाँदनी अभी ठीक से देख पाती या चाँद ही उस मसले को ठीक से समझ पाता कि उड़ते बादल ने आधा ढाँक लिया चाँद को। चाँद चिड़चिड़ाया। क्या यार! यही मौका मिला था तुम्हें? बादलों ने मानो सुना ही नहीं। बादल तो हवा पर सवार। जब तक चाँद सँभल पाता, बादलों ने उसे पूरा ही ढँक दिया।

वैसे, कहने को तो आज चाँदनी रात है, पर अभी तो अँधेरा मच गया है धरती पर।

फिर कोहरा भी घना है।

उस सुनसान सड़क पर अभी घना कोहरा है जो बड़े तालाब के साथ-साथ चलती है। इसी सड़क पर तो कुछ अजीब-सा घटित होते देखकर चाँद चौंका था कि तभी अँधेरा हो गया सारे परिदृश्य पर। जब चाँद बादलों की ओट में नहीं भी आया था, तब भी कोहरे में कमज़ोर-सी चाँदनी ऐसी मिल गई थी कि मानो एक झिलमिल किंचित पारदर्शी चादर-सी लटकी हुई हो, आसमान से धरती के बीच। दिखने का कुछ आभास सा और न देख पाने का अहसास भी। अभी कुछ देर पहले तक पूरा चाँद था आसमान में। गोल। एकदम, सड़क के मेनहोल के ढक्कन जैसा। मानो आसमान की काली सड़क पर लगा मेनहोल का चमकीला ढक्कन। जिस पल चाँद बादलों की ओट में हुआ, उस क्षण चाँद की नज़र उस आदमी की हरकतों पर थी जो काफ़ी देर से उस सड़क के किनारे पर बने मेनहोल के ढक्कन को घूरता हुआ वहाँ खड़ा था। जिस पल चाँद पूरा ढँक गया, तभी वह आदमी सड़क पर एकदम उकड़ूँ बैठ गया और उस ढक्कन को उठाने लगा।

इतनी रात को, कँपकँपाती सर्दी और कोहरे के बीच यह शख़्स आख़िर मेनहोल का ढक्कन क्यों उठा रहा है? आख़िर क्या इरादा है इसका? चाँद जब तक यह सब समझने की कोशिश करता कि तभी पूरा अँधेरा हो गया है सुनसान सड़क पर।

अभी न तो चाँद को ही कुछ सूझ रहा है, न चाँदनी को। बादल का टुकड़ा बड़ा तथा भूरा-सा है। वैसे चाँद के सिवाय एक और शख़्स की इस आदमी की हरकतों पर नज़र है। यह एक बेरोज़गार शख़्स है जो खुद से छुपता हुआ पूरे शहर भर में भटकता है। वह अभी सड़क किनारे बने छोटे से पार्क की बेंच पर बैठा हुआ है।

यों ही। फ़ालतू। घर जाकर भी क्या करूँगा—यही मानकर बैठा हुआ था पार्क में कि तभी उसने इस आदमी को देखा जो मेनहोल के ढक्कन के आसपास बड़ी देर से मँडरा रहा है। क्या चक्कर है? आख़िर क्या करनेवाला है यह आदमी? कोई ढक्कन-चोर है क्या?

चाँद, चाँदनी और पार्क में बैठा शख़्स, सब उसे देख रहे थे कि अँधेरा मच गया। तीनों परेशान कि अभी क्या कर रहा होगा वह शख़्स अँधेरे में?

वैसे मेनहोल का ढक्कन भी उसी शख़्स को देर से देख रहा है। क्योंकर यह खड़ा-खड़ा घूर रहा है तब से मुझे? यदि चोरी का ही इरादा है, तो मुझे उठाता क्यों नहीं? ले चले उठा के। ढक्कन को कोई परवाह नहीं। उसका मेनहोल से कोई कमिटमेंट नहीं। ढक्कन का बेफ़ालतू का जीवन। वह मेनहोल पर पड़ा रहे या चोरी में बिक जाए, उसे कोई फ़र्क़ नहीं पड़ता। पर यह आदमी तो तब से कुछ कर ही नहीं रहा। बस, देर से उसे देखता हुआ खड़ा है। कभी तो वह चारों तरफ़ की दुनिया को ताकता है, कभी मेनहोल को। चुपचाप। विचारशून्य-सा इसका चेहरा। ख़ाली-ख़ाली सी आँखें जिनमें चाँदनी चमकती है तो पानी-सा तैरता नज़र आता है। आख़िर क्या करनेवाला है यह शख़्स? मेनहोल का ढक्कन भी तरद्दुद में है। चल क्या रहा है इस शख़्स के मन में?

इधर स्ट्रीट लाइट भी तो बड़ी देर से ग़ायब है।

बन्द लाइट्स, बादल, कोहरा और सड़क किनारे लगे पेड़ों के घने झुरमुट—कुल मिलाकर सड़क पर अभी ऐसा अन्धकार हो गया है कि वह आदमी मेनहोल के पास अभी क्या कर रहा है, अभी बता पाना कठिन किसी के लिए भी।

'फिर?' मित्र ने पूछा।

बेरोज़गार लोगों की महफ़िल-सी सजी है पुलिया पर।

शहर में बेरोज़गार बढ़ रहे हैं। आजकल शहर की हर पुलिया छोटी पड़ने लगी है। नित कोई नया सदस्य किसी न किसी पुलिया क्लब को ज्वाइन कर लेता है। नित्य ही, कहीं-न-कहीं, किसी-न-किसी जगह पर कामगारों की छँटनी होती रहती है। बाज़ार बढ़ रहा है पर रोज़गार घट रहे हैं। रोज़ कोई-न-कोई कारख़ाना बन्द होता है। रोज़ किसी को पन्द्रह दिन या एक माह की तनख़्वाह का लिफाफा पकड़ाकर उसे बाहर हकाल दिया जाता है।

पुलिया छोटी पड़ रही है।

अभी वही बेरोज़गार युवक, जो उस रात पार्क के अँधेरे में बेंच पर बैठा मेनहोल के आसपास मँडराते उस आदमी को ताक रहा था, यहाँ फुरसतिया मित्रों को उस रात की कहानी सुना रहा है।

‘तो, मैं तो फिर बेंच से उठकर देखने लगा कि यार, कुछ तो दिखे कि ये चक्कर क्या है? ये आदमी यहाँ आख़िर कर क्या रहा है? जैसे ही मैं उठा कि तभी स्ट्रीट लाइट आ गई। अब मुझे सबकुछ एकदम साफ़ नज़र आने लगा।’

‘तो फिर क्या देखा तूने?’ किसी और ने उससे पूछा।

वह कुछ देर तक चुप रहा। उत्तर देते-देते कुछ तनाव में आ गया था वह। चेहरे पर घबराहट भी है उसके। कहानी सुनाते हुए स्वर काँप रहा है। मानो उस रात, वहाँ सड़क पर उसने कुछ ऐसा देखा हो कि सोचकर अभी तलक उसे डर लग रहा हो!

‘...मैंने देखा कि वह आदमी मेनहोल के ढक्कन को अपने दोनों हाथों से एक तरफ़ से उठाये हुए है...’

‘कोई ढक्कन-चोर होगा यार। यही बताने के लिए इत्ता सनाका खेंचा था तैंने?’ कोई हँसने लगा।

‘नहीं भैया, वह आदमी ढक्कन को एक तरफ़ से उठाकर मेनहोल में अपने दोनों पाँव लटकाए हुए बैठा था।...’

‘मतलब?’

‘एकदम ऐसे पोज़ में कि जैसे अभी मेनहोल में बस कूदने ही वाला हो...’

‘अबे, पागल हुआ है क्या? यानी कि कुछ तो भी!’

‘सच्ची...’

‘इत्ती रात। ऐसी कड़क ठंड। ऐसे में भला मेनहोल में कोई क्यों कूदेगा रे?...’

‘यार, एकदम सच्ची बता रहा हूँ। वो वहाँ मेनहोल में पाँव लटकाए हुए बैठा था। एक हाथ से ढक्कन को ऊपर को साधे। लाइट आने से जो एकदम से रोशनी हुई तो वह चौंक गया। वो पीछे पलटा। पलटा तो एक पल को मैंने भी उसका चेहरा देखा। बस, एक झलक ही देख पाया मैं उसकी। शायद उसने भी मुझे देखा हो। शायद, वह मुझे देखकर मुस्कुराया भी। शायद, हमारी आपस में नज़रें भी मिलीं। पर, बस, एक पल को। एक-दो पल को ही देख पाया मैं उसे। बस।’

‘फिर?’

‘फिर क्या होना था! उसने अचानक ही ढक्कन हवा में छोड़ दिया और...’

ढक्कन उसे आश्चर्य से देखता रहा था।

उस आदमी ने दोनों हथेलियों से ढक्कन को उठा लिया था। फिर, ढक्कन लगभग खड़ा करके, उसे मेनहॉल की परिधि पर एक तरफ़ टिकाकर, वहीं उकड़ूँ

बैठ गया था वह। कुछ देर तलक वह उकड़ूँ बैठा खुले मेनहोल के अन्दर झाँकता रहा। मेनहोल में बाहर से भी ज़्यादा अँधेरा था। फिर वह मेनहोल के किनारे तक खिसक आया। उसने टाँगें फैला दीं। फिर उन फैली हुई टाँगों को मेनहोल में लटका के बैठ गया। पाँव लटका के वहाँ बैठा रहा। उसके दोनों हाथ ढक्कन को अभी भी ऊपर को उठाए हुए थे। टाँगें मेनहोल में लटकी थीं। ढक्कन उठा तो नीचे बहता अँधेरा मानो उबलकर बाहर आ गया था और बाहर के अँधेरे में मिलकर धरती और आसमान पर बहने लगा था।

ये क्या करने वाला है यार?

अभी जो ये ढक्कन हाथों से फिसलकर मेनहोल पर जा गिरे तो इसकी दोनों टाँगें ही टूट जाएँ। लोहे का बड़ा भारी ढक्कन है। ढक्कन जानता है अपने वज़न को।

कुछ देर तक यही सीन रहा। आदमी, मेनहोल में पाँव लटकाए, ढक्कन को हाथों के सहारे मेनहोल के किनारे खड़ा करके, निचाट अँधेरे में, निःशब्द बैठा रहा। अभी तो ढक्कन भी नहीं समझ पा रहा है कि अब आगे यह शख़्स करेगा क्या!

तभी दो चीज़ें एक साथ हुईं।

बल्कि तीन चीज़ें।

बादल आसमान में उड़ता हुआ अपनी जगह से खिसक गया और चाँद पूरा निकल आया। चाँदनी भी और चमक के साथ फैल गई। सड़क उजागर-सी हो गई।

और तभी बन्द स्ट्रीट लाइट भी वापस आ गई। सब तरफ़ रोशनी हो गई।

इसके बाद, कुछ पलों में ही आदमी ने ढक्कन को हवा में छोड़ दिया। ढक्कन ज़ोर से मेनहोल पर जा गिरा। भारी ढक्कन के मेनहोल पर गिरने की ज़ोरदार आवाज़ से पूरे आसमान में व्याप्त सन्नाटा टूट गया।

पर टाँगें नहीं टूटीं उसकी।

क्योंकि अब वह शख़्स वहाँ था ही नहीं।

ढक्कन जब तक नीचे मेनहोल पर गिरा तब तक वह आदमी मेनहोल में कूद चुका था। मेनहोल वापस बन्द हो गया। एकदम टाइट। ढक्कन अपनी जगह। मेनहोल बन्द। सबकुछ एकदम पहले जैसा चाकचौबन्द। हाँ, आदमी ज़रूर नीचे चला गया था।

अचानक ही स्ट्रीट लाइट लुपझुप करने लगी।

ढक्कन को डर लग आया।

यह सब क्या हो रहा है भगवान?

'फिर वो आदमी मेनहोल में कूद गया।...' वह बता रहा है उस रात का क़िस्सा।

'मेनहोल में?'

'यही तो।...ढक्कन गिराया और धड़ाम।...वो नीचे मेनहोल में कूद गया। उसके पीछे-पीछे ढक्कन भी ज़ोर से गिरा। इत्ती ज़ोर से 'झप' की आवाज़ हुई कि खम्भे की लाइट तक लुपझुप करने लगी थी।...'

'तुझे डर नहीं लगा?' एक मित्र ने मात्र मज़ा लेने के लिए यों ही पूछा। उसके क़िस्से पर किसी को विश्वास नहीं, यह ज़ाहिर है।

'डर?...भैया, मुझे तो ऐसा डर लगा कि डर के मारे मेरा पेशाब छूटते-छूटते बचा।'

'तो कर लेते न!...' एक ने हँस के कहा।

'सच्ची कही। कर लेते। इत्ती रात में तुम्हें कौन देख रहा था?' दूसरे ने जोड़ा।

'...और देख भी लेता तो कौन-सा तुझे कोई मर्डर करते पकड़ रहा था। अरे, पेशाब करना कोई जुर्म है क्या?' पहले ने जोड़ा।

वह उनका मुँह देखता रह गया।

'तुम्हें मेरे कहे का विश्वास नहीं हो रहा है न?' वह पूछने लगा।

'अरे, नहीं यार, पर है बड़ी इंटेरेस्टिंग स्टोरी। बताओ। बताओ...' सब बोले।

वह चुप हो गया।

'फिर?...आगे तो बताओ न यार?'

सबने खूब इसरार किया तो वह आगे की कथा बताने लगा :

'...फिर मैं बहुत डरता-डरता मेनहोल तक गया।...ढक्कन एकदम ऐसा बन्द था कि मानो वहाँ कुछ हुआ ही न हो!...' वह बताने लगा।

'ढक्कन ने तुझसे कुछ कहा?' कोई मज़ा लेने के लिए बोला।

परन्तु वह उसका मज़ाक नहीं समझा।

'अरे, ढक्कन क्या कहता? कूदने वाला तो कूद चुका था।...' वह बोला।

'मुझे लगा कि शायद ढक्कन ने तुझे कुछ बताया हो। अँधेरी रात में आजकल कुछ भी हो जाता है।...' किसी ने मज़े को बढ़ाते हुए कहा।

'वह भी बोलता कैसे? ढक्कन की भी तो घिग्घी बँध गई थी।...' वह बोला।

'घिग्घी? ढक्कन की?' दो दोस्तों ने एक साथ पूछा।

'हाँ, ढक्कन की। असल में तब ढक्कन खुद भौत घबरा गया था।... जब मैं पहुँचा तो ढक्कन मेनहोल पर पड़ा हुआ काँप रहा था। ज़ोर-ज़ोर से। इत्ती ज़ोर से कि सब तरफ़ झनझन की आवाज़ हो रही थी।... बत्ती अलग लुपझुप कर रही थी।...' वह आगे की कहानी बता रहा है।

'और तू?'

'मैं तो भैया, ऐसा डरा कि सीधा भागा और फिर भागता ही गया। अपुन ने तो फिर अपनी चाल में पहुँच के ही दम लिया।... सच्ची।...' वह बताते-बताते अभी भी ऐसा काँपने लगा मानो उसे जूड़ी ताप हो रहा हो।

'यार, भौत मज़ाक हो गई। इसे समझाने की ज़रूरत है। देखो तो, घबराहट में कैसा थर-थर काँप रहा है...' सबने एक-दूसरे को इशारे से समझाया।

दोस्तों को सहानुभूति हुई उससे। एक दोस्त उसकी पीठ पर हाथ फेरने लगा।

दूसरे ने उसके हाथों को अपने हाथ में लेकर उसे समझाना शुरू कर दिया, 'यार, तू इतना सोचा मत कर। तेरी मुश्किल, पता है, क्या है? तू सोचने भौत लगा है यार।...बस।...और कोई बात नहीं।...'

'बस, तू भौत मत सोचा कर।...ज़्यादा फ़ालतू फंड का सोचो तो खुद को न जाने क्या दिखने लग जाता है।...' दूसरे दोस्त ने कहा।

'तुम्हें लगता है कि वहाँ कोई आदमी नहीं था और मुझे यह सब ऐसेई दिख गया? सिर्री हो गया हूँ क्या मैं?' वह उखड़ गया।

'मैं तेरे लिए भला ऐसा क्यों सोचूँगा? नहीं, वो बात नहीं। पर यह भी सच है कि आजकल तू ज़्यादा ही सोचने लगा है। सच्ची। सब लोग यही कहते हैं।'

'यार, छँटनी की बात हर कोई बरदाश्त नहीं कर पाता। टेंशन हो जाता है न।' दूसरा बोला।

'पर तू सोचे मती। फिर कहीं कोई और नौकरी मिल ही जाएगी यार।...चलता है रे। छँटनी हो जाती है। नौकरी ख़त्म हो जाती है। हटा देते हैं वे हमें कि कल से तुम काम पर मत आना। होता है। सबके साथ होता है। आजकल किसकी नौकरी परमानेंट है यार। बड़े-बड़ों को वे कान पकड़ के हकाल देते हैं। तू रोज़ देखता नहीं क्या? क्यों?' एक ने समझाया।

सब मान रहे हैं कि वह छँटनी के तनाव को न झेल पाने के कारण ही ऐसी बहकी-बहकी बातें कर रहा है।

'यार, वो बात है ही नहीं। कोई टेंशन नहीं है मेरे को। सच्ची।'

'चलो, कोई बात नहीं। अच्छा है। तुझे टेंशन नहीं है। होना भी नहीं चाहिए।'

'यार, मैं एकदम सच बता रहा हूँ। मैंने देखा।...यह सब मैंने खुद ही अपनी आँखों से देखा।...सच्ची।'

'चल, अब तू उस बात को तो छोड़। भूल जा कि तूने कल रात को क्या देखा। तू अब कुछ भी न सोच।...'

'कैसे न सोचूँ?...एक आदमी मेरी आँखों के सामने-सामने ज़मीन के नीचे चला गया, और मैं कुछ भी न सोचूँ? जो नीचे गया, उसका क्या? क्या उसका भी न सोचूँ?' वह पूछने लगा।

माथा पीट लिया दोस्तों ने—यार, ये भी।...बस!

'अरे, छोड़ न उसे...।'

'कैसे छोड़ दूँ?...मुझे अभी भी धरती के नीचे से उसके चलने की आवाज़ें आती रहती हैं यार।...बताओ, मैं क्या करूँ?' वह परेशान होकर बोला।

'क़दमों की आवाज़?'

'और क्या? मुझे आती है।'

'धरती के नीचे से?'

'हाँ, नीचे से...'

'अबे, कोई कूदा भी होगा तो अब तक तो सीवेज पाइपों में मर-मरा गया होगा। उसके चलने की आवाज़ कहाँ से सुन ली तूने?'

'वो मरा नहीं है। क्या पता कि वो धरती के नीचे दबे पाइपों में जाकर रहने लगा हो?...' वह कुछ सोचता हुआ बोला।

'यार, इन ग़लीज़ पाइपों में भी कोई रह सकता है क्या? उनमें तो पूरे शहर की गन्दगी बहती रहती है। वहाँ कोई कैसे रहेगा?...' समझाया एक ने।

सबको उसकी चिन्ता हो रही है अब। ये तो बड़ी ही बहकी बातें कर रहा है।

'गन्दगी तो बाहर भी इतनी ही है। पर हम सब यहाँ रह ही रहे हैं न?...' वह बोला।

'यार, उन पाइपों में दुनिया भर का टट्टी, पेशाब सब बह रहा है। वहाँ की उस गन्दगी में कौन रह सकता है भला?...'

'भैया, इस धरती पर भी तो उतनी ही गन्दगी फैली हुई है। हम वहीं रहते हैं न?...हमें कौन-सी गन्दगी दिखती है? नहीं दिखती न?'

'यार, तू घर जा के थोड़ा आराम से सो ले।...सब ठीक हो जाएगा।...' एक ने हाथ पकड़कर उठा दिया उसे।

एक दोस्त साथ भी हो लिया है उसके। उसे घर तक छोड़कर आएगा।

जाते-जाते वह पलटा। रुककर ग़ौर से कुछ सुनता रहा।

फिर कान पर हाथ की ओट-सी बनाकर बोला, 'सुनो-सुनो।...तनिक चुप होकर सुनो।...बोलते ही रहोगे तो कैसे सुनोगे?...सुनो।...नीचे से उसके चलने की आवाज़ सुनाई दे रही है।...'

समय बेहद जटिल था

तय करना कठिन होता जा रहा था कि पागल
कौन है

क्या ये सब पागल हैं, या कि बस, ये ही समझदार
बचे हैं और बाक़ी की दुनिया पागल हो चुकी थी

समय तो, एक समय के बाद यह तय करेगा ही
परन्तु बाज़ार ने तो पहले ही तय कर लिया था
कि कौन पागल है, और कौन समझदार

बाज़ार की नज़र हर एक पर थी पागलों पर तो ख़ास कर

समय बाज़ार की ताक़तवर जकड़ में था परन्तु वह उससे छूटने के लिए छटपटा नहीं रहा था।

बाज़ार ने समय पर कब्ज़ा कर लिया था।

समय अब बाज़ार के हिसाब से चलना सीख रहा था क्योंकि समय ने भी स्वीकार कर लिया था कि यह बाज़ार का समय चल रहा है।

बाज़ार पागलों के लिए भी खूब समय निकालता था।

पागल भी तो बाज़ार के क्लायंट हैं।...

बाज़ार हर क्लायंट के लिए समय निकालता है। बाज़ार का यह मानना है कि पागल भी काम के लोग हैं। कल को कभी कोई प्रॉडक्ट एक्सक्लूसिवली पागल क्लायंटों के लिए भी तो आ सकता है। तब? तब तो पागलों की ही ज़रूरत पड़ेगी कि नहीं?

हाँ, बाज़ार पागलों पर नज़र ज़रूर रखता है। समय खराब है। कुछ पागल बाज़ार के विरुद्ध भी हो गए सुनते हैं। बाज़ार उन पर कड़ी नज़र रखता है। वैसे बाज़ार उन पर भी नज़र रखता है जो बाज़ार के साथ हैं। बाज़ार सब पर ही नज़र रखता है।

परन्तु ऐसी नज़र रखना बाज़ार के लिए भी दिनोंदिन कठिन होता जा रहा था। पागल और सही आदमी के बीच अन्तर करना कठिन हो रहा था। यह अन्तर रोज़-रोज़ और भी बारीक़ होता जा रहा है। दिनोंदिन यह जानना कठिन हो रहा है कि कौन समझदार है और कौन पागल! सब नागरिक इतने महीन अन्तर पर जी रहे हैं कि वे स्वयं भी अपने बारे में विश्वासपूर्वक नहीं कह सकते कि वे सही-सही क्या हैं? तभी तो समझदार पागल निकल आते हैं और पागल अचानक ही जीनियस घोषित कर दिये जाते हैं। फिर? बाज़ार पागलों पर फिर ऐसी नज़र कैसे रख पाता है? था तो यह बेहद कठिन काम। परन्तु बाज़ार ने भी इसका एक बेहद ही सरल फार्मूला इज़ाद कर डाला था—**समझदार** वे हैं जो हर काले-सफ़ेद में आँखें मींचकर बाज़ार के साथ हैं, और वे सब अन्य लोग पागल हैं जो बाज़ार का साथ देने से इनकार करते हैं।

बाज़ार बड़ा मायावी है। वह समझदारों और पागलों—दोनों को एक साथ साधने की माया इज़ाद कर चुका है। कोई कितना भी समझदार हो जाए, या कितना भी पागल—बाज़ार दोनों का इस्तेमाल कर सकता है।

बाज़ार को पागलों से कोई डर नहीं लगता। वह तो बस सतर्क रहता है उनसे।

सपने में सपना और हथेलियों पर ख़ून

अपने गुम हुए सपनों के लिए वह अकेले में रोता रहता। रोते-रोते उसके चेहरे पर आँसुओं के गहरे निशान पड़ गए थे। लम्बे समय तक चट्टानों पर से भी पानी की धारा बहती रहे तो पत्थर तक पर निशान पड़ जाते हैं। यहाँ भी वही हुआ था। दिनों-दिन, उसके चेहरे पर आँसुओं की लकीरें और भी इतनी गहरी होती जा रही थीं कि मुँह को खूब धोने और क्रीम वग़ैरह लगाने पर भी ये ज्यों-की-त्यों रह जाती थीं। उसका मुँह स्थायी रूप से रुआँसा निकल आया था।

पत्नी को उसकी बड़ी चिन्ता होती।

'ये तुम्हारे चेहरे पर कैसी लकीरें हैं?' वह पूछती। अक्सर।

'लकीरें?' यह अनजान बनने की कोशिश करता।

'तुम छुप-छुपकर रोते रहते हो क्या?' पत्नी ने एक बार पूछ ही लिया।

'नहीं तो। तुमने कभी मुझे रोते हुए देखा है क्या?' वह साफ़ नकार गया।

'तुम रोया मत करो।' पत्नी ने फिर भी सलाह दी।

'पर मैं रोता कहाँ हूँ?'

'फिर ये तुम्हारे गालों पर निशान? ये निशान तो आँसुओं जैसे ही लगते हैं। दर्पण में झाँककर ठीक से देखो न?'...पत्नी बोली।

'मैंने तो कभी ध्यान ही नहीं दिया।' वह झूठमूठ बोला।

'तो चलो, हम किसी स्किन स्पेशलिस्ट को दिखाते हैं।...'

'आँसुओं के निशान भला कोई चर्मरोग विशेषज्ञ कैसे मिटा सकता है?'

'पर तुम तो अभी कह रहे थे कि ये आँसू के निशान नहीं हैं?'

'पर तुम कह रही हो न कि ये आँसुओं के ही निशान हैं?'

'मैंने तो ये कहा कि ये आँसुओं जैसे...'

'आँसू जैसी कोई और चीज़ नहीं होती।... आँसू जैसी चीज़ बस, आँसू ही होते हैं।' वह बोला।

'तुम्हारी बातें मेरी समझ से परे हैं।' पत्नी ने कहा।

'जब मैं ही खुद अपनी बातें आजकल नहीं समझ पा रहा हूँ तो फिर तुम कैसे समझोगी?' वह बोला।

पत्नी चुप हो गई।

सच यही है कि वह अपने सपनों के लिए रोता रहता है। सिसकता रहता है, अकेले-अकेले। एक अपराध-बोध और अवसाद-सा अहर्निश घेरे रहता है उसे। कहाँ गए होंगे उसके सपने? क्यों नहीं देखता आजकल वह कोई सपना? सपने देखने की उसकी नैसर्गिक ताक़त का आख़िर क्या हुआ?

कहीं सारी मानव-जाति ने ही तो सपने देखना बन्द नहीं कर दिया? कहाँ तो वह कभी खुली आँखों से भी खूब सपने देखा करता था और अब, उसके पास कहीं कोई सपना ही नहीं? अब तो चारों तरफ़ बस, बाज़ार के सपने थे और सपनों का बाज़ार था। वह स्वयं को भी उतना ही अपराधी मानता है। क्यों वह शुरू-शुरू में बाज़ार के झाँसों में आ गया? क्यों वह भी कभी इसी बाज़ार का हिस्सा बन गया था? क्यों कभी उसने भी अपनी पूरी ताक़त बाज़ार में ऐसे लगा दी थी कि बाक़ी सपने देखने की उसकी ताक़त छीजती ही चली गई थी? लम्बे समय तक तो उसे पता ही नहीं चला। बाज़ार उसे ऐसे मिथ्या सपनों की दुनिया में ले गया था कि जीवन के असली सपनों को वह मानो भूल ही गया था।...और अब, जब तक उसकी आँख खुली है और बाज़ार के मिथ्या सपनों से वह यथार्थ की दुनिया में वापस आया है—तब तक बड़ी देर हो चुकी। फिर उसे अपने सपने मिले ही नहीं। सपने फिर उसको आए ही नहीं। उसके सपने चुरा लिये गए।

परन्तु चुराकर आख़िर कहाँ धरे होंगे उसके सपने? बाज़ार ने उसके सपनों का आख़िर क्या किया होगा?...पता चल जाता तो वह अपने सपने वापस लाने का प्रयास करता।

और ऐसे में एक दिन एक बड़ा चमत्कार हुआ।

एक रात उसे सपना आया। इसी सपने में उसे अपने खोए हुए सपने दिखे।

उसने सपने में एक बेचेहरा आदमी देखा। उसके चेहरे की जगह एक सपाट-सी, भावहीन कुछ चीज़ बनी हुई थी। मोटरसाइकिल पर था यह बेचेहरा आदमी। उसने अपनी मोटरसाइकिल पर उसके सपनों को बाँध रखा था। उसकी गाड़ी पर ये सपने गुच्छों टाइप लटके थे। न जाने कितने सपनों को वह अपनी मोटरसाइकिल के हैंडिल और कैरियर पर लटकाए कहीं ले जा रहा था! सपने उल्टे टँगे हुए थे। सपने फड़फड़ा रहे थे। सपने ज़िन्दा तो थे पर मुसीबत में थे। दृश्य एकदम जाना-पहचाना लगा उसे। पहले भी उसने यह दृश्य कहीं देखा तो है। हाँ, उसने स्कूटर पर ऐसे ही उल्टे लटके

हुए मुर्गे देखे हैं। कसाई की दुकानों की तरफ़ जाते स्कूटर। इन्हीं सपनों की भाँति लटके। हाँ, एक अन्तर है। मुर्गे शान्त लटके रहते हैं। वे फड़फड़ाते नहीं। चुपचाप लटके रहते हैं। अनभिज्ञ से। मानो पता ही न हो कि वे ज़िबह होनेवाले हैं।

वह बेचेहरा आदमी, सपने टाँगे गाड़ी दौड़ाता चला जा रहा था। सपने फड़फड़ा रहे थे। गाड़ी पर यहाँ-वहाँ बाँधकर लटका रखा था उसने सपनों को। हैंडल, कैरियर, जाली, बंपर, नम्बर प्लेट—सब पर उन्हें बाँध रखा था।...सपनों को क़त्लगाह ले जाया जा रहा है, यह देखने वालों को भी पता था, और शायद सपनों को भी, तभी तो वे फड़फड़ा रहे थे।...वह गाड़ी के पीछे भागा। बेचेहरा शख़्स तेज़ रफ़्तार था। फिर भी वह गाड़ी के पीछे भागा। भागता गया। अपने सपनों को बचाने के लिए न जाने कितनी ताक़त आ गई थी उसमें। वह भागता गया।...वह इतना तेज़ भागा कि एकदम सपनों के पास जा पहुँचा। भागते-भागते ही झपटकर पीछे से गाड़ी को पकड़ लिया उसने। लटक गया तेज़ भागती गाड़ी के पीछे। घिसटता चला गया पर उसने अपनी पकड़ नहीं छोड़ी। घुटने छिल गए।

लहूलुहान होकर भी वह गाड़ी से लटका रहा। पीछे-पीछे घिसटता गया। बेचेहरा शख़्स ने गाड़ी और भी तेज़ कर दी। अब गाड़ी उन सड़कों पर पहुँच गई थी जिन्हें चौड़ा किया जा रहा था। गिट्टी, मुरम, पत्थर, डामर और...बजरी।

सड़क यहाँ दचकेदार थी।

गाड़ी इन्हीं दचकों पर उचकती हुई दौड़ रही थी।...अब वह भी थक रहा था। उसकी पकड़ कमज़ोर होती जा रही थी। सपने छूट रहे थे, उसके हाथों से। उसने, आख़िरी कोशिश की। अपने शरीर की पूरी ताक़त को समेटकर उसने पूरे ज़ोर से भींच लिया लटके हुए सपनों को। उसके नाख़ून सपनों की कलाइयों में धँस गए। सपने लहूलुहान हो चले। हथेलियाँ सपनों के रक्त से गीली हो गईं। सपनों का ख़ून रिसकर उसकी हथेलियों पर बहने लगा था। हथेलियाँ गीली और चिकनी हुईं तो उसकी पकड़ ढीली हो गई।...

उसका हाथ छूट ही गया, अन्ततः। एक दचके पर, दचके के साथ वह सड़क के एक गड्ढे में जा गिरा। उधर उसके सपनों को उठाकर ले जा रही गाड़ी बड़ी तेज़ी से क्षितिज की तरफ़ निकल गई। क्षितिज एकदम लाल हो रहा था।...क्या वहाँ सपनों की क़त्लगाह थी? पता नहीं।

वह सड़क पर पड़े-पड़े रोने लगा। रोता रहा।

सोते में उसके सिसकने की आवाज़ रात के सन्नाटे में घबराहट भर रही थी।

पत्नी की नींद खुल गई। उसने उसे हिलाकर जगाया।

'क्या हुआ?'

वह उठ गया पर नींद में ही रहा।

अपने पलंग पर पड़ा रोता रहा।

'अरे हुआ क्या?'

वह प्रकृतिस्थ हुआ। उसे याद आया कि वह अपने बेडरूम में है।

वह चुप हो गया। उसने रोना बन्द कर दिया। वह कुछ नहीं बोला। आँखें ज़रूर खोल लीं। छत की तरफ़ देखता रहा।

पत्नी उसके हाथ पर अपना हाथ फेरती रही।

'क्यों रो रहे हो?' पत्नी ने पूछा।

'मैंने अभी-अभी बड़ा बुरा सपना देखा।...बहुत ही बुरा...' कहते-कहते वह फिर सिसकने लगा।

'पर तुमको तो सपने आने बन्द हो गए थे न?...तुम तो इसी बात से परेशान भी थे...' पत्नी बोली।

'हाँ, पर अभी तो एक बहुत बुरा सपना देखा।...'

'देखो, तुम्हें तो खुश होना चाहिए।...जैसा भी आया, पर सपना आया तो।'

'पर यह तो बहुत ही बुरा...'

'आज बुरा आया, कल अच्छा भी आ सकता है।...यह सोचो न, कि कम-से-कम, आया तो।...आगे से और भी आएँगे।...'

'नहीं, अब कभी कोई सपने नहीं आएँगे।'

'क्या कह रहे हो?'

'एकदम सच कह रहा हूँ।...एकदम सच।...मैंने सपना देखा है कि अब मुझे कभी कोई सपना नहीं आने वाला।'

पत्नी उसे घूरकर देखती रही।

क्या यह आदमी पूरा ही पागल हो गया है?

'क्या बोल रहे हो? मुझे तो कुछ भी समझ नहीं आ रहा।'

'तुम क्या, कोई भी शायद, नहीं समझेगा।'

'क्यों? ऐसा क्या अजीब सपना देख लिया?'

वह कुछ देर तक, कुछ सोचता हुआ चुप ही बैठा रहा।

फिर अटक-अटक कर बोला, 'वे मेरे सपनों का क़त्ल करनेवाले हैं।'

'वे कौन?'

'वे ही जो मेरे सपनों को उठाकर ले गए हैं। सोचो, वे मेरे सपनों को उल्टा टाँग कर...'

'उल्टा टाँग कर?...कहाँ?'

'अपनी गाड़ी पर!...एकदम मुर्गों की तरह।...मैं उनकी गाड़ी के पीछे भी भागा। ...मैंने गाड़ी पकड़ भी ली थी।...पर आख़िर में वे उन्हें ले ही गए।...मुझे ज़मीन पर पटक दिया और वे ले गए मेरे सपनों को।' वह एक बार फिर से सिसकने लगा था।

'तुम्हें यह कैसे पता कि वे तुम्हारे ही सपने थे?...'

'क्योंकि मैं अपने सपनों को कहीं भी पहचान सकता हूँ।...'

'तुम कहते हो, उल्टे लटके थे? उल्टे लटके हों तो पहचानने में भ्रम भी तो हो सकता है न?'

'नहीं, सपने तो मेरे ही थे। उल्टे, सीधे, जैसे हों, मैं अपने सपनों को हर स्थिति में पहचान सकता हूँ। वे मेरे ही थे। वे उल्टे लटके हुए थे। वे उल्टे लटके-लटके मेरी ओर कातर निगाहों से ताक रहे थे।'

'देखो, तुम परेशान मत हो।...आख़िरकार, जो देखा, एक सपना ही तो था।...वह ग़लत भी हो सकता है न?'

'नहीं, मैंने उनको इतने साफ़-साफ़ देखा है। ग़लत हो ही नहीं सकता। वे ज़रूर मार देंगे मेरे सपनों को। पक्का।'

'तुम इतना श्योर कैसे हो?'

'जब कसाई द्वारा मुर्ग़ों को ठीक ऐसे ही गाड़ी पर टाँगें बाँधकर, उल्टा लटकाकर सड़क पर ले जाते देखती हो तब तो तुम श्योर हो जाती हो कि नहीं? मुर्ग़ों के सिवाय तब सबको श्योर रहता है कि वे कुछ देर में मारे जाएँगे।'

पत्नी चुप रह गई।

वह भी चुप हो गया।

वह फिर से लेट गया।

'अब तुम सो जाओ।...और, यूँ ही फ़ालतू मत सोचा करो।'

'अपने ही सपनों के बारे में सोचना कब से फ़ालतू काम हो गया?'

'मैंने तो बस, इसीलिए कहा कि बुरा सोचो तो बुरे सपने ही आते हैं। तुम दिनभर हमेशा उल्टा-सीधा सोचते रहते हो।...और जो सोचते हो, उसी का सपना आ जाता है। लोग यही कहते हैं।'

'तो क्या मैं सोचना ही छोड़ दूँ?'

'वह भी कोई ग़लत बात नहीं होगी। सही कह रहे हो। यह सच है। तुम तो कुछ सोचो ही मत। सारी गड़बड़ आदमी के सोचने से ही तो होती है।'

'पर तुम यह भी जानती हो न कि मरने और जीने में फ़र्क़ सिर्फ़ सोचने का ही तो होता है।...मुर्दे सोचते नहीं।'

'तुम ग़लत हो। केवल मुर्दे ही नहीं, समझदार लोग भी नहीं सोचा करते।'

'तुम इसी को जीना समझती हो तो समझती रहो पर मैं तो ऐसों को ज़िन्दा नहीं मानता।'

'चलो, खूब सोचा करो।...कौन रोक रहा है तुम्हें सोचने से।...खूब सोचो। पर अच्छा सोचो न!'

'जैसे?'

'जैसे...जैसे कि...यार, तुम बहुत-सी अच्छी बातें सोच सकते हो...'

‘जैसे ?...अरे, एक अच्छी बात तो बताओ न ?’

पत्नी सोचने लगी तो उसे एक भी उदाहरण अभी याद नहीं आया। वह झुँझला गई।

‘अच्छा, तुम अच्छा न भी सोचो परन्तु बुरा भी तो न सोचो ?’

‘दरअसल, मैं तुम्हें अपनी बात समझा ही नहीं सकता।’

‘तुमने ठीक कहा।...तुम्हारी बातें ही आजकल ऐसी अजीब हो गई हैं कि कोई कैसे समझे ?’

‘सच की शक्ल ही आजकल ऐसी अजीब निकल आई है—बताओ, क्या करें ?’

‘कुछ मत करो—बस, ठीक से सो जाओ। सो जाओ और मुझे भी सोने दो।’

वह झुँझलाकर लेट गई।

वह भी आँखें मूँदकर लेटा रहा।

दोनों फिर करवटें ही बदलते रहे।

नींद दोनों की उड़ चुकी थी।

पत्नी को चिन्ता थी कि वह मानसिक रूप से और गड़बड़ होता जा रहा है।

और उसे ?

उसे बस अपने सपनों की चिन्ता थी।...

कोई भी ताला ऐसा नहीं

वह शहर में तालों की बड़ी ही मशहूर दुकान है।

हर ब्रांड के मशहूर ताले रहते हैं उस दुकान में।

एक से एक आला दर्जे के ताले हैं उनके पास।...

उनके पास ऐसे ताले भी थे जिनके बारे में उनका दावा है कि इनकी डुप्लीकेट चाबी कोई बना ही नहीं सकता। और जो कभी कोई बना ही डाले तो ताला उस डुप्लीकेट चाबी को पहचानकर, न खुलने का निर्णय स्वत: ले लेता है। उन्होंने अपने तालों में आर्टिफ़िशॅल इंटेलीजेंस की तकनीक डाल दी है। वे मालिक का फिंगरप्रिंट पहचानकर ही चाबी को अन्दर घुसने देते हैं। वे ताला खोलने वाले का इरादा तक पढ़ सकते हैं। चोरी की इच्छा की तरंगें पकड़कर वे स्वत: बन्द हो सकते हैं। तब वे सही चाबी से भी नहीं खोले जा सकते। उनके पास कुछ ऐसे ताले भी थे जिनकी ऑरिजिनल चाबी गुम जाने पर उन्हें तोड़ना ही पड़ता था। कुछ ऐसे भी ताले थे कि उनको तोड़ने की कोशिश करो तो विस्फोट हो सकता था।...तालों की

इतनी वेरायटी वहाँ थी कि यदि सारे घर में इनके ताले जड़ दिये जाएँ तो कोई घर में घुस ही न सके।

इसी दुकान में वह बड़ी असमंजस में खड़ा है।...क्या यहाँ कोई ऐसा ताला मिलेगा जिसे घर में जड़ दो तो फिर बेदख़ल करनेवाले घर में घुस ही न सकें?

बड़ी देर से दुकान में घूम रहा है वह। एक-एक ताले की पड़ताल में लगा हुआ है। तालों के साथ-साथ, तालों की विश्वसनीयता के बारे में तरह-तरह के दावों की तख़्तियाँ जड़ी हैं। उन्हें वह बड़े ध्यान से पढ़ रहा है। तो क्या कोई ताला उसे पसन्द आया?...नहीं। फ़िलहाल तो वह बड़ा भ्रमित खड़ा है।...क्या इनमें से कोई भी ताला उनको घर में घुसने से रोक सकेगा? वे कभी घर पर कब्ज़ा करने आएँ तो मज़बूत ताला देखकर निराश होकर लौट जाएँ कि इसका खोलना तो असम्भव होगा—ऐसी कोई नायाब चीज़ यहाँ दिख नहीं रही।

फिर क्या किया जाए?

वह परेशान-सा खड़ा था कि दुकान का एक नौजवान सेल्समैन उसके पास आया।

'मे आई हेल्प यू सर?' उसने आदरपूर्वक पूछा।

'क्या ये ताले वास्तव में ऐसे ही मज़बूत हैं?'

'कैसे?'

'जैसे कि आपके दावों में बताये गए हैं?'

'अरे, मान लीजिए कि उससे भी ज़्यादा, सर।...मज़बूती की एकदम गारंटी है।...'

'परन्तु आपकी इस गारंटी की कितनी गारंटी है?'

'सर, आप मज़ाक बढ़िया कर लेते हैं।'

'नहीं, यह मज़ाक नहीं है।'

'मज़बूती की हमारी पूरी गारंटी है सर।'

'परन्तु तब भी तो शहर में चोरियाँ हो जाती हैं। है न?'

'क्या करें सर? हम क्या करें? सब लोग हमारे ताले तो लगाते नहीं। और दूसरों के ताले की गारंटी भला हम कैसे ले सकते हैं।...फिर लोग लापरवाह भी हैं। ताला ही लगाना भूल जाते हैं। चाबी गुमा देते हैं। यहाँ-वहाँ चाबी रख देते हैं।...चोरी के तो दस कारण होते हैं।'

वह मुस्कुरा दिया।

'आप तो ये वाला ले जाइए सर...' उसने एक ताला दिखाया।

'पर यह ऐसा कोई ख़ास मज़बूत तो नहीं दिख रहा। क्यों?' उसने, ताले को उलटते-पलटते हुए पूछा।

'दिखता नाज़ुक है, पर है मज़बूत।'

'तो फिर नाहक ही इसके नाज़ुक दिखने का क्या मतलब?'

'आजकल नाज़ुक दिखने का ट्रेंड चल रहा है न सर!...'

'नहीं, तुम तो मुझे कोई दूसरा दिखाओ। इस ताले को देखकर तो किसी का भी मन मुझे बेदख़ल करने को हो जाएगा।'

'बेदख़ल?!!'

'तुम नहीं समझोगे।'

'आपको कैसा ताला लगेगा?'

'मुझे नहीं, घर में लगना है।'

'वही...'

'मुझे कोई बहुत ही मज़बूत ताला दिखलाइए।...' उसने बताया।

'यहाँ तो सारे ही मज़बूत हैं।...कोई भी ले लें।...ये वाला देखिए।...ये ऐसा मज़बूत है कि...'

'मुझे आप ऐसा मज़बूत ताला दो जिसे कोई और न खोल सके।...'

'बिलकुल देंगे।'

'कोई तोड़ भी न सके।'

'जी, बिलकुल...'

'कोई भी न खोल पाए।' उसने अपनी बात दोहराई।

'आप तो खोल सको न? ऐसा तो नहीं चाहिए न कि जिसे आप भी...?'

हँसकर बोला वह। कस्टमर फ्रेंडली है वह।

पर सेल्समैन के मज़ाक पर मुस्कुराया नहीं वह।

झुककर उसके कान के पास आया और फुसफुसाकर बोला, 'मैं न भी खोल सकूँ तो चलेगा।...बस, कोई ऐसा ताला दो कि जिसे न तो सरकार खोल पाए, न ही बाज़ार...'

शायद मेरे मज़ाक का जवाब अपने किसी मज़ाक से दे रहा है।...सेल्समैन हँसा।

'ऐसा ही ताला देंगे सर जी।...चिन्ता न करो।' वह ताले छाँटता हुआ बोला।

'चिन्ता क्यों न करूँ?' उसने सन्देहपूर्वक पूछा।

'करिए, पर ऐसी भी मत करिए।'

'तो कैसी करूँ फिर?'

'आप तो अपनी सारी चिन्ता हमारे तालों पर छोड़ दीजिए, बस।'

'आपके ताले भी चिन्ता करते हैं?'

'आजकल तो सभी लोग चिन्ता करते हैं सर...'

'ख़ैर, ये तो है।...'

'आप तो इनमें से कोई छाँट लें सर!...देखिए, यह हथौड़ी भी कुछ नहीं बि सकती इनका।'

दुकानदार ने पास धरी हथौड़ी को एक ताले पर मारकर बताया।

वह कतई प्रभावित नहीं हुआ।

'आप तो कोई बड़ा-सा ताला दिखाइए न!'

'कित्ता बड़ा?'

'जिसे देखते ही ताला तोड़ने वाले की हिम्मत टूट जाए।...जो दरवाज़े पर लगा दिखे तो कोई हिम्मत ही न करे उसे तोड़ने की।'

'आपको ताला लगाना है कि बम?' उसने मज़ाक में कहा।

'मैं बम क्यों लगाऊँगा?' वह चौंककर बोला।

दुकानदार हँसने लगा।

बोला, 'मैंने तो यूँ ही मज़ाक में कहा...'

'भला, बम से मज़ाक कैसे कर सकते हैं आप?...जानते हैं न, बम से छेड़छाड़ करो और मज़ाक-मज़ाक में वह फट जाए तो आदमी के चीथड़े उड़ सकते हैं?'

'यहाँ बम कहाँ है सर, वो तो...'

'नहीं है तो उसकी बात ही क्यों करना?'

'सॉरी सर...!'

'देखो, समय ख़राब चल रहा है। सोच-समझकर ही मज़ाक किया करो।...'

'जी सर।...लगाना कहाँ है आपको?'

'दरवाज़े पर लगाएँगे, और कहाँ?'

'लगाने को तो आदमी हर जगह लगा सकता है सर!'

'अच्छा, मान लो कि मैं भी हर जगह ताला लगा दूँ तो?'

'आपकी मर्ज़ी। लगा दीजिए।'

'वैसे आपकी सलाह इस मामले में क्या है?...'

'देखिए, तालों के साथ यही एक दिक़्क़त है सर। लगाने को तो आप दस जगह लगा लें पर याद रखें कि आप जितने भी लगाएँगे, बाद में उतने ही खोलने भी पड़ेंगे।...सोच लें।...'

वे सोच में पड़ गए। बात तो यह लड़का ठीक कह रहा है।

'मान लो कि मैं सब जगह लगा दूँ और फिर कभी उनको खोलूँ ही नहीं, तो?'

दुकानदार अब उसे खूब ग़ौर से देखने लगा।

पता नहीं, यह कैसा ग्राहक फँसा है। ख़रीदेगा शायद एक ताला पर अपनी फ़िलॉसफ़ी की पूरी तिजोरी यहीं पर ख़ाली करके जाना चाहता है।

सेल्समैन ने चुपचाप एक ताला छाँटा और उसे पकड़ा दिया।

'सर, आप तो यह ले लीजिए।'

'मज़बूत है?'

'जी, ये ऐसा मज़बूत है कि बस, कहीं भी लगाइए और भूल जाइए।'

'भूल क्यों जाऊँ?' वह फिर सन्देह में पड़ गया।

'मैंने कब कहा कि भूल जाएँ?'

'अभी-अभी तो कहा। आपने अभी कहा न कि लगाइए और भूल जाइए ? कहा था न ?'

'वो तो मैंने एक मुहावरा कहा।'

'यार, कभी तो आप मज़ाक करते हो, कभी मुहावरे बोलने लगते हो—ऐसा क्यों कर रहे हो ?'

'सॉरी सर!'

'आप ताला लगाकर भूलने की बात मुझसे कह कैसे सकते हैं ?' वह उत्तेजित हो गया।

'मैंने सॉरी कह तो दिया सर ?'

'मैं ताला लगाकर भूल कैसे सकता हूँ ?...'

'अरे, वो तो बस एक मुहावरा था सर! उसे इतना सीरियसली न लें।' सेल्समैन बोला।

'क्यों न लूँ ?...ताला लगाना एक सीरियस इश्यू है न, तभी तो आप यह दुकान खोले बैठे हैं।...आप ग्राहक को बस ताला दिखाएँ...उसे फ़ालतू के मुहावरे मत सुनाइए।' वह चिड़चिड़ाने लगा।

सेल्समैन चुप हो गया।

इस झक्की आदमी से बस चुप रहकर ही निबटा जा सकता है।

वह यहाँ-वहाँ नज़र घुमाता रहा।...सब तरफ़ ताले ही ताले थे।...

'वैसे आप खुद कौन-सा ताला लगाते हो ?' उसने सेल्समैन से पूछा।

'घर में ?'

'नहीं, अपनी इस दुकान में।'

'वह तो इसके दरवाज़े में ही 'इन बिल्ट' आया था।...'

'अपना गारंटी वाला ताला खुद क्यों नहीं लगाते ?'

'मुझे इसका कुछ भी नहीं पता सर।...मुझे माफ़ करें। मालिक को पता होगा।'

'मान लो कि एक ऐसा ही दरवाज़ा मैं भी अपने घर में लगा लूँ तो ? तब तो कोई अन्दर नहीं आ सकेगा न ?'

'सर, इसको चोर खोल पाएँ, यह बात नामुमकिन ही मानिए।'

'और सरकार ?'

'जी ?'

'जी, क्या सरकार को भी इस दरवाज़े के बाहर रोका जा सकता है ?...'

'सरकार को भला कौन रोक सकता है सर!...सरकार तो आपसे ताला खुलवा लेगी। वह तो दरवाज़ा तोड़ भी सकती है।'

'अरे!'

'पर सरकार क्यों आएगी सर ? लोग तो वैसे भी चोरों के लिए ताले लगाते हैं।'

'सरकार और चोर में क्या फ़र्क़ है?'

'आप तो ऐसी बातें करके हमें मरवाएँगे सर।'

'क्या कोई ताला ऐसा भी दे सकते हो जो सरकार को हमें बेदख़ल करने से रोक सके?'

'आप बड़ी अजीब बातें कर रहे हैं सर!'

'इसमें अजीब क्या है? वे हमें बेदख़ल करना चाहते हैं। मैं पूछ रहा हूँ कि क्या उनको रोकने का कोई ताला है आपके पास?'

'आप बेवज़ह डर रहे लगते हैं। डर किसी ताले से नहीं रुक सकता।'

'मैं डर नहीं रहा। मैं जानता हूँ कि वे आने वाले हैं।'

'जी?'

'इसीलिए तो तुम मुझे कोई ऐसा ताला सजेस्ट करो जिसे अगर मैं अपने मेन गेट पर जड़ दूँ तो फिर कोई मुझे मेरे घर से बेदख़ल न कर सके।'

'कोई भी ताला बेदख़ली से नहीं रोक सकता सर।...'

'क्यों? अगर दरवाज़ा बन्द रहेगा तो बेदख़ली कैसे होगी?'

'यह आपसे किसने कह दिया अंकल?...'

वह 'सर' से 'अंकल' पर आ गया था।

'क्यों? ताला लगा दो तो फिर वे कैसे घुसेंगे? घुसेंगे नहीं तो फिर हमें बेदख़ल कैसे कर पाएँगे?'

'आजकल तो वे बिना घर में ही घुसे आपको घर से बेदख़ल कर सकते हैं।'

'कैसे?'

'वे घर गिरा देते हैं। घर डुबो देते हैं। गाँव को डूब में ला देते हैं।'

'घर को कैसे गिरा देंगे? क़ानून भी कोई चीज़ होती है कि...'

'वे क़ानून में संशोधन कर देते हैं।'

'ऐसे कैसे... ?'

'संविधान में संशोधन की चाबी के आगे तो हर ताला फेल है अंकल...' वह हँसकर बोला।

'मान लो कि मैं ताला लगाकर अपने मकान में घुसा रहूँ तो?'

'आप ताले से बुलडोजर को रोकना चाहते हैं?'

'नहीं, परन्तु अगर मैं घर में होऊँगा तो फिर वे घर कैसे गिरा सकते हैं?'

'वे आपके सिर पर आपका मकान, मय ताले के गिरा देंगे, तब समझोगे क्या?' उसने वितृष्णा से कहा और ताले समेटने लगा।

'तुम ये ताले क्यों हटा रहे हो?...मुझे देखने तो दो!' वे बोले।

सारे ताले समेटते हुए वह व्यंग्यात्मक ढंग से मुस्कुराकर बोला, 'अब हम आपको ताला नहीं दिखा सकते अंकल...'

'क्यों?'

'मनाही हो गई है।...'

'किसने मनाही की?'

'गवर्नमेंट का ऑर्डर है। ऑर्डर है कि अंकल को अब कोई भी ताला न दिखाया जाए। जो भी दिखाएगा, उसे पुलिस पकड़कर ले जाएगी।' उसने मज़े लेते हुए बताया।

'पर तुमने तो अभी-अभी मुझे खूब सारे दिखाए—फिर?'

'तब तक ऑर्डर नहीं आया था न!'

'और अब?'

'अब आ गया है। अभी-अभी मोबाइल पर ई-मेल भेजा है गवर्नमेंट ने।'

'क्या लिखा है?'

'यही कि ख़बरदार, जो अंकल को एक भी ताला बेचा! जो बेचेगा, उसका चालान काट देंगे।'

'अच्छा?'

'और क्या!'

'बताइए, सरकार भी कैसे-कैसे ऑर्डर निकालती रहती है!'

'सरकार को कौन रोक सकता है अंकल? मान लो कि वह अभी ऑर्डर भेज दे कि अंकल की पैंट उतारकर, उसकी जिप में ताला लगा दो तो फिर लगाना ही पड़ेगा हमें। है न?'

सेल्समैन उनको अर्थपूर्ण ढंग से घूरने लगा।

'परन्तु मैंने तो नीचे कुछ नहीं पहना है? पतलून उतार दी तो मैं नंगा हो जाऊँगा।'

'सरकार किसी को भी नंगा कर सकती है।'

'तुम भी उनके ही आदमी हो न?' यकायक वे उसे पहचान गए।

उन्होंने पीछे हटते हुए पूछा।

'सब उनके ही आदमी हैं आजकल।'

सेल्समैन ने प्रश्न तो नहीं समझा था पर उसने उत्तर दे दिया।

डर से काला पड़ गया उसका चेहरा। काली राख से पुता-पुता।

'आप न जाने क्या-क्या बोले जा रहे हैं सर!...आप तो घर जाइए। आपकी तबीयत ठीक नहीं लगती।' सेल्समैन उसका ऐसा चेहरा देखकर घबरा गया।

वह घबराकर पीछे ही हटता गया।

यह सेल्समैन ज़रूर उनका ही आदमी है।

सेल्समैन बनकर मुझसे बातें उगलवाना चाहता होगा।...अब मैं इससे एक शब्द भी नहीं बोलने वाला।

वह चुपचाप पीछे की तरफ़ हटता गया।

अचानक ही उसकी निगाह छत की तरफ़ गई।

वहाँ सीसीटीवी कैमरे लगे हैं।

कैमरों ने ज़रूर मेरी फ़ोटो खींच ली होगी—सोचकर ही वह डर गया।

अब उनके पास मेरी फ़ोटो भी है।...वे इस फ़ोटो से मिलान करते हुए कभी भी मेरे घर पहुँच जाएँगे।

बेतरह घबरा गया वह।

उसके हाथ काँपने लगे थे। मुँह सूख रहा था। चेहरा राख-राख।

कैमरों से चेहरा छुपाने के लिए उसने अपने चेहरे को हाथों से ढँक लिया।

चेहरा ढँके-ढँके वह सतर्कतापूर्वक पीछे की तरफ़ घूमा और फिर तेज़ क़दमों से चलकर बाहर निकल गया।...बाहर निकलकर वह भागने लगा।...फिर और भी तेज़ भागने लगा।

उसे लगातार यह लग रहा था कि उसके पीछे-पीछे कोई आ रहा है।...वह सड़क पर और भी तेज़ भागने लगा।

उसका घर अब एकदम पास आ गया था। उसकी गली एकदम सामने थी।

पर वह एक दूसरी ही गली में घुस गया।

नहीं, वह रास्ता नहीं भूला था। वह तो बस ऐसा करके पीछा करने वाले को भटकाने की कोशिश कर रहा था।

सबकी हथेलियाँ सपनों के ख़ून से रँगी हैं

वह रोए जा रहा था।

आँसू गाल पर बने गहरे निशानों के साथ बह रहे थे।

डॉक्टर उसे रोते हुए देखता रहा। बोला कुछ भी नहीं।

'ये सुबह चार बजे से ऐसे ही रोए जा रहे हैं...'

पत्नी ने उसकी पीठ पर हाथ फेरते हुए चिन्ता-भरे स्वर में बताया।

डॉक्टर ने यों जताया मानो वह हर बात गहराई से समझ रहा हो!

'ये पहले भी कभी ऐसे रोते थे?' डॉक्टर ने पूछा।

'सामने तो कभी नहीं रोए। परन्तु रोते तो ज़रूर होंगे। देखिए न, गालों पर आँसुओं के निशान पड़ गए हैं। वैसे, पूछो तो मानते नहीं हैं।...हमें दिखाने के लिए

इन निशानों पर कोई क्रीम लगाते रहते हैं। कहते हैं कि डॉक्टर ने दी है। चमड़ी का कोई रोग है, ऐसा कहते रहते हैं...पर ये ज़रूर रोते रहे होंगे...ज़रूर ही रोते रहे होंगे।...' पत्नी डॉक्टर को बताते हुए मानो स्वयं से ही बातें कर रही थी।

इधर वह लगातार रोए ही जा रहा था।

और डॉक्टर भी उसे बस चुपचाप देखे जा रहा था।

'आज सुबह-सुबह अचानक ही ये चीख़कर नींद से उठ गए, और तब से रोए चले जा रहे हैं।'

'कुछ और भी बोलते-बताते हैं कि... ?' डॉक्टर ने पूछा।

'बस, मेरे सपने, हाय, मेरे सपने! —यही कहते जा रहे हैं।...रो-रोकर यही एक बात कहे जा रहे हैं...'

इसी बीच उसका रोना धीमा पड़ा था। वह अब अपनी हथेलियों को देख-देखकर बस सिसकता जा रहा था।

'हथेलियों में आप क्या देख रहे हैं?' डॉक्टर की आवाज़ से इतनी प्रोफेशनल मिठास चू रही है कि कायनात की सारी चींटियाँ चौंककर इसी तरफ़ देखने लगीं।

उसने सिसकते हुए सिर उठाया और रोना बन्द करके डॉक्टर को घूरने लगा।

'आपको नहीं दिखता क्या?...देखिए।...' कहकर उसने अपनी हथेलियाँ डॉक्टर के आगे फैला दीं।

डॉक्टर ने बड़े प्यार से उसकी पीठ पर अपना कोमल हाथ फिराया। इसके साथ ही वह इतना मीठा होकर बोला कि खुद उसे अपने मुँह में चाशनी जैसा कुछ जीभ पर तैरता लगा। डॉक्टरी के धन्धे में आजकल मिठास भी बहुत लगती है। हलवाई की दुकान-टाइप कुछ मामला बन गया है।

'हाथ तो एकदम बढ़िया ही लग रहे हैं आपके।...परेशान न हों।...रोइए मत।' डॉक्टर ने कहा।

परन्तु वह फिर से रोने लगा।

एकदम बिलख-बिलखकर।

और बस, एक ही रट :

'मेरे सपने, मेरे सपने...!'

'बस, ऐसे ही...' पत्नी ने बताया।

वह रोता रहा।

उसे रोता छोड़कर डॉक्टर पत्नी की तरफ़ मुख़ातिब हुआ।

'आप मुझे ठीक से पूरा मामला समझाएँगी? कब से यह चल रहा है?...या कि यह पहली ही बार है?'

पत्नी ने उसे पूरा क़िस्सा बताया :

'पहले तो ये कई महीनों से बेचैन रहते थे। यही कहते रहते कि आजकल मुझे

सपने आने बन्द हो गए हैं। फिर, इन्होंने इसी चिन्ता में ठीक से सोना भी बन्द कर दिया। मैंने लाख समझाया—आपको पचास चिन्ताएँ रहती हैं। जब आप ठीक से सोते ही नहीं तो सपने कहाँ से आएँगे?...पर ये मानते ही नहीं। कहते हैं कि मुझे तो जागी आँखों तक से सपने देखने की आदत थी।...कहते हैं कि मुझे आजकल इसीलिए सपने नहीं आते क्योंकि किसी ने मेरे सपने चुरा लिये हैं।'

'फिर?...तो क्या ये ऐसे ही रोते रहते हैं, सपनों के लिए?' डॉक्टर ने पूछा।

'नहीं!...ये रोए तो बस आज ही!'

'तो क्या आज या अभी हाल ही में कोई नई बात हुई है?'

'हुई है न!...सात दिन पहले ही इनको एक सपना दिखा।...तब से ये वही सपना रोज़ देखते हैं और घबराकर उठ जाते हैं।'

'रोज़ रोते भी थे?...'

'नहीं, आज जैसा तो कभी नहीं रोए।...'

'सात दिनों से ये क्या सपना देखते हैं रोज़?'

'कहते हैं कि कोई इनके सपनों को उल्टा लटकाकर कसाई की दुकान की तरफ़ ले जाता दीखता है रोज़।...हर रोज़।...'

'कौन ले जाता है?'

'क़हते हैं कि कोई बेचेहरा आदमी है।...'

'कैसे पता कि वह कसाई की दुकान पर ही ले जाता होगा?'

'कहते हैं कि उल्टा लटकाकर तो कसाई के पास ही ले जाया जाता है।...'

'ऐसे कैसे?'

'कहते हैं, मुर्ग़ों को भी तो ऐसे ही तो मीट की दुकान की तरफ़ ले जाया जाता है...' पत्नी ने कहा।

इंट्रेस्टिंग केस! —डॉक्टर ने सोचा।

'मुर्ग़ों का केस अलग होता है जनाब।...उनसे अपने सपनों की तुलना न किया करें।...आपके सपने कहीं नहीं जाने वाले।...बिलकुल भी चिन्ता न करें।'

डॉक्टर उन्हें अपनी तरह से समझाने लगा।

वह सिसकता रहा।

'उल्टा टाँगने का मतलब यह तो नहीं हुआ न कि वे मार ही देंगे?...आज फिर से सपना देखिएगा। आज के सपने में वे उन्हें सीधा भी टाँग सकते हैं। बी पॉज़िटिव!' डॉक्टर समझाता रहा। उसने रोना बन्द कर दिया। उसने सिर उठाकर डॉक्टर को देखा।

वह अचानक रोना बन्द करके डॉक्टर को घूरने लगा।

उसकी आँखें कुछ ऐसी बेधक थीं कि डॉक्टर भी डर गया।

'तुमको कैसे पता?' उसने घूरते हुए ही डॉक्टर से प्रश्न किया।

'क्या कैसे पता?' डॉक्टर ने पूछा।

'तुमको यह किसने बताया कि वे आज मेरे सपनों को सीधा टाँगकर ले जाने वाले हैं?'

'किसी ने भी नहीं...'

'फिर तुम यह बात इतने विश्वास से कैसे कह रहे थे?'

'मैंने तो बस, यूँ ही...'

'झूठ। तुमको सारी बात पहले से पता है। है न? तुमको सब पता है न?'

'क्या पता है?'

'तुम भी उनसे ही मिल गए हो न?'

अब पत्नी बीच में पड़ी।

ज़ोर-ज़ोर से फटकारने लगी उसे।

'इत्ते बड़े डॉक्टर से ऐसे बातें करते हैं क्या?' पत्नी ने पीठ पर हाथ रखकर उसे रोका।

पत्नी का हाथ ज़ोर से झटककर वह बोला, 'अरे, यह उन्हीं का आदमी है। पहचानो इसे।'

'किसका आदमी?...क्या कह रहे हो?' पत्नी ने कन्धा पकड़कर उसे हिला डाला।

'उन्हीं का। वरना इसे कैसे पता कि वे कभी-कभी सीधा भी लटकाकर ले जाते हैं?...यह भी उन्हीं हत्यारों का एजेंट है। सच्ची।...' वह अपनी सीट से उठने लगा।

पत्नी ने उसे पकड़कर जबरन वापस बिठाया। फिर डॉक्टर की तरफ़ पलटकर उससे क्षमा माँगी। क्षमापूर्वक कहा कि इनकी दिमाग़ी हालत ऐसी है कि...।

डॉक्टर मुस्कुराने लगा।

बोला, 'मुझसे क्षमा मत माँगिए। आदमी पागल हो जाए तो वह कुछ भी सोचने, बोलने लग जाता है।'

'मुझे अपने घर जाना है।...मुझे यहाँ से जाने दो, प्लीज़...' वह उठा और हाथ जोड़कर खड़ा हो गया।

'चले जाइएगा न।...पर थोड़ी देर तो हमारे साथ भी बैठिए न? घर जाकर क्या कीजिएगा?' डॉक्टर ने धन्धे वाली आत्मीयता से कहा।

'मुझे घर जाकर अपने सपनों का क्रियाकर्म करना पड़ सकता है।...अभी तलक तो उन्होंने क़त्ल भी कर डाला होगा मेरे सपनों का।...'

वह फिर से रोने लगा।

'आख़िर कोई क्यों मारेगा तुम्हारे सपनों को?'

'क्योंकि मैंने उन्हें फिरौती देने से मना कर दिया था।...बस, इसीलिए मार दिया होगा उन्होंने...' वह सिसकते हुए बताने लगा।

'किसने?' डॉक्टर ने पूछा।

'बाज़ार ने।...और कौन मारेगा?...'

'बाज़ार?'

'हाँ, वही तो मेरे सपने उठाकर ले गया था। बहुत बड़ी फिरौती माँगता था। मैंने नहीं दी।...'

'कैसी फिरौती?'

'वो यही कहता था कि तुम अपना सारा जीवन बाज़ार के नाम कर दो। अपनी हर चीज़।...अपना हर पल! अपनी हर साँस!...बताइए, मैं यह सब कैसे करता?' वह बोला।

'अच्छा?' डॉक्टर ने बनावटी उत्सुकता से पूछा।

'जी!...बाज़ार चाहता है कि अब दुनिया का हर शख़्स स्वयं को उसे समर्पित कर डाले।...'

'परन्तु बाज़ार ने मुझसे तो ऐसा कभी नहीं कहा?'

'क्योंकि तुम पहले ही उसे समर्पित हो चुके हो। तुम उससे मिल गए हो डॉक्टर।...'

डॉक्टर ने उसकी बात का बुरा नहीं माना।

एक बार सामने वाले को पागल भर मान लो तो चीज़ें आसान हो जाती हैं। तब उसके द्वारा कहा सच भी एक चुटकुला माना जा सकता है।

'तुमने यह एकदम ठीक किया...' डॉक्टर ने कहा।

'क्या?'

'...कि तुमने उसकी फिरौती वाली माँग नहीं मानी।'

'पर उन्होंने मेरे सपनों की हत्या कर दी तो? जो फिरौती न दे, वे उसके साथ ऐसा ही करते हैं।'

'नहीं, नहीं, वे ऐसा नहीं करेंगे।' डॉक्टर ने समझाया।

'क्यों नहीं करेंगे?...तुम इतने विश्वास से कैसे कह रहे हो?' उसका सन्देह बढ़ता जा रहा है।

'यार, तुम्हारे सपनों को भला कोई क्यों मारेगा?'

'कुछ तो उन्होंने मार भी दिये!...मैंने आज ही सपने में अपने कुछ सपनों की लाशें देखी हैं। उनकी छाती में डिज़ाइनर खंज़र घुसा हुआ था। ख़ून बह रहा था।...पाँव घिसट-घिसटकर मर गए मेरे सपने। मेरे ही सामने।...मैं कुछ भी नहीं कर पाया।'

वह फिर से फूट-फूटकर रोने लगा।

'ये आज सुबह से ऐसे ही बार-बार रोए जा रहे हैं।...' पत्नी ने बताया।

'मत रोइए।...आपको ज़रूर कोई ग़लतफ़हमी हुई है। आपके सारे सपने ज़िन्दा हैं।' डॉक्टर ने पीठ पर हाथ रखकर उसे फुसलाया।

'नहीं, मुझे ग़लतफ़हमी नहीं है। मेरी हथेलियाँ देखो न? इनमें मेरे सपनों का ख़ून लगा हुआ दिख रहा है न?...देखो?' उसने अपनी हथेलियाँ डॉक्टर के समक्ष फैला दीं। डॉक्टर यों ही, झूठमूठ ही उसकी हथेलियों की पड़ताल करने का नाटक करने लगा।

वह भी डॉक्टर को घूरकर देखता रहा।

डॉक्टर ने उसकी हथेलियों पर अपनी उँगलियाँ फेरीं। ध्यान से उँगलियों को देखा।

फिर मुस्कुराते हुए उसकी हथेलियाँ छोड़कर डॉक्टर विश्वासपूर्वक बोला, 'आपकी हथेलियाँ तो एकदम साफ़ हैं।...इनमें कहीं भी कोई ख़ून नहीं लगा है।...'

'ध्यान से देखो डॉक्टर साब। ख़ून तो लगा है। अरे, ख़ून से मेरी हथेलियाँ चिपचिपा रही हैं।' उसने फिर से अपनी हथेलियाँ डॉक्टर के समक्ष फैला दीं।

'लाल रंग की तलाश मत करो डॉक्टर। ख़ून पुराना हो जाए तो वो काला हो जाता है।...देखो।...यहाँ, सब तरफ़ लगा तो है।...' उसने फिर से कहा।

डॉक्टर के समक्ष उसकी हथेलियाँ फैली हुई थीं।

डॉक्टर ने पुनः उसकी हथेलियों को जाँचने का नाटक किया और पुनः घोषित किया, 'नहीं, आपकी हथेलियाँ एकदम साफ़ हैं। कहीं कोई ख़ून नहीं।'

'और ये जो है?' उसने हथेलियों को डॉक्टर की आँखों के और क़रीब ला दिया।

'ये?...ये तो आपकी भाग्यरेखाएँ हैं।...देखो, ये कितनी स्पष्ट हैं! यदि ख़ून लगा होता तो भाग्यरेखाएँ कैसे दिखतीं?' डॉक्टर ने समझाया।

'हम जैसों की भाग्यरेखाएँ तो ख़ून पर ही तैरती हैं। ये सब हमें मत दिखाओ डॉक्टर। हमारा जीवन अपनी भाग्यरेखाएँ ताकते ही बीता है।' वह बड़बड़ाया।

डॉक्टर मुस्कुराया।

डॉक्टर ने स्वयं अपनी साफ़, शफ़्फ़ाफ़ हथेलियाँ सामने फैलाकर उसकी हथेलियों के बरक्स रख दीं।

अब डॉक्टर सामने झुककर उसे समझाने लगा, 'अच्छा, तुम मेरी हथेलियाँ देखो।...ये एकदम साफ़ हैं न?...बस, तुम्हारी हथेलियाँ भी ऐसी ही साफ़ हैं।...देखो न? मेरी हथेलियों से मिलान करके देखो।...देखो न?'

वह डॉक्टर की हथेलियों को ग़ौर से देखने लगा।

फिर उसने डॉक्टर की हथेलियों पर अपनी उँगलियाँ फिराईं। दो उँगलियों को यों चिपका के देखा, मानो कोई चिपचिपा पदार्थ वहाँ भी लग गया हो!

अब उसने डॉक्टर की दोनों कलाइयाँ ज़ोर से पकड़ लीं।

'साले...तेरी हथेलियों पर ये मेरे सपनों का ख़ून कैसे लगा है, ज़रा बता?'

कलाई पर उसकी पकड़ इतनी तेज़ थी कि उसके नाख़ून चमड़ी में धँस रहे थे।

डॉक्टर बिलबिलाया तो नहीं, घबरा ज़रूर गया।

'नहीं तो...' डॉक्टर ने अपना हाथ छुड़ाने की कोशिश करते हुए कहा।

'देख, तू मुझे ठीक-ठीक बता दे।' उसने उनकी कलाइयाँ अब इतनी ज़ोर से भींच ली थीं कि डॉक्टर की कलाइयों से ख़ून रिस चला। आस्तीन भीग चली।

'तू भी मेरे सपनों के क़ातिलों में शामिल है रे दुष्ट।...तू क्या सोचता था— मैं तुझे पहचान नहीं सकूँगा? क्यों रे?' उसने डॉक्टर को कलाइयों से पकड़कर सामने की तरफ़ उसे ऐसा ज़ोर से खींचा कि वह कुर्सी से नीचे गिरते-गिरते बचा।

डॉक्टर की पसलियाँ सामने रखी टेबल के किनारे से जा टकराईं। वह बिलबिला उठा।

'तू डॉक्टर होकर भी इन हत्यारों से मिल गया न?...' वह डॉक्टर की कलाइयाँ मरोड़ते हुए पूछ रहा है।

डॉक्टर की कलाइयों से ख़ून रिसकर नीचे टपकने लगा।

'तेरी आस्तीन पर भी हमारे सपनों का ही ख़ून लगा है। लोग तुझे कभी माफ़ नहीं करेंगे।' वह ज़ोर-ज़ोर से चिल्ला रहा था।

डॉक्टर ने चिल्लाकर अपने स्टाफ़ को पुकारा।

इसी बीच उसने डॉक्टर को कुर्सी से लगभग नीचे घसीट ही लिया था।

पागल आदमी में बहुत ताक़त आ जाती है। उसने पूरी ताक़त से डॉक्टर को पकड़ रखा था।

डॉक्टर की टेबल भी अपनी जगह से खिसक गई थी। टेबल पर रखा पेपरवेट ज़ोर से नीचे जा गिरा था।

डॉक्टर अपनी कुर्सी और टेबल के बीच फँस गया था। इधर वह ज़ोर-ज़ोर से चिल्लाए जा रहा था। ज़ोर-ज़ोर से घोषणा कर रहा था कि उसने हत्यारे को पकड़ लिया है और अब इसे वह किसी भी सूरत में भागने नहीं देगा।...इसी बीच शोर सुनकर बाहर से क्लीनिक का स्टाफ़ तथा और भी अन्य लोग सँकरे-से कमरे में घुस आए थे।

पत्नी तो इतना घबरा गई थी कि वह एक कोने में खड़ी काँप रही थी। वहीं से पति की दुहाई दे रही थी कि वह तुरन्त डॉक्टर साब का हाथ छोड़ दे।

अन्दर घुस आए लोगों ने उसे पकड़कर पीछे खींचने की कोशिश की। डॉक्टर की बाँह इस चक्कर में और ज़्यादा खिंच गई। बाँह खिंचने से टाई बँधा कॉलर कुछ ऐसा खिंचा कि डॉक्टर का दम घुटने लगा।

डॉक्टर का चेहरा नीला-काला पड़ने लगा। गों-गों की आवाज़ करते हुए डॉक्टर ज़ोर से चिल्लाया, 'नर्स, सेडेशन दो इसे!...इंजेक्शन लगाओ।...'

बमुश्किल डॉक्टर किसी तरह उसकी पकड़ से छूट पाया। वह अब लोगों के

कब्ज़े में था। दो-चार लप्पड़ भी लगा चुके थे लोग उसे।

डॉक्टर अभी भी तनाव में था। विचलित भी। उसकी शर्ट तितर-बितर हो गई थी। डॉक्टर की कलाई से ख़ून बह रहा था। बड़ा घबराया हुआ था डॉक्टर। नर्स भागकर इंजेक्शन ले लाई थी।

डॉक्टर ने चिल्लाकर कहा, 'ज़ोर से पकड़कर रखना इसे।...मरीज़ सायकोटिक हो रहा है।...इसे फ़ौरन इंजेक्शन लगाओ।'

इंजेक्शन लगा दिया गया।

इंजेक्शन लगने के कुछ देर बाद ही वह शान्त हो गया।

फिर लस्त होकर सो गया।

अभी भी वह अस्पताल के स्टाफ़ के कब्ज़े में था। उनकी बाँहों में झूलता हुआ सो रहा था। नींद का कोई तगड़ा इंजेक्शन लगा दिया गया था शायद। वह अब सो गया था।

क्या इस नींद में भी उसने कोई बुरा सपना देखा? पता नहीं।

सुरंग पकड़ ली गई, उसे पता भी नहीं चला

और एक रात, उसकी सुरंग अन्ततः पकड़ ली गई।

वैसे, उसे इस बात का पता ही नहीं चला। वह उस समय सुरंग के अन्दर खुदाई में लगा हुआ था कि तभी बाहर उसकी सुरंग पकड़ ली गई।

वैसे, बाहर से सुरंग का सुराग न मिल पाए, इसका पूरा इंतज़ाम कर रखा था उसने। इसीलिए तो एकदम वीरान पड़े, अँधेरे में डूबे, कबाड़ से भरे इलाक़े में जाकर सुरंग खोद रहा था वह। यहाँ किसी का यों भी कोई आना-जाना नहीं था। दमकते बाज़ार के ठीक पीछे का यह बेहद अँधेरा इलाक़ा था। बाज़ार जितना और-और चमकदार होता जाता था, उसके ठीक नीचे तथा पीछे अँधेरा बढ़ता जाता था। इसी इलाक़े को चुना था उसने। सुरंग खोदने के लिए एकदम निरापद जगह थी यह। यहाँ कोई झाँकता भी नहीं था। बाज़ार को तो अपनी रोशनियों से ही फ़ुर्सत नहीं थी कि कभी आकर इन अँधेरों में झाँके।...यहीं से सुरंग खोदनी शुरू की थी उसने। रोज़ यहीं आकर खोदता। रोज़-रोज़, खोदने के बाद, उस दिन का काम ख़त्म होने पर, वह सुरंग के मुहाने को आसपास पड़े कबाड़ से ढाँककर लौटता था।

पर यही सुरंग उस रात पकड़ ली गई।

हुआ यों कि उस रात बाज़ार को अचानक ही अँधेरों का ख़याल आया। अपनी सामाजिक ज़िम्मेदारी के प्रति अचानक ही बाज़ार के पेट में गोला-सा उठा। 'कारपोरेट सोशल रिस्पोन्सिबिलिटी' के नाम पर वह अपने पीछे, अपने ही पैदा किये अँधेरों को देखने के लिए निकल पड़ा। बाज़ार की यही तो विशेषता है। वह खुद ही अँधेरे पैदा करता है, फिर खुद ही उन अँधेरों की चिन्ता भी करता है। वह अपने ही पैदा किए और पाले हुए अँधेरों को दूर करता भी दीखता है। वह इन अँधेरों को दूर करने का संकल्प लेता है और इसके लिए जुगनुओं की व्यवस्था भी कर देता है। वह इन अँधेरों में बिना बाती की मोमबत्तियाँ भी लगाकर आता है। वह अँधेरों पर चिन्ता प्रकट करने वाले सम्मेलन प्रायोजित करता है, बहसें आयोजित करता है। अँधेरे की परिभाषा तय करने के लिए वह उन विद्वानों को आमंत्रित करता है जो बाज़ार की खाकर, उसकी ही गाते-बजाते हैं। तो बाज़ार उस रात अपने ही अँधेरों की पड़ताल पर निकला था। कारिन्दे साथ थे। खूब सारी रोशनियाँ भी साथ में थीं। वह हर अँधेरे कोने पर जाकर रुका। उस रात, उसने हर कबाड़ को हटवाकर देखा। दुनिया में व्याप्त अँधेरों पर घनघोर चिन्ताएँ प्रकट करता हुआ वह अपने ही पिछवाड़े के कचरे में घूमता रहा। कारिन्दे उसके द्वारा व्यक्त चिन्ताएँ नोट करते चले गए। वे अँधेरों के आँकड़े एकत्रित कर रहे थे। बाज़ार अँधेरे का सर्वे करता रहा। कारिन्दे गम्भीरता से अँधेरे के हर कोण को अपने रिकॉर्ड में दर्ज करते गए। वे अँधेरे कोनों की लिस्ट को अपडेट करते गए। रोशनियाँ डाल-डालकर अँधेरों को समझने की खूब कोशिश की गई।

तभी बाज़ार ने वह सुरंग देख ली।

कबाड़ के नीचे, करीने से छुपाया सुरंग का मुहाना उसके एकदम सामने था। वैसे, कोई ठीक से न देखे तो यह नज़र नहीं आ सकता था। पर बाज़ार की नज़र बेहद तेज़ थी। उसने देख लिया। मुहाने को कारिन्दों ने भी देखा। कारिन्दों ने बाज़ार के चेहरे पर बदलते भाव भी देख लिये।

बाज़ार ने अपने कारिन्दों को घूरकर देखा।

'यह क्या है?' बाज़ार ने पूछा।

कारिन्दों की सिट्टी-पिट्टी गुम।...बाज़ार की चमकती आँखें बता रही थीं कि इसकी ज़िम्मेदारी तय करके किसी-न-किसी के खिलाफ़ कोई सख़्त एक्शन लिया जाएगा। बाज़ार इस मामले में बेहद निर्मम है। ग़लती करने वालों को कभी क्षमा नहीं करता है वह। इस सुरंग के कारण अब किस-किसकी नौकरी जाएगी, यह डर कारिन्दों की रीढ़ पर चींटियों की तरह रेंगने लगा।

'यह सब क्या है?' बाज़ार ने सुरंग के मुहाने पर रोशनी डालते हुए गुर्राकर पूछा।

कारिन्दों ने चुपचाप अपना सिर झुका लिया।

बाज़ार ने हर झुके सिर पर बारी-बारी से रोशनी डालकर घूरकर देखा। सिर झुके ही रहे।

'हमारे ठीक पिछवाड़े सुरंग खोदी जाती रही और तुम लोगों में से किसी ने भी यह चीज़ देखी नहीं?'

सर झुके ही रहे।

'इस सुरंग का क्या मतलब हो सकता है?'

सब चुप रहे।

'बोलिए न!...क्या हो सकता है इसका मतलब?'

अब तो बोलना ही पड़ेगा।

'हमें इस सुरंग में उतरकर ठीक से पड़ताल करनी चाहिए सर।...यह कहाँ तलक जा रही है...' एक बोला।

'हमें उस शख़्स को पकड़ना चाहिए जिसने इसे खोदा है।...उससे हमें इसकी बाबत सब पता चल जाएगा।' दूसरा बीच में ही बोला।

'और आपका क्या विचार है?' बाज़ार ने तीसरे कारिन्दे पर रोशनी चमकाते हुए व्यंग्यपूर्वक पूछा।

'सर, मुझे लगता है कि कोई शख़्स बाज़ार से भागने की कोशिश कर रहा है। जैसे कि क़ैदी लोग जेल से भागने की सुरंग खोदते हैं न, वैसा ही कुछ मामला लगता है।' तीसरे ने कहा।

'परन्तु बाज़ार से भागने की कोई सोच भी कैसे सकता है? क्या उसे इतनी-सी बात नहीं पता कि यह सुरंग जहाँ भी जाकर खुलेगी, वहाँ भी उसे बाज़ार ही मिलेगा?' चौथे ने कहा।

'पर मान लो कि यह शख़्स पागल हो गया हो, तो?...पागलपन में उसे ऐसा लगता हो कि वह भागने में सफल हो जाएगा, तो?' तीसरा अपनी बात पर क़ायम रहा।

बाज़ार सहमत भी हुआ, चिन्तित भी।

'यह एकदम सही कह रहा है। कोई पागल ज़रूर बाज़ार से भागने की कोशिश कर रहा है।...यही सच है।...वर्ना कोई भला सुरंग क्यों खोदेगा?'

बाज़ार कुछ सोचता खड़ा रहा।

'सर, एक पागल आदमी के बारे में क्या तो सोचना!'

एक कारिन्दे ने बात को हल्का करने की कोशिश की।

बाज़ार ने ज़ोर से फटकार दिया उसे!

'कैसी बातें करते हो? अरे, आज जिस रास्ते पर एक पागल जा रहा है, कल सारे लोग उस रास्ते पर चल सकते हैं। दुनिया में कितनी ही बार ऐसा हुआ है कि किसी एक पागल ने रास्ता दिखाया है और लाखों लोग उसके पीछे चल दिये हैं।...हमें पागलों की ताक़त को कम करके नहीं आँकना चाहिए।...आज एक शख़्स भागने की कोशिश कर रहा है, कल सारे करेंगे—बाज़ार डूब जाएगा।...'

बाज़ार का मुँह ग़ुस्से से लाल हो गया।

कारिन्दे उसका मुँह देखते हुए सतर्क खड़े हैं।

आख़िर कौन हो सकता है यह आदमी? यह शख़्स अकेला है या कि उसके कोई साथी भी हैं?...सुरंग खोदकर आख़िर कहाँ पहुँचने का प्लान है इसका? — बाज़ार बड़बड़ाते हुए सोचता रहा।

'क्या कोई भी शख़्स बाज़ार से भाग सकता है?' बाज़ार को कारिन्दों से किसी स्वतंत्र विचार की उम्मीद तो ख़ैर नहीं थी, फिर भी उसने पूछा।

वही हुआ। सभी, अपनी-अपनी तरह से, 'नहीं', 'नहीं' कहने लगे।

'फिर इस शख़्स का क्या किया जाए?' बाज़ार ने पूछा।

'सुरंग में उतरकर अभी उसे पकड़ लाते हैं सर।' कारिन्दों ने समवेत स्वर में कहा।

उनके बीच होड़-सी मच गई कि कौन सुरंग में उतरेगा? धक्का-मुक्की होने लगी। दो-तीन तो पैंट उतारकर खड़े हो गए।...सब बॉस को अपनी स्वामिभक्ति से क़ायल करना चाहते थे।...

बाज़ार उनकी इस खींचतान को देखता रहा और अचानक चिल्लाकर बोला, 'बात उसे पकड़कर लाने की नहीं है, उल्लू के पट्ठो। हाँ, उसे अभी के अभी पकड़ा जा सकता है। यह एकदम सच है। वह शायद अभी अन्दर ही मिले। बात वो है ही नहीं। मेरी चिन्ता वो नहीं। चिन्ता दूसरी है।...वह बाज़ार से भाग क्यों रहा है?...हमारी मार्केटिंग स्ट्रेटजी में कहाँ गड़बड़ी है? क्या मार्केटिंग के लड़के एकदम मुफ़्त की रोटी तोड़ रहे हैं?...क्यों यह हुआ कि एक ग्राहक सोच रहा है कि बाज़ार का कोई और विकल्प भी संसार में कहीं हो सकता है?...अगर एक ग्राहक भी हमसे भाग रहा है तो यह हमारी असफलता है।...'

सब अपना सिर झुकाए उसकी फटकार सुनते रहे।

मार्केटिंग वाले कारिन्दे तो लगभग ज़मीन में ही गड़ गए।

'इस सुरंग का मतलब समझते हो न?' बाज़ार ने कड़वे स्वर में पूछा।

सिर इतने झुक गए कि ग़ायब से हो गए।

बाज़ार ने अपना बोलना जारी रखा :

'मैं बताता हूँ।...मैं बताता हूँ तुमको कम्बख़्तो! सुरंग का मतलब बस, एक ही है।...वह ये कि कुछ लोगों को अभी भी भ्रम है कि बाज़ारवाद के बाहर भी कोई दुनिया बसाई जा सकती है। ऐसे सिरफिरे ही ऐसी सुरंग खोद सकते हैं।...इस सुरंग का मतलब यह भी है कि हम अभी भी सारे लोगों तक पहुँच नहीं पाए हैं।...क्यों नहीं पहुँच पाए? फिर तुम लोग, स्सालो, करते क्या रहते हो? आख़िर क्या काम है तुम्हारा?...आदमी की साँस पर भी बाज़ार का कब्ज़ा हो जाना चाहिए था अब तक। प्राण बाज़ार की मुट्ठी में और मन बाज़ार से पूछकर ही चले—ऐसा ही प्लान बनाकर दिया गया है न हमने तुम्हें? फिर?...फिर यह सुरंग कैसे?...कोई तो अभी

भी है जिस पर बाज़ार का जादू नहीं चल पा रहा।...यदि ऐसा एक भी शख़्स कहीं है तो इसका मतलब है कि तुम सब स्साले नाकारा हो, मुफ़्त की रोटी तोड़ रहे हो...'

सिर झुके रहे।

एकाध ने झुके-झुके ही ऊँचे स्वर में यह माना कि हाँ, सर, हम एकदम नाकारा निकले परन्तु कृपा करके हमें एक और चांस दिया जाए। कई तो वहीं ज़मीन पर नाक रगड़कर माफ़ी माँगने लगे।

एक कारिन्दे ने ज़रूर माहौल को हल्का बनाने की हिमाकत करने की कोशिश की, 'सर, पूरी दुनिया ही हमारे साथ है। एकाध कमअक्ल अगर भागता भी है तो हमें उसकी परवाह नहीं करनी चाहिए।'

यह कारिन्दा बाज़ार का बहुत मुँहलगा पुछलग्गा था। सोचता था कि बॉस का एकदम ख़ास आदमी हूँ मैं।

'यह कम्बख़्त कौन है?' बाज़ार ने उसी कारिन्दे की तरफ़ इशारा करके साथ चल रहे एक्जीक्यूटिव से पूछा।

'जी?' एक्जीक्यूटिव ने पूछा।

'जी, मैं...' कारिन्दे ने बात सँभालने की कोशिश की।

बाज़ार ने हाथ के एक इशारे से दोनों को मानो दरकिनार कर दिया।

'जी...मैंने पूछा कि यह कम्बख़्त और कमअक्ल कौन है जो ग्राहक को इतना कमअक्ल मानता है? इसे ग्राहक की परवाह ही नहीं और यह फिर भी बाज़ार में काम कर रहा है।...इसे बाज़ार के फंडामेंटल्स ही नहीं पता।...' बाज़ार ने वितृष्णा से कारिन्दे को देखते हुए कहा।

'सर, आई एम सॉरी, बट...' कारिन्दे ने फिर कोशिश की।

'अरे, कोई तो बताएगा मुझे कि यह कौन कम्बख़्त है?...हटाइए न इसे यहाँ से। एक माह की सेलरी देकर इसे यहाँ से तुरन्त रवाना करिए। भगाइए इसे।...' बाज़ार ने आदेश दिया।

कारिन्दा रिरियाता रह गया।

एक्ज़ीक्यूटिव टर्मिनेशन लेटर का फार्म साथ ही लेकर चलता है। जब तक कारिन्दा रिरिया रहा था तब तक तो उसकी बर्ख़ास्तगी का पत्र भी छप गया। अँधेरे में ही उसे बर्ख़ास्त कर दिया गया। फिर वह बाज़ार के पीछे छाए अन्धकार में कब तथा कहाँ गुम गया, पता ही नहीं चला। किसी ने उस तरफ़ देखने की कोशिश भी नहीं की। सबको अपनी फ़िक्र हो चली थी। कारिन्दों के बीच सनाका-सा छा गया था। अँधेरे में टॉर्च की बत्तियों की शहतीरें डगमगा रही थीं। उन पर टिका आसमान भी लड़खड़ा रहा था।

कारिन्दे चुप खड़े थे।

सिर झुके हुए थे और कान खड़े।

बाज़ार ने सबको चेताया।

'...इस मामले की तह में जाना होगा। पता करना ही पड़ेगा।...और एकदम चुपचाप तरीक़े से करना होगा। किसी को भी इस बात का कानोंकान पता न चले। उस सुरंग खोदने वाले को तो बिलकुल भी नहीं। उसे खोदने दो। देखें, क्या करता है! हाँ, हमें यह ज़रूर पता करना होगा कि वो आख़िर कौन है? वह अकेला है या उसका कोई ग्रुप है?...'

बाज़ार ने रुककर साँस ली।

धमकी-भरे स्वर में उसने आगे समझाइश दी :

'इस घटना की ख़बर किसी को भी न लगे। यदि यह बात यहाँ से बाहर निकल गई कि कोई शख़्स बाज़ार से भागने की सोच रहा है तो बाज़ार के सेंटीमेंट्स को बड़ी चोट पहुँचेगी। और जो सेंसेक्स गिरा तो तुममें से कितने लोग उसके नीचे आकर दब जाओगे, कहना कठिन है। सेंसेक्स गिरता है तो बाज़ार के मलबे में हज़ारों दबकर मरते हैं। पता है न?'

सबने क़सम खाई कि बात बिलकुल भी बाहर नहीं जाएगी। पर एक ने उचित ही कहा कि किसी और की नज़र में भी अगर यह सुरंग आ गई तो फिर?

बाज़ार ने भी माना कि हाँ, यह बात तो सही है। कोई उपाय करना होगा। ...पर क्या?

बाज़ार खड़ा सोचता रहा। बाज़ार उजागर भी था और अँधेरे में भी। उसके चारों तरफ़ मायावी उजास से पैदा अँधेरा था।

दो कारिन्दों के हाथ में टॉर्च जल रही थी। अभी टॉर्चें नीचे की तरफ़ लटकी हुई थीं। रोशनी के दायरे ज़मीन पर पड़े कचरे और कबाड़ में जज़्ब होकर अँधेरे का हिस्सा बन गए थे। अजीब रोशनी थी बाज़ार के कारिन्दों के हाथ, जो अँधेरे में और अँधेरा पैदा कर रही थी।

कुछ देर सोचकर बाज़ार बोला, 'सुरंग को वापस वैसा ही पहले जैसा ढँक दो।...'

'हाँ, सर ये ठीक रहेगा। ढँक देते हैं। स्साला, बाहर ही नहीं निकल पाएगा।' एक बोला।

'अपने-आप, अन्दर पड़ा मर-मरा जाएगा।' दूसरा बोला।

बाज़ार ने उनको ग़ुस्से से देखा।

'उसकी क़ब्र नहीं बनानी है। यह सुरंग ढाँकनी है। एक पटिया धर दो, बस।' बाज़ार ने कहा।

बाज़ार की चिन्ता है कि उसके कारिन्दे अभी भी बाज़ार की तरह क्यों नहीं सोच पाते।

'मारना नहीं है उसे। वह हमारा आदरणीय ग्राहक है।' बाज़ार ने आगे समझाया।

'आदरणीय?'

'जी हाँ, हमारे लिए तो वह अभी भी आदरणीय है। हमसे ही इस ग्राहक को ठीक से अपनी बात समझाने में कहीं चूक हुई है।...' बाज़ार ने कहा।

'पटिया हटाकर तो वह आसानी से बाहर निकल जाएगा।' एक ने पूछा।

'फिर?'

'और वो लौट-लौटकर यह सुरंग खोदता रहेगा।' उसी ने पूछा।

'तो?'

चाँद चमका। अँधेरा कुछ और रोशन-सा हुआ।

अब कारिन्दे बाज़ार को तनिक साफ़ देख पा रहे थे।

देखा। उसके हाथ में सेंसेक्स की कटार थी। हाथ में कटार लेकर कुछ भी समझाओ तो सब समझ जाते हैं। बाज़ार ने समझाया, 'देखो, देर-सबेर वह पटिया हटाकर बाहर तो निकलेगा ही।...मार्केटिंग का एक शख़्स इस जगह पर दूर से ही नज़र रखे। बस। वह निकलकर जहाँ भी जाए, उसका पीछा करो। पता करो। कौन है वह? क्या करता है? कौन लोग हैं जिनके साथ वह उठता-बैठता है?...पूरी बात पता करो। फिर हमें बैठकर इस सारे केस का ठीक से विश्लेषण करना होगा कि वह ऐसा क्यों कर रहा है?'

सबने ज़ोर से 'यस सर' कहा।

बाज़ार सुरंग के मुहाने को ताकता खड़ा रहा।

कुछ देर तक किसी ने कुछ नहीं कहा।

फिर बाज़ार ने एक कारिन्दे के मुँह पर टॉर्च की रोशनी डालकर पूछा, 'आदमी बाज़ार से भागता क्यों है?'

कारिन्दा कुछ नहीं बोला।

'वह क्यों भागता है?' उसने फिर से, मानो स्वयं से ही सवाल किया।

'क्योंकि उसके पास टाँगें हैं।' कारिन्दे ने कहा।

'वो तो ठीक है। टाँगें होंगी, तभी तो भागेगा। मैंने यह नहीं पूछा था। मूर्खतापूर्ण बातें मत करो।...' बाज़ार ने फटकारा।

'क्योंकि उसके पास दिमाग़ है सर।...' दूसरे ने कहा।

बाज़ार को यह बात बेहद पसन्द आई।

'सबसे ख़तरनाक बात यही है कि आदमी सोच सकता है। दिमाग़ है उसके पास। सोचकर भागता है वह। टाँगें तो कुत्ते के पास भी हैं पर हम उसके भागने पर परेशान नहीं होते। हमें आदमी की चिन्ता होती है क्योंकि वह सोचता है।' बाज़ार ने कहा।

'जी सर!' सबने कहा।

'आदमी सोचता क्यों है?' बाज़ार ने मानो स्वयं से प्रश्न किया।

'जी सर, उसकी यह बात है तो बड़ी ग़लत।'

'समय आ गया है कि हम कुछ ऐसा करें कि आदमी सोचना बन्द कर दे। अगर वह सोचता रहेगा तो ऐसे ही सुरंग खोदने जैसे फ़ालतू विचार उसके दिमाग़ को परेशान करेंगे।...'

'जी सर, बेहतर...'

'सोचने का काम अब बस, बाज़ार का होना चाहिए। बस, बाज़ार ही सोचा करे। जैसा वो सोचे, यदि वैसा ही फिर आदमी भी सोचे तो हमें कोई एतराज़ नहीं।...' बाज़ार ने सोचते हुए कहा।

'आप कितना अच्छा सोच लेते हैं सर...' एक बोला।

'सोचो कि यह कितनी डरावनी बात है कि लोग अभी भी सोचते हैं। हमें कोशिश करनी चाहिए कि ग्राहक चौबीसों घंटे बाज़ार में यूँ उलझा रहे कि उसके पास कुछ और सोचने के लिए समय ही न रहे। इसीलिए बाज़ार को अभी और फैलना होगा। जीवन पर जब तक तुम पूरा कब्ज़ा नहीं करोगे, आदमी यूँ ही फ़ालतू सोचता रहेगा। आदमी हँसे, रोए, उठे, बैठे, सोचे, करे—सब बाज़ार के हाथ होना चाहिए। जब तक वह सुनहरा दिन नहीं आता, हमें सतर्क रहना होगा। ऐसी सुरंग खोदनेवालों की पड़ताल करनी होगी।...ऐसे एक-एक आदमी को पकड़ना होगा। उनको अपना बनाना होगा। उनको ख़रीदना होगा। शब्द, विचार, सोंच, संस्कृति, चिन्तन, फ़िलॉसफ़ी—जो भी हो, सबकुछ बाज़ार के हाथ में होनी चाहिए। क्या समझे?' बाज़ार ने कहा।

एक के मन में तो आया कि अभी यह सच बोल दे, कहे कि ऐसा कभी नहीं हो पाएगा—पर वह चुप रहा। बोलता तो सब उसे सुरंग खोदनेवाले के साथ मिला हुआ मान लेते।

वह जो मेनहोल में कूद गया

क्या कोई वास्तव में मेनहोल में कूद गया था?

हाँ, कूदा तो था। या कहें कि कूदने के इरादे से मेनहोल खोलकर छेद में पाँव डालकर बैठा तय कर रहा था कि कूदूँ कि क्या करूँ कि तभी वह फिसलकर नीचे जा गिरा।

उस रात वह धरती के नीचे बसी किसी और दुनिया की तलाश में निकलने के इरादे से मेनहोल पर ढक्कन उठाए बैठा था। सर्द रात थी। चाँदनी थी पर चाँद

बादलों की ओट में आ-जा रहा था। सड़क का लट्टू बन्द था। वह अँधेरे में, चिकने मेनहोल पर किसी तरह अपने नितम्ब टिकाए बैठा था। अँधेरे में एक बार उस दुनिया को आख़िरी बार देख रहा था जिसे छोड़कर वह जा रहा है।

तभी बादल हटे और चाँद निकल आया। वह बड़े ध्यान से चाँद को देखने लगा। देखता ही रहा।

उस नई दुनिया में कहीं चाँद तो होगा न?...सोचने लगा वह।

कि तभी लाइट भी आ गई। लाइट का वोल्टेज़ बहुत ही तेज़ था। खम्भे का बल्ब मानो एकदम-से चौंधिया गया।

ऐसी तेज़ रोशनी हुई कि वह चौंक गया।

इसी चक्कर में उसका ध्यान थोड़ा हटा और उसके नितम्ब मेनहोल से फिसल गए।

वह सटाक से मेनहोल से नीचे सीवेज पाइप में जा गिरा।

गिरते-गिरते, उसके हाथों से लोहे का ढक्कन छूट गया। ढक्कन ज़ोर से मेनहोल पर जा गिरा। बड़ी तेज़ आवाज़ हुई और मेनहोल पूरा बन्द हो गया। ढक्कन की तेज़ आवाज़ के साथ ही पहले वोल्टेज़ कम हुआ, फिर खम्भे की लाइट लुपझुप करने लगी। चाँदनी, कोहरा और लुपझुप करती रोशनी के बीच मेनहोल का ढक्कन वहाँ ऐसा मासूस-सा चुपचाप पड़ा है, मानो वहाँ कुछ हुआ ही न हो!

गिरते-गिरते सँभाल लिया था उसने खुद को वरना वह गटर में मुँह के बल जा गिरता।

फिर भी वह बड़ी ज़ोर से नीचे बह रहे गटर में तो जा ही गिरा।

घुटनों तक धँस गया वह नीचे बह रहे मलमूत्र के ग़लीज़ में।

ढक्कन भी लगभग उसके नीचे गिरने के साथ-साथ ही मेनहोल पर वापस गिरा।

ढक्कन के एक ज़ोर के धमाके के साथ ही वह गटर में जा गिरा और कीचड़ में धँस गया।

एकदम घुप्प अँधेरा है यहाँ गटर में।

ढक्कन की धमक तथा उसके स्वयं के गिरने से मची उथल-पुथल ने गटर की सुनसान दुनिया को कुछ देर के लिए आन्दोलित-सा कर दिया।

ग़लीज़ की सतह पर तैरते तथा गटर की अन्दरूनी सतह पर बैठे कीड़े-मकोड़े एकदम से चौंककर पाइप के सँकरे-से वायुमंडल में उड़ने लगे। ये कीड़े उसके बदन से टकराने लगे, कपड़ों पर झरने लगे, बालों में फँस गए और उसके चेहरे पर चिपक गए।

वह पाइप में औचक खड़ा रह गया। बहुत देर तक एक ही जगह पर खड़ा रहा।

उसकी टाँगों के आसपास और नीचे से लिजलिजा ग़लीज़ बह रहा है।

हवा में अजीब-सी भिनभिनाहट है। कीड़े चारों तरफ़ उड़ रहे हैं।

पंखदार कीड़े उसके चारों तरफ़ फर-फर करते हुए उड़ रहे हैं। पंखों की फरफराहट की ध्वनि। कीड़ों का अपना स्वर। भप-भप-सी मची है सब तरफ़। और ध्वनियाँ भी निरन्तर हैं। गटर में यहाँ-वहाँ खुलती नालियों की धार लगातार गिर रही है। धाराओं की निरन्तर आवाज़ भी है। फिर बहते गटर के प्रवाह का अपना भी हल्का-सा स्वर है। कुल मिलाकर अनवरत आवाज़ों से चारों तरफ़ घिरा हुआ है वह और भौंचक खड़ा है।

धरती के नीचे की दुनिया ने उसके स्वागत में मानो अपना पूरा वाद्यवृंद ही काम पर लगा दिया है और वह अभिभूत सा खड़ा है गटर के अँधेरे एकान्त में।

पटिये के पीछे छुपा आदमी

जब बाज़ार के हुक्म से सुरंग के मुहाने पर पटिया रखा जा रहा था, तब वह सुरंग के अन्दर ही कहीं था।

हाथ में सब्बल लिये, पसीने से लथपथ। लगातार सब्बल चला रहा था वह।

पसीना। मिट्टी। अँधेरा। मटमैली धारें बह रही हैं उसके बदन पर।

टॉर्च की मद्धम-सी रोशनी घेरे है उसे।

वह अपनी धुन में सुरंग खोदे जा रहा था। उसे पता ही नहीं था कि बाहर उसकी सुरंग पकड़ी जा चुकी है।

यहाँ ज़मीन पोली-सी मिल रही है। सब्बल धीरे से भी मारो तो गहरा धँस जाता है।

उसने इस बार जो सब्बल उठाकर मारा तो वह कुछ ज़्यादा ही दूर तक धँस गया।

बड़ा ज़ोर लगाकर उसने सब्बल को खींचा तो साथ-साथ बहुत-सी मिट्टी धँसक गई।

एक चौड़ा छेद-सा बन गया सुरंग की दीवार में।

उसने छेद से झाँका। टॉर्च की रोशनी डालकर देखा।

उसने पाया कि उसके ठीक बग़ल में एक और सुरंग चल रही थी।

वह सन्न रह गया!

इसका मतलब तो यह कि वह इस काम में अकेला नहीं था। कोई और भी है, जो सुरंग खोद रहा है। हो सकता है कि वह शख़्स भी अभी अपनी सुरंग में ही हो! या कहीं बाज़ार ही तो सुरंगें न खोदने लगा हो? उसका कोई अंडरग्राउंड प्रोजेक्ट चल रहा हो जिसकी ख़बर अभी दुनिया को न हुई हो?

उसने घबराहट में सारी मिट्‌टी बटोरी। फिर देर तलक इस मिट्‌टी को उस छेद में भरता रहा। बग़ल की सुरंग वाले को उसका पता नहीं चलना चाहिए।

छेद को ठीक से बन्द करके वह सुरंग में एक तरफ़ टिककर बैठ गया।

बड़ी देर तक सोचता रहा।

यह कैसी सुरंग है—ठीक उसकी सुरंग के साथ-साथ?...क्या ऐसी और भी सुरंगें हो सकती हैं? तो कितने लोग बाज़ार से दूर भागने के लिए सुरंगें बना रहे हैं? जब सब तरफ़ इतने लोग सुरंग बना रहे हैं तो घर वाले उसे ही पागल क्यों समझ रहे हैं?...

सोचते-सोचते एकदम चकरा गया वह।

उसने हाथों से देर तलक उस मिट्‌टी को फिर से थपथपाया।...छेद ठीक से बन्द होना चाहिए।

छेद अभी तो बन्द हो गया है, पर अब समय आ गया है कि वह सुरंग के अपने इस काम को अपने अंजाम तक पहुँचाए, वर्ना कभी भी कोई इसी तरह उसकी सुरंग तक भी पहुँच सकता है।

उसने फिर से सब्बल उठाया। फिर रुक गया। नहीं, अब आज और नहीं। कल लौटेगा और जमकर काम करेगा। आज का दिन ठीक नहीं।

पास ही टॉर्च रखी है। ज़मीन पर। दो ढेलों पर टिकी हुई। सुरंग कुछ दूर तक तो हल्के प्रकाश और फिर गहरे अन्धकार में गुम है। उसने सब्बल को ज़मीन पर टिका दिया और हाथ बढ़ाकर टॉर्च उठा ली। अब टॉर्च बुझा दी है उसने।

तो चलो, घर वापस लौटा जाए।

वह वापस लौटने के लिए सुरंग में रेंगने लगा।

रेंगता गया। रेंगता ही गया। सुरंग के मुहाने की तरफ़।

उसे प्रतीक्षा थी कि अब मुहाने के निकट का हल्का प्रकाश दिखेगा। बुझी हुई टॉर्च लिये रेंगता जा रहा था वह, अँधेरी सुरंग में। मुहाना पास आता है तो हल्का-सा प्रकाश झरने लगता है। बाहर की रोशनियों का परावर्तित प्रकाश।

पर, अभी तो कहीं कोई रोशनी दिख ही नहीं रही।

क्या हुआ है? क्या बाहर लाइट चली गई है? पर ऐसा हो नहीं सकता। बाज़ार में हमेशा रोशनी रहती है। वहाँ प्रकाश की कभी कोई कमी नहीं। वहीं का प्रकाश, पिछवाड़े वहाँ तक आता है जहाँ सुरंग का मुहाना है। फिर?

वह और रेंगा, तो पाया कि सुरंग ख़त्म हो गई है।
उसने टॉर्च जलाकर देखा।
दिल धक्क रह गया उसका।
सुरंग का मुहाना बन्द था।
उसने टॉर्च को ऊपर करके देखा।
मुहाने पर एक पटिया धरा था।
सुरंग को बाहर से बन्द कर गया था कोई।
दिल बैठ गया उसका।
किसी ने उसकी सुरंग बन्द कर दी थी।

किसने बन्द किया होगा यह मुहाना? कौन यहाँ पटिये धर गया? शायद, किसी सहृदय व्यक्ति ने मुहाने का गड्ढा देखा हो और यहाँ पटिया रख दिया हो कि कहीं कोई गड्ढे में गिर न जाए? पर आजकल ऐसे सहृदय तो पागलख़ाने में थे या स्वयं ही किसी गड्ढे में।...नहीं। यह ज़रूर किसी और की ही हरकत थी। किसकी?...कहीं बाज़ार के पीछे और एक बाज़ार बनना तो शुरू नहीं हो गया है? कहीं उसी की निर्माण सामग्री तो नहीं पटक दी गई है यहाँ जिससे सुरंग बन्द हो गई हो?...उसे यह ख़याल ही नहीं आया कि बाज़ार ने उसकी सुरंग पकड़ ली होगी!

वह बन्द सुरंग में पटिये के ठीक नीचे बैठा रहा।

अब क्या किया जाए?

उसने पटिया हिलाने की कोशिश की। पटिया हिला भी। थोड़ा और बल लगाएगा तो इसे खिसका भी सकता था। पर, क्या अभी ऐसा करना बुद्धिमानी होगी? या वह अभी रुके? पर कब तलक? अब सुरंग दोनों तरफ़ से बन्द थी। दम-सा घुट रहा था उसका। छाती भारी हो रही थी। हृदय तेज़-तेज़ धड़क रहा है।

मान लो कि अभी यहीं इस बन्द सुरंग में उसे हार्टअटैक आ जाए, तो? यहीं उसकी मृत्यु हो गई तो? बाहर तो किसी को पता भी नहीं चलेगा। बच्चे थाने में गुमशुदा की रिपोर्ट कराते फिरेंगे। लापता के विज्ञापन में छापने के लिए बच्चे उसकी कोई ढंग की फ़ोटो खोजते फिरेंगे!

फिर एक अजीब-सा विचार मन में आया। क्या इनाम रखेंगे वे उसे खोजकर लाने वाले के लिए?...गुमशुदा के पोस्टरों पर खूब इनाम पढ़े हैं उसने। उस पर क्या इनाम छपेगा?...क्या क़ीमत है उसकी?...या मान लो कि कोई भी इनाम न रखा, तो? फिर दुनिया में भला कोई यह काम क्यों करना चाहेगा? अरे, जिस काम का दाम न मिले, उस काम को कोई क्यों करेगा—बल्कि हँसेगा!...

सोचते-सोचते वह मानो बन्द सुरंग में ही प्रकृतिस्थ हो गया। न तो अब वह शुरू वाली बेचैनी थी, न ही घबराहट, न अन्दर फँसे रह जाने का डर। बाहर निकल जाने की कोई उतावली भी नहीं थी उसे।

मान लो कि वह अपना शेष जीवन यहीं, बन्द सुरंग में ही गुज़ार दे, तो ? अपने इस लगभग अराजक विचार पर मुस्कुराने लगा वह।

तो अभी एक आदमी मुस्कुराता हुआ, अँधियारी बन्द सुरंग में उकड़ूँ पड़ा है। उसे पागल मानो तो वह पागल है, वरना ऐसा कोई पागल भी नहीं है वह!

दिमाग़ सरका तो स्मृतियाँ टपक गईं

वे बड़ी देर से बाज़ार में घूम रहे थे। इस शोरूम से उस शोरूम। अन्दर। बाहर। चलते। रुकते। चीज़ों की पड़ताल करते।

कुछ खोजते-से लगते थे। कोई चीज़ थी जो उन्हें मिल नहीं रही थी।

'क्या चाहिए सर ?...मैं कुछ दिखलाऊँ ?...' एक सेल्समैन ने उनसे आदरपूर्वक पूछा। वैसे, वह इनको आदर नहीं दे रहा था। यह तो उसके बोलने के तरीक़े में ही 'इन बिल्ट' था।

वे कुछ देर तक तो कुछ नहीं बोले।

फिर बोले कि मैं अपनी स्मृतियाँ खोज रहा हूँ।

'मैं समझा नहीं सर ?' सेल्समैन ने कहा।

'मैं ही अभी तलक पूरी तौर पर नहीं समझा हूँ—तुम्हें कैसे समझाऊँ ?' वे बोले और आगे बढ़ गए।

सेल्समैन उन्हें देखता रह गया।...एक-से-एक ग्राहक बाज़ार में आते हैं साहब!...किस-किसमें अपना दिमाग़ खराब करें!

पर वे ग़लत नहीं कह रहे थे।

वे बेचारे खुद नहीं समझ पा रहे थे कि उनके साथ हुआ क्या है! उनकी स्मृति ग़ायब हो गई थी। चीज़ें उन्हें याद नहीं रहती थीं आजकल।

स्मृतियों के ग़ायब होने का क़िस्सा मुख़्तसर अवश्य था पर बना सालों में था। धीरे-धीरे।

क़िस्सा यों था :

वे एक ठीकठाक से मध्यवर्गीय व्यक्ति थे। स्वयं में सन्तुष्ट। छोटी-सी गृहस्थी। ऑफ़िस। बच्चे। नौकरी। संगीत। साहित्य। कविता।...लोकगीतों के तो ऐसे शौक़ीन कि महफ़िलों में जबरन घुसकर सुनाते। पेंटिंग में भी उनका किंचित दख़ल था। खूब पढ़ते। रामलीला आयोजित कराते। कवि सम्मेलन जाते। फ़िल्में देखते। ग़ज़लें

गाते। एकदम बढ़िया थे।...फिर हुआ यह कि देश में एक नई कार आई। वैसे, कारें तो देश में पहले भी थीं पर यह नई कार कुछ जादुई-सी निकली। देश के नागरिकों में इसे लेने की होड़-सी मच गई। नई टेक्नोलॉजी और नई संस्कृति से युक्त कार थी यह। शीघ्र ही यह कार एक-दूसरे की हैसियत और अगड़ेपन-पिछड़ेपन को नापने का पैमाना भी बन गई।...यहीं से क़िस्सा शुरू हुआ। वे एक आम मध्यवर्ग के शख़्स थे। उनकी न तो इच्छा बनी, न ही उनकी ऐसी हैसियत थी कि इस कार में पैसे डालते। पर देखा कि उनके जैसे, उनके साथ के ही लोग, आस-पड़ोस के लोग भी, जिनके पास यह कार हो गई थी, वे एकदम ही दिव्य, महत्त्वपूर्ण और अलग-से मनुष्य बन गए थे।...अचानक ही उनके परिवार और उन पर एक हीन भाव-सा छा गया।

धीरे-धीरे वे परेशान रहने लगे। मोहल्ले में सिर झुकाकर निकलने लगे। परिवार के लोग तक उनको शिकायती नज़रों से देखते। वे कहीं से भी गुज़रते तो सड़क, बिजली के खम्भे तक उन पर हँसते। ज़रा-सी एक कार ने उनका मन पटरी से उतार दिया था।...फिर पता चला कि इस कार को आसान क़िस्तों पर कर्ज लेकर भी लिया जा सकता है।...घर के लोग भी उनके पीछे लग गए। कर्ज लिया गया। कार आ गई। क़िस्तें चल पड़ीं। कार के साथ ही कर्ज़े पर बाज़ार से और भी चीज़ें ख़रीदने की राह भी निकली। वे अब बाज़ार से अल्लम-गल्लम चीज़ें कर्ज़ पर ख़रीदने और उनकी क़िस्तें चुकाने के लिए ही जीने लगे।

क़िस्तें चुकाना कठिन होता गया और वे नये कर्ज़ उठाते चले गए। अब एक नई ही जीवनशैली अपना ली थी उन्होंने जहाँ कर्ज़ लेना शर्म की बात नहीं थी और आदमी को इस बात से आँका जाता था कि उसके घर में कितना फ़ालतू का सामान भरा पड़ा है।...फिर किसी ने बताया कि कर्ज़ की क़िस्तें चुकाने का सबसे सटीक उपाय यह है कि तुम बाज़ार में अपना पैसा लगाओ। लगाओगे तो एक दिन दुगुना-तिगुना पैसा वापस पाओगे। वे शेयर बाज़ार में उतर गए। फिर कार बदल गई। घर में और चीज़ें आ गईं। और-और चीज़ें आ गईं। घाटा, फ़ायदा, बाज़ार, लिवाली, बिकवाली, सामान, बाज़ार—अब उनको बस इन्हीं बातों का ख़याल रहता। हरदम यही सोचते। यही याद रहता हमेशा। उनकी स्मृति में सब तरफ़ बाज़ार ही बाज़ार भर गया। स्मृति के सारे गलियारों में बाज़ार खुल गया था। अब वे बाज़ार में ही जीते। बाज़ार भी उनमें ही रहने लगा था।...और ऐसे में यह नई समस्या सामने आ गई। घरवालों ने नोट किया कि वे भूलने लगे थे।

अब उनकी स्मृति उनका साथ ही न देती। वे भूल-भूल जाते। यह स्मृति-दोष भी अजीब था। शेयरों का पूरा हिसाब याद रहता और मित्रों का नाम भूल जाते। कविता, साहित्य, लोक, पूर्वज, सम्बन्ध—सबकी स्मृतियाँ तो ख़ैर सबसे पहले बिला गई थीं पर इस बात पर किसी का ध्यान नहीं गया। वे खुद तो जान ही नहीं

सके कि उनकी स्मृतियों को बाज़ार ने बेदख़ल कर डाला है। उन्हें मित्रता, समाज, साहित्य, संस्कृति—सब धीरे-धीरे विस्मृत होते गए थे। वे केवल बाज़ार की सोचने लगे थे। वे केवल बाज़ार को जीने लगे थे और उन्हें इसमें कुछ भी अजीब नहीं लगता था। वह तो जब छोटी-छोटी चीज़ें भी विस्मृत होने लगीं तब जाकर वे खुद चौंके। उनकी इस समस्या पर घरवालों का ध्यान भी तब ही गया।

अब वे भूल जाते कि खाना खाया था कि नहीं? घर लौटते तो रास्ता भटक जाते। पेशाब करने जाते, और बाथरूम पहुँचकर भूल जाते कि यहाँ क्या करने आए हैं? वहीं असमंजस में खड़े रह जाते। नहाने घुसते तो नल चलाकर बैठे रह जाते। बेल्ट कैसे बाँधते हैं, समझ न पाते। पाजामे में एक ही तरफ़ दोनों टाँगें घुसाने की कोशिश में पसीना-पसीना हो जाते। कभी-कभी परिवार के लोगों को ही पहचान न पाते। बेटे से पूछने लगते कि तुम कौन हो और हमारे घर में कैसे घूम रहे हो? दर्पण में खुद को देखते और याद करने की कोशिश करते कि इस आदमी को पहले कहाँ देखा है?

परिवार वालों ने समझाया कि चूँकि आपकी स्मृति गुम हो चुकी है सो घर में ही रहा करो। उन्हें विश्वास ही नहीं हुआ। ऐसा कैसे? माना कि स्मृतियाँ गुम गई हैं, पर यदि हम उनको खोजेंगे तो वे मिल भी तो सकती हैं? और स्मृतियाँ खोजने के लिए बाहर तो निकलना पड़ेगा। घर में खोई होतीं, तो अब तक मिल जातीं न? वे स्मृतियों की तलाश में बाहर निकल जाते। पर जाएँ कहाँ? तलाशें किधर? वे सोचते पर स्मृति साथ न देती।...स्मृतियाँ कहाँ गईं—वे याद करने की कोशिश करते, परन्तु याददाश्त ही तो गड़बड़ा गई थी। जब भी वे कुछ सोचने का प्रयास करते, बाज़ार याद आ जाता, बस। और कुछ भी याद न आता। घरवालों ने हिदायत दे रखी थी कि घर का पता तथा फ़ोन नम्बर का कार्ड जेब में रखकर ही बाहर जाया करो। धीरे-धीरे हालात ख़राब होते गए पर वे मौक़ा मिलते ही बाहर जाकर स्मृतियाँ तलाशते रहे। कितनी ही बार सड़कों और बाज़ार में वे भटकते मिल जाते जहाँ से लोग उन्हें घर पहुँचाकर गए हैं।

स्मृति लोप के कारण बेहद परेशान थे वे। वे पता करना चाहते थे कि स्मृतियाँ आख़िर कहाँ गईं? वे इसके बारे में जितना सोचते, बस, बाज़ार ही याद आता।

उन्हें लगा कि बाज़ार तक की याद तो है, फिर आगे का कुछ याद क्यों नहीं आता? तो क्या बाज़ार में ही कहीं उनकी स्मृतियाँ ग़ायब हुई थीं? वे जितना विश्लेषण करते गए, उतना ही यह विश्वास उनके मन में जमता गया कि उनकी स्मृतियाँ ग़ायब होने और बाज़ार के बीच ज़रूर कोई-न-कोई सम्बन्ध है। क्या बाज़ार में ही कहीं उनकी स्मृतियाँ गुम हुई हैं? कहाँ? बाज़ार में गिर गईं, या वहीं किसी ने उठा लीं? किसी को वहाँ पड़ी मिली भी हों तो उसने इन्हें कचरा मानकर कहीं फेंकफाँक तो नहीं दिया होगा?...जितना ही उन्होंने विचार किया, वे बार-बार

इसी नतीजे पर पहुँचे कि अपनी गुमशुदा स्मृतियों को अब उन्हें वापस बाज़ार में ही तलाशना होगा। तभी तो वे रोज़ घर से निकल जाते हैं और बाज़ार में घूमते हैं। हर जगह अपनी स्मृतियाँ तलाशते हैं। पहली नज़र में देखो तो लगता है मानो विंडो शॉपिंग कर रहे हों! वे घंटों दुकानों के आसपास या अन्दर मँडराते रहते हैं।

बस, ऐसे ही उस दिन भी वे भटक रहे थे।

एक सेल्समैन उनको देर से ताड़ रहा था। वे एक शेल्फ से दूसरे शेल्फ की तरफ़ जाते। खड़े रहते। वहाँ पड़े सामान को देखते खड़े रहते। फिर, बिना कुछ सामान लिये आगे चल देते। फिर वहाँ खड़े रहते। देर तक खड़े रहे। यही सिलसिला चल रहा था।

'मे आई हेल्प यू सर?' उसने एकदम पास पहुँचकर उनसे पूछा।

उनके ध्यान में खलल पड़ा।

'जी?' उन्होंने पूछा।

'कुछ चाहिए सर?'

'पता नहीं!' उन्होंने खोए-खोए अन्दाज़ में कहा।

'मे आई हेल्प यू?' उसने फिर पूछा।

'कैसे?' उन्होंने उलटकर पूछा।

'बताइए, आपको क्या चाहिए—मैं कोशिश करूँगा कि आपकी पसन्द की कोई वैसी ही चीज़ आपको दे सकूँ।' उसने आदरपूर्वक कहा।

'मैं क्या कहूँ?...मुझे याद ही नहीं आ रहा कि मैं यहाँ क्या लेने आया था...'

वे स्मृतिदोष की चपेट में थे। उनकी आँखों में इतना वीराना था कि यदि सेल्समैन उनमें झाँकता तो घबरा जाता। पर वह उनके कपड़ों को देख रहा था। कपड़ों की लकदक से ही आँका करता है वह ग्राहक को।

'याद कीजिए...। या अपने घर फ़ोन करके वाइफ से पूछ लें। शायद आप उनके लिए ही कुछ लेने आए हों?'

वे याद करने लगे।

अचानक ही मन में कुछ कौंधा। वे उत्साहित होकर बोले, 'हाँ, मुझे याद आ गया कि यहाँ, बाज़ार में मैं क्या खोज रहा हूँ।'...

सेल्समैन मुस्कुराया।

'मुझे पता था सर...' उसने यों ही कहा।

वे चौंक पड़े।

बोले, 'तुम्हें कैसे पता था?'

वे सन्देहपूर्वक देख रहे हैं उसे।

'क्या?' सेल्समैन समझा ही नहीं।

'तुम्हें कैसे पता?'

'मुझे क्या पता है?'

'तुमने अभी कहा न? तुमने अभी-अभी खुद ही कहा कि तुम्हें पता था?'

अब उसने पहली बार इन्हें सन्देह से देखा।...इस आदमी का दिमाग़ ठीक तो है न?...पहली बार उसने उनकी आँखों में भी झाँका। वहाँ इतना ज़्यादा ख़ालीपन था कि दूर तलक बस, रेगिस्तान जैसा ख़ाली विस्तार था। रेत-सी झर रही थी आँखों से।

'मैंने तो यूँ ही कहा कि मुझे पता है कि आपको ज़रूर याद आ जाएगा।...बताइए न, क्या खोज रहे हैं? मे आई हेल्प यू?' उसने फिर पूछा।

वे उसे घूरते रहे। चुपचाप।

मानो सोच रहे हों—बताऊँ, या नहीं?

फिर किसी निर्णय पर पहुँचते हुए उन्होंने अन्ततः कहा, 'मुझे अपनी स्मृतियाँ चाहिए।...वही तलाश रहा था।'

सेल्समैन समझ नहीं पाया।...ये कौन-सी चीज़ माँग रहे हैं यार?

'जी?'

'स्मृतियाँ।...मैं अपनी स्मृतियाँ तलाश रहा हूँ।' उन्होंने दोहराया।

'मैं समझा नहीं, सर।...आप लेने क्या आए हैं?' उसने फिर पूछा।

'मैं अपनी स्मृतियों की बात कर रहा हूँ।'

'सॉरी सर, यह स्मृति का शोरूम नहीं है।'

'पर मुझे तो स्मृतियाँ ही चाहिए।'

'मेरी नॉलेज में तो यहाँ कोई भी ऐसा शोरूम नहीं है जहाँ स्मृतियाँ बिकती हों। मुझे ज़रा भी पता होता तो आपको ज़रूर गाइड करता।...पर बाई द वे, स्मृतियाँ क्यों ख़रीदनी हैं आपको?' उसने जानना चाहा।

वे हँसने लगे।

बोले, 'ख़रीदनी नहीं है। स्मृतियाँ कहीं बिकती थोड़ेई हैं।'

'वही तो मैं भी कह रहा था आपसे।...बाज़ार में कहीं भी स्मृतियाँ नहीं मिलतीं।'

'वो मैं खूब जानता हूँ।' वे कुछ सोचते हुए बोले।

'फिर?'

'पर वे मिलेंगी यहीं। यह भी पक्का है।' वे विश्वासपूर्वक कह रहे थे।

'कैसे?'

'वे मेरी स्मृतियाँ थीं।...मैं जानता हूँ।'

'आपकी हैं तो अपने घर जाकर देखिए न।...वहीं होंगी।'

'नहीं, वे यहीं, बाज़ार में गुम हुई हैं।'

'पर आप बाज़ार में स्मृतियाँ लेकर ही क्यों आते थे? यहाँ तो एकदम ख़ाली दिमाग़ लेकर आना होता है।' उसने कहा।

'हो सकता है, किसी ने मेरी स्मृतियों को यहाँ चुरा लिया हो?' वे सोचते हुए बोले।

'देखिए सर, 'अपने सामान का ध्यान ग्राहक खुद रखें और किसी भी क़िस्म की चोरी की ज़िम्मेदारी बाज़ार की नहीं होगी'—हर तरफ़ लिखकर हमने डिस्प्ले कर तो रखा है।...अब आदमी चेतावनी पर ही ध्यान न दे तो बताइए हम क्या करें?' सेल्समैन बड़बड़ाने लगा।

'मैं आपकी शिकायत नहीं कर रहा हूँ। बता रहा हूँ। यहीं, बाज़ार में चोरी हुई हैं मेरी स्मृतियाँ।' वह बताने लगा।

'हो सकता है कि आप सही कह रहे हों। बाज़ार में तो बड़ा सँभलकर चलना पड़ता है सर।...चोर, जेबकतरे—सब घूमते रहते हैं।' वह सहमत था।

'वैसे कोई मेरी स्मृतियाँ आख़िर क्यों उठाएगा?' उन्होंने यों ही पूछा।

'हाँ, यह बात तो है!' सेल्समैन भी सहमत हुआ।

वह उनसे हर बात पर सहमत हुए जा रहा था।

दरअसल, उसे विश्वास हो गया था कि अंकल का दिमाग़ अपने स्थान से खिसक गया है। अब वह उनके मज़े ले रहा था। अब उसके सामने एक पागल खड़ा था, ग्राहक नहीं।

'अच्छा, एक बात तो बताओ।'... वे उसके पास आकर लगभग फुसफुसाकर पूछने लगे।

'पूछिये न। हम तो यहाँ फ़ालतू ही बैठे हैं। आजकल बाज़ार मन्दा है। काम है नहीं।...पूछिए।'

'कहीं बाज़ार ने ही तो मेरी स्मृतियाँ नहीं चुरा लीं?' वे धीरे से बोले।

वह पलटकर उनकी शक्ल देखने लगा।

'बाज़ार भला आपकी स्मृतियाँ क्यों चुराएगा?'

'पर मान लो, उसी ने चुराई हों, तो?'

'आपको ऐसा क्यों लगता है?'

'क्योंकि जितना ही मेरे जीवन में बाज़ार घुसता गया, उतनी ही मेरी स्मृतियाँ ग़ायब होती चली गईं।...'

'स्मृतियों का भला क्या मूल्य होता है सर, बताइए? बाज़ार चुराता भी तो कितने में बेच पाता?'

'नहीं, बेचने की बात नहीं है...'

'फिर?...अरे, जिसे बेचा न जा सके, उस चीज़ में बाज़ार की भला क्या रुचि?'

'मेरे लिए तो वे अमूल्य थीं।'

'ऐसा क्या धरा है आपकी स्मृतियों में?'

'स्मृतियाँ ही तो जीवन का हासिल हैं। स्मृतियों के बिना जीवन सूना और बेपैंदे का हो जाता है। मानो ज़मीन ही खींच ले कोई, क़दमों के नीचे से।...'

'अच्छा!'

'भाई सा'ब, ये स्मृतियाँ ही तो हैं जो आदमी को आदमी बनाये रखती हैं वरना इनके बिना आदमी फिर क्या है? बस, एक मेकैनिकल पुतला!'

'ये किन स्मृतियों की बात कर रहे हैं आप?'

'बहुत-सी थीं।...मेरे पूर्वजों की। समाज की। इतिहास की। लोकजीवन की। इनमें लोकसंगीत था। कथाएँ थीं। साहित्य था। कविताएँ थीं।...न जाने क्या-क्या था। सब एकदम बिला गया। मुझे कुछ याद ही नहीं आता। कुछ भी। मैं बाज़ार में इतना व्यस्त हो गया था कि कब मेरी ये स्मृतियाँ ग़ायब हुईं, मुझे पता ही नहीं चला। जब होश आया तो देखा कि स्मृति में कहीं कुछ भी शेष नहीं रहा। बस, बाज़ार बचा था। हर तरफ़। जहाँ तक स्मृतियाँ थीं, वहाँ तक बस बाज़ार था और बाज़ार की बातें।'

सेल्समैन मुस्कुराने लगा।

कैसी ऊलजलूल हाँके जा रहा है यह बुड्ढा।

'आपकी स्मृतियाँ अनमोल थीं न?'

'बिलकुल! अनमोल थीं।'

'अनमोल थीं, तो उनका बीमा तो कराया ही होगा आपने?'

'स्मृतियों का कहीं कोई बीमा नहीं होता।'

'फिर काहे की अनमोल!'

'क्यों?'

'बल्कि, फिर तो दो कौड़ी की चीज़ भी नहीं हैं आपकी स्मृतियाँ।'

'ऐसा क्यों कहते हो?'

'एकदम सच कह रहा हूँ। जिसकी, ज़रा सी भी क़ीमत है आजकल, उसका फिर बीमा भी है। बीमे का बहुत बड़ा बाज़ार है, सर।'

वे मौन हो गए। दयनीय से दिखने लगे।

सेल्समैन को दया आई। वैसे, ऐसा कहना सेल्स के सिद्धान्तों के ख़िलाफ़ कहलाएगा क्योंकि बाज़ार मूलत: दया के विरुद्ध है। हाँ, उसे ग्राहक की हेल्प ज़रूर करनी है ताकि ग्राहक बाज़ार में टिका रहे।

'आप अभी जाकर इस मॉल की 'कस्टमर केयर' में अपनी यह शिकायत दर्ज करा दें।' उसने सहायता की।

'बाज़ार अपने ही ख़िलाफ़ मेरी शिकायत क्योंकर दर्ज करेगा?' उन्होंने पूछा।

'ज़रूर करेगा।...करके तो देखिए।'

'बाज़ार पागल है क्या?'

'नहीं, वह पागल नहीं है।'

'फिर? फिर कोई अपने ही ख़िलाफ़ शिकायत क्यों दर्ज कराएगा? यह तो पागलपन होगा न?'

'बाज़ार की कई चीजें ऊपर से देखो तो पागलपन ही लगती हैं, पर वो होती नहीं हैं।'

'मैं समझा नहीं?'

'देखिए, यह तो बाज़ार की विशेषता है। ऊपर से तो आपको यही लगेगा कि यह तो निरा पागलपन है। कोई अस्सी प्रतिशत डिस्काउंट पर सामान आपको दे रहा है तो कैसे? एक के साथ तीन आइटम फ्री दे रहा है तो कैसे? ज़रूर वह पागल है। पर वह पागल नहीं है। यह तो उसकी समझदारी का अपना गणित है।'

'पर अपने ही विरुद्ध शिकायत सुनने का क्या गणित हो सकता है?'

'हाँ, उसका भी एक गणित है जो शायद आप नहीं समझ पाएँगे।'

'ठीक कह रहे हो। यूँ भी मैं गणित में हमेशा कमज़ोर रहा।'

'वैसे भी, यह वाला गणित एकदम अलग है अंकल।...यहाँ अंकगणित के सवाल को बीजगणित के फ़ार्मूलों से सोल्व किया जाता है। यहाँ सब चलता है।'

'अच्छा...' वे अनमने से बोले।

'वैसे, आपने बाज़ार के सारे डस्टबिन तो देख ही लिये होंगे? है न?'

'डस्टबिन?...वो क्यों भला...?'

'मान लीजिए कि आपकी स्मृतियाँ आपके पास से बाज़ार में ही कहीं गिर-गिरा गई हों तो? किसी को कहीं पड़ी हुई दिखी भी हों तो वह, या तो उन पर पाँव धरता हुआ आगे निकल जाएगा, या फिर उन्हें उठाकर पास के डस्टबिन में डाल देगा। सजग नागरिक, ऐसे कचरे को डस्टबिन के हवाले ही करता है। आजकल यही रिवाज है।'

'परन्तु मेरी स्मृतियाँ कोई कचरा नहीं।...और वे कहीं गिरी नहीं; उठाई गई हैं।'

'कोई ऐसी चीज़ चुरा के क्या करेगा सर?'

'कैसी?'

'वैसी ही जैसी आप बता रहे हैं।...और उठाएगा तो फाइनली, यहाँ-वहाँ फेंक देगा। तभी कह रहा था कि डस्टबिन भी देख लेते।...'

वह चुपचाप खड़ा, यहाँ-वहाँ ताकता रहा।

'आप ज़रूर 'कस्टमर केयर' में तो अपनी शिकायत दर्ज करा ही दें।'

'क्या वे मेरी स्मृतियाँ वापस ला देंगे?'

'ख़ैर, यह कहना तो बड़ा कठिन है।'

'फिर?'

'पर वे आपको इतनी बार 'यस सर, यस सर' कहेंगे, इतने धैर्य से आपकी शिकायत दर्ज करेंगे कि आपको मज़ा आ जाएगा और ख़ामख़ाह ही सही, पर एक

आशा बँधेगी। वे बीच-बीच में, बिना बात के 'सॉरी सर' भी कह डालें तो आश्चर्य मत कीजिएगा।...'

'पर इस सबसे मुझे क्या फ़ायदा? मेरी स्मृति तो वापस मिलने से रही?'

'पर सारी प्रक्रिया से गुज़रकर आपको बड़ा अच्छा लगेगा। एक सन्तोष मिलेगा। बाज़ार पर भरोसा बढ़ेगा कि यहाँ और जो भी कुछ हो पर हर चीज़ का सिस्टम ज़ोरदार है।'

'अजीब सिस्टम यह जो है तो ज़ोरदार, पर किसी भी काम का नहीं!...'

'पर आप यह शुक्र क्यों नहीं मानते कि कोई सिस्टम है तो?... मान लो कि कोई सिस्टम ही न होता तो?...'

वे निरुत्तर हो गए।

सच कह रहा है शायद।

'ठीक है बेटा।...तो फिर मैं वहीं जाकर देख लेता हूँ...' कहकर चल दिये वे।

'ज़रूर देखिए।...आपको अच्छा लगेगा।' सेल्समैन ने मुस्कुराकर नमस्ते कहा। वे बिना मुड़े चले गए।

वे जब पूरे तौर पर बाहर चले गए तब जाकर वह पलटा। सामने ही उसका सीनियर खड़ा मिला।

'बड़ा ही अजीब कस्टमर था सर।...' वह बताने लगा।

वह आगे कुछ और बताता, इससे पूर्व ही उसका सीनियर हँसने लगा।

'मैं उसे जानता हूँ। यहाँ सब उसे जानते हैं। तू अभी नया-नया आया है न, इसीलिए। तू भी जान जाएगा।' सीनियर ने हँसकर कहा।

'अरे!...'

'एकदम झकलट आदमी है वो! दिमाग़ पूरा गड़बड़ा चुका है इसका। कितनी ही बार इसके घर वाले इसको खोजते, पता करते यहाँ तक भी आते हैं। पूछते हैं कि कहीं यहाँ तो नहीं आए थे क्योंकि अभी तक घर नहीं पहुँचे हैं।...'

'बेचारे अंकल!...'

'उनकी याददाश्त पूरी गुम चुकी है। बातें पागलों वाली करते हैं। हाँ, दिखते एकदम ठीकठाक हैं।'

'पागल भी एकदम ठीक दिखे तो आदमी पहली बार में तो समझ ही नहीं पाता है।' सेल्समैन ने कहा।

'वही तो। आजकल पागल तक फटे कपड़ों में नहीं घूमते।...वे सूटबूट तक में हो सकते हैं।' सीनियर बोला।

'फिर तो यहाँ सबको पागल मानकर ही चला जाए?' उसने मज़ाक किया।

'बाज़ार भी तो आजकल यही करता है। सबको उसी तरह डील करता है मानो सब पागल हों!' सीनियर हँसने लगा।

वह भी हँसने लगा।

वैसे बात मज़ाक की नहीं थी, यह बात दोनों नहीं जानते थे।

सपनों का मलबा

'डॉक्टर साहब, अब इन्हें बड़ा फ़ायदा है...' उसकी पत्नी सायकेट्रिस्ट को धन्यवाद दे रही है।

'अब इनकी बेचैनी कैसी है? सपनों के लिए रोते तो नहीं? सोते भी हैं कि...' डॉक्टर ने पूछा।

'बढ़िया सोते हैं।...सपनों की तो बात तक नहीं करते।' पत्नी ने खुशी-खुशी बताया।

पत्नी डॉक्टर को बता रही थी कि उसकी दवाइयाँ बढ़िया काम कर रही हैं।

और वह वहीं बैठा हुआ मुस्कुरा रहा था। चुपचाप दोनों का वार्तालाप सुन रहा है वह। मज़े की बात थी कि उसके बारे में यहाँ एकदम ग़लत-सलत बोला जा रहा है और वह चुपचाप बैठा सुन रहा था।

'कैसे हैं आप?' सायकेट्रिस्ट अब उसकी तरफ़ मुख़ातिब था।

वह और खुलकर मुस्कुराया। सीधे सायकेट्रिस्ट की आँखों में देखकर हँसा।

'मैं बिलकुल ठीक हूँ। मैडम आपको मेरा हाल बता ही रही हैं।...' वह बोला।

सायकेट्रिस्ट के चेहरे पर सन्तोष बिखर गया।

'वेरी गुड...' उसने मानो खुद से कहा। वह अपने पहले लिखे प्रिस्क्रिप्शन को रिवाइज़ करने लगा।

वह बैठा-बैठा डॉक्टर को निहारता रहा। मुस्कुराता भी रहा।

वह खुश था कि उसे सच बात न तो पत्नी को बतानी पड़ रही है, न ही डॉक्टर को। वे यदि इसी बात से खुश हैं कि वह आजकल सपनों की बात ही नहीं करता तो उन्हें क्यों न खुश रहने दिया जाए? रही बात असलीयत की तो असलीयत तो बस वही जानता है।

जब कोई उसकी बातों पर विश्वास ही नहीं करता फिर वह भी किसी को क्यों बताता फिरे कि वह अपने सपनों की तलाश में कहाँ तक आगे बढ़ चुका है?

और उसकी इस तलाश में इस डॉक्टर की दवाइयों ने दूसरी तरह से बड़ी

सहायता की थी। एक इसी बात के लिए सायकेट्रिस्ट को उसका धन्यवाद तो बनता था।

'धन्यवाद डॉक्टर साहब...' उसने कहा।

डॉक्टर उसे देखकर मुस्कुराया।

वह भी बैठा मुस्कुरा रहा है।

असलीयत बस उसे पता है।

सच यह है कि पहले तो वह किसी तरह की भी दवाइयाँ लेने के सख़्त ख़िलाफ़ था। वह जानता है कि वह पागल नहीं है। फिर वह क्योंकर ये दवाइयाँ खाए?

मान-मनौवल द्वारा, चाय या दूध में मिलाकर या जबरन ही—घर वाले हार गए पर वह सायकेट्रिस्ट की दवाइयों के लिए मना करता रहा। भरसक विरोध करता रहा। दवाइयाँ देखकर ही वह उत्तेजित हो जाता। दाँत भींच लेता। किसी तरह जबरन डाल ही दो तो मुँह में धरे रहता। दवाइयाँ गुटकता ही नहीं। घर वालों को बड़ी जद्दोजहद करनी पड़ती, तब जाकर दवाइयाँ खाता। सायकेट्रिस्ट समझाता कि मेंटल पेशेंट तो ऐसा करते ही हैं। वॉयलेंट हो जाएँ, तो टेक्टफुली डील करके दवाई खिलाइए। और कोई चारा नहीं। पागल लोगों का तो आप...यू नो...! घर वालों ने कैसे तो भी उसे ये दवाइयाँ खिलाईं। पर तीन-चार दिनों तक ये दवाइयाँ लेते ही मानो चमत्कारी प्रभाव हुआ। वह ठीक से सोने लगा।

तीसरे ही दिन उसे गहरी नींद आ गई।

वर्ना वह महीनों से नहीं सोया था। सोया तो बड़ा आराम लगा। अगले दिन उठा तो वह उत्तेजित भी नहीं था। शान्त मन से अपने सपनों पर विचार कर पा रहा था।

फिर वह नियमित ही दवाइयाँ लेने लगा। फिर एक दिन यह चमत्कार हुआ कि उस दिन गहरी नींद में उसने यह सपना देखा कि वह अपने सपनों की तलाश में सपनों की दुनिया में निकला हुआ है।

फिर तो रोज़ ही उसे नींद गहरी आती, रोज़ उसे सपना आता और वह रोज़ ही इस सपने में अपने खोए हुए सपने तलाशने निकल जाता।

सपने में ही वह पूरे शहर में घूमता। सपने में घूमना बड़ा आसान भी पड़ता था। सपने में वह उड़ सकता था। उसके डग बड़े लम्बे हो जाते। एक ही डग में वह पुल पार कर जाता। भागे तो मोटरों से भी तेज़ भाग लेता। सपने में बड़ी ताक़त आ जाती उसमें। दुश्मनों का कोई खौफ़ न रहता। वह एक घूँसे में ही बिल्डिंगें गिरा डालता। घूँसा मारकर चट्टानें तोड़ देता। बिना दरवाज़ा या खिड़की खोले ही मकान के अन्दर का सब कुछ झाँक लेता। पक्षियों की भाषा समझ लेता। पक्षियों की छोड़िए, बिजली के खम्भों तक से बातें कर लेता। बिजली के तारों में बह रही विद्युत तक से पड़ताल करता रहता कि तुम तो घर-घर में बाथरूम और बेडरूम तक आती-जाती रहती हो, कभी वहाँ कहीं तुम्हें मेरे सपने दिखें, तो मुझे ज़रूर

बताना। सबको वह यही कहता फिरता कि कभी मेरे सपनों का तुम्हें पता चले तो मुझे बताना—मैं रोज़-रोज़ यहाँ सपने में आता हूँ। वह सबको अपने गुम गए सपनों का हुलिया एक साँस में सुना देता। सबको। सपने में जो भी मिलता, उसी को सुनाता। हद तो यह हो चुकी थी कि सपने में मिलने वाले लोग भी अब उसकी बातें सुनकर मुस्कुराने लगे थे। रोज़-रोज़ कोई कब तक उसकी वही-वही बात सुनता? तभी तो उस दिन, सपने में उड़ रहे एक पंछी से जब उसने अपने सपनों के बारे में पूछा तो वह लापरवाही से कहने लगा कि हमने तो कभी अपने सपने में भी ऐसे कोई सपने नहीं देखे हैं जो आप बताते हो—ज़रूर आपको कोई ग़लतफ़हमी हुई है। इस तरह सपनों की दुनिया के बाशिन्दे तक उसे पागल मानने लगे थे। परन्तु उसने प्रयास नहीं छोड़े हैं।

यह तो तय था कि उसने आख़िरी बार अपने सपनों को अपने सपने में ही देखा था। उनके वापस मिलने का चांस भी सपने में ही था। उसे सपने में घुसकर ही अपने सपनों को खोजना होगा। रोज़ उसे रात में सोने का इन्तज़ार रहता। दिन भर बैठकर वह रात के सपने के प्लान बनाता। आज की रात उसे किन इलाक़ों में अपने सपने तलाशने हैं, यह तय करता। रात होते ही उत्सुकतापूर्वक नींद की दवाएँ खाता।

इधर परिवारजन खुश होते कि वह आजकल अपनी दवाइयाँ लेने में ज़रा भी आनाकानी नहीं करता है।...'माँगकर दवाई खाते हैं'—वे आपस में कहते। सपनों की तो बात भी नहीं करते।...उन्हें पता ही नहीं था कि वह अपने सीक्रेट प्रोजेक्ट पर था। वह सपने में जाकर अपना सपना खोज रहा था। गोलियों से उसे नींद आ जाती। नींद में सपना आता। और रोज़ रात मानो कोई दरवाज़ा खोलकर वह इस सपने में घुसकर अपने सपने तलाश करने के काम में जुट जाता। किसी को ख़बर भी न होती और वह रात भर अपने अपहृत सपने तलाशता रहता। सपनों की खोज का उसका यह अरेंजमेंट सभी के लिए मुफ़ीद था। घर वाले डिस्टर्ब नहीं होते थे। वह भी आराम से रातभर अपने सपने तलाश कर पा रहा था। वह सपने में घुसकर शहर के एक-एक इलाक़े के चप्पे-चप्पे की सिलसिलेवार तलाश कर रहा था।

ये कितनी ही रातें उसने सपने में जागते हुए बिताई हैं। वह बिलकुल भी थका नहीं है। अपने सपनों पर विश्वास हो तो आदमी थकता नहीं। उसे पता है कि उसे अपने सपने ज़रूर मिलेंगे। एक-न-एक दिन। या कहें कि एक-न-एक रात। उसके सपनों को कहीं तो क़ैद करके रखा होगा उन्होंने। वह अपने सपनों को दूर से भी पहचान लेगा। ऐसे चमकीले, ऐसे सुनहरे, ऐसे सुन्दर हैं वे कि वह आँखें भींचकर भी उन्हें पहचान सकता है।...वह रात भर सपने में सपने खोजता घूमता है। शहर की हर गली तलाशता है। सड़क पर। सड़क किनारे। हर घर में। हर कोने में। हर ताले के पीछे।

वैसे, कभी-कभी वह निराश भी होने लगता है।

कहीं इन्होंने उसके सपनों को वास्तव में क़त्ल ही तो नहीं कर डाला है? तो फिर अब वह उनको लाख खोजता फिरे वे अब कहाँ मिलने वाले हैं? यही सब सोचता हुआ वह उस रात भी सोया था कि चमत्कार हो गया। उसे अपने सपने मिल गए। जैसे जिस हाल में मिले, वह एक अलग बात है। पर मिले। सपने में घुसकर वह शहर के एक नये इलाक़े में घूम रहा था। एक अल्ट्रा पॉश इलाक़ा था यह। बड़ी-बड़ी इमारतें। बेहद चौड़ी सड़कें। एक फुट ज़मीन की इतनी कीमत कि जिसमें दस लाख ग़रीबों की मात्र चड्ढी ख़रीदो तो भी लाखों रुपये शेष रह जाएँ!...बस, यहीं उसे अपने अपहृत सपने मिले।

वहाँ कोई नई सड़क बन रही थी। किसी नई टेक्नोलॉजी से बनाई जा रही थी वह सड़क। सड़क पर कहीं कोई गिट्टी, रेत या डामर नहीं पड़ा था।

पूरी सड़क पर बस दुनिया भर के सपनों का मलबा बिखरा हुआ था। पूरी दुनिया के सपने यहाँ मलबा बनाकर डाले हुए थे। वे इस मलबे को अब सड़क कूटने के इंजन से कूटकर दबा रहे थे। सड़क पर सपने गिट्टी की भाँति बिखरे हुए थे। चकनाचूर सपनों को पूरी सड़क पर बिखेरकर सड़क को कूट रहे थे वे। चकनाचूर सपनों के मलबे से लदे ट्रक आ-आकर सामग्री को बनती सड़क पर पटक रहे थे। दूसरी तरफ़ से रोड रोलर उसे दबा रहा था।

चमकीले सपनों की किरचों के ढेर, टुकड़े तथा चूरा सड़क पर सब तरफ़ बिखरा हुआ था। टूट जाने के बाद भी उनमें इतनी चमक थी कि कहीं भी सन्देह की गुंजाइश नहीं रह गई थी। हाँ, यह उसी के सपनों का तो मलबा है जिसे कूटकर वे यहाँ सड़क बना रहे हैं। लम्बे समय से वह रोज़ ही अख़बार में पढ़ता-सुनता था कि अब नई तकनीक से ऐसी चमकीली सड़कें बना करेंगी जहाँ सड़क किनारे कोई बिजली का खम्भा या और कोई रोशनी लगाने की ज़रूरत ही नहीं पड़ेगी। इन सड़कों में कोई ऐसा चमकदार मसाला भरा जाएगा जिसकी चमक जीवन भर चलेगी।

आज यह सड़क बनती देखी तो उसे सारा मसला एकदम समझ में आ गया। तो वे लोग चमकीले सपनों को तोड़कर सड़क में दफ़न करने की अपनी साज़िश को एक नई टेक्नोलॉजी का नाम दे रहे थे। समय ऐसा आ गया था जहाँ नई तकनीक का नाम देकर आप कुछ भी झाँसा दे सकते थे। सड़क में एकबारगी दफ़न करके वे टूटे सपनों को रोज़-रोज़ कुचलने का पुख़्ता इंतज़ाम कर रहे थे। लोग, अपने ही सपनों को कुचलने में भागीदारी करें, ऐसी तकनीक थी यह! वह अवाक् रह गया।

सामने दूर तक, उसी के और उस जैसों के सपनों का मलबा बिखरा पड़ा था। वह सपने में ही ज़ोर-ज़ोर से रोने लगा।

रोते-रोते वह भागा उस निर्माणाधीन सड़क पर। भागता रहा। यहाँ से वहाँ टूटे

हुए सपनों के मलबे पर। एक-एक टुकड़े को निहारता। रोता। बिलखता। भाग-भागकर वह बिखरी हुई चमकीली किरचें बटोरने लगा। उनको अपनी जेबों में भरने लगा। भरता ही रहा। बौखलाया हुआ वह यहाँ से वहाँ बिखरे मलबे से टुकड़े उठाता रहा। सब तरफ़ ही तो सपनों के इतने सारे टुकड़े बिखरे हुए थे। वह कितने उठा पाता? वह बटोरता, रोता, दौड़ता रहा। उसकी पगथलियों में सपनों की किरचें धँस गईं। ख़ून से रंग गईं उसकी पगथलियाँ। वहाँ काम करनेवाले मज़दूर, मलबे के ट्रक ड्राइवर, आसपास जाते लोग उसे पकड़ने आए।

'पागल हुए हो क्या?' एक मज़दूर ने हाथ पकड़कर उसे रोक लिया।

'मलबे पर ऐसे नंगे पाँव क्यों भाग रहे हो? जेब में ये कचरा क्यों भर रहे हो? रो क्यों रहे हो?' लोग पूछने लगे।

वह उन्हें क्या जवाब देता? इनको कैसे समझाए? कुछ भी कहेगा तो सपने की दुनिया के ये नागरिक भी उसे पागल कहने लगेंगे। वह रोता-रोता खड़ा हो गया। लोग घेरा बनाकर उसका तमाशा देखने लगे। फिर वह अचानक ही चीख़ा और सड़क पर पड़ी किरचों पर लोट लगाने लगा। लोटते-लोटते रोता रहा। सपनों की किरचें उसके पूरे बदन पर यहाँ-वहाँ धँस गईं। ख़ून से नहा गया वह। लोगों ने किसी तरह से रोका उसे। वहीं बैठ गया वह, सड़क के बीचोबीच। घुटनों में सिर देकर सिसकने लगा। मुट्ठियों में सपनों की पैनी किरचें भींचे।

किरचें हथेलियों, नितम्बों तथा पूरे बदन पर यहाँ-वहाँ धँसी हुई थीं।

और वह 'मेरे सपने, हाय, मेरे सपने' चिल्लाता हुआ रोए चला जा रहा था।

पटिया उठाने का समय था यह

उसने घड़ी देखी और चौंक गया।

घड़ी की एक सुई ग़ायब थी और दूसरी टेढ़ी, मानो किसी ने समय की बाँहें मरोड़ दी हों!...घड़ी थी ज़रूर पर अभी समय बता पाने में असमर्थ थी।...या कहीं ऐसा तो नहीं कि घड़ी ही समय नहीं बताना चाहती हो उसे? कहीं उसकी घड़ी को भी उन लोगों ने अपनी तरफ़ तो नहीं कर लिया?

वह देर तलक सुरंग में ही सोता रह गया था। निद्रामग्न। ठीक उस पटिये के नीचे, जिसे सुरंग के मुहाने पर कोई धरकर चला गया था। नींद आने से पूर्व वह बाहर निकलने, न निकलने की असमंजस में सुरंग में ही रुका रहा था। अधलेटा-

सा न जाने क्या-क्या सोचता रहा था। ऐसी स्थिति में सुरंग से बाहर जाने के अपने ख़तरे थे। हो सकता है कि उन लोगों को पता चल गया हो उसके बारे में! वह अभी पटिया उठाकर बाहर निकले तो वहाँ कोई ठीक बाहर उसका इंतज़ार करता हुआ भी मिल सकता था।...तो सोचा, कि अब देर रात ही यहाँ से निकला जाएगा। तब, शायद, बाहर कोई न मिले।...तब तो लेटे-लेटे उसने घड़ी भी देखी थी। घड़ी ने तब उसे ठीक समय भी बताया था। पाँच घंटे शेष थे, देर रात के उस वक़्फ़े के लिए। वह प्रतीक्षा में ऊँघता हुआ वहीं पड़ा रहा। फिर, कब वह सो गया, पता ही नहीं चला उसे।

और अब, अचानक ही नींद खुली है उसकी। सुरंग में घना अँधेरा है।...अभी क्या समय हुआ होगा? कितनी देर सो लिया है वह?...तभी उसने घड़ी देखी थी और देखकर चौंक गया था।

घड़ी ने समय बताने से मना कर दिया था। घड़ी को टटोलकर देखा उसने। कहीं सोते में, दबकर घड़ी का काँच न टूट गया हो। दबकर तो सुइयाँ भी टूट सकती हैं।...परन्तु काँच तो सलामत था। सुइयाँ ज़रूर टूटी-फूटी सी दिख रही थीं। छोटी सुई तो थी ही नहीं। बड़ी सुई ऐसी मुड़-तुड़ गई थी कि उसका लँगड़ाकर चलना भी कठिन हो रहा था। घिसट-घिसटकर चल रही थी। और सेकंड का काँटा मानो सहमा हुआ सा, सतर्क पर बेमतलब घूम रहा था।...

समय घड़ी की गिरफ़्त से बाहर हो गया था।

सुरंग में समय था भी और नहीं भी था।

अब?

अब क्या करे वह?

पता नहीं कि अभी क्या समय है? अभी सुरंग के बाहर निकलेगा भी तो उसका वाला समय उसे वहाँ मिलेगा भी या नहीं?...मान लो कि जब तक वह सुरंग में था, तब तक समय बाज़ार के पूरे ही कब्ज़े में जा चुका हो, तो? मान लो कि वह पटिया उठाकर बाहर निकले और पाए कि अब एक पल भी उसका अपना नहीं बचा, तब? उसका समय उसे लावारिस छोड़कर बाज़ार के साथ निकल गया हो, तो?

वह अभी पटिये के नीचे उकड़ूँ बैठा है।

क्या करे?

पर चांस तो लेना ही होगा।

अब जो भी हो, वह बाहर तो निकलेगा।

उसने पूरी सावधानी से पटिये को उठाने की कोशिश की। सोचा था कि उन्होंने ज़रूर किसी भारी चीज़ के नीचे पटिये को दबा दिया होगा।...पर ऐसा नहीं था। ...ज़रा-सा ज़ोर लगाने पर ही पटिया उठ गया।

उसने एक बार और सोचा, फिर पटिया पूरा ही उठा डाला।

सिर पर जूता पहनो तो पाँव नंगे रह जाते हैं

उनके दोनों पाँवों पर पट्टियाँ बँधी हैं।

हथेलियों पर भी घाव हैं, यहाँ-वहाँ। मानो कहीं फिसलकर छिल-छिला गई हों! चेहरे पर आँसुओं की गहरी लकीरें हैं। पपोटे सूजे हुए। रात भर न सोए हों, ऐसी शक्ल। एकटक देख रहे हैं। न जाने किसे! न जाने किस तरफ़! ऐसी ख़ाली निगाहें कि बियाबान सी।

ऐसे बैठे हैं कि जहाँ हैं, वहाँ हैं भी, और नहीं भी हैं। वैसे अभी वे डॉक्टर के सामने बैठे हैं। स्वयं तो एकदम चुप हैं। साथ में उनका बेटा खड़ा है। डॉक्टर को वही सबकुछ बता रहा है। डॉक्टर सारी बातें पूरी 'प्रोफेशनल' रुचि से सुन रहा है। लड़का इनके बारे में ही बता रहा है पर ये स्वयं ऐसे ध्यान से उसकी बातें सुन रहे हैं मानो वह किसी और के बारे में कोई कहानी बता रहा हो!

'डॉक्टर साहब, इस बार इनके केस में एकदम नया कुछ हुआ है। इसीलिए मैं खुद आया हूँ।...' लड़का बोला।

'हाँ, पहले तो आपकी मदर ही इन्हें लेकर आती थीं।...पहले तो ये सोते-सोते उठ जाते थे न?...रोने लगते थे।...सपनों को लेकर इनके बड़े इश्यूज़ थे। मुझे पूरा केस याद है।' डॉक्टर अपने ही पर्चों पर लिखी इबारत पर सरसरी निगाह डालते हुए बोला।

'जी। जी। एकदम वही।...' लड़के ने कहा।

'एक बार मेरी क्लीनिक में ये वॉयलेंट भी हो गए थे। मुझ पर ही अटैक कर दिया था। याद है मुझे...' डॉक्टर को याद है।

'जी...जी...सॉरी सर!...' लड़के ने कहा।

वे पूर्ववत बैठे रहे। शान्त। असम्पृक्त। अपने बारे में सबकुछ सुनते रहे।

'पर बाद में तो ये ठीक हो रहे थे न? आपकी मदर ने तो लास्ट विजिट में यही बताया था।' डॉक्टर ने कहा।

'जी...कुछ ठीक तो हुए थे। बढ़िया से सो जाते थे। सपनों के लिए भी परेशान नहीं होते थे।' लड़के ने माना।

'वही तो...' डॉक्टर ने सिर हिलाया।

'पिछली बार आए थे तो इनकी वाइफ ने बताया था कि ये बिलकुल ठीक हो गए हैं। मैंने इनकी कुछ दवाइयाँ भी रिवाइज़ की थीं।...' डॉक्टर अपने नोट्स को देखता हुआ मानो स्वयं से बातें करता रहा।

'हम सब भी कल तक तो यही समझते रहे, पर...' लड़का बताने लगा।

लड़का आगे कुछ और बताता, इससे पहले ही वे स्वयं बताने लगे :

'कुछ नहीं डॉक्टर साहब...तनिक पैर में चोट लग गई, बस।...और ये लोग घबराकर हमें यहाँ ले आए।...इत्ती-सी बात है।...'

दरअसल वे बात को दबाने की कोशिश में हैं। वे सपनों के मामले में डॉक्टर को बीच में लाने के सख़्त विरुद्ध हैं। इसीलिए तो पहले ही सपनों की बात भी उठाना बन्द कर चुके थे। डॉक्टर पर पूरा शक है उन्हें; बल्कि पूरा विश्वास है कि डॉक्टर भी दुश्मनों से मिल गया है। इसीलिए इसे तो कुछ पता ही नहीं चलना चाहिए। यह शख़्स ठीक नहीं। है तो डॉक्टर पर बाज़ार का पिट्ठू है।

'तो चलिए, आप ही बताइए।...बताएँ डॉक्टर साहब को।...कैसे लगा ली आपने ये चोट? बताइए न!' लड़के ने चिढ़कर कहा।

वे चुप हो गए।

'मैं पूरी बात बताता हूँ सर।...' लड़का बोला।

और उसने जो बताया, उसका सार कुछ यों था :

घर से कुछ दूर पर ही एक पॉश कॉलोनी है। वहाँ एक सड़क बन रही है आजकल। गिट्टी, रेत, डामर—सब पड़ा रहता है। सुबह-सुबह का समय था। फैक्टरी में नाइट ड्यूटी करके लौट रहा था बेटा। घर के लिए उसी पॉश कॉलोनी से होकर आना-जाना पड़ता है। आज सुबह वहाँ से निकला तो वहाँ बड़ा अजीब-सा नज़ारा देखा। सड़क पर शायद रात में भी काम चलता रहा था। डामर, गिट्टी, रेत, ट्रक, सड़क कूटने के इंजन, मज़दूर, सुपरवाइज़र—सारा तामझाम वहाँ था जो सड़क बनाने में लगा करता है।

उसी बनती सड़क पर एक शख़्स पागलों जैसा बदहवास नंगे पाँव, यहाँ से वहाँ बेमतलब, बेतरतीब भाग रहा था। यहाँ-वहाँ गिरता-पड़ता। कभी गिट्टियों पर बैठकर अंजुरियों में गिट्टी के टुकड़े भरता। फिर गिट्टियों पर भागता। फिर बैठता। लोटता। फिर भागता। उसके नंगे पाँव बुरी तरह घायल थे। लहूलुहान पाँव लिये भागते उस शख़्स में अजीब बात यह थी कि लड़के को वह इस क़दर जाना पहचाना लगा कि एकदम अपने पिताजी टाइप लग रहा था।

तब लड़के की मोटरसाइकिल सड़क के किनारे छूटी हुई ज़मीन पर धीरे-धीरे चल रही थी। अचानक ही वह शख़्स सड़क पर बैठकर रोने लगा था। ज़ोर-ज़ोर से। वर्कर्स दौड़े। सबने घेर लिया था उसे। वह रोता ही चला जा रहा था। मोटरसाइकिल की आवाज़ के बीच भी लड़के ने पिता के रोने की आवाज़ पहचान ली। फिर वह शख़्स रोते-रोते 'मेरे सपने', 'मेरे सपने' भी चिल्लाने लगा, तब तो सन्देह की कोई गुंजाइश ही नहीं बची।

अरे, ये तो उसके ही पिताजी थे! ये उसके पिता ही थे जो बनती सड़क पर बिखरी गिट्टी, बजरी और फैले डामर पर लोट-लोटकर रो रहे थे और 'मेरे सपने', 'मेरे सपने' का मातम मना रहे थे। वह मोटरसाइकिल खड़ी करके तेज़ी से उतरा।

पिता के पास भागता हुआ पहुँचा। बड़ी मुश्किल से उसने पिताजी को मनाया। तीन लोगों ने पकड़कर उन्हें अपनी मोटरसाइकिल पर बिठाया। वे रास्ते भर अपने लड़के की कमर से चिपके हुए रोते-रोते घर आए।

घर पहुँचे तो पत्नी उनकी हालत देखकर खुद रोने बैठ गई। बेटे ने माँ को फटकारा। कहा कि रोना बन्द कर माँ—मैं दो पागलों को एक साथ नहीं सँभाल सकता। फिर वह पड़ोस से एक कम्पाउंडर को पकड़कर लाया। पर वे उसे अपनी चोट ही दिखाने को तत्पर नहीं थे। वे अपने घायल पाँवों की ड्रेसिंग कराने से मना करते रहे। बोले कि ख़बरदार, जो पगथलियों में धँसी मेरे सपनों की किरचों को किसी ने छुआ भी। वे पाँव में धँसी गिट्टी तथा कंकर-पत्थर को साफ़ कराने को राज़ी ही नहीं थे। बड़ी मुश्किल से घावों की मरहम-पट्टी हुई। माँ किंचित प्रकृतिस्थ हुई तो बेटे से बोली कि 'यह तो बड़े आश्चर्य की बात है कि ये घर से बाहर कैसे गए? जब तुम अभी लौटे हो, तब तक घर तो अभी भी अन्दर से बन्द ही था।'

वह आश्चर्यचकित थी। घर तो अभी तक अन्दर से पूरी तरह बन्द था। फिर ये घर से बाहर गए कब और कैसे? वहीं, उसके पास ही, रात में पलंग पर सोए हुए थे। फिर कब ये घर से निकल गए और कब उस सड़क पर पहुँच गए?...और बन्द घर से निकले तो निकले कैसे?...कुंडी तो दो-दो जगह से अन्दर से बन्द रही, फिर?

इस बाबत पूछा तो बोले कि इसमें अजीब बात क्या है? कोई भी बन्द घर से बाहर निकल सकता है। अरे, इसमें क्या धरा है! घर बन्द था। वहीं, बन्द घर से मैं सीधा अपने सपने में घुसा और फिर सपने में चलता हुआ मैं उस सड़क पर पहुँच गया, बस। इसमें आश्चर्य कैसा?

'सपने में घुसकर? सपने में कैसे घुसा जाता है? कैसी ऊटपटाँग बातें करते हो?' माँ ने पूछा था।

पाँव चोटिल होते हुए भी वे इस प्रश्न पर मुस्कुराए थे।

'कभी सच्चे सपने देखने लगो तो ऐसा भी हो सकता है।' मुस्कुराकर कहा था उन्होंने।

फिर बेटे की शक्ल देखकर बोला था, 'तुम नहीं समझोगे। कभी मेरे जैसे सपने देखोगे तो ही मेरी बात ठीक से जान पाओगे।'

वे आगे बोले।

आदमी अगर अपने सपनों को बेइंतिहा प्यार करता हो तो सपनों की दुनिया और यह दुनिया आपस में मिल जाती हैं। तब आदमी एक दुनिया से दूसरी में आसानी से आवाजाही कर सकता है। वास्तव में ये दोनों दुनिया समान्तर बसी हैं और दोनों के बीच पचासों पुल भी बने हैं। हर घर में एक पुल खुलता है। घर बन्द हो या खुला, इससे फ़र्क़ नहीं पड़ता। पुल के रास्ते अपने सपने में घुसा जा सकता है, और वहाँ से कहीं भी।...वे न जाने ऐसा ही क्या-क्या बड़बड़ाते रहे। ऊलजलूल।

'सर, बड़ी मुश्किल से तो पट्टी-वट्टी कराई, तब इन्हें यहाँ लाया हूँ।...' लड़का बोला।

डॉक्टर ने यह सारा क़िस्सा बड़ी रुचि लेकर सुना।

अपने ही बारे में सुनाये जा रहे इस क़िस्से को वे भी उसी रुचि से सुनते रहे।

दोनों पंजों और घुटनों पर पट्टियाँ बाँधे वे अभी चुपचाप बैठे हैं।

'क्यों साहब, कैसे हैं आप?' डॉक्टर ने पूछा।

वे चुपचाप मुस्कुरा दिये।...क्या बताएँ!

'ये आपके सुपुत्र आपके बारे में क्या बता रहे हैं?...'

वे तब भी चुप रहे।

'घर बन्द रहा तो आप घर से निकले कैसे?' डॉक्टर ने पूछा।

'इजी था। घर में ही मेरा सपना खुल रहा था। बस, घर से सपने में। सपने से सड़क पर। बड़ा आसान है। आप भी जा सकते हो। कोई भी जा सकता है।...'

'पर...'

'पर क्या?...आप लोगों की समस्या यह है डॉक्टर कि आप लोगों ने वैसे सपने देखने ही बन्द कर दिये हैं जिनको उनमें घुसकर ही देखना पड़ता है।...'

'मतलब?'

'आप नहीं समझेंगे।'

'समझाइए न...क्यों नहीं समझेंगे? सपने तो हम भी देखते हैं...'

'मैं उन सपनों की बात ही नहीं कर रहा...'

'किन सपनों की?'

'आपके सपने अलग हैं। मैं कुछ अलग ही सपनों की बात कर रहा हूँ।...'

'आपके सपने मेरे सपनों से कैसे अलग हैं?'

'चलिए, मैं बताता हूँ।...जैसे, आपको यह सपना तो ज़रूर रोज़ ही आता होगा कि सारी दुनिया पागल हो गई है और सब आपके मरीज़ बन गए हैं।...है न?'

डॉक्टर इस बात पर शरमाया तो ख़ैर नहीं ही पर आश्चर्य ज़रूर करने लगा कि इसे मेरे सपने का पता कैसे चला?

लड़के ने बाप को फटकारा और डॉक्टर को 'सॉरी' कहा।

'ये तब से बस ऐसी ही उल्टी-सीधी बातें किये जा रहे हैं सर...' लड़के ने कहा।

डॉक्टर उनके पंजों पर बँधी पट्टियों को देख रहा था।

'यह चोट कैसे लगी आपको?'

'इसे चोट मत कहिए डॉक्टर साहब...'

'तो यह क्या है?'

'ये तो मेरे सपने हैं। मन में टूटे तो मेरी पगथलियों में बिंधकर रह गए हैं...'

'मतलब?'

'पता नहीं कि आपकी मेडिकल साइंस सपनों के टूटने को क्या बताती है पर मेरा अनुभव यह है कि सपने टूटते तो मन में हैं पर उनकी किरचें आपकी पगथलियों में धँस जाती हैं, और हृदय में भी।'

'जी?'

'हाँ, अपना यह आला अभी मेरी छाती में लगाकर देखिए न? मेरे दिल की धड़कनें सुनिये न ज़रा? पाँव से ज़्यादा किरचें तो मेरे दिल में फसी हुई हैं।...'

डॉक्टर ने उन्हें यों देखा मानो किसी अबोध बालक को देख रहा हो! इसका मन बहलाना होगा।

डॉक्टर ने उनकी तसल्ली के लिए आले को उनकी छाती पर लगाया और किंचित देर तक ध्यान से दिल की धड़कनें सुनने का स्वाँग करता रहा।

'नहीं, दिल तो एकदम ठीक है आपका।...कहीं कोई किरचें-फिरचें नहीं।' डॉक्टर ने बचकानी-सी तसल्ली दी।

डॉक्टर के स्वाँग को देखकर वे मुस्कुराए।

'सपनों की आवाज़ें सुनने, समझने वाले कान नहीं हैं आपके पास, डॉक्टर...आप कोशिश भी न करें। आपको कुछ भी सुनाई नहीं देगा। आपके कानों में बाज़ार का शोर इतना लाउड है कि वहाँ मेरे सपनों की सिसकियाँ आपके आले से भी आपको सुनाई नहीं देंगी।...' वे बोले।

'बाज़ार का शोर?...मेरा यह चेम्बर साउंडप्रूफ़ है जनाब। यहाँ कोई भी आवाज़ नहीं आ सकती।' डॉक्टर ने गर्वमिश्रित मुस्कान के साथ कहा।

'ऐसे साउंडप्रूफ़ कमरे बड़े ख़तरनाक होते हैं डॉक्टर!...इनमें, धीरे-धीरे अपनी खुद की आवाज़ भी सुनाई देनी बन्द हो जाती है। ध्यान रखिएगा।' उन्होंने चेतावनी के स्वर में कहा।

डॉक्टर मुस्कुराता रहा।

'परेशान न हों। मेरे कान एकदम बढ़िया हैं...' डॉक्टर बोला।

'कान कितने भी अच्छे हों तब भी आदमी को स्वयं खुद की आवाज़ें सुनाई देनी बन्द हो सकती हैं।' वे बोले।

'मैं ऐसा बहरा भी नहीं।'

'भगवान ऐसा बहरा किसी को न करे कि उसे अपनी आत्मा की आवाज़ें आनी ही बन्द हो जाएँ।...' वे बोले।

डॉक्टर पागलपन की बहसों को एक सीमा के परे नहीं खींचता। रोज़-रोज़, हर नये मरीज़ के भ्रम, इल्यूशन तथा डेल्यूशन से निबटते-निबटते वह अपनी सीमा को जान चुका है।

'जूते नहीं पहने थे आपने?' डॉक्टर ने बात बदली।

'पहने थे न...' वे बोले।

लड़के ने बीच में टोककर बताया 'ये एकदम नंगे पाँव मिले थे। तब ये नंगे पाँव ही गिट्टियों पर भाग रहे थे। तभी तो...'

'बेटा तो बता रहा है कि आपने जूते नहीं पहने थे?...' डॉक्टर बोला।

'उसने ऐसा कब कहा?'

'क्यों? वह कह तो रहा है कि नंगे पाँव...'

'पाँव का जूते से क्या सम्बन्ध?' वे बोले।

'जूते पहने होते तो पाँव नंगे कैसे होते? तब आपको यह चोट भी न लगती...' डॉक्टर बोला।

'परन्तु पाँव का जूते से क्या लेना-देना?'

'क्यों? जूते तो पाँव में ही पहनते हैं न?'

'यह बात कौन कहता है?'

'तो?'

'मैंने तो जूते सिर पर पहने हुए थे। मैं तो जब भी बाज़ार से गुज़रता हूँ तो जूते सिर पर पहन लेता हूँ।'

'सिर पर जूते?' माना कि वह पागलों का डॉक्टर था, नित्य ऐसी ऊलजलूल बातें सुनता ही रहता था पर इस बात ने तो उसे भी आश्चर्य में डाल दिया था।

'जी...सिर पर जूते।...क्यों? क्या सिर पर जूते नहीं पहन सकते?...इसमें ऐसा क्या हुआ?' वे यों पूछने लगे मानो सिर पर जूता पहनना एक आम बात हो!

लड़का बाप की बात सुनकर बिफर गया। लड़के ने डॉक्टर तथा उनकी बातचीत के बीच में उतरते हुए डॉक्टर से कहा, 'सुना न आपने?...तभी तो मैं कह रहा था कि आप खुद इनके मुँह से सुनें कि ये क्या-क्या कहे जा रहे हैं। ...कहते हैं कि तुम्हें नहीं पता—मैं घर से निकलते ही जूतों को पाँव से निकालकर सिर पर पहन लेता हूँ।...ऐसी ही कुछ भी ऊटपटाँग बातें बोले जा रहे हैं।...' लड़के ने कहा।

मनोरोग विशेषज्ञ डॉक्टर के लिए ऊटपटाँग बातें सुनना कोई नई चीज़ नहीं है। मनोरोगी तो अक्सर हेल्यूसिनेशन तथा डेल्यूशन के शिकार होते हैं। उनके कुछ भी तर्कातीत विश्वास हो सकते हैं और वे कुछ भी देख, सुन लेते हैं।

'क्यों साहब, जूते तो पैरों में पहनने के लिए ही बने होते हैं न? फिर?' डॉक्टर ने पूछा। इस जूता चर्चा के बहाने ही कदाचित मनोरोगी के मन में घुसने का कोई रास्ता मिले।

'नहीं, नहीं डॉक्टर, ऐसा नहीं है। बाज़ार ने कई जूते आजकल आदमी के सिर की नाप के भी बना रखे हैं। इन्हें पाँवों में पहनो तो ये टाइट लगते हैं। छाले पड़ जाते हैं।...बाज़ार के पास आजकल सबके सिर का नाप है।...' वे बताने लगे।

'बाज़ार किसी के सिर की नाप के जूते क्यों बनाएगा?'

'क्योंकि बाज़ार आदमी के सिर से ही तो परेशान है। बाज़ार को पता है कि दुनिया में बहुत से ऐसी उल्टी खोपड़ी के लोग हैं जो बाज़ार की सत्ता को नहीं मानते।'

'मतलब ?'

'जो बाज़ार के साथ नहीं, वह उल्टी खोपड़ी का है।...'

'तो ?'

'हमें उल्टी खोपड़ी का माना जाता है। खोपड़ी के बल चलना पड़ता है न हमें।...सिर पर जूता नहीं पहनेंगे तो इस दुनिया में तो चलना मुश्किल हो जाएगा हमारा।...'

डॉक्टर आँखें बन्द करके सुनता रहा। बड़ा दिलचस्प केस होता जा रहा है यह तो।

'आप बड़ी मज़ेदार बातें करते हैं।' डॉक्टर ने कहा।

डॉक्टर ऐसा कहकर हँसने लगा।

'हँसिए मत डॉक्टर।...मैं तो बस यह बता रहा था कि तब मेरे पाँव क्यों नंगे थे। सिर पर जूते पहनने पड़ें तो पाँव नंगे रह ही जाते हैं।...'

'मैं हँस नहीं रहा था।' डॉक्टर बोला।

'दुनिया को कभी ध्यान से देखिएगा। जिनके भी पैर नंगे हैं, उनके सिर पर या तो अपना ही जूता धरा है, या फिर बाज़ार ने अपना जूता धर दिया है उनके सिर पर।'

'और जो पाँव में जूता पहनकर चलते हैं, वे ?' डॉक्टर ने पूछा।

'वे बाज़ार के साथ हो गए लोग हैं।...' वे बोले।

'अच्छा !'

'बस, यह समझ लीजिए कि हर समझदार आदमी आजकल घर से बाहर निकलते ही पाँव के जूते उतारकर अपने सिर पर पहन लेता है...सिर को नंगा नहीं रख सकते आजकल।...सिर नंगा रहा तो बाज़ार वहाँ अपना जूता धर देगा।' वे बताने लगे।

'पर मैं तो पाँव में ही जूते पहनता हूँ। क्या मैं समझदार नहीं हूँ ?' डॉक्टर बोला।

'नहीं, आप तो कुछ ज़्यादा ही समझदार हैं।' वे मुस्कुराए।

'ज़्यादा समझदार का मतलब ?' डॉक्टर ने भी मुस्कुराकर ही पूछा।

'आपके तो सिर ही नहीं।' वे बोले।

'जी ?' डॉक्टर बोला।

'जो ज़्यादा समझदार हैं, उन्होंने आजकल अपने कन्धे पर सिर ही धरना छोड़ दिया है।...' वे डॉक्टर की तरफ़ देखकर बोले।

लड़के ने तत्परता से बीच-बचाव-सा किया, 'बुरा मत मानिएगा डॉक्टर, ये किसी को भी कुछ भी कहते रहते हैं।'

डॉक्टर मौन होकर उनको देख रहा था। समझना कठिन था कि यह आदमी

वास्तव में पागल है या कि बस, एक सिरफिरा! डॉक्टर ने अन्ततः कुछ तय-सा किया।

'मैं इनकी दवाइयाँ चेंज कर रहा हूँ।...एक-एक गोली, दिन में चार बार...' डॉक्टर पर्चे पर लिखने लगा।

वे डॉक्टर को बड़ी रुचिपूर्वक ताक रहे हैं। एक बिना सर वाला शख़्स, उनके सामने, डॉक्टरी कोट पहनकर डॉक्टर होने का स्वाँग रच रहा है।

आदमी एक बार, बस, अपने सिर को अपने कन्धे से हटा डाले तो चीज़ें कितनी आसान हो जाती हैं? पर कितनी त्रासद भी—वे सोच रहे हैं।

हर आड़ कचरे की है

लड़के ने दरवाज़ा खटखटाया।

किसी ने दरवाज़ा खोला भी।

'अंकल घर पर हैं?' उसने पूछा।

दरवाज़ा खोलने वाला बड़ी ही जल्दी में था। शायद वह पहले ही दरवाज़ा खोलकर कहीं को जानेवाला था कि तभी लड़के ने दरवाज़ा खटखटा दिया।

'घर पर ही होते हैं। और कहाँ जाएँगे?' कहते हुए उसने आवाज़ दी, 'पापाजी, देखो, महिन्दर आया है।' कहकर वह तो तेज़ी से निकल गया। जाते-जाते बताता गया कि यार, अभी बहुत जल्दी में हूँ। फिर मिलते हैं बॉस!

अंकल आए। बैठे। उनको पूरी बात बताई लड़के ने।

बताया कि पापा सुबह से घर पर नहीं हैं। पता नहीं, कहाँ चले गए हैं? घूमने निकले थे, सुबह-सुबह। फिर वापस ही नहीं आए।...सुबह कब निकले?...पता नहीं। रोज़ ही मुँह-अँधेरे निकल जाते हैं। वास्तव में हम तो उनको लौटने पर ही देखते हैं।...तो फिर कैसे कहते हो कि वे सुबह निकले? क्या पता कि वे रात में ही कहीं निकल गए हों?...हाँ, हो तो सकता है—लड़का सहमत हुआ।...अब तो दोपहर हो गई है तो सबको चिन्ता लगी। परिचितों, रिश्तेदारों को फ़ोन करके पता किया। कोई कुछ नहीं बता पाया। सबने यही कहा कि वे तो महीनों से उनसे नहीं मिले हैं। वे आपके ख़ास दोस्त हैं। पर आपका फ़ोन नहीं लग रहा था सो मैं खुद ही आपसे पूछने आ गया।...तूने उनके और दोस्तों से भी पता किया पुत्तर... ? सबने यही कहा अंकल कि हमसे तो वो न जाने कब से नहीं मिला है।...सही कहते हैं वे।

दोस्तियों के लिए आजकल फ़ुर्सत ही किसके पास है पुत्तर? दोस्ती में बड़ा टाइम वेस्ट होता है भाई, और टाइम किसी के भी पास नहीं।...जी, अंकल। सबने बस यही कहा कि हम लोग तो अरसे से नहीं मिले हैं उनसे।...फिर मैं बाज़ार, पार्क, अस्पताल की इमरजेन्सी—सब जगह देख आया, वे कहीं नहीं मिले।...उनका फ़ोन ट्राई किया?...वह लगातार आउट ऑफ रीच आ रहा है। अब तो शाम हो रही है। सब जगह देख लिया, अभी तक, कहीं मिले नहीं। एक आपसे ही बात नहीं हो सकी थी। सोचा कि... ।...बेटा, आजकल तो हमारा भी उससे मिलना ही कहाँ होता था? कुछ तो अपने बिजनेस के चक्कर में मुझे ही फ़ुर्सत नहीं मिलती, फिर पिछली पाँच-छह बार से तो तेरा पापा हर बार बस कुछ टेढ़ी-मेढ़ी बातें ही करता मिला है। फ़ोन पर भी हमेशा कुछ अंटशंट बातें ही बोलता है। वह कुछ अजीब-सा हो चुका है पुत्तर। बदल गया है वो।...दस दिन पहले ही फ़ोन पर पूछ रहा था कि तूने भागने के इंतज़ाम कर लिये हैं कि नहीं?...बताओ!...मैंने पूछा भी। कहाँ भागना है भाई? कहाँ से भागना है?...तो बोला कुछ नहीं। कहने लगा कि मैंने तो ऐसे ही पूछ लिया!...एक दिन पूछ रहा था कि सुरंग खोदने के लिए सब्बल ठीक रहता है कि आजकल इसकी कोई मशीन मिल जाती है?...हमेशा ऐसी ही उल्टी-सीधी बातें। सही कहूँ? मुझे पिछली दफ़ा तो यह लगा था कि ये कहीं कुछ मेंटल केस तो नहीं होता जा रहा? इस बाबत मैंने तुझसे डिस्कस करने की सोची भी थी पर स्साला, ये आजकल, टाइम ही नहीं मिल पाता! क्या करें?...वैसे, तूने थाने में रिपोर्ट तो कर दी न?

लड़के ने बताया कि अब बस थाने में रिपोर्ट की ही सोच रहा था। सोचा, पहले आपसे पूछ लूँ। फिर आपको ही लेकर थाने चला जाऊँगा।

'पुत्तर, तूने इतनी देर क्यों कर दी?...थाने वाले तो ये ही कहेंगे कि बन्दा रात भर से ग़ायब है और...'

'रात से थोड़ेई, वे तो सुबह-सुबह गए थे।...'

'तुमने उनको सुबह देखा ही कहाँ बेटा? आख़िरी बार तो उनसे रात में ही मिले थे न! फिर?...पुलिस वाले तो रात से ही मानेंगे।...कहेंगे, इत्ती देर से रिपोर्ट कराने का यह क्या चक्कर है?...देखना, वे उल्टा तेरे पर ही शक करेंगे।'

'फिर? क्या करें?'

'फिर क्या?...चलकर रिपोर्ट तो करते ही हैं पहले। करनी तो पड़ेगी। चलते हैं।...मुझे भी फिर आगे मार्केट जाना है। वहीं से निकल जाऊँगा।'

'पर जब वे ये पूछेंगे कि इत्ती देर से क्यों रिपोर्ट की, तब?' लड़का घबरा रहा था।

'तू कहना कि सुबह घूमने निकले थे, यह तूने खुद देखा है। बस।...' अंकल की झूठ बोलते ही उम्र गुज़री है। वे ऐसे नाज़ुक मौक़े पर झूठ बोलने की ज़रूरत से खूब वाकिफ़ हैं।

फिर कुछ सोचते हुए अंकल ने ही पुनः कहा, 'यार, तू तो रात का ही बताना।...हाँ, भाई, मान लो कि रात में ही उनके साथ कहीं कुछ हादसा हो गया हो जो बाद में पता चले तो तू फ़ालतू ही फँसेगा।...तू तो वही बोलियो।'

'आप कहें तो अपुन थोड़ा और वेट कर लेते हैं? मान लो कि वे रात तक न लौटे तो हम तब जाकर पुलिस में रिपोर्ट करा देंगे?' लड़का अब पुलिस से डर रहा था।

'बेटा, रिपोर्ट तो दर्ज करा ही दे। ज़माना बड़ा ख़राब है। पच्चीस-पचास रुपये तक की लूट के लिए यहाँ मर्डर हो जाते हैं।...तू रिपोर्ट तो तुरत करा ही दे।...माना कि पुलिस उसे खोजने नहीं निकल जाएगी। उस बेचारी के पास कहाँ टाइम है कि एक पागल बूढ़े की तलाश करती फिरे।...माफ़ करना कि मैं उसे पागल कह रहा हूँ।...आजकल, उसकी बातें पागलों वाली ही हो चुकी थीं। पता नहीं कि तूने वॉच किया कि नहीं? तेरा भी दोष नहीं है। कई दफ़े, साथ रहनेवाला शख़्स पागल हो रहा हो तो क़रीबी लोगों को पता ही नहीं चल पाता।...आदमी, अधिकतर बड़ा धीरे-धीरे ही पागल होता है न, इसीलिए।'

लड़का बताना तो चाहता है कि पापा का पहले ही इसका इलाज चल रहा है। वे मानसिक रोगी हैं। पता है उसे। पर अंकल को कैसे कहें कि बाप पागल है?

लड़का चुपचाप उनके साथ कार में बैठ गया।

अब वे थाने की तरफ़ जा रहे थे।

'ईश्वर न करे, कल को उसके साथ कुछ उल्टा-सीधा हो गया हो तो पुलिस सीधे तुझे ही पकड़ेगी। ग़ायब था तो रिपोर्ट क्यों नहीं लिखाई?...अपुन को रिपोर्ट तो लिखा ही देनी चाहिए।' अंकल कार में पास बैठे उसे समझाते जा रहे हैं।

'यह भी करे लेते हैं अंकल,' लड़का ड्राइव कर रहा है। कार थाने के एकदम क़रीब पहुँच गई थी।

अचानक ही अंकल ने चिल्लाकर उसे कार रोकने को कहा। लड़के ने घबराकर तेज़ ब्रेक मार दिया। कार अचानक रुक गई। पीछे वालों की गाड़ी उससे टकराते-टकराते बची। पीछे वाला उसे घूरता हुआ बग़ल से गाड़ी निकाल ले गया। उसने गालियाँ भी दी हों, तो कोई आश्चर्य नहीं। बन्द खिड़की के कारण पता नहीं चला।

'कार को ज़रा किनारे तो कर...' अंकल बोले।

'क्या हुआ?' लड़का पूछने लगा। उसने कार को धीरे से सड़क के किनारे लगा दिया।

'मैंने अभी-अभी तेरे बाप को देखा।...' कार से उतरते हुए उत्तेजित अंकल ने कहा।

थाना मात्र चंद क़दम ही रह गया था।

वहीं, सड़क किनारे कचरे का एक बड़ा-सा डिब्बा धरा है। ढेर-सा कचरा उस

डिब्बे में, और डिब्बे से ज़्यादा उसके आसपास पड़ा है। ऊँचा-सा ढेर है कचरे का। कुत्ते यहाँ-वहाँ इस ढेर की पड़ताल कर रहे हैं। दो गाएँ भी वहीं बैठी हैं। मच्छर वग़ैरह तो हैं ही। वहीं वे भी मिले।

उसी कचरे के ढेर के पीछे छुपकर बैठे हुए थे वे। अंकल ने चलती कार से ही उन्हें वहीं से बाहर झाँकते हुए देख लिया तो कार रुकवा दी। ये लोग कचरा फाँदते हुए उनके पास पहुँचे। उन्हें आता देखकर कुत्ते चौंककर दूर खिसक गए। गायों ने उनकी तरफ़ देखा तक नहीं। उनके पाँवों से दबकर कचरा यहाँ-वहाँ खिसक गया तो कचरे के नीचे रेंगते कीड़े घबराकर बाहर निकले और तेज़-तेज़ रेंगने लगे। बेटे और दोस्त को आता देखकर वे डिब्बे के पीछे से निकलकर धीरे-धीरे खड़े होने लगे।

'पापा, आप यहाँ कचरे में बैठे क्या कर रहे हो?' बेटे ने पूछा।

'मैं क्या कर रहा हूँ?...'

'हाँ, यहाँ...'

'मैं उनसे छुपकर बैठा हूँ। बाल-बाल बचा, वर्ना तो वे मुझे पकड़ ही चुके होते।'

'वे कौन?'

'वे ही, जिन्होंने मेरी सुरंग पर पटिया धर दिया था।'

बेटे ने अंकल की तरफ़ देखा। अंकल ने उस पर सांत्वना की नज़र डाली।

'चल यार, तू कार में तो चलकर बैठ। अब कोई नहीं पकड़ेगा तुझे। हम हैं न। तू चिन्ता न कर।'

अब वे कार में अधलेटे जा रहे हैं।

उन्हें सारा घटनाक्रम याद आ रहा है।

सुरंग को पटिये से ढँका पाकर पहले तो वे अवाक् हुए थे, फिर धीरे-धीरे प्रकृतिस्थ। वहीं, पटिये के नीचे पड़े सोचते रहे। फिर नींद लग गई। देर तक सोते रहे। अचानक नींद खुली थी उनकी।

...फिर उन्होंने पटिया खिसकाया था और सुरंग से बाहर आ गए थे। बाहर धूप थी। तेज़ धूप। आँखें चौंधिया गई थीं। अँधेरे की आदी आँखों में तेज़ रोशनी ने थोड़ी देर को घुप्प अँधेरा-सा कर दिया था। थोड़ी देर तक तो उन्हें कुछ दिखा ही नहीं। बाहर दोपहर ढल रही थी पर धूप तेज़ थी। वे तेज़ धूप में आँखें मिचमिचाते खड़े रहे। बाज़ार के पीछे बिखरे कचरे और कबाड़ के बीच।

फिर, शनैः-शनैः, आँखों ने बराबर देखना शुरू किया। और तभी उन्हें वह शख़्स दिखा। सामने ही, उनसे कुछ दूरी पर ही खड़ा था वह।

वह कचरे के एक ढेर को बड़े ग़ौर से देखने का स्वाँग कर रहा था। पर देखते ही वे उसे पहचान गए। वह उनके लिए ही खड़ा था। पूरे धैर्य के साथ।

उसकी मुद्रा से ज़ाहिर हो रहा है कि वह इसी धैर्य के साथ वहाँ सदियों तक खड़ा रह सकता था।

पटिये को वापस सुरंग पर धर के एक बार फिर उसे देखा, उन्होंने। वह कचरे के बहाने उन्हें ही घूर रहा था। आँखें मिलते ही वह वापस कचरे की तरफ़ देखने लगा था।

वे उसकी तरफ़ देखते हुए एक तरफ़ को चल पड़े।...देखते हैं, अब क्या करता है यह आदमी? वह आदमी भी उनके पीछे-पीछे चल पड़ा। वे अभी उसे पीछे मुड़कर नहीं देख रहे थे पर उनको खूब पता था कि वह उनके ठीक पीछे है।...वे उसका अपने पीछे आना महसूस कर सकते थे। अपनी गर्दन पर, गुद्दी के ठीक ऊपर उन्हें उसकी तीखी निगाहों का गर्म दायरा महसूस हो रहा था।

चलते-चलते वे अब मुख्य सड़क पर आ गए थे। सड़क के सब तरफ़ बाज़ार ही बाज़ार था। वे कुछ देर तक सड़क पर चलते रहे। फिर उन्हें सड़क से निकलती हुई एक गली दिखी। वे गली में मुड़ गए। फिर वे इस गली से एक और गली में मुड़ गए। अब तलक उन्होंने एक बार भी पीछे पलटकर नहीं देखा था पर वे जान रहे थे कि उनका पीछा अभी भी किया जा रहा है। गर्दन पर गर्म दायरा अभी भी बरकरार था। फिर वे चलते-चलते अचानक ही रुक गए।...चलो, एक बार पलटकर देख ही लिया जाए! वे रुके, पलटे।

पीछे मुड़कर देखा। पीछा करने वाला शख़्स तुरन्त ही, चलता-चलता पलट गया और पीछे, सड़क पर छूट गए बाज़ार की दिशा में देखने लगा। वे भी खड़े रहे।

पलटकर वह यों ही गली की दीवार पर चस्पां एक पोस्टर पढ़ने लग गया था।

वे रुककर उसे देखते ही रहे। यह भी सोचा कि मान लो कि वे अभी उससे जाकर पूछें कि वह उनका पीछा क्यों कर रहा है, तो?...क्या उत्तर देगा वो?...शायद मना करेगा। कहेगा कि मैं भला आपका पीछा क्यों करूँगा जनाब? क्या ये ही काम बचा है करने को? क्या इस सड़क पर किसी और का चलना मना है? क्या जब आप चलें तो आपके पीछे की सड़क एकदम ख़ाली छोड़ देने का नियम-क़ानून बन गया है?...या, मान लो कि वह 'हाँ' बोल दे, तब? कहे कि बाज़ार तो आजकल हर शख़्स का पीछा कर रहा है और समाज ने इसे स्वीकार भी कर लिया है तो आपको एतराज़ क्यों? उल्टा वह उन पर असामाजिक होने का आरोप लगा दे, तो? वह 'लोकतंत्र में पीछा करने की स्वतंत्रता' की बात करने लगे, तो?

कहीं उसने 'हाँ' बोल दिया तो उसके तर्कों का उत्तर देते-देते उनकी ही जुबान लड़खड़ा जाएगी। लोकतंत्र, स्वतंत्रता, निजता का अधिकार, कर्तव्य—वह ऐसे कोई

भी शब्द इस्तेमाल करके उन्हें निरुत्तर कर सकता था। ख़ूबसूरत मायनों वाले हर शब्द पर आजकल बाज़ार का कब्ज़ा था। बाज़ार के पास अब हर अच्छे शब्द को खोखला बनाने की तकनीक थी। वह इन शब्दों को अपनी ही तरह से इस्तेमाल कर लेता था। लोकतंत्र, जनतंत्र, ईमान, प्यार, वात्सल्य, भाईचारा—हर शब्द अब बाज़ार के कब्ज़े में था, और छटपटा भी नहीं रहा था!...

नहीं, अभी इसके पास जाना ठीक नहीं होगा। इससे कोई प्रश्न भी करना ठीक नहीं होगा। चलते-चलते इसे झक्कू देना ही ठीक रहेगा। इससे किसी भी तरह की बहस का कोई मतलब नहीं। इसे धोखा देकर ही इससे पीछा छुड़ाना होगा। वे चलते चले जाएँगे और कहीं अचानक किसी गली में, किसी सड़क पर दिखती किसी आड़ के पीछे छुप जाएँगे।...और वहाँ तब तक छुपकर बैठे रहेंगे जब तक कि यहाँ-वहाँ परेशान होकर यह शख़्स वापस न चला जाए!...

वे थोड़ी देर तक और खड़े रहे।

वे इतना रुके रहे कि पीछा करने वाला आदमी घबरा-सा गया। वह समझ नहीं पा रहा था कि अब वह खड़े-खड़े क्या करे? उसने और ज़्यादा घूमकर अब उनकी तरफ़ अपनी पूरी पीठ ही कर ली। बस, यही एक मौक़ा था।

वे एकदम से, ज़ोर से भागे।

भागकर पास की गली में, फिर उस गली से एक और गली में घुस गए। फिर भागते ही चले गए। वे इतना तेज़ भागे कि स्वयं ही अपनी गति पर आश्चर्यचकित रह गए। आगे गली घुमावदार थी। यहाँ उन्हें अपना दौड़ना रोकना पड़ा क्योंकि गली के कुछ कुत्तों को उनके दौड़ने पर सन्देह हो आया था। दौड़ना बन्द करके चलने लगे वे। हाँ, चाल तेज़ रखी। चलते गए। कुत्ते कुछ दूर तक उनके पीछे आए, फिर लौट गए।...वे तेज़ चलते हुए एक गली से दूसरी गली बदलते चले गए।...कुछ देर तक, अपनी तरफ़ से बढ़िया सी भूलभुलैया मचाकर अन्ततः उन्होंने पीछे पलटकर फिर से पड़ताल की।

नहीं, अब उनके पीछे कोई भी शख़्स नहीं था। तो बाज़ार के कारिन्दे को भटका ही दिया था उन्होंने!

अब वे इत्मीनान से चलने लगे। उन्होंने अन्दाज़ा लगाया कि वे इस समय शहर के किस हिस्से में हैं और यहाँ से घर जाने की दिशा क्या बनेगी? कुछ देर तक अन्दाज़ा लगाकर वे एक तरफ़ को जाने लगे। यहाँ से एक और सड़क पर निकलेंगे। वहाँ से उन्हें अपने घर की सड़क मिल जाएगी। वे गली से निकलकर उस सड़क पर पहुँच भी गए।

एहतियातन एक बार फिर से पीछे पलटकर झाँका। नहीं, अभी भी उनके पीछे कोई नहीं था।

यह सड़क मूलतः एक बड़े बाज़ार का हिस्सा थी। बाज़ार मार्ग के दोनों ओर

था। बाज़ार सड़क पर झूल रहा था, चढ़े जा रहा था, हर क़दम पर तना खड़ा था, सतर्क था, टोह में था। बाज़ार वहाँ एक साथ कई मुद्राओं में मौजूद था।

यहीं उन्हें फिर से वही शख़्स दिखा। जब तक वे सँभलते, उन्हें उसी जैसे अनेक शख़्स दिखे। सब एकदम एक जैसे लग रहे थे। सब चुस्त। सब तत्पर, मानो शिकार पर झपटने को तैयार! सबके ही चेहरे पर विनम्रता और काइयाँपन का अजीब-सा घालमेल। सब एक ही तरह से मुस्कुराते, झुकते, तनते, चलते, उठते, बैठते शख़्स। बाज़ार ने मानो अपने कारिन्दों की प्लास्टिक सर्जरी करके सबको एक जैसा बना दिया था। उनका पीछा करनेवाला शख़्स भी इनमें ही जाकर कहीं मिल गया है; या वह शख़्स शायद यहाँ न भी हो! पर उसने कहीं उनका फ़ोटो खींचकर बाज़ार के साथी कारिन्दों तक तो नहीं पहुँचा दिया होगा?...तब तो अब इनमें से हर एक शख़्स को पता ही होगा कि वे कौन हैं। सबकी निगाह इस समय उन पर ही होगी।

वे यह सोचकर ही घबरा गए।

वे सड़क पर बेतहाशा भाग निकले।

दो गाड़ियों के तो नीचे आते-आते बचे।

सड़क पर वैसे भी बड़ी भीड़ थी। वहाँ लगभग अफरातफरी का माहौल था। सबको बड़ी जल्दी थी। सब भाग रहे थे। न जाने, किस तरफ़! इन्हीं भागते लोगों के बीच वे भी भाग चले। उनके भागने पर किसी ने भी ध्यान नहीं दिया। लोग तो भागते ही रहते हैं। कौन भाग रहा है, क्यों भाग रहा है, कौन मर रहा है, क्यों मर रहा है, कौन है और क्यों है, और कौन है जो नहीं है—बाज़ार की भीड़ के समक्ष ये सारे प्रश्न, अतिप्रश्न थे। किसी के भी पास न तो इन प्रश्नों के पूछने का समय था, न ही इनके उत्तरों की तलाश ही थी किसी को।...

पर वे भागते रहे। भयभीत।

वे डर रहे थे कि उनका पीछा करनेवाला कोई किसी भी पल उन्हें दबोच लेगा।

वे भागते गए।

और तभी उन्हें इस थाने की इमारत नज़र आई।

उन्हें राहत-सी मिली। उन्होंने एक लम्बी साँस खींची और उस इमारत की तरफ़ भागने लगे।

पुलिस और क़ानून का डर किसे नहीं होता?...एक बार वे थाने में घुस भर जाएँ तो बाज़ार उन्हें पकड़ने से पहले सौ बार सोचेगा। अभी दुनिया में ऐसी भी अराजकता नहीं आई है। देश में अभी भी क़ानून का राज है, और यह बात कोई कोरी अफ़वाह नहीं है।

सो वे थाने की तरफ़ भागने लगे।

वहाँ, थाने के बाहर ही दो सिपाही खड़े बतिया रहे थे।

वे थाने के गेट की तरफ़ बढ़े। अब वे धीमे-धीमे चलने लगे। चलते-चलते ही उनकी निगाह सिपाहियों की शक्ल पर पड़ी। वे घबराकर यों रुक गए, मानो किसी ने पाँवों में ज़ोर से ब्रेक मार दिया हो। उनका दिल धक्क रह गया। वे स्तब्ध खड़े रह गए। अवाक्! ये तो अच्छा रहा कि पुलिस वालों ने उन्हें नहीं देखा था। वे स्वयं में ही व्यस्त थे। उनका ध्यान उनकी तरफ़ नहीं था। देख लेते तो अभी अनर्थ हो जाता।...दरअसल, गेट तक आते-आते उन दोनों सिपाहियों का चेहरा ध्यान से देख लिया उन्होंने।...हाँ, ये भी तो बिलकुल वही थे। बाज़ार के आदमी। एकदम वही शक्लो-सूरत। पुलिसवालों की शक्ल एकदम उनसे ही तो मिल रही थी। वे पुलिस के दिखते ज़रूर थे परन्तु वास्तव में वे बाज़ार के कारिन्दे बन चुके थे।... क़ानून की शक्ल एकदम बाज़ार की शक्ल में तब्दील हो चुकी थी।...

तो, अब तो थाने में जाने का कोई मतलब ही नहीं था।

बल्कि पुलिस की नज़र पड़ती तो वे पकड़े ही जाते।

वे धीरे से पलटे। धीरे-धीरे पीछे की तरफ़ खिसकते हुए वे सड़क के किनारे आ गए। वहीं पास ही उनको कचरे का यह बड़ा-सा डिब्बा दिखा। वे, पुलिस की नज़र से बचते हुए कचरे के डिब्बे के पीछे कूद गए।

अब वे यहीं छुपकर घर लौटने के लिए अनुकूल मौक़े की प्रतीक्षा करने वाले थे।

'अंकल, आपको चाय पीकर तो जाना पड़ेगा,' लड़के ने इसरार किया।

अंकल वापस बैठ गए।

ड्राइंगरूम, जैसाकि मध्यवर्गीय घरों में होता है; वहीं बैठे हैं तीनों।

वे अंकल के ठीक सामने बैठे हैं। सोफ़े पर। अपने ही घर में, अजनबी-से। चेहरे पर मटमैली-सी झाईं। दाढ़ी के अधपके बाल। सिर पर उलझे बेतरतीब केश। गुच्चड़-मुच्चड़ वस्त्र।...सामने की दीवार को ताके चले जा रहे हैं। उसी दीवार पर घड़ी टँगी है। वे दीवार पर बिराजे समय को ताक रहे हैं। समय घड़ी के काँटों पर सवारी कर रहा है। घड़ी के ठीक नीचे एक कैलेंडर है। दो माह से इसमें तारीख़ का पन्ना भी नहीं बदला गया है। समय की लाश पड़ी है कैलेंडर के व्यतीत हो गए पन्नों पर। अजीब समय है यह कि मर भी चुका और दौड़ भी रहा है।

चाय की प्रतीक्षा में भी तो एक समय है जो कसमसाता हुआ कमरे में खड़ा है।

'इन्हें समझाइए न अंकल?...शायद आपकी सुनें।' लड़के ने कहा।

इधर वे एकदम चुपचाप, लगातार मुस्कुराते हुए दीवार को अपलक ताक रहे हैं।

'वहाँ कचरे के पीछे तुम क्या कर रहे थे यार?' अंकल ने मानो संवाद शुरू

करने के लिए कहा। प्रश्न सुनकर वे और ज़्यादा मुस्कुराने लगे। बोले फिर भी नहीं। दीवार की तरफ़ ही देखते रहे।

'क्यों छुपे हुए थे आप कचरे के पीछे?...अंकल कुछ पूछ रहे हैं। बताइए न?...' लड़के ने खीजकर पूछा।

'वैसे मैं कहीं भी जा छुपता, अन्ततः कचरे के पीछे ही मिलता।' वे दीवार ताकते हुए बोले।

'मतलब?' अंकल ने पूछा।

'सुना आपने?...ये बस ऐसी ही बातें...' लड़का शिकायत कर रहा है।

'...मतलब यह कि आप उनसे छुप ही नहीं सकते। हर आड़ अन्ततः बेकार साबित होगी। एकदम बेकार। उनके लिए अब हर आड़ कचरा है।...वे पकड़ ही लेते हैं।' वे बताने लगे।

'अरे, कौन किसको पकड़ लेगा यार?' अंकल ने आश्चर्य से पूछा।

'उन्होंने अपने आदमी छोड़ रखे हैं। आप उनसे छुप ही नहीं सकते।...' वे निराश से बोले।

'देखा अंकल? दिन भर बैठकर ये बस ऐसे ही अंटशंट बड़बड़ाते रहते हैं। पूरा घर इनसे परेशान है।...' लड़का शिकायत करता-करता उठा। अन्दर से चाय लेकर आएगा। माँ ने चाय बना दी है।

जब तक चाय आई, वे सोफ़े पर बेचैन होकर उलट-पुलट होते रहे। वे दीवार को घूरते हुए कुछ सोच रहे हैं। दीवार-घड़ी में क़ैद समय कभी काँटों की सवारी छोड़कर अगर दीवार से नीचे उतर आए, तो? या कहीं घंटे वाले काँटे का समय उतरकर मिनट वाले काँटे पर सवारी गाँठने लगे, तो? घंटे, मिनट और सेकंड के काँटे यदि आपस में ही उलझ जाएँ तो इस समय का क्या होगा?...वे समय को लेकर इस समय बड़ी उलझन में हैं पर इस विषय पर अभी इन लोगों से बात करना ठीक नहीं कहलाएगा। ये लोग तो पहले ही उन्हें पागल मान रहे हैं।

लड़का चाय ले आया।

चाय पीते-पीते अंकल ने पूछ लिया, 'तेरे को वहाँ बदबू नहीं आ रही थी?...कचरे के डिब्बे के पीछे?...'

अब घड़ी से ध्यान हटाकर उत्तर दिया उन्होंने।

'अच्छा, यह बताओ कि बदबू कहाँ नहीं है?...जहाँ-जहाँ तुमको खुशबू भी लगती है, वह भी बस एक भ्रम है खुशबू का।'

'अच्छा!'

'जी हाँ, आजकल जब यह बदबू ज़्यादा हो जाती है तो वे उसी पर खुशबू छिड़क देते हैं। खुशबू बस एक भ्रम है। बदबू यथार्थ। वास्तव में सब तरफ़ बदबू ही है।' वे बोले।

'क्या तेरे को सब तरफ़ बस, बदबू ही बदबू लगती है?'

'बिलकुल! क्यों, तुमको नहीं लगती?'

'नहीं तो...'

'यार, कभी तुम अपने चारों तरफ़ तनिक ठीक से सूँघकर तो देखो। बाज़ार से रिसती हुई एक तीखी गन्ध निरन्तर फैल रही है सारी दुनिया पर।'

'पर हमें तो कोई गन्ध नहीं लगती। क्यों पुत्तर?'

'ठीक से सूँघोगे यार, तभी तो पता चलेगा न।'

'ठीक से कैसे सूँघा जाता है महाराज? हमें तो अभी भाभी की बनाई चाय की बढ़िया खुशबू आ रही है। क्यों न पुत्तर?' अंकल ने लड़के की तरफ़ देखा और हँस दिये।

'अंकल, देखा न आपने अभी?...ये दिन भर बस, ऐसी ही, बेसिर-पैर की बातें करते रहते हैं...' लड़का बोला।

'पर तुम लोग ठीक से सूँघोगे कैसे? तुम सब तो बाज़ार का दिया हुआ रूमाल ही अपनी नाक पर धरे रहते हो।'

'बाज़ार का रूमाल?'

'बाज़ार ने अपने इत्र का रूमाल धर दिया है, हर नाक पर।'

'यार, मेरे पास तो भैया, वाइफ़ का दिया हुआ रूमाल है!' अंकल हँसने लगे।

'तू मेरी बात को जोक समझ रहा है क्या?' वे बोले।

'यार, तू बातें ही चुटकुले-टाइप कर रहा है। इनको सुनकर तो कोई भी हँसेगा...' अंकल बोले।

'कुछ चीज़ों को अगर तुम चुटकुला समझोगे तो कल तुम्हें रोना पड़ सकता है।' वे बोले।

'कैसी बातें करते हो पापा?...सॉरी, अंकल।...आजकल ये ऐसी ही...' लड़का बोला।

'मैं सब समझ रहा हूँ पुत्तर,' अंकल ने सिर हिलाकर कहा।

'यार, क्या तुम वास्तव में कुछ नहीं समझ रहे?...मुझे लगता है कि यह दुनिया धीरे-धीरे इस बदबू की ऐसी आदी होती जा रही है कि कल को वह बदबू को ही खुशबू मानने लगेगी। देख लेना तुम, यह दुनिया कचरे के एक बड़े ढेर में बदलने वाली है। अल्लम-गल्लम सामान से भरी ऐसी दुनिया जहाँ तुम्हारे खड़े होने के लिए कोई जगह ही नहीं बचेगी।...' वे बोले।

'यार, हम तो यहीं सोफ़े पर बैठे रहेंगे।...मेरे बैठने की जगह तो यही रहेगी। तू फ़ालतू की चिन्ता न किया कर भाई...' अंकल ने चाय पीकर कप को टेबल पर रख दिया।

वे उसकी बात पर मुस्कुराने लगे।

'तुम इसे अभी भी एक चुटकुला ही समझ रहे हो न?'

'अच्छा, और इसे क्या समझा जाए? तू बता?'

'यार, तुम लोग कभी नहीं समझोगे।' वे निराश स्वर में बोले।

'चल माना कि हम मूरख हैं। हम कुछ नहीं समझते। पर अभी तो तू मुझे यह समझा कि तू कल से कहाँ ग़ायब रहा?...हम लोग तो थाने में तेरी रपट लिखाने जा रहे थे।...अरे, बन्दा कहीं भी जाए, तो घर में बताकर तो जाना चाहिए न? पता है कि बच्चे तेरे पीछे कितने परेशान थे?' अंकल बोले।

'इन्हें किसी के परेशान होने से क्या!' लड़का खीजकर बोला।

'तू इतनी देर तक था कहाँ?' अंकल ने फिर पूछा।

'यार, मैं सुरंग में फँस गया था।...' वे बोल तो गए परन्तु बोलकर घबरा भी गए। सुरंग उनका गुप्त मिशन था। अभी तक, बस, घर वालों को ही सुरंग का प्लान बताया था, और वे भी कौन-सा विश्वास करते थे उस पर।

'सुरंग?...' अंकल समझ ही नहीं पाए।

'ये सुरंग का क्या चक्कर है भाई?' अंकल लड़के की तरफ़ पलटे।

'उसकी मत पूछिए। वो तो एक अलग ही क़िस्सा है अंकल।' लड़का बोला।

'यार, इनका ठीक-ठाक इलाज कराओ भाई। बीमारी और बढ़ गई तो सबको परेशानी हो जाएगी।' अंकल ने चिन्तित निगाह से उन्हें देखते हुए कहा।

'इलाज तो चल रहा है।...डॉक्टर कहता है, समय लगेगा।' लड़के ने धीरे से बताया।

'डॉक्टर स्साले, आजकल यही सेंटेन्स बोलते रहते हैं।...सब, मरीज़ को फाँसकर रखने की तरकीबें हैं।...डॉक्टर भी दुकानदारी कर रहे हैं।...' अंकल बड़बड़ाने लगे।

'बाज़ार है। जहाँ तक फैलेगा, दुकान ही तो बनेगी।...डॉक्टर भी दुकानदारी ही करेगा न? बाज़ार को तो तुम रोक नहीं सके और डॉक्टरों को दोष दे रहे हो।...' वे बोले। उनको अपना प्रिय विषय मिल गया था।

अंकल ने हँसकर कहा, 'यार, तू हर बात में बाज़ार को क्यों ला देता है?'

वे भी हँसकर ही बोले, 'क्या करें? आजकल कोई भी बात बाज़ार के बिना पूरी ही कहाँ होती है? बताओ, ऐसे में कोई क्या करे?'

'तुम यह करो कि अपनी सुरंग के बारे में बताओ।...किस सुरंग में फँस गए थे?' अंकल ने सारी समस्या को फिर एक चुटकुला मानते हुए यों ही पूछा।...

'है एक सुरंग।...' वे सुरंग की शिनाख़्त नहीं होने देना चाहते।

'तुम उसमें फँसे कैसे?'

'कैसे न फँसते? हम अन्दर थे कि उन्होंने बाहर से उस पर पटिया लाकर धर दिया।...ढँक दी सुरंग।...हम फँस गए।'

'किन्होंने?'

'वे जो हम सबके भागने का हर रास्ता बन्द कर रहे हैं।...'

'कहाँ भागने का?'

'उनकी सोच से अलग भागने का...'

'पता नहीं, तू क्या कहे जा रहा है यार!'

'यार, तुम नहीं समझोगे।...'

'तू समझाएगा तो हम ज़रूर समझेंगे। क्यों नहीं समझेंगे?'

लड़का चुपचाप सारा संवाद सुन रहा था। भड़क उठा।

बोला, 'बताइए न?...अपनी सुरंग का क़िस्सा इनको भी तो सुनाइए न?'

वे लड़के की शक्ल देखते रह गए। उसे इशारे से बताने की कोशिश भी की, ऐसी बात बाहर वालों के समक्ष उचित नहीं। सुरंग की गोपनीय बात ऐसे सार्वजनिक थोड़े ही करनी है।

लड़का और भी चिढ़ गया।

'देखा...? मुझे कैसे इशारे कर रहे हैं!...रोज़ हम लोगों को बताते रहते हैं कि ये कहीं, कोई सुरंग खोद रहे हैं।...कहते हैं कि सुरंग पूरी होते ही हम सब यहाँ से सुरक्षित भाग निकलेंगे।...बताइए!...पूरा घर परेशान है और इनको परवाह ही नहीं।' लड़का इनकी हरकतें एक्शन के साथ बताने लगा।

'बेटा, इन पर तनिक नज़र रखियो।...तीसरी मंज़िल पर रहते हो।...कहीं फ्लैट का फ्लोर ही खोद-खाद न डालें। बेचारे नीचे वाले फ्लैट की तो छत ही बैठ जाएगी।...' अंकल हँसने लगे थे अब। किसी की पागलपन वाली हरकतों पर कोई कब तक अपनी हँसी रोक सकता है भाई साब!

'नहीं अंकल, ये खोदते नहीं हैं। बस, बातें करते रहते हैं।...' लड़का बता रहा है।

वे इस झूठे आरोप पर एकदम से उत्तेजित हो गए।

'तुम्हें लगता है कि मैं खोद नहीं रहा? कहीं कोई सुरंग नहीं है? सुरंग नहीं है तो उन्होंने पटिया कहाँ रखा? अरे, वहाँ सुरंग है, तभी तो उन्होंने, उस पर पटिया धरा।...' वे बोले।

'आप तो कुछ भी आँय-बाँय बोलते हो पापा।'

'इसमें आँय-बाँय क्या हुआ?'

लड़का डाँटने लगा। उन्होंने सुना ही नहीं।

बोले, 'पर उन्होंने ढँका क्यों?...वे तो सुरंग के अन्दर हाथ डालकर मुझे बाहर भी घसीट सकते थे। उनके हाथ क़ानून से भी लम्बे हैं।...फिर उन्होंने मुझे पकड़ा क्यों नहीं?' वे मानो स्वयं से प्रश्न कर रहे हैं।

'पकड़ लेते तो खुद रोते।'

वे चौंके। क्या कह रहा है लड़का?

'रोते क्यों?' पूछा उन्होंने।

'आपकी बातें सुनकर, और क्यों!...आपको पकड़ते भी तो रातोंरात छोड़ जाते। कहते कि यह आदमी सुरंग में ही ठीक है।'

'अच्छा, वैसे तुम क्या सोचते हो?...उस सुरंग को भला कोई क्यों ढकेगा?' अंकल ने मज़े लेते हुए पूछा।

'यार, तुम उन्हें नहीं जानते। वे लोग कुछ भी कर सकते हैं।'

'कौन लोग?'

'बाज़ार के आदमी।...वे कुछ भी कर सकते हैं। उनकी हरकतें कई बार तो समझ ही नहीं आतीं। जैसे कि कोई चीज़ मुफ़्त में भी दे रहे हों, तब भी वे उससे कमाई कर लेते हैं। कैसे?...पता है तुम्हें?...नहीं पता न? किसी को नहीं पता।'

'तो फिर तुम सोचो तो मत न?...जब पता करना कठिन ही है तो फिर सोचते क्यों हो?' लड़का बोला।

'यार, तू इतना सोचा मत कर...' अंकल ने फिर समझाइश दी।

'पर किसी-न-किसी को तो सोचना पड़ेगा न?...'

'क्यों सोचना पड़ेगा?...अरे, तुम सोचते ही क्यों हो? देख, तू इतना मत सोचा कर!...बल्कि तू कुछ भी मत सोचा कर। बस, ज़िन्दगी के मज़े मार।...'

अंकल अपनी तरह से उसे समझा रहे थे।

वे अपने मित्र की बातें सुनकर अवाक् थे।

वे उसको एकदम अविश्वास से देखे जा रहे थे।...मुझे क्या समझाए जा रहा है यह?...कहीं मेरा यह दोस्त भी तो उनके साथ नहीं मिल चुका? बातें तो वैसी ही कर रहा है। बाज़ार भी तो सबसे यही कहता है कि सोचो मत। आदमी से विचार को पूरा बेदख़ल करना चाहता है बाज़ार।...पर, ऐसा कैसे हो सकता है? आदमी सोचता है, तभी तो वह आदमी है। यदि वह सोचे ही न, तब तो वह मात्र एक वस्तु बनकर रह जाएगा। घर या दुकान के फर्नीचर जैसा। जहाँ, जैसा रख दो, वहीं पड़ा रहने वाला। सिर के बल धर दो। कोने में पटक रखो। उसके हत्थे पर बैठ जाओ। दाएँ घुमा दो। दक्षिण में कर दो। बाईं तरफ़ मुँह कर दो। ढँक दो। धूल खाने के लिए छोड़ दो। पड़े-पड़े कबाड़ हो जाने दो। कितना डरावना है यह विचार कि एक दिन सारे आदमी कबाड़ बन जाएँगे! विचार के बिना जो शख़्स कबाड़ में तब्दील हो जाएगा फिर उसे तो इस बात का पता भी नहीं चल पाएगा क्योंकि कबाड़ को खुद के कबाड़ हो जाने का पता नहीं होता।

'तुम्हें क्यों लगता है कि विचार की मृत्यु हो चुकी है?' उन्होंने दोस्त से पूछा। कोई शख़्स उन्हें सोचने के लिए कैसे मना कर सकता है!

अंकल समझ ही नहीं सके कि प्रश्न का सन्दर्भ क्या है।

बेटे ने भी ऐसी बेचैनी से सिर हिलाया कि इनका अब कुछ भी इलाज नहीं हो सकता।

'अबे, यह सब क्या कह रहा है रे तू?' अंकल ने पूछा।

'मैं पूछ रहा हूँ—क्या तुमने कहीं पर विचारों की डेड बॉडी देखी है?'

'पता नहीं, मेरे तो कुछ पल्ले ही नहीं पड़ रहा पुत्तर! क्या पूछ रहा है ये?'

'विचार की कोई पोस्टमार्टम रिपोर्ट तो बाज़ार ने जारी नहीं कर दी?'

'बेटा, तू इसका ठीक से इलाज करा।...मामला सीरियस ही लगता है।'

बेटा चुप रहा।...

पर वे चुप नहीं रहे। वे आगे बोलते गए, 'जब आदमी को सोचना बन्द ही करना है तो क्यों न हम सब मिलकर विचार की तेरहवीं मना लें?...मैं मनाऊँ, तो क्या तुम उसे अटेंड करने आओगे?' वे अंकल का हाथ पकड़कर इसरार करने लगे।

अंकल घबराकर उठ गए। पर वे उनका हाथ पकड़े रहे। बेटे ने किसी तरह अंकल का हाथ छुड़वाया।

'छोड़िए उनका हाथ, जाना है अंकल को।...'

हाथ छूटा तो अंकल तेज़ी से उठकर उनसे अलग जाकर खड़े हो गए। वे भी साथ में उठने को हुए तो लड़के ने उन्हें वापस बिठा दिया।

'आप बैठिए।...आपके ग़ायब होने के चक्कर में अंकल के दो घंटे पहले ही ख़राब हो गए हैं...। आप तो चलिए अंकल...'

लड़का उन्हें दरवाज़े तक छोड़ने आया।

'यार, इस पर नज़र रखो।...आजकल, शहर में वैसे भी बड़े लोग ग़ायब हो रहे हैं। शहर गुमशुदा लोगों के पोस्टरों से अँटा पड़ा है।...तू इनकी लेटेस्ट फ़ोटो भी खेंच के रख पुत्तर।...कभी इनकी तस्वीर पोस्टर पर छापनी पड़े तो ठीक से शक्ल तो दिखे वर्ना हमें तो हर पोस्टर पर हर गुमशुदा की शक्ल एक-सी लगती है...' अंकल जाते-जाते हिदायतें दे रहे थे।

अंकल चले गए।

दरवाज़ा बन्द करके लड़का वापस ड्राइंगरूम में लौटा तो वह चौंक गया।

वे ड्राइंगरूम से ग़ायब थे। वे कमरे में कहीं नहीं दिख रहे थे।

'पापा... ?' लड़के ने घबराकर आवाज़ लगाई।

'बोलो बेटा...' अन्दर, टॉयलेट से उनकी आवाज़ आई।

लड़के ने स्वयं को लानत भेजी। क्या वह भी पागलों-टाइप ही सोचने लगा है? परन्तु मान लो, पापा अभी फिर से ग़ायब ही मिलते तो?...मान लो कि वे अपनी सुरंग में किसी तरह से फिर वापस निकल गए होते तो?...'यार, यह तुम क्या सोच रहे हो'—उसने अपने ही सिर पर चपत लगाई। और उधर वे टॉयलेट की खिड़की से बाहर झाँकते हुए अन्दर खड़े थे।

वे टॉयलेट में छुपकर नीचे सड़क की पड़ताल कर रहे थे। कहीं कोई पीछा करने वाला उनके घर तक तो नहीं आ गया?

तभी उन्होंने उसे देखा।

हाँ, कोई तो था। वह बाहर ही खड़ा था। सड़क पर। बिजली के खम्भे से टिका हुआ। वह उनके फ्लैट की तरफ़ ही देख रहा था।...

वे घबराकर खिड़की से पीछे हट गए।

नीचे कोई है

दोपहर बाद का कोई समय।

शहर की व्यस्त-सी एक सड़क।

वहीं, सड़क पर, किनारे की तरफ़ एक कचरा गाड़ी खड़ी हुई है। वहीं दो आदमी खड़े हैं। पास ही एक मेनहोल खुला पड़ा है। मेनहोल का ढक्कन वहीं सड़क किनारे पड़ा है। मेनहोल में उतारी गई सीढ़ी का ऊपरी हिस्सा भी दृष्टिगोचर है। दोनों लोग सफ़ाई कर्मचारी की ड्रेस में हैं।

ज़ाहिर है, यहाँ मेनहोल की सफ़ाई का काम चल रहा है।

एक आदमी के हाथ में मुड़ा हुआ अख़बार है। दूसरा बीड़ी पी रहा है। दोनों गप्प-सड़ाके की मुद्रा में हैं।

तभी मेनहोल की सीढ़ी पर पाँव धरता हुआ एक बदहवास-सा आदमी लड़खड़ाता हुआ बाहर निकला और सड़क पर जाकर धराशायी हो गया। औंधा। बेसुध-सा। तेज़-तेज़ साँसें लेता।

दोनों ने उसे चौंककर देखा और भागकर उसके पास पहुँचे।

वह अभी पसीने से एकदम लथपथ पड़ा है। सड़क पर, औंधा। दोनों ने झटपट उसे सीधा किया। देखकर वे चौंक गए। उनके साथी का चेहरा ऐसा मटमैला सफ़ेद हो रहा है, मानो किसी ने उसका सारा रक्त ही निचोड़ लिया हो!

एक साथी फटाफट भागकर पानी ले आया। कुछ तमाशबीन भी वहाँ रुक गए। ट्रैफ़िक में व्यवधान-सा पैदा हो गया। उन्होंने, उसके मुँह पर पानी के छींटे डाले। उस पर अख़बार झलकर हवा की। ज़ोर-ज़ोर से उसे हिलाकर पूछने लगे कि कैसे हो?

सड़क से गुज़रती कारें, स्कूटर और ऑटो, बची हुई सँकरी-सी जगह से धीरे-धीरे निकलने लगे। एकाध कारवाले ने काँच नीचे उतारकर हिदायत भी दी कि यार, यह तमाशा तनिक सड़क किनारे ले जाकर करो न! कुछ यह बड़बड़ाते हुए निकल

गए कि ये लोग ठेठ दिन में भी इतनी दारू पी लेते हैं स्साले—हद है।

धीरे-धीरे वह चैतन्य हो रहा है। बेहद डरा हुआ लगता है।

'क्या हुआ रे?' पहले साथी ने गाल थपथपाकर पूछा।

वह बोला तो कुछ नहीं परन्तु धीरे-धीरे सीधा बैठ गया।

बैठकर भी चुप ही रहा। ख़ाली-सी निगाहों से देखता रहा दोनों साथियों को। अपलक।

'अरे, कुछ बता तो?' दूसरे साथी ने पूछा।

कुछ तमाशबीन तो रुके रहे। बाक़ी लोग, यह पाकर कि वह मरा नहीं है और ऐसा कोई उत्तेजक नहीं घट रहा, निराश-से होकर वहाँ से चल पड़े।

'यार, हुआ क्या?...छाती पिरा रही है?...साँस में कुछ दिक्कत है? बोल न?' फिर पूछा गया।

उसने मेनहोल की तरफ़ काँपती उँगली से इशारा किया और लड़खड़ाते स्वर में कहा, 'नीचे कोई है...।'

'नीचे?...कोई?...क्या कह रहा है यार?'

'नीचे कहाँ?' दूसरे ने पूछा।

'वहाँ, नीचे...' उसने फिर से मेनहोल की दिशा में इशारा किया।

'वहाँ कौन?'

'मैं नीचे पाइप में उतरा तो वहाँ नीचे एक आदमी बैठा हुआ मिला...' बोलते-बोलते वह काँप उठा।

'नीचे? गटर पाइप में? आदमी?!' पहले ने आश्चर्य से पूछा।

'यार, वहाँ, गटर में कौन बैठा होगा...' दूसरे को भी विश्वास नहीं हो रहा।

'पर वहाँ था। मैंने खुद देखा। नीचे कोई है...' वह बोला। वह घबराया हुआ तो अभी भी है परन्तु शनैः-शनैः सँभल रहा है।

'यार, खुद सोच, नीचे गटर में कितना अँधेरा मचा रहता है। तेरे को अँधेरे में ऐसेई कुछ लगा होगा। तू घबराए मती।...'

'नहीं, मुझे कोई भरम नहीं हुआ है। वहाँ पक्के में कोई तो था। उसने मुझसे बात भी करी...'

'बात करी?'

'हाँ, वो कहने लगा...'

'कि आओ भुमानीदीन?' पहला हँसने लगा। उसे विश्वास नहीं हो रहा।

'हँसो मत। मज़ाक की बात नहीं। वहाँ गटर में कोई आदमी बैठा हुआ था। मुझे देखा तो इशारे से अपने पास बुलाने लगा।...बोला कि आओ, मेरे पास बैठो। आराम से यहाँ आकर बैठो।'

'वो पाइप में बैठा था?'

'हाँ, पाइप से टिका बैठा था। मैं जब मेनहोल से नीचे उतरा तब वो पहले ही वहाँ बैठा हुआ था।'

'वहाँ, मलमूत्र के बीच?' पहले ने पूछा।

'गटर में?' दूसरे ने पूछा।

'हाँ, वहीं।...मुझे देख के उठा। बोला कि आओ। अन्दर चलते हैं।...फिर उठ के पाइप के अन्दर की तरफ़ जाने लगा। कहने लगा कि मैं जानता था कि बाहर की दुनिया से अभी और भी लोग यहाँ आएँगे।...'

'और भी लोग?...'

'हाँ, बोला कि यह नीचे वाली दुनिया बड़ी बढ़िया है।...'

'यार, पता नहीं, तू क्या बके जा रहा है!' पहला बोला। उसे विश्वास नहीं हो रहा।

'तूने हमसे तो ये बात कह ली, अब किसी और से ये सब न कहना—सब तुझे पागल समझेंगे।' दूसरा समझाने लगा।

'पर नीचे कोई तो आदमी है। अरे, मैंने खुद देखा है भैया।'

'अच्छा, तो फिर तू ही बता। नीचे उन पाइपों में कोई कैसे ज़िन्दा रह सकता है?'

'भैया, आदमी की ये मत कहो। आदमी तो कहीं भी ज़िन्दा रह लेता है।...' पहला वाला दूसरे से बोला।

'यार, ऐसे कैसे मान लें? गटर में भला कोई क्यों रहने लगेगा?' दूसरा बोला।

'यार, दुनिया में इस समय भौत ख़राब टाइम चल रहा है।...आजकल कुछ भी हो सकता है।' पहले को उसकी कहानी पर कोई विश्वास नहीं है परन्तु तर्क देने में अपने बाप का क्या जाता है!

'यार, कुछ तो भी...' दूसरे ने प्रतिवाद किया।

पहला उसकी पीठ पर अभी भी हाथ फेरकर उसे सहला रहा है।

दूसरा भी अभी तक तो अख़बार से उसे हवा झल रहा था। अब उसने अख़बार को अपनी बग़ल में दबाकर कहा, 'यार, तू फ़ालतू में, बस घबरा गया है।...देख, अपनी तो भैया, सारी ज़िन्दगी ही मेनहोलों में घुसते-निकलते गुज़र गई है। अरे, वहाँ कोई होता तो कभी हमें भी तो मिलता, क्यों न?'

वह चुप ही बैठा था।

'इसने कोई लाश-वाश न देख ली हो?' पहला बोला।

'लाश?'

'हाँ, किसी ने कोई मर्डर-वर्डर करके बॉडी गटर में फेंक दी होगी। वही बॉडी बहते-बहते यहाँ कहीं अटक गई होगी। टाँगें कहीं फँस गई होंगी तो ऊपर की बॉडी ऊपर को उठ गई होगी। इसी से लाश ने पाइप में बैठने की पोज़ीशन पकड़ ली होगी। यह हो सकता है न?'

'परन्तु लाश बोलेगी कैसे?'

'अरे, लाश को बैठी देख के ये घबरा गया होगा।...उसी घबराहट में इसने यों ही कुछ सुन लिया।...'

'अरे, हम तो कह रहे हैं कि भैया वहाँ कोई नहीं रहा होगा। काहे की लाश-वाश! घबराहट में इसने कुछ का कुछ देख लिया, कुछ का कुछ सुन लिया—बस।...' दूसरा बोला।

'पर वहाँ कोई था।...नीचे, ज़रूर कोई है।...' वह फिर बोला।

'यार, तू थोड़ी देर शान्ति से बैठ ले। आराम कर।...एकाध बीड़ी पी ले। जब ठीक लगे, तब ही तू नीचे जाना।...' पहले ने उसकी पीठ थपथपाकर कहा।

'कहाँ जाना?' वह चौंककर एकदम से खड़ा हो गया।

'नीचे, और कहाँ?...काम पे।' पहला बोला।

'मैंऽऽ नीचे नहीं उतरने वाला।...' वह बोला।

'पर येई तो काम है अपना?'

'मैं नीचे नहीं जानेवाला...' ज़ोरों से अपना सिर हिलाते हुए इनकार किया उसने।

'यार, अजीब बात करता है रे तू...'

'तो तू चला जा न?...' वह बोला।

'पर अभी तो तेरा ही नम्बर है न?'

'नीचे तो मैं बिलकुल नहीं जा रहा...'

'और अभी जो सुपरवाइज़र साहब आ गए और हमें गरियाने लगे कि तुम तीनों बाहर क्यों खड़े हो...'

'तो फिर तू उतर जा न, नीचे।...खुद जाकर देख ले कि कोई नीचे है कि नहीं है...' वह बोला।

'यार, ये शायद सच्ची कह रहा है। मान लो कि वास्तव में वहाँ नीचे कोई हो, तो?' दूसरा बोला।

'यार, नीचे कौन होगा?' पहले ने कहा।

'तुम लोग चाहे मानो, न मानो—मैंने देखा है। नीचे कोई है...। ज़रूर कोई है।' वह बड़बड़ाने लगा।

'यार, कोई भूत-प्रेत वाला चक्कर न हो?' पहले ने सुझाव दिया।

'हाँ, यार...जे एकदम सच्ची बात कही तूने...' दूसरा बोला।

'क्योंकि भूतप्रेत तो कहीं भी मिल सकते हैं...' पहला बोला।

'किसी ने किसी को मारमूर के फेंक दिया होगा कभी गटर में और अभी उसकी आत्मा भटकती फिरती होगी इन पाइपन में...बिलकुल सही कही तूने।' दूसरा बोला।

'यार, भूत-वूत नहीं था। एकदम असली आदमी था।...' वह बोला।

'भैया, भूत का क्या है! भूत चाहे तो कभी आदमी भी बन सकता है।... कोई भी रूप धर सकता है भूत।' दूसरा भूतप्रेतों में परम विश्वास करनेवाला शख़्स है।

'फिर?' पहले ने पूछा।

'तो भैया, कोई भी नीचे न उतरेगा अब तो।...कोई जान थोड़ेई जोखम में डालनी है। भूत-प्रेत का मामला...' दूसरे ने निर्णयात्मक स्वर में कहा।

तीनों अब इस बात पर सहमत थे कि वे अभी नीचे नहीं उतरेंगे। इतना तय करके वे बाहर ही सड़क किनारे जाकर बैठ गए। वे नीचे मिले उसी शख़्स की बातें करने लगे।

'पर हम अगर नीचे न उतरे तो...'

'तो क्या?'

'यार, हमें नौकरी से हकाल देगा वो। मेनहोल के अन्दर घुसने की ही तो नौकरी है हमारी?'

'भैया, ठेकेदार हमें सफ़ाई करबे के पैसे देता है, भूत-प्रेतन से भिड़बे के नहीं।'

'तब भी...'

'तब भी क्या?'

'एक बार सोच ले...'

'अच्छा, फिर तू ही बता। मैं तो कहता हूँ कि कोई तुझे दुगुनी पगार भी देने को राज़ी हो जाए, तब भी, क्या अभी तू नीचे उतरेगा?'

इस प्रश्न पर सभी मौन हो गए। सही बात तो कह रहा है वह।

तभी सुपरवाइज़र भी आ पहुँचा।

'ये सब क्या चल रहा है रे?' तीनों को फ़ालतू ही बाहर बैठे देखा तो आगबबूला हो गया वह।

'जी... ?'

'अबे, तीनों यहाँ ठाठ से बैठे हो तो फिर नीचे कौन है?...अभी किसका नम्बर था नीचे जाने का?'

'इसका था। ये नीचे ही था। बस, अभी-अभी बाहर आया है।...'

'क्यों?...थक गए क्या साहब जी?' सुपरवाइज़र ने व्यंग्यपूर्वक पूछा।

'नहीं, वो बात नहीं है...' उसने बताने की कोशिश की।

'तो फिर क्या बात है साहब, ज़रा हमें भी तो बता दी जाए?'

'साहब, ये अपनी जान बचाकर वहाँ से भागा है...'

'जान बचाकर?...'

'हाँ, साब, वहाँ ख़तरा है। नीचे कोई है...'

'क्या बोले तुम?'

‘इसे, पाइप में नीचे कोई आदमी बैठा हुआ मिला।...’

‘नीचे? गटर में?’

‘हाँ, वहीं...’

‘वहाँ कौन बैठा होगा बे?’

‘वही तो।...पर था तो वहाँ कोई।’

‘तुम लोगों का दिमाग़ ख़राब हुआ है?’

‘नहीं साहब, हमें तो यह कुछ भूत-प्रेतन का चक्कर लग रहा है...’

‘यार, कामचोरी के फ़ालतू बहाने मत बनाओ। अभी ठेकेदार...’

‘नहीं साब, नीचे ज़रूर कोई है...मैंने तो खुद अपनी आँखों से देखा।...पाइप में बैठा हुआ था।...’ वह बताने लगा।

‘अबे, पागल हुआ है?’

‘पागल होने की बात ही नहीं है...इसने खुद देखा है,’ दूसरा बोला।

सुपरवाइज़र ग़ुस्से और असमंजस के मिले-जुले भाव से तीनों को देखता रहा।

‘वहाँ कोई कैसे हो सकता है?’

‘वही तो हम परेशान हैं...’

‘अबे, तू बोल न?’

‘मैं क्या बोलूँ साब, सच बात येई है कि मैंने खुद उसे देखा—नीचे, वहाँ कोई तो बैठा था।...’ उसने फिर से पूरी कहानी दोहरा दी कि कैसे कोई पाइप में टिका हुआ बैठा था और उसे अपने पास बुला रहा था।

‘तो तू उसके पास भी गया?’

‘मैं कैसे जाता?’

‘क्यों?’

‘मैं नहीं गया।...मैं तो डर गया था।’

‘भैया तू इसीलिए नहीं गया क्योंकि वहाँ कोई था ही नहीं।...यूँ ही बिना बात के डर गया तू...’

‘नहीं साब, वहाँ कोई तो था।’

सुपरवाइज़र अब एकदम से उखड़ गया ‘तो अब हम लोग कुछ काम कर लें?...पता है न? हमें दस तारीख़ तक सारे मेनहोल साफ़ करने हैं। बहुत बहानेबाज़ी हो गई। बहुत आराम कर लिया। बहुत ऐश हो गई। अब चलकर थोड़ा काम करो।...चलो, नीचे उतरो।’ सुपरवाइज़र ने उसे कहा।

‘मैं तो नीचे नहीं उतरूँगा साब...’ वह घबराकर दूर खड़ा हो गया।

‘क्यों?’

‘बताया तो? नीचे कोई है...’

‘नीचे कोई भी नहीं है श्रीमान,’ सुपरवाइज़र ज़ोर से चिल्लाया।

'नहीं साहब, वहाँ कोई तो है...' वह और दूर जाकर खड़ा हो गया।

'फिर यह बात तू अब ठेकेदार को ही बतइयो।...चलो रे, इस पागल को छोड़ो। तुम नीचे उतरो।' उसने दूसरे शख़्स को मेनहोल में उतरने का इशारा किया।

दूसरा भी पीछे हट गया।

'मैं नहीं उतरूँगा साहब।...जब ये नहीं उतर रहा तो मेरे को भी तो अपनी जान प्यारी है।...' वह बोला।

'अबे, जान देने की तुझे कौन कह रहा है?'

'पता नहीं, वहाँ नीचे कौन है और हमें क्या कर दे!'

'कोई तुझे क्या कर देगा यार?...'

'कुछ भी कर सकता है।...'

'नीचे कोई है ही नहीं।'

'मान लो कि कोई हो, तो?'

'अरे, बस, भ्रम है इसका...'

'पर कोई हो ही, तो?...हम भी तो बाल-बच्चोंवाले लोग हैं साहब।'

दूसरा और भी पीछे खिसककर दूर जाकर खड़ा हो गया।...

सुपरवाइज़र उसकी इस हुक्मउदूली पर चिढ़ गया। उसने पहले की तरफ़ मुड़कर कहा, 'और तू?'

'मैं भी नहीं उतरूँगा साब...'

'अच्छा, चल, तू नीचे उतरकर बस ये ही देखकर वापस आ जा कि वहाँ कोई है कि नहीं?'

'क्या मुझे चश्मदीद गवाह बना रहे हो साब?...'

'हमारे ठेकेदार को अपना फ़ैसला सुनाने के लिए किसी गवाह की ज़रूरत नहीं पड़ेगी बेटा...' सुपरवाइज़र ने धमकाया।

'इसमें ठेकेदार क्या करेगा साब?'

'काम पूरा नहीं हुआ तो ठेकेदार एक लात मारकर काम से निकाल देगा—तुझे भी, और मुझे भी।...समझा?'

'पर साब, कौन अपनी जान जोखम में डालेगा? वो हमें काम पे रखे या हकाल दे, जानबूझकर मौत के मुँह में कोई क्यों जाएगा?' पहला आदमी भी दूर जाकर खड़ा हो गया।

'अबे, मौत के मुँह में कौन घुसेड़ रहा है तुझे?'

'ये मौत के मुँह में जाना ही तो हुआ।'

सुपरवाइज़र तीनों को देर तक घूरता रहा। तीनों सिर झुकाए खड़े रहे।

'अरे, ये स्साला तो ख़ैर पगला गया है, पर तुम दोनों क्यों अपनी नौकरी ख़तरे में डाल रहे हो?'

'हमारी नौकरी बस सफ़ाई करबे की है साहब। भूत-प्रेतों से लड़बे की नौकरी नहीं है हमारी...।'

'ठीक से पता है न कि क्या नौकरी है तुम्हारी, और हमारी भी?'

'जो हो...'

'जो हो की बात ही नहीं है बेटा।...याद रखने की बात है।...याद रखना कि तुम्हारी नौकरी बस यही है कि जो भी ठेकेदार कहे, सो तुम्हें करना है।...'

'ठेकेदार साहब भगवान हैं क्या?'

'उससे कम भी नहीं हैं...'

'देखो साब, हमसे ज़बरदस्ती करबे की कोशिश न की जाए। अभी सारे सफ़ाई कर्मचारी इकट्ठे हो गए तो...'

'क्यों रे, नेतागीरी दिखाता है?...'

'ये नेतागीरी नहीं है साहब।...इसने नीचे किसी को देखा है। बताइए—ऐसे में हम नीचे कैसे उतर जाएँ?'

'नहीं साब, नीचे ज़रूर कोई है। मैंने अपनी इन्हीं आँखों से देखा है।' वह फिर बोला।

'अच्छा, साब, आप भी हमारे साथ नीचे उतर चलिए। खुद ही देख लो न कि सच क्या है।' पहले ने सुझाव दिया।

सुपरवाइज़र और ग़ुस्सा हो गया।

'मुझे वहाँ मत उतरवा लेना।...मैं उतरा और वहाँ वास्तव में कोई आदमी मिला तो...'

'तो?'

'तो मैं उसे वहीं नौकरी दे आऊँगा कि तू यहाँ रहता है तो फिर बैठे-बैठे यहाँ की सफ़ाई भी कर लिया कर।...फिर जाकर बैठना तुम लोग। ठाठ से। घर पर।'

'साहब, ये बार-बार घुमा-फिराकर हमें नौकरी की धमकी मत दो।'

'घुमाकर नहीं, एकदम सीधे बता रहे हैं। या तो नीचे जाओ वरना कल से यहाँ काम पर मत आना,' सुपरवाइज़र ने अन्तिम निर्णय-सा सुनाते हुए कहा।

इतने में ही उसे चक्कर आ गए। वह फिर से सड़क किनारे लुढ़ककर लेट गया। दोनों साथी सुपरवाइज़र को ग़ुस्से की निगाह से देखते हुए साथी पर अख़बार से पंखा झलने लगे। सुपरवाइज़र भी घबरा गया।...

फिर एक चक्र-सा चला।

यहाँ-वहाँ से और भी सफ़ाईकर्मी वहाँ आ गए। ठेकेदार भी पहुँच गया।...फिर और भी लोग।...फिर किसी ने सारा मामला सोशल मीडिया पर डाल दिया। बात को पंख लग गए। ख़बर कचरे की तरह उड़ चली। ख़बर वायरल हो गई। अँगूठे, टच स्क्रीन, कैमरे, अख़बार, बहस—सब आ गए।...'नीचे कोई तो है' की सम्भावना ने शहर को कब्ज़े में ले लिया। 'नीचे यदि कोई है' तो वहीं नीचे से वह क्या-क्या

तथा कहाँ-कहाँ डाल सकता है, इस पर जोक्स चल पड़े। स्माइली के ढक्कन खुल गए। सोशल मीडिया में वह कीचड़ बहने लगा जिसके मेनहोल का ढक्कन अभी तक बना ही नहीं था। दुनिया भर में ख़बर हो गई कि नीचे कोई है! शहर के सीवेज सिस्टम में जाकर कोई शख़्स रहने लगा है—यह एक बड़ी सनसनीख़ेज ख़बर थी। मीडिया के बाज़ार में दो-तीन दिनों की रौनक़ का इंतज़ाम हो गया था।

और वह जो नीचे था?

वह, इस सारी हलचल से बेख़बर, ज़मीन के नीचे बसी पाइपों की दुनिया में ठाठ से घूम रहा था! 'नीचे कोई तो है'—इस बात को उससे बेहतर कोई नहीं जानता था!

तुम सो कैसे लेते हो

रात आधी से ज़्यादा बीत चुकी।

वे छत पर एकदम चौकन्ने बैठे हैं, उकड़ूँ। छत के परकोटे से एकदम सटे।

वे पहरे पर हैं।

अपने घर की तीसरी मंज़िल की छत से नीचे गली पर गहरी नज़र रखे हुए हैं वे।...

सँकरी गली, ऊपर से देखो तो और भी सँकरी दीखती है। दोनों तरफ़ मकानों का सिलसिला है। गली आगे जाकर मेन रोड पर खुल रही है जहाँ सब तरफ़ बस बाज़ार ही बाज़ार है।...बाज़ार इसी गली में पसरकर उनकी बस्ती पर कब्ज़ा जमाने की फिराक में है, यह वे जानते हैं। इसी डर से वे सोते नहीं। बस्ती के लोग फिर भी न जाने कैसे, इतने निश्चिन्त सो रहे हैं।

पर वे कैसे सोएँ?...किसी को तो जागकर पहरा देना ही होगा।

वे पिछले कई माह से अहर्निश जागे रहते हैं। बच्चे उन्हें डॉक्टर के पास ले गए थे।...इन्हें नींद नहीं आती। न दिन में। न रात में। बेहद बेचैन रहते हैं। घर में यहाँ से वहाँ घूमते ही रहते हैं। पूरे घर में सब तरफ़ चक्कर लगाते रहते हैं। एक जगह, टिककर बैठते ही नहीं। आजकल पलकें तक नहीं झपकाते।...सर, आजकल इनकी आँखें एकदम फटी-फटी सी रहती हैं। कहते हैं कि पलकें झपकाने के दौरान ही कहीं कब्ज़ा हो गया, तो? दिन-रात किसी कब्ज़े को लेकर परेशान रहते हैं। पता

नहीं, किस कब्ज़े का डर मन में बैठ गया है।...वे बच्चों की ये बातें सुनते हैं। कुछ कहते नहीं। क्या बोलें? बच्चे समझेंगे नहीं।

परिवार तो ख़ैर उस ख़तरे को मानता ही नहीं जिसे वे एकदम सामने देख रहे हैं।

दुनिया भी इस ख़तरे को समझ नहीं पा रही।

लगता है कि इसे केवल वे ही जान रहे हैं। उन्हें पता है कि बाज़ार कब्ज़ा जमाने की मुहिम पर निकला है। वह हमारे जीवन को हथियाने निकला है। वह छापामार की तरह निकला है। छोटे मोर्चों पर तो उसका कब्ज़ा भी हो चुका और हमें पता ही नहीं चला। छोटे-छोटे मोर्चे जीतकर जीवन का एक बड़ा इलाक़ा उसने पहले ही हथिया लिया है। हमारे मन का एक बड़ा हिस्सा अब बाज़ार के कब्ज़े में है। परन्तु बाज़ार अब राजसूय यज्ञ कर रहा है। उसका छोड़ा हुआ अश्वमेध घोड़ा कब इन गलियों में आकर यहाँ पूरे कब्ज़े का ऐलान करेगा, पता नहीं। उसकी टापें सुनाई दे रही हैं। न जाने क्यों ऐसा है कि ये टापें बस वे ही सुन पा रहे हैं। बस्ती में अन्य किसी को कुछ भी सुनाई ही नहीं दे रहा।

वे जानते हैं कि बाज़ार की पलटनें तैयार हैं। वे चल पड़ी हैं। हर दिशा से। हर दिशा को। क्षितिज पर बवंडर-सा उठता दिख रहा है। बवंडर रोज़ पास आता जा रहा है। किसी तूफ़ान-सा। इसीलिए तो बेहद चौकन्ने रहते हैं वे, आजकल। सब तरफ़ निगाह रखते हैं। पहरा देते हैं। घर तिमंज़िला और ख़ासा बड़ा है। हमेशा डर लगा रहता है। कहीं से घर खुला न छूट जाए। तभी तो वे एक जगह टिककर नहीं बैठते। पूरे घर में घूमते-फिरते हैं। सब तरफ़ चेक करते रहते हैं। घर के लोग उनसे परेशान रहते हैं।...आराम से बैठते क्यों नहीं पापा? क्यों ऊपर-नीचे होते रहते हो?...कैसे भोले घर वाले हैं! कुछ समझते ही नहीं।

रात में वे छत पर पहरा देते हैं।

वे अभी छत पर ही हैं। अपने पहरे पर। पर मान लो कि छत से कभी दुश्मन को उन्होंने आते देख ही लिया तो? क्या तैयारी है उनकी लड़ने की?...

उनकी कोई भी तैयारी नहीं।

अकेले-अकेले तो लड़ना वैसे भी सम्भव नहीं। वे उनको आता देख भी लें तो आख़िर क्या कर लेंगे? बस, वे बस्ती को ज़रूर जगा देंगे, यह पक्का है। वे हल्ला करके सारे मोहल्ले को उठा देंगे। उन्होंने घर वालों से छुपाकर ढोल तक रख छोड़ा है, छत पर। मौक़ा पड़ा तो ज़ोर-ज़ोर से ढोल बजाएँगे। ऐसा बजाएँगे कि सब लोग जागकर गली में दुश्मन के सामने आ जाएँ।...छत पर, एक कोने में ईंटें और पत्थर भी रख छोड़े हैं। गली में घुसते दुश्मन पर फेंकेंगे।

जब दुनिया सोती है, वे इसीलिए जागे रहते हैं।

वे रात में घर की हर साँकल, सिटकनी और कुंडी का मुआयना भी कर रहे होते हैं। एकदम बेआवाज़। खटका भी नहीं होने देते। खटपट हो तो घर वाले नाराज़ हो

जाते हैं।...न तो खुद सोते हो, न हमको सोने देते हो। बेटे ने डॉक्टर से बताया भी था। 'ये सोते ही नहीं। रात भर, पूरे घर में बेचैन घूमते रहते हैं।'...डॉक्टर ने नींद की दवाइयाँ दे रखी हैं। वे भी बताते तो यही हैं कि खा लीं, पर खाते नहीं। वे जानते हैं। डॉक्टर भी दुश्मनों से मिला हुआ है। चाहता है कि यहाँ का एकमात्र चौकन्ना नागरिक भी सो जाए तो दुश्मन यहाँ आकर आराम से बस्ती पर कब्ज़ा कर ले।

'...यार, पूरे घर को परेशान कर रखा है। सोते ही नहीं। रात में छत पर बैठे रहते हैं। कहते हैं कि दुश्मन पर नज़र रख रहा हूँ। ऐसी ही उल्टी-सीधी बातें। दिन-रात कुछ-न-कुछ ऊटपटाँग बोलते रहते हैं। कभी खुद से ही बातें करते रहते हैं। पूछो कि अभी आप किससे बातें कर रहे थे तो बताते हैं कि उनका सीधे देवताओं से कनेक्शन है। बताते हैं कि देवता ही बातें करते रहते हैं उनसे। देवता उन्हें चेताते रहते हैं कि तुम सो मत जाना कहीं। और कभी-कभी तो एकाग्र होकर खड़े रहते हैं और चुपचाप कुछ सुनते रहते हैं। कहते हैं कि उनके पास कोई अलौकिक शक्ति आ गई है। वे खड़े होकर हवा में घूमते उन कूट ध्वनि-संकेतों को पकड़ रहे हैं जो दुश्मन लोग आपस में भेज रहे हैं।...हर अजनबी पर शक करते हैं। कहते हैं कि कब्ज़ा करने वाले किसी भी भेस में आ सकते हैं। बाज़ार सन्त बनकर भी आ सकता है, भिखारी के भेस में भी। ऐसा कहते हैं।...यार, पचासों जगह इलाज करा लिया। झाड़-फूँक भी। पर घटने की जगह, बढ़ ही रही है इनकी परेशानी।...समझ नहीं आता, क्या करें?...बाप हैं। कोई और होता तो उसे तो दो लप्पड़ लगाकर ठीक भी किया जा सकता था।...' बेटा अपने मित्र को सारी व्यथा फ़ोन पर बता रहा है।

एक दिन तो उन्होंने घर वालों को सुबह अलसभोर में ही जगा डाला। तब वे रात भर से छत पर ही थे। वहीं एक ज़ोरदार विचार मन में आया। वे उत्तेजित हो उठे। एकदम दौड़ते हुए छत से नीचे आए। सबको जगा दिया। आँखें मलते बेटे को जगाकर कहने लगे कि क्यों न अपन घर में ही एक बंकर खोद लें? मान लो कि वे कभी गली में आते दिखे तो अपन फटाक से अपने बंकर में घुस जाएँगे।...बेटे ने उनको मारा तो ख़ैर नहीं क्योंकि बाप को मारना उचित नहीं कहाएगा पर उसने पलंग से उठे बिना ही उनको तेज़ी से एक तरफ़ धकेल दिया। कहा कि अब हो ही जाने दो स्साला ये कब्ज़ा। हम तैयार हैं कब्ज़े के लिए, बस, हमें कुछ देर तक चैन से सो जाने दो प्रभु!

वैसे यह बात सोलह आने सच है कि देवता उनसे बतियाते रहते हैं।

यों यह बातचीत इकतरफ़ा ही होती है। देवता ही बोलते रहते हैं। जब वे छत पर खड़े हों तो आकाशवाणी के ज़रिये भी देवता उनको चेताते रहते हैं। देवता लगातार चिन्ता प्रकट करते रहते हैं। देवता उनसे कहते हैं कि देवताओं के ख़िलाफ़ मृत्युलोक में साज़िश हो रही है। देवताओं के हाथ से निकला जा रहा है मृत्युलोक। वे बताते हैं कि बाज़ार तो देवताओं पर भी कब्ज़ा करने की फिराक में है। देवताओं

की आवाज़ से ही उनकी घबराहट का पता चलता है। इधर वह है कि इन्हीं देवताओं से उम्मीद करता रहता है। मुसीबत पड़े तो हमेशा इन्हीं देवताओं को याद किया करता है वह। अभी भी उसने कई बार उनसे कहा है कि हे देवता, हमारी रक्षा करो!...यदि वे कब्ज़े को आ रहे हैं तो उनसे हमारी रक्षा करो! पूरा जीवन तुम्हारी पूजा-पाठ में निकाल दिया है, अब जो मौक़ा पड़ा है तो इस भक्त की रक्षा तो कर! देवता उसकी इस बात का कभी कोई उत्तर ही नहीं देते।

बस, एक बार अवश्य देवता ने उसकी बात का जवाब दिया था।

उसने उनसे अपनी रक्षा करने की बात की थी। वह हर आकाशवाणी के बाद, हर बार देवता से अपनी रक्षा की प्रार्थना वैसे भी ज़रूर करता है। वही उस दिन भी की थी। इस बार देवता का जवाब आया था।

देवता ने कहा था, 'वत्स, हमारा काम बस तुम्हें चेताना है। अब अपनी रक्षा तू खुद कर। हमने तुझे बुद्धिबल और बाहुबल देकर ही पैदा किया है न, फिर, अपनी लड़ाई तू खुद लड़ न!'

वे जान गए थे। देवता बहानेबाज़ी कर रहे हैं।

'तू सर्वशक्तिमान है प्रभो, रक्षा कर!' वे बस, यही बोलकर रह गए थे। देवता से कोई शिकायत नहीं कर पाए थे वे। देवता पर बहानेबाज़ी का आरोप लगाना भी उनकी नास्तिकता कहलाती।

उस दिन डॉक्टर ने भी पूछा था कि क्या आपके कानों में कोई आवाज़ें सुनाई देती हैं? उन्होंने उलटकर डॉक्टर से ही पूछ लिया था कि ये आवाज़ें तुमको सुनाई नहीं देतीं क्या? उन्हें बड़ा आश्चर्य होता है। जब आकाशवाणी होती है तो सबको सुनाई क्यों नहीं देती? क्या बाज़ार ने कुछ ऐसा इंतज़ाम कर दिया है कि बाज़ार के विरुद्ध देवता भी कुछ बोलें तो कोई उनकी सुने ही नहीं?

देवताओं की कही बातें वे आजकल किसी को भी नहीं बताते। पहले बता देते थे। सब हँसते थे। सो अभी तो इस बार डॉक्टर ने भी पूछा तो उससे भी यही कहा कि हमें आजकल कोई आवाज़ें नहीं सुनाई देतीं। डॉक्टर ने खुशी ज़ाहिर करते हुए लड़के से कहा था कि दवाई असर कर रही है, इनके 'ऑडिटरी हेल्यूसिनेशंस' ख़त्म हो गए हैं। डॉक्टर इन आवाज़ों को हेल्यूसिनेशन का नाम देता है।...रात बीत रही है। अलसभोर हो रही है। वे अभी छत के परकोटे से चिपककर लेटे हुए हैं।

दूर मुख्यमार्ग से गाड़ियों की आवाजाही बढ़ गई है।

नीचे गली में कोई दौड़ता हुआ निकला है। जॉगिंग की ड्रेस में। वे दूर तलक उसको देखते रहे। दुश्मन जॉगिंग के बहाने भी गली में आ सकता है।

वायुमंडल में तरंगित ध्वनियों को पकड़ा है रात भर उन्होंने।

दुश्मन रात-भर योजनाएँ बनाकर कूटभाषा में एक-दूसरे को सन्देश भेजते रहे हैं। वे चिन्तित हैं।

वे धीरे से छत से नीचे उतर आए हैं।

एकदम बेआवाज़।

पूरा परिवार अभी नीचे सो रहा है।

वे दबे पाँव घर के नीचे के हिस्से में घुसे। बेडरूम में अँधेरा है।

इतने एहतियात के बाद भी उनका पैर कहीं टकरा ही गया। स्टूल पर रखा पानी का जग तेज़ आवाज़ के साथ संगमरमर की टाइल पर गिरकर लुढ़क गया। ठप की तेज़ आवाज़ हुई।

पत्नी घबराकर उठ बैठी।

'कौन?' पत्नी ने पूछा।

'मैं...' उन्होंने कहा।

'न तो खुद सोते हो, न सोने देते हो।...तुम थोड़ी देर सो क्यों नहीं लेते?' पत्नी ने कहा और पत्नी बड़बड़ाकर वापस सो गई।

वे आकर भी लेटे नहीं। लेटने का समय ही कहाँ था। वे दबे क़दमों से खिड़की तरफ़ चले। धीरे से परदा खिसकाया। स्ट्रीट लाइट बन्द हो गई है।

बाहर गली अभी सूनी पड़ी है।

किसी भी घर में कोई हलचल नहीं दीखती।

सब आराम से सो रहे हैं।

बाहर भी।

उनके अपने घर में भी।

बस, वे ही खिड़की पर प्रेत की भाँति टँगे हुए हैं।

वे बड़े आश्चर्यचकित हैं।

आशंकाओं से भरे इस विकट समय में कोई ऐसे सो कैसे सकता है?

क्या आप भी सुरंग खोदते हैं जनाब

वही मनोरोग क्लीनिक। वही सायकेट्रिस्ट।

वही सुन्दर रिसेप्शनिस्ट।

वही 'बिज़नेस लाइक' माहौल। सब कुछ वही। यहाँ तक कि पागल भी वे ही। वे ही पागल।...

क्लीनिक में मरीज़ों की भीड़ मची हुई है। प्रतीक्षा कक्ष की सारी कुर्सियाँ भर

चुकीं। कुछ पागल खड़े भी हैं। सबको, अपनी बारी की प्रतीक्षा है। भीड़ विकट है। तो क्या दुनिया में पागल इतने बढ़ गए हैं? कहीं समझदारों को भी पागल मानकर तो नहीं लाया जा रहा यहाँ? कहीं उन्होंने पागलपन की परिभाषा नये सिरे से तो तय नहीं कर डाली? डॉक्टरी के बाज़ार ने पागलपन तय करने के पैमाने अपने हिसाब से तो नहीं बदलवा डाले?

इसी भीड़भाड़ में, वे दोनों संयोग से अगल-बग़ल की कुर्सियों पर आ बैठे थे।

दोनों एक-दूसरे से कतई परिचित नहीं हैं।

पर हम यहाँ बता दें कि दोनों ही सुरंग खोदने के अपने जुनून के कारण यहाँ लाये गए हैं।

खोद-खोदकर दोनों की हथेलियों में भट्टे पड़ गए हैं। कोई भी समझदार आदमी एक नज़र इनकी हथेली पर डालकर जान सकता है कि ये ज़रूर कुछ खोदते रहते हैं।

सबसे पहले तो उसने ही अपने बग़ल वाले की हथेलियों में ठीक अपने जैसे ही भट्टे देख लिये। वह चौंक गया। तो क्या यह शख़्स भी उसकी तरह ही कहीं भागने की तैयारी कर रहा है? पर यह भी तो हो सकता है कि यह कहीं कुछ और ही खोदता हो? मान लो कि क़ब्र ही खोदता हो; या कि नींव; या फिर गड़े मुर्दे; या किसी की जड़ें। आदमी खोदने पर आ जाए तो वह कुछ भी खोद सकता है। अपनी खुद की हथेलियाँ तो वह हमेशा छुपाकर रखता है। डरता है कि उसकी हथेलियों के भट्टे उसका रहस्य न खोल दें।

परन्तु उसके पास बैठा शख़्स ऐसा सतर्क नहीं लगता। बल्कि वह तो अपनी हथेलियाँ सामने फैलाकर उनका गहन निरीक्षण जैसा कुछ कर रहा है। कदाचित वह अपनी ही भाग्यरेखाएँ बाँच रहा है।...

जो हो, पर बग़ल वाले की हथेलियों में खूब भट्टे बने दिख रहे हैं। यह शख़्स भी ज़रूर उसकी तरह सुरंग ही खोदता होगा—उसकी छठी इंद्रिय बता रही है उसे।

तो क्या इस सिलसिले में इसकी कुछ टोह लूँ मैं?

क्योंकर टोह लेगा वह?

क्योंकि हो सकता है कि उसके अलावा भी बहुत से अन्य लोग बाज़ार से भागने के लिए छुप-छुपकर सुरंगें खोद रहे हों? अकेले-अकेले? उसे ऐसे लोगों की तलाश करनी चाहिए। ऐसे कुछ लोग भी अगर साथ मिल जाएँ तो सुरंग खोदना कितना आसान हो जाए!...सब लोग मिलकर फिर एक ही सुरंग खोदें और बाज़ार की सीमा से परे निकल जाएँ। अभी वह यह काम अकेले कर रहा है तो पागल कहलाता है। अकेले को तो पागल ही माना जाएगा। परन्तु इसी में कई मिल जाएँ तो यह आन्दोलन कहाएगा, या नया क्रान्तिकारी विचार!...वह मन में मुस्कुराया। हर क्रान्तिकारी विचार शुरू के अकेलेपन में पागलपन ही तो होता है।

आज से, वह हथेली पर भट्टे पड़े लोगों को अपने आसपास खोजा करेगा।...

शुरुआत इस बग़लवाले से की जाए।

'आप अपनी हथेलियों में इतनी देर से क्या देख रहे हैं?' उसने बग़लवाले शख़्स से पूछा।

उन्होंने उसे घूरकर देखा।

बोले कुछ भी नहीं। कुछ देर तक उसे घूरकर वापस अपनी हथेलियों की पड़ताल करने लगे।

फिर हथेलियों पर नज़र धरे-धरे ही उन्होंने मानो खुद को संबोधित करते हुए जवाब दिया, 'अपने हाथ की लकीरें देख रहा हूँ जनाब!...'

बोलकर भी उन्होंने अपना सिर नहीं उठाया। अपनी हथेलियों को ही देखते रहे।

हाथों की लकीरों पर अगाध विश्वास रहा है उनका। जीवन-भर। उनका भाग्य हमेशा प्रबल रहा। तभी तो। जहाँ हाथ डाला, सोना हो गया। उनके पैदा होने पर, जन्मकुंडली बनाकर किसी पंडित ने यही तो कहा था कि यह बालक जहाँ हाथ लगाएगा, सोना हो जाएगा। माँ बताती थी। वही हुआ भी। सोना बनाते-बनाते जीवन बिता दिया उन्होंने। ढेर सारी दौलत है अब उनके पास। पर दौलत बहुत हो जाए तो भी बड़ा डर लगता है। दौलत खो जाने का भय प्रबल हो जाता है। उनके पास इतनी दौलत है और इतना ही डर। अब अपनी सारी दौलत को वे कहीं सुरक्षित छुपाना चाहते हैं। इसी धन-दौलत को दबाने के लिए ही तो वे सुरंग खोद रहे हैं। नादान घरवाले पागल मानते हैं उनको!...बताइए! हाथों की लकीरें देखते हुए यही सब सोच रहे हैं वे।

हथेली पर उनकी भाग्यरेखा बेहद गहरी तथा लम्बी है। ऊपर से लेकर, नीचे तक।

और इधर पिछले कुछ दिनों से उन्होंने पाया है कि उनकी यह भाग्यरेखा नित्य गहरी ही होती जाती है। हर दिन, और भी गहरी। तभी तो रोज़ वे और अमीर हो जाते हैं। उनकी ख़रीदी सम्पत्तियाँ महँगी हो जाती हैं, शेयरों के भाव बढ़ते जाते हैं। परन्तु मान लो कि अगर यह और भी बहुत गहरी होती चली गई तो? कहीं भाग्यरेखा के साथ उनकी हथेली के दो टुकड़े तो न हो जाएँगे?

'क्या आप हाथ की रेखाओं में विश्वास करते हैं?' उसने बात बढ़ाने के लिए यों ही पूछ लिया।

'हाँ, करता हूँ।...और आप?'

सवाल सुनकर वह हँसने लगा।

'आप हँसे क्यों?'

'और क्या करूँ?'

'क्यों?'

'मेरे हाथ में तो कोई रेखा ही नहीं है जनाब, मैं क्या बोलूँ?...' उसने कहा।

'ऐसे कैसे हो सकता है?... कोई तो रेखा होगी?...बिना भाग्यरेखाओं के भी

कोई पैदा होता है क्या ?...'

'यह ज़रूरी तो नहीं कि...'

'ज़रूरी है भाई साहब। हस्तरेखाएँ तो होती ही हैं। हाँ, यह हो सकता है कि आपकी भाग्यरेखाएँ बेहद ख़राब हों, पर वे होंगी तो अवश्य। भाग्य ख़राब हो सकता है, पर वह होगा तो ज़रूर।'

'अच्छा, मान लो कि मेरी हथेली पर कोई रेखा ही न हो, तो ? क्या ऐसे आदमी का कोई भाग्य ही नहीं होता ?'

'भाग्य का न होना तो सम्भव ही नहीं। हर आदमी अपना भाग्य लेकर पैदा होता है।'

'नहीं, आजकल बिना भाग्य के लोग भी पैदा होने लगे हैं।'

'भाग्य ही न हो तो आदमी का जीवन कौन निर्धारित करेगा भाई साहब ?...'

'आजकल तो यह काम बाज़ार कर रहा है जनाब।...'

'ऐसा कैसे ?...आप तो कुछ भी कह रहे हैं। क्या मेरा जीवन अब बाज़ार तय करेगा ?'

'वह तो कर ही रहा है—बस, आपको ही इस बात का पता नहीं चला है। बाज़ार भी भाग्य की तरह, बिना आपको दिखे आपके जीवन की दिशा तय करता है।'

'पता नहीं। आपकी बातें बड़ी अजीब-सी हैं।'

'पागल हूँ न, क्या करूँ ?' कहकर वह हँसने लगा।

वे उसे देखने लगे। ग़ौर से देखते रहे। शायद पागल ही हो। यहाँ आसपास बैठा कोई भी शख़्स पागल हो सकता है। तो क्या अभी हथेली देखूँ इसकी ?...अभी पता चल जाएगा कि पागलों वाली बात कर रहा है या वास्तव में इसकी हथेलियाँ सपाट हैं ?

'तनिक अपनी हथेलियाँ तो फैलाइए ज़रा...'

उसने अपनी हथेलियाँ उनके समक्ष फैला दीं। देखकर चौंक गए वे।

सचमुच, उसकी हथेलियाँ एकदम सपाट ही थीं। बस, यहाँ-वहाँ भट्टे अवश्य पड़े दीखते थे।

'अरे, यह कैसे ?...सचमुच ! आपकी हथेलियों में तो वास्तव में कोई लकीर ही नहीं ?...'

'लकीरें थीं।...कभी खूब लकीरें होती थीं।...मेरी हथेली भी रेखाओं से भरी हुई थी।'

'फिर ?'

'फिर एक दिन सुबह उठा। उठकर हाथ-मुँह धोने लगा तो मेरा ध्यान हथेलियों पर गया—रातोंरात वे सपाट हो गई थीं। हाथ की भाग्यरेखाएँ रातोंरात ग़ायब हो गई थीं !'

'अरे ! फिर ?'

'फिर मैं डॉक्टर के पास गया। वह बोला कि आप कोई अकेले नहीं हैं।

आजकल तो यह बीमारी खूब चली है। लोग रोज़ आ रहे हैं। और हज़ारों तो ऐसे होंगे जो मेरे पास आए ही नहीं—उन्होंने इसे अपनी नियति मान लिया होगा।'

'फिर?'

'फिर कुछ नहीं। आजकल बहुत से लोग भाग्य की लकीरों के बिना ही जी रहे हैं।'

'कमाल है! विश्वास नहीं होता।'

'पर ऐसा हुआ है। मैंने खुद अभी अपना हाथ आपको दिखाया ही। बहुत-से ऐसे ही हैं। मेरे जैसे।'

'यह तो अपशकुन हुआ। बिना हस्तरेखाओं के जीना बड़ा अपशकुन है।'

'सब तरफ़ अपशकुन ही तो हो रहे हैं, पर लोग इस बात को मानते नहीं।'

'फिर?'

'फिर क्या? मैं तो बस, अपशकुन की इस जगह से भागने की कोशिश कर रहा हूँ।'

'ठीक कर रहे हैं। इसी में समझदारी है।...पर जाइएगा कहाँ?'

दोनों मौन हो गए। उत्तर दोनों के पास नहीं था।

उनका मन किया कि इसे बताया जाए कि सबकी रेखाएँ ग़ायब नहीं हो रही हैं—कुछ की रेखाएँ तो और भी गहरी हुई जा रही हैं।

क्या मुझे इस शख़्स को अपनी गहरी होती भाग्यरेखा दिखानी चाहिए? इसे यह भी तो पता होना चाहिए कि ऐसा नहीं है, सबकी हस्तरेखाएँ ग़ायब हो रही हों। जब बहुतों की हस्तरेखाएँ ग़ायब हो रही हैं तो कुछ गिने-चुने लोगों की गहरी भी हो रही हैं।

'आपने मेरा हाथ देखा?' उन्होंने अचानक ही पूछ लिया।

'मैंने तो बस, यूँ ही...' वह बोला।

'तो ठीक से देखिए न?...मेरी हथेली को देखिए। ज़रा ध्यान से देखिए...' उन्होंने हाथ फैला दिया उसके सामने।

'देख रहे हैं न?...मेरी भाग्य रेखा देखिए? कितनी गहरी है!'

उसने देखा तो देखता ही रह गया। एक गहरी रेखा ने उनकी हथेली पर पूरा कब्ज़ा कर रखा था। हथेली पर वह एक गहरे घाव जैसी दिख रही थी।

'यह घाव जैसा क्या है?' उसने पूछा।

'यह भाग्यरेखा है मेरी।'

'इतनी गहरी?'

'जी हाँ और यह रोज़ और भी गहरी होती जाती है।...' उन्होंने बताया। वह देखता ही रह गया। फिर बोला :

'समय ऐसा ही है। जिनकी भाग्यरेखाएँ पहले ही गहरी हैं, वे और भी गहरी हो रही हैं।...'

'पर मैं इससे डरता हूँ आजकल।'

'क्यों ?'

'इस गहरी होती भाग्यरेखा से मुझे तो बड़ा डर लगता है आजकल।'

'डरना कैसा ? भाग्यरेखा तो प्रबल हो रही है आपकी। आपको तो खुश होना चाहिए। आप हस्तरेखाओं पर विश्वास करनेवाले भी लगते हैं।'

'रोज़-रोज़ गहरी होते हुए यह कहीं मेरी हथेली के दो टुकड़े न कर डाले!'

बात एक हद तक सही भी थी। उनकी चिन्ता जायज़ थी। वह सहमत हुआ।

'यह बात तो एकदम सच कही है आपने। भाग्यरेखा जब घाव में बदल जाए तब आदमी को ज़रूर डरना चाहिए।' वह बोला।

'वही तो...। रेखा गहरी होते-होते इसका यदि तला ही ग़ायब हो गया तो वहाँ से मेरा भाग्य नीचे टपक जाएगा। क्यों न साहब ?'

वह सोचता रहा, क्या जवाब दे इस बात का ? हस्तरेखाओं का बहुत ज्ञान भी नहीं है उसे।

अचानक ही मानो कुछ कौंधा, उसके मन में।

'कहीं कोई आपकी हथेली में सुरंग तो नहीं खोद रहा ?' उसने पूछा।

'सुरंग ?'

'हाँ, सुरंग।...आजकल हर जगह सुरंग खोदने का ट्रेंड-सा चला है।' उसने कहा। वह किसी भी बहाने से सुरंग का प्रसंग निकालना चाहता था।

'मेरे हाथ में यदि कोई सुरंग खोदेगा तो क्या मुझे ही पता नहीं चलेगा ? कैसी अजीब बातें करते हैं आप भी!' सुरंग का ज़िक्र आते ही वे भी तनिक सतर्क हो गए। नहीं, यह शख़्स भी पागल नहीं है। यह सरकार द्वारा भेजा गया कोई पड़ताल करने वाला भी हो सकता है। बातों-बातों में मुझसे मेरी सुरंग की कोई सूचना उगलवाना चाहता है। पर इतनी आसानी से वे किसी की बातों के जाल में फँसने वाले नहीं।

'साहब, कई बार हाथ को भी पता नहीं चलता।...कहावत है न कि इस हाथ को पता नहीं चलता कि उस हाथ से क्या किया जा रहा है।'

'यार, इस कहावत का यहाँ क्या मतलब निकला भाई साहब ?' उन्होंने पूछा।

'याद रखिए, कई बेमतलब बातों में भी कुछ-न-कुछ मतलब होता है जनाब।... समझने की कोशिश करो तो हर बेमतलब बात का कोई मतलब निकल सकता है।' उसने इशारा किया। वह चाहता है कि सुरंग की बात उठाकर जो इशारा वह अभी कर रहा है, उसे यह आदमी समझे।

'पता नहीं, आपका क्या मतलब है! मुझ नाचीज़ को तो आपकी कुछ भी बात समझ नहीं आ रही।' उन्होंने समझकर भी बात टाल दी।

'देखिए, मैंने तो आपकी हथेली देखकर एक बात कही। मैंने सोचा कि आपकी भाग्यरेखा क्यों गहरी हो रही है ? यह कोई अपने आप तो गहरी नहीं हो जाएगी न ?

तो क्या पता, इसे कोई खोद ही रहा हो!'

'यार, मेरे ही हाथ में कुछ हो और मुझे ही पता न चलेगा?'

'पता लगना बिलकुल ज़रूरी नहीं है साहब।...मेरा ही केस देख लीजिए। वे मेरे हाथ की रेखाएँ रातोंरात चुराकर ले गए न? मुझे कोई पता चला क्या? आजकल वे इतनी सफ़ाई से काम कर जाते हैं कि पता ही नहीं चलता।...नहीं। आपको पता चलना कतई ज़रूरी नहीं।...'

फिर वे दोनों कुछ देर तक चुप ही बैठे रहे।

इसी बीच बेटा आया और बाप को बता गया कि अपना नम्बर आने ही वाला है, आप यहीं बैठे रहिएगा।

उन्होंने कुछ उत्तर नहीं दिया। चुपचाप बेटे को देखते रह गए।

'इन्हें और कहाँ जाना है बेटा?...कहाँ जाएँगे ये।' बाप के बग़ल में बैठे उसने कहा।

बेटे ने बाप से नज़रें हटाकर उसको ध्यान से देखा।...एकदम नॉर्मल आदमी दीखता है...पर है तो यह भी पागल ही क्योंकि मरीज़ों की लाइन में बैठा हुआ है।...आजकल पागल भी कितने नॉर्मल दीखते हैं यार!...

'आप इन्हें नहीं जानते।...आजकल अचानक ही ग़ायब हो जाते हैं ये। पूछो तो कहेंगे कि मैं सुरंग में था।...यू नो?...इसीलिए कहने आया था।'

वे चुप बैठे रहे। अपने लड़के की बात का कोई उत्तर देना ठीक नहीं—यह फ़ालतू ही कहीं भी मेरी सुरंग की बात उठा देता है। बात की गम्भीरता को समझता ही नहीं।...

बेटा फिर वापस चला गया।

वे दोनों कुछ देर तक फिर से चुपचाप बैठे रहे।

'ये सुरंग का क्या चक्कर है साहब?' उसने पूछा। सौभाग्यवश, अब तो इस शख़्स के पुत्र ने ही सुरंग की बात उठा दी थी।

'कौन-सी सुरंग?...' वे जवाब देते हुए लड़खड़ा-से गए।

'वही, जहाँ आप ग़ायब हो जाया करते हैं?'

'अरे, पागलों जैसी बात करता रहता है मेरा बेटा।...'

उन्होंने बात टालने की कोशिश की।

'पागलों जैसी बात?'

'और क्या—यह सब पागलों वाली बात ही तो हुई न!'

'परन्तु पागल तो हम हैं, वो तो नहीं?'

'नहीं, हम पागल नहीं।'

'पर इलाज के लिए तो हमें ही यहाँ लाया गया है?'

'ख़ैर, आपका आपको पता होगा, पर मैं तो पागल नहीं हूँ।'

'हर पागल यही समझता है।'

वे मौन हो गए।

इसी बीच कोई पागल ज़ोर-ज़ोर से रोने लगा है। साथ आया साथी उसे मना रहा है। उस कोने में बैठा एक पागल खुद से ही बातें किये चला जा रहा है।

एक तिलचट्टा ए.सी. की जाली पर दौड़ता हुआ कहीं ग़ायब हो गया है।

'सब्बल कौन-सा ठीक रहता है—बड़ा कि छोटा?' अचानक ही उसने पूछ लिया।

'सब्बल?'

'जी, सब्बल।...गेंती टाइप चीज़ होती है न?...सब्बल भी सुरंग खोदने के ही काम आता है?'

'भाई साहब, इस बाबत मुझे कैसे पता?'

'न जाने, मुझे क्यों ऐसा लगा कि आपको इसका ज़रूर पता होगा।'

'पर आप सब्बल की बात क्यों कर रहे हैं?'

'मैं भी सुरंग खोदता हूँ न, इसीलिए।'

'आपकी आप जानो। मैं तो कुछ नहीं खोदता।'

दोनों सिर झुकाकर बैठ गए।

दोनों ही, मानो गहन विचार में मग्न थे।

काफ़ी देर तक वे दोनों मौन ही रहे।

'क्या सोच रहे हैं भाई साहब?'

'सोच रहा था कि यदि कोई कहीं सुरंग खोदे भी तो उसे यह बात किसी को भी नहीं बतानी चाहिए। घर वालों को भी नहीं। लोग फ़ालतू ही उसे पागल समझने लगते हैं।' वे बोले।

'वैसे, सुरंग खोदना मेरी नज़रों में कोई पागलपन नहीं।'

'क्यों?'

'हो सकता है कि मुझे कहीं से निकल भागना हो तो?'

'तो? अरे, बाहर जाने के इतने रास्ते तो हैं न?'

'और जो भागने के सारे रास्ते बन्द हो जाएँ, तो?'

पर रास्ते कहाँ बन्द हैं?'

'आपने कभी चलकर भी कहाँ देखा है? कभी चलकर तो देखिए। सारे बन्द हैं। हर रास्ता आजकल एक बाज़ार में जाकर ख़त्म हो जाता है। कोई भी रास्ता बाज़ार से आगे जाता ही नहीं।'

'तो? बाज़ार के अलावा और कहाँ जाना है?'

'मान लो कि मुझे बाज़ार न जाना हो?'

'भाई साहब, बाज़ार के अलावा और कहाँ जाओगे यार?'

'क्या बाज़ार ही हमारी अन्तिम और एकमात्र मंज़िल रह गई है?'

'भाई साब, आपकी ये बातें मेरी समझ में तो आ नहीं रहीं।'

'पागल हूँ न—एक पागल की बात को आप कैसे समझ पाएँगे?'

'पागल तो नहीं हैं आप, पर बातें बड़ी कठिन होती हैं आपकी।'

'ऐसी कोई कठिन बात तो नहीं की मैंने। मैं तो कहना चाहता था कि देखा जाए तो सुरंग भी अन्ततः एक रास्ता ही तो है। क्यों साहब?'

'मुझे पता नहीं। मैंने तो कभी सुरंग खोदी नहीं है।' उन्होंने झूठ बोला।

'देखी तो होगी?'

'मैं क्यों देखूँगा भला?'

'कभी किसी पुराने किले को देखने गए हों तो वहाँ गाइड ज़रूर बताता है कि यहाँ कभी एक सुरंग थी जो...'

'...सौ मील पर जाकर खुलती थी, यही न?'

'हाँ, वही।...वो तो देखी होगी?'

'दिखाते कहाँ हैं? बस, कहते हैं कि वहाँ ऐसी सुरंग है।'

'वही तो मैं कह रहा हूँ। तब राजा भी भागने के लिए ही तो सुरंग बनवाता था न—तो ऐसे ही, आज भी यदि भागना हो, तो आदमी को सुरंग का ही सहारा तो लेना पड़ेगा?...देखा जाए, तो दुनिया ख़ास बदली नहीं है। आज भी किसी को भागना हो तो सुरंग ही खोदनी पड़ती है।'

'हमें यह सब बातें पता नहीं भाई साहब!'

'पर आपका लड़का तो कह रहा था कि आप सुरंग में...'

'आप भी कहाँ इन लौंडों की बात मानने लगे—हद है!'

'पर राजा...'

'राजा कभी क्या किया करते थे, इससे हमें क्या?'

'यह भी ठीक ही कही आपने। राजा तो अपना ख़जाना भी सुरंग खोदकर उसमें ही छुपा दिया करते थे।' उसने बस, यों ही कहा।

वे एकदम चौंक गए।

इस शख़्स का इशारा आख़िर किस तरफ़ है?

क्या इसे भान हो गया है इस बात का कि वे अपनी सारी कमाई को छुपाने के लिए कोई सुरंग खोद रहे हैं?

परन्तु इसे कैसे पता?

वे तो इतने छुप-छुपकर यह काम करते रहे हैं कि किसी को पता चल ही नहीं सकता।

तभी उनका बेटा तेज़ी से चलकर वहाँ वापस आया।

'चलो, चलो, उठो पापा, नेक्स्ट नम्बर अपना ही है।' उसने कहा।

वे उठ गए।

'बहुत अच्छा लगा आपसे मिलकर...' उठते-उठते वे बोले।

'मुझे भी...।'

'पागलों को भी आपस में मिलते-जुलते रहना चाहिए।' वे हँसकर बोले।

यह आख़िरी बात वे अपने बेटे को सुनाने के लिए कह रहे थे जो फ़ालतू ही उन्हें पागल बनाने पर तुला था। अरे, यदि वे सुरंग खोदकर पैसा छुपाने की सोच भी रहे हैं तो बताइए, इसमें पागलपन जैसी भला क्या बात है?

'बिलकुल।...तो फिर मिलेंगे।'

'मिलते हैं फिर...।' वे खड़े होकर बोले।

'अपना ख़याल रखिएगा।'

'जी, बिलकुल।... बाक़ी का ख़याल रखने को डॉक्टर तो है ही। है न?' उन्होंने आँख दबाकर शरारतपूर्वक कहा।

'चलो यार, डैडीजी।' बेटा पलटकर उनसे बोला।

'चलते हैं न।...चलो।...' वे अपने बेटे के पीछे-पीछे चल पड़े।

जाते-जाते वे एक बार फिर पीछे को पलटे। दोनों की नज़रें आपस में मिलीं। दोनों ही मुस्कुरा दिये।

वे चले गए परन्तु ख़ाली हुई पास की सीट आधा मिनट भी ख़ाली नहीं रही। अगले ही पल एक और मरीज़ आकर उस सीट पर बैठ गया। निश्चित ही वह भी कोई पागल ही होगा पर वह तो शक्ल से इतना ज़्यादा समझदार लग रहा था कि उससे कुछ भी पूछने की हिम्मत ही नहीं हुई उसकी।

सपने बस चोट पहुँचाते हैं

गिट्टियों पर बदहवास भागने से उनकी पगथलियाँ ऐसी घायल हुई थीं कि फिर कई सप्ताह तक उनकी मरहम-पट्टी चलती रही।

पाँवों पर पट्टियाँ लपेटे घूमते रहते हैं आजकल वे। लँगड़ाते हुए। सारे शहर में।

'आपके घाव अब धीरे-धीरे ठीक हो रहे हैं,' आश्वस्त करता है उनका ड्रेसर।

'...जल्दी ही सब ठीक हो जाएगा...।' कहता है डॉक्टर भी।

पर वे जानते हैं, सपनों की किरचें गहरे घाव करती हैं।

पट्टियों को देखकर लोग पूछ ही लेते हैं। कभी परिचित मिल जाएँ तो चिन्ता जतलाते हैं, 'क्या हो गया शर्माजी?'...

वे कुछ भी जवाब नहीं देते। मुस्कुराकर चुप रह जाते हैं। 'बस, ऐसेई...! ख़ास कुछ नहीं।' कभी कुछ कहना ही पड़ा तो वे इतना भर कहकर टाल देते हैं। सही क़िस्सा

किसी को नहीं बताते। कभी इनमें से किसी को अपने टूटे सपनों की किरचें धँसने की बात कह दी तो ये लोग भी उनको पागल कहेंगे। ऐसे सपनों का ज़िक्र तक बड़ा पागलपन है आजकल।

एक बार उन्होंने सबके कल्याण और अमीर-ग़रीब के बराबर होने के अधिकार का सपना पूरा होने की बात क्या कर डाली तो उनका एक पड़ोसी तो उनके मुँह पर ही ज़ोर-ज़ोर से हँसने लगा था।

वह बोला था कि इसे आजकल सपना नहीं, चुटकुला कहते हैं शर्माजी। वे उसका मुँह देखते रह गए थे।...

वे आजकल एकदम चुपचाप घूमते हैं—शहर भर में।

पैरों पर पट्‌टी बाँधे। एक घायल, नि:शस्त्र योद्धा की भाँति।

इधर वे कुछ दिनों से शहर में एक नई बात देख रहे हैं। शहर में, यहाँ-वहाँ उन्हें कई लोग ऐसे दिख जाते हैं जिनके पैरों पर उनकी तरह ही पट्‌टियाँ बँधी होती हैं।

पट्‌टी बाँधे, लँगड़ाते, उदास, घबराए से लोग। इन लोगों में एक और बात नोट की है उन्होंने। ज़्यादातर ऐसे लोगों की शक्ल उनसे एकदम मिलती-जुलती है। जुड़वाँ भाई टाइप। क्या सपने टूट जाने पर सबकी शक्ल एक जैसी निकल आती है? एक दिन तो एक ऐसा शख़्स सामने पड़ गया था कि उन्हें एकदम लगा कि मानो दर्पण देख लिया हो। हूबहू उनके ही जैसा। वे चौंक गए थे।...पर वह शख़्स नहीं चौंका। क्या उसने उनकी शक्ल को अलग पाया था? तो क्या वह उनका इकतरफ़ा हमशक्ल था?

क्या ये सभी टूटे सपनों से चोटिल लोग हैं?

क्या मुझे इनको अपने साथ एकजुट करने के लिए इनसे बात करनी चाहिए?

उन्होंने एकाध से बात करने की कोशिश भी की तो वह सपनों की किरचों की बात सुनकर ही उनका मुँह देखने लग गया।

'आप इतना मत सोचा करिए। आजकल ज़्यादा सोचो तो दिमाग़ के इलाज की नौबत आ सकती है।' वह जाता-जाता हँसकर बोलता गया।

तब से एकदम अकेले घूमते हैं वे।

आजकल एक काला-सा थैला लेकर घूमते हैं वे। सड़कों पर यहाँ-वहाँ कुछ खोजते और बटोरकर थैले में धरते घूमते हैं। वे सड़क पर पड़ी सपनों की किरचें बटोरते फिरते हैं। अभी सहेज लेंगे तो आगे कभी अवसर बना तो सारे सपने फिर से जोड़ लेंगे।

कभी न कभी यह दुनिया बाज़ार, पैसा, पूँजी, लाभ आदि के चंगुल से ज़रूर बाहर आएगी। तब टूटे सपनों का यही थैला काम आएगा। तब तक, इस थैले को सहेजना होगा।

वे दिनभर सड़क से कचरा उठाकर थैले में भरते रहते हैं। टूटे सपनों को दुनिया कचरा ही मानती है।...घर ले जाकर थैला छुपा देते हैं। पत्नी ने एक बार यह थैला देख लिया था। खूब फटकारा था कि ये क्या गिट्टी, मिट्टी बटोर लाए हो। तब से सँभलकर रहते हैं। थैला छुपाकर रखते हैं।

आजकल यह थैला ही उनकी सबसे बड़ी थाती है। छाती से लगाकर रखते हैं इसे। सपनों की किरचों और टुकड़ों को सहेजना होगा उन्हें। एक दिन सारे सपने ज़रूर ज़िन्दा होंगे।

एक आशाजनक बात नोट की है उन्होंने। पाँवों पर पट्टी बाँधे बहुत से लोग काले थैले लेकर शहर में कचरा बटोरते दिखते हैं। ज़रूर ये अपने टूटे सपने बटोर रहे हैं—वे ऐसा मानते हैं।

यह बात उन्हें आशा से भर देती है। रोज़। पर आजकल वे भय से भी भरे रहते हैं। वे दिन-रात थैले की हिफ़ाज़त को लेकर चिन्तित रहने लगे हैं आजकल। वे थैले को घर में छुपाकर रखते हैं। रात में बार-बार थैला निकालकर सुनिश्चित करते हैं कि सब ठीक है। एक डर बैठ गया है कि उन लोगों ने उनको सपने बटोरते देख लिया होगा। वे उनका यह थैला भी तो उठा सकते हैं कभी।

और इसी भय के बीच एक रात बड़ा बुरा सपना देखा उन्होंने। सपने में, हथियारबन्द लोगों की एक बड़ी भीड़, एक आदमी का पीछा कर रही थी। हत्यारे यों तो बेहद तेज़ी से उस शख़्स के पीछे थे पर वे उसे पकड़ नहीं पा रहे थे। वह आदमी एकदम निहत्था था। कमज़ोर भी। पर अभी वही कमज़ोर शख़्स बेतहाशा भाग रहा था। सारे प्राण उसके पाँवों में भर गए थे मानो। दुनिया भर के सारे तूफ़ान उसकी साँसों का हिस्सा हो गए थे।

भीड़ के हाथों में पुरानी काट के हथियार तो थे ही, कुछ ऐसे हथियार भी थे जिन्हें इस सपने से पहले उन्होंने देखा भी नहीं था। वे इन हथियारों की पहचान ही नहीं पा रहे थे। हत्यारे अपने हाथों में पुराणों और इतिहास के पन्नों से बने हथियार लिये थे। उनके कई हथियार तो हथियारों जैसे लगते भी नहीं थे। भीड़ में कई हमलावर तो पुष्पगुच्छ और मालाएँ लेकर दौड़ रहे थे। इनके हाथों में आकर गुलदस्ते, विनम्रता, प्रार्थना और स्वागत भी पैने हथियार बन गए थे। वे हर चीज़ को हथियार बना सकते थे। वे शातिर हत्यारे थे। वे आदमी की हत्या किए बिना भी उसकी हत्या कर सकते थे।

हत्यारों में गिद्ध जैसा धैर्य था। वे उस निहत्थे के पीछे दौड़ते रहे। हत्यारे उसे थकाकर पकड़ने वाले थे। अभी तो दौड़ा रहे थे उसे। वह बस, एक सूत के फ़ासले पर उनसे बचता हुआ भागा जा रहा था।

सपना दौड़ती पदचापों से भर गया था। तभी एक अजीब बात और हुई। उन्होंने पाया कि वे सपना देख तो रहे थे पर सपने में शामिल न होकर सपने के समान्तर उनके साथ-साथ दौड़ रहे थे।

वे सपने में खुद को भी सपने के बग़ल में दौड़ता देख रहे थे। इसी हथियारबन्द भीड़ के साथ, उसके समान्तर, सपने के ठीक बग़ल वाली पट्टी पर वे भी दौड़ लगा रहे थे। वे सपने में थे भी, और नहीं भी। दौड़ते-दौड़ते ही उन्होंने इन हत्यारों को पहचानने की कोशिश की। आख़िर कौन हैं ये लोग? क्यों इस आदमी का यों पीछा कर रहे हैं? समझना होगा।...वे हत्यारों के साथ-साथ बग़ल की पट्टी पर दौड़ रहे थे पर उन्हें किसी ने भी नहीं देखा। सपने में यही फ़ायदा होता है। यहाँ न तो तर्क होते हैं, न ही विज्ञान।

सपना भागते क़दमों की तेज़ पदचापों और साँसों की हरहराहट से ऐसा भर गया था कि सारा सपना ही तेज़ दौड़ता हुआ प्रतीत होता था।...उन्होंने दौड़ते-दौड़ते ही इन पीछा करनेवालों को बार-बार पहचानने की कोशिश की। ये हत्यारे मनुष्यों जैसे दिखते तो थे परन्तु इनमें भेड़िये की आत्मा थी। ये शातिर शिकारी कुत्तों की तरह जीभें निकाले गुर्राते हुए दौड़ रहे थे। इनमें गिद्धोंवाला असीम धैर्य था। इनकी आँखों के कोटरों में बाज़ की आँखें लगी हुई थीं। इनके चेहरों पर लोमड़ी जैसी चालाकी पुती हुई थी। इनके दाँत पैने थे। इनकी जीभ इतनी बड़ी थी कि उनका सारा व्यक्तित्व ही जीभ में तब्दील हो गया था। हाँ, शेर जैसा इनमें कुछ भी नहीं था। वे शेर थे भी नहीं।

वे हमलावर भीड़ के साथ, सपने में, सपने के किनारे-किनारे बची पट्टी पर भागते जा रहे थे। आगे जाकर सपना एकदम सँकरा हो गया था। पट्टी पतली थी। कई बार तो किनारे-किनारे भागते हुए वे अपने ही सपने से बाहर गिरते हुए बचे।

उन्होंने हमलावरों के चेहरे पहचानने की भरसक कोशिश की। उन्हें शिनाख्त लायक वहाँ कुछ भी नहीं मिला। मानो प्रेतों की कोई भीड़ थी वह। चेहरे पर कुछ नक़ाब जैसा लगा रखा था पर वास्तव में वहाँ कोई नक़ाब नहीं था। इनका चेहरा ही नक़ाब में बदल चुका था या शायद कभी कोई नक़ाब ओढ़ा था उन्होंने जो अब उनके चेहरे से ऐसा चिपक गया था कि वह उनके चेहरे की चमड़ी का हिस्सा बन गया था। नक़ाब जैसे चेहरे। न कोई पहचान, न भाव। सपाट, भावविहीन चेहरे। एकदम ख़ाली-सी आँखें। उनके भागने में भी अजीब-सा मशीनी कुछ था। वे किसी रिमोट कंट्रोल से संचालित पुतले की भाँति बड़े ही मेकैनिकल ढंग से भाग रहे थे। एक नियमित मुद्रा में, नियमित स्पीड पर। मानो किसी ने प्रोग्राम करके छोड़ दिया हो पीछा करने के लिए।

भीड़ और सपने की सीमा के बीच बची हुई पट्टी पर वे साथ में भागे जा रहे थे। सपने में यही फ़ायदा होता है। आप कुछ भी बड़ी आसानी से कर लेते हो। उन्होंने

एकदम से अपनी गति बढ़ा दी। जिस शख़्स को इतनी तेज़ भागती हुई यह भीड़ नहीं पकड़ पा रही थी, वे आसानी से उसके एकदम पीछे पहुँच गए।

दौड़ते-दौड़ते ही उन्होंने भागते हुए शख़्स की पीठ पर नज़र डाली।

वे चकित हुए। भागनेवाले शख़्स ने तो ठीक उनके जैसा ही स्वेटर पहना हुआ था। हाँ, ऐसा ही स्वेटर तो है उनका भी। बिलकुल वही डिज़ाइन। वही माप। वही झोल। यहाँ तक कि पीठ पर दो जगह, उसी स्वेटर की तरह इसका स्वेटर भी वहीं से उधड़ा हुआ है।...नहीं, यह स्वेटर उनके जैसा नहीं, बल्कि उनका ही है। तो कौन था यह शख़्स जो उनका स्वेटर पहनकर हत्यारी भीड़ से बचता हुआ सपने में यों बेतहाशा भाग रहा था?...केवल यह स्वेटर ही उनका था, या कि यह पीठ भी उनकी ही थी? उन्होंने दौड़ते शख़्स की पीठ को ग़ौर से देखा। वे चौंक गए। यह पीठ भी उनकी ही थी। वैसे कभी खुद की पीठ को उन्होंने देखा नहीं है परन्तु अपनी रीढ़ को तो वे खूब पहचानते हैं। रीढ़ ने ही तो पूरे जीवन उनको परेशानियों में डाला है। जहाँ दुनिया झुककर दंडवत् करती थी, वहाँ उनकी रीढ़ कभी झुकी ही नहीं। इसे कैसे भूल सकते थे वे?...

वे सपने के बग़ल में छूट गई उस छोटी-सी पट्टी पर और तेज़ दौड़ने लगे। इस पट्टी के एक तरफ़ तो यह सपना घट रहा था, और दूसरी तरफ़ नींद टूटने की कगार थी।

वे अब तेज़ दौड़ते हुए उस शख़्स के लगभग समानांतर पहुँच गए थे। अब वे उसके साथ दौड़ रहे थे। वे देखना चाहते थे कि आख़िर यह शख़्स है कौन?

वे अब उसके एकदम पास आ गए थे। वे अब उसके साथ-साथ दौड़ रहे थे। दौड़ते-दौड़ते उन्होंने गर्दन घुमाकर उसका चेहरा देखा तो दंग रह गए। उसका चेहरा भी तो ठीक उनके जैसा ही था। ठीक वही नयन-नक्श, एकदम उनके जैसे! ...इस शख़्स ने मानो उनका सारा व्यक्तित्व ही चुरा लिया था; या कि शायद वे अपना ही पीछा तो नहीं कर रहे थे? वे सपने में खुद को ही भागते देख रहे थे क्या?...क्या वे ही हत्यारों से भागते फिर रहे हैं? पर ये हत्यारे क्योंकर पीछा कर रहे थे उनके इस हमशक्ल का? क्यों भागना पड़ रहा था इसको? वे अवश्य ही इन हत्यारों से अपने इस हमशक्ल को बचाएँगे। पर इस चक्कर में हत्यारों का ध्यान सपने की पट्टी पर दौड़ते उन पर भी चला गया तो?...तब तो दोनों मारे जाएँगे। उन्होंने सपने में बेतहाशा भागते अपने हमशक्ल को ध्यान से देखा।

हमशक्ल के हाथ में वही काला थैला था जिसमें वे सपने की किरचें सहेजते रहे हैं। वाह! कमाल है! मेरे सपनों का पीछा यहाँ सपने में भी हो रहा है! हत्यारे उनके सपनों के पीछे जागते हुए भी पड़े थे और सपने में भी। ये हत्यारे ज़रूर इसी थैले के लिए दौड़ रहे हैं। ये मेरे सपनों को पूरा नेस्तनाबूद ही कर डालना चाहते हैं। ये उनके सपनों की किरचों को भी छोड़ना नहीं चाहते। वे सँकरी पट्टी पर और तेज़ दौड़ने लगे।

हमशक्ल शख़्स भी लम्बे डग भरता भाग रहा है। उनके ठीक बग़ल में।

हत्यारे भी एकदम क़रीब पहुँच गए हैं। वह सपनों का थैला छाती से लगाए दौड़ रहा था कि पहाड़ सामने आ गया। वह एक डग में पहाड़ पार कर गया।...कि सामने अब समन्दर था। वह समन्दर के ऊपर से उड़ने लगा...कि रेगिस्तान सामने आ गया। उसके पाँव रेत में धँसने लगे। रेतीले तूफ़ान उड़ने लगे। पर वह डरा नहीं। उसमें असीम ताक़त थी। सपनों को बचाने दौड़ो तो ताक़त आ ही जाती है। इन हत्यारों से दूर निकलता दौड़ता, उड़ता, तैरता, हवा में चकरघिन्नी होता हुआ वह भाग रहा था। थैले को छाती से लगाए हुए आसमान में वह किसी जेट सा जा रहा था। परन्तु, पीछा करने वाले भी कम न थे। वे भी, उसी की तरह पहाड़, दरिया और आसमान पार करके उसके पीछे दौड़े आ रहे थे।

और हत्यारे ही क्यों, वे भी तो सपने के बग़ल की पट्टी पर खुद के ठीक बग़ल में, साथ-साथ हवा में दौड़ रहे थे।

'शाबास!...' साथ-साथ दौड़ते हुए उन्होंने साथ दौड़ते हमशक्ल से कहा। सपना बड़ा ही उत्तेजक दौर में पहुँच गया था। क्या होने वाला है इसके साथ, यह देखने की तीव्र उत्कंठा थी उन्हें। वे सोते-सोते ज़ोर-ज़ोर से हाथ-पाँव पटकने लगे थे। उन्हें बेचैनी हो रही थी। क्या होगा उसका, और उसके थैले का?

वे अपने सपनों के थैले को बखूबी पहचान रहे थे।

'तुम मेरे सपने बचाने के लिए भाग रहे हो मित्र! पर, ज़रा, सँभल के!' उन्होंने सपने के बाहर से, अपने सपने के भीतर भागते हुए हमशक्ल को आवाज़ दी।

भागते हमशक्ल ने उनकी आवाज़ सुनी तो चौंककर उनकी दिशा में देखा भी।

'हमारे सपने साँझे हैं।...ये तुम्हारे ही नहीं, मेरे भी सपने हैं।...कुछ सपने सबके होते हैं।...तुम्हारा यह थैला मेरा भी है।...तुम्हारा यह थैला सारे संसार का है।...सपने सबके होते हैं भाई साहब।...' उन्होंने दौड़ते-दौड़ते उससे कहा।

'सँभाल के!...बस, तनिक सँभाल के।...' उन्होंने सपने के हाशिए पर समान्तर दौड़ते हुए उसे फिर चेताया।

अब तक हमलावरों की भीड़ भी उनकी बराबरी पर आ गई थी।

अब हत्यारे हमशक्ल के आगे, पीछे, बाएँ, दाएँ—सब तरफ़ छा गए हैं।

हत्यारे अब सपने के हाशिए पर भी दौड़ रहे थे। यहीं पर वे भी दौड़ रहे हैं। कहीं उनसे कोई हत्यारा टकरा न जाए? वे सपने के एकदम किनारे होकर पट्टी पर दौड़ने लगे थे। कहीं ये उन्हें दौड़ते-दौड़ते हाशिए से बाहर ही न धकेल दें? नींद में घबरा रहे हैं वे। डर गए हैं। सोते-सोते पलंग पर खूब ज़ोर-ज़ोर से हाथ-पाँव पटकने लगे हैं। शायद, उनके सामने उस शख़्स की हत्या होने ही वाली है।

पर अच्छी बात यह रही कि भीड़ ने उन पर अभी तक ध्यान नहीं दिया था। शायद वे सपने के दायरे से बाहर थे और उन्हें इसीलिए उनसे मतलब ही नहीं था।

अब तक कुछ हमलावर उनके हमशक्ल के आगे निकलकर रुक गए थे। वे उसके ठीक सामने छाती करके आ गए थे। सामने आ गए हमलावरों ने अड़ी लगाकर, दौड़ते हमशक्ल का रास्ता छेंक लिया।

वह, थैले को छाती से और भी ज़ोर से चिपटाकर हत्यारों के सामने खड़ा हो गया था। वह हमलावरों से चौतरफ़ा घिर गया था। आगे भी। पीछे से भी।

दौड़ अब बन्द हो गई थी।

हमलावरों का मुखिया अब सामने आकर खड़ा हो गया था। धमकी भरे शालीन स्वर में वह उस हमशक्ल शख़्स से बोला, 'देखिए सर, हम आपको कोई भी नुकसान पहुँचाने का बिलकुल कोई इरादा नहीं रखते। आप हमारे एक ग्राहक भी हैं। हमारे लिए बड़े महत्त्वपूर्ण हैं आप। मार्केटिंग की हमारी दुनिया में मारपीट, हिंसा या लूटपाट का कोई स्थान नहीं है। माना कि हम चाहें तो यह भी आसानी से कर सकते हैं। हमारे हाथों में बड़े मारक हथियार भी हैं। हम ठान लें तो आपको मार भी सकते हैं। हमने पहले बहुतों को मारा भी है। परन्तु हम मूलत: किसी को भी जान से मारने में विश्वास नहीं रखते जब तलक कि पानी सिर से बहुत ऊपर न निकल जाए। हमने यह जान लिया है कि आदमी को मारने की कोई ज़रूरत ही नहीं होती यदि आदमी के सपने उससे ले लिए जाएँ। यही करना पर्याप्त होता है। सपनों के बिना आदमी मरा टाइप ही होता है। या शायद उससे भी निरीह।...तुम भी हमें बस अपने ये सपने दे दो। फिर हम तुम्हें कुछ नहीं करेंगे। अपने सपने हमें सौंप दो, बस।...हम तुम्हें ज़िन्दा छोड़ देंगे। चिन्ता मत करो!'

वे हाशिए पर खड़े यह सब सुन रहे थे। वहीं से खड़े-खड़े ही वे चिल्लाए, 'इनको अपने सपने मत दे देना मित्र!...सपनों के बिना हमारे ज़िन्दा रहने का फिर मतलब ही क्या रहेगा?...'

उनकी आवाज़ इस बार उस हमशक्ल शख़्स के अलावा हमलावरों तक भी पहुँची। हाशिए पर पड़े लोगों की वैसे तो उनको कभी बहुत परवाह नहीं थी। हाशिए को कचरा पेटी मानते हैं वे। हर असहमति को वे हाशिए के हवाले कर देते हैं। चिन्तकों, साहित्यकारों, फ़िलॉसफ़रों और नासमझ बुद्धिजीवियों को भी वे हाशिए के हवाले कर चुके हैं। पर वह इतने ज़ोर से चिल्लाया था तो उन्हें उत्तर तो देना ही था।

'यार, आप तो चुप ही रहो अंकल!...सपनों की पोटली तो इसके पास है न?...फिर?...हमें उससे ही सौदा करने दो न!...' हमलावरों में से एक ने उनसे कहा।

उधर उनके हमशक्ल ने सपनों का वह थैला और भी ज़ोर से भींच लिया था।

'बस, तुम यह थैला हमें दे दो।... क़ीमत बोलो।...जो कहोगे, देंगे।...बस, ये सपने हमें सौंप दो।...' वे उसके थैले की तरफ़ हाथ बढ़ाकर बोले।

वे उसके और भी पास आकर उसके चारों तरफ़ घिर आए थे। एकदम उसकी छाती पर सवार होने जैसी मुद्रा में। पर वह भी एक ही ज़िद्दी था। थैला चपेटकर, वहीं, सड़क पर उकड़ूँ बैठ गया।

'घबराओ मत!... तुम तो इन सपनों की क़ीमत बोलो।' हमलावरों के मुखिया ने बेहद मुलायम, मीठे और आत्मीय स्वर में उसे पुचकारते हुए कहा। उसकी विनम्रता बड़ी डरावनी थी।

सपने के हाशिए पर यों चुपचाप खड़ा रहकर दर्शक बने रहना अब उनके लिए असम्भव होता जा रहा था। उनका मन किया कि अपने ही सपने में कूद पड़ें और कम-से-कम, चारों तरफ़ से घिर गए हमशक्ल का साथ तो दें।

वे सपने के बाहर से ही चिल्लाए, 'तुम स्साले, क्या खाकर इन सपनों की क़ीमत लगाओगे?...सपनों की भी कोई क़ीमत होती है क्या?...सपने बिकाऊ नहीं होते श्रीमान!...'

हमलावर के मुखिया ने घूमकर उन्हें घूरा। उसकी आँखों में ऐसा धमकी-भरा भाव था कि सपने के बाहर खड़े-खड़े भी वे थर्रा गए।...सपना टूटते-टूटते बचा!

वे नींद में बड़बड़ा रहे थे और पलंग पर उलट-पलट हो रहे थे। पत्नी ने सोते-सोते ही धीरे से उनके कन्धे पर हाथ रख दिया।... फ़ालतू परेशान रहते हैं बेचारे, आजकल!

हमलावर ने सपने के बाहर झाँकते हुए, हाशिए की दिशा में गुर्राकर धमकाया, 'सपने के बाहर खड़े होकर, सपने में फ़ालतू ही दख़ल मत दो अंकल!...वर्ना ठीक नहीं होगा।...और अपनी ये बेकार की दकियानूसी बातें ज़रा बन्द करो। ये तुम किस ज़माने की बातें बड़बड़ा रहे हो अंकल?...बिकाऊ तो अब हर शै है! बिकाऊ तो अब कायनात का हर ज़र्रा है।...कभी बाज़ार जाकर तो देखो। वहाँ हर चीज़ की रेट लिस्ट लगी है और यह लिस्ट नित्य ही अपडेट होती रहती है।...'

'पर सपने...' वे बेचैन होकर बोले।

'...अबे, चुप!' कोई चिल्लाया।

'हाँ, भाई, क़ीमत बोल।' हमलावरों ने ज़मीन पर उकड़ूँ बैठे शख़्स को घेरकर पूछा।

भय से सफ़ेद चेहरा उठाकर उसने इनकार में सिर हिलाया। वह मना कर रहा था।

'शाबास...' वे हमशक्ल की हौसला अफ़ज़ाई में बाहर से चिल्लाए। यह होता है जज़्बा। शाबास!

'अबे चुप!' फिर कोई चिल्लाया।

'चुपचाप दे दोगे तो फ़ायदे में रहोगे!...वरना, छुड़ा तो हम तुमसे लेंगे ही।...सोच लो।' हत्यारे उसके और भी पास आ गए थे। उन्होंने अपने हाथ सपनों के उस थैले की तरफ़ बढ़ा रखे थे।

वे अब सपने में कूदने को तत्पर थे। इन हत्यारों के हाथों वे अपने सपनों को यों लुटने नहीं देंगे।

इधर उनका हमशक्ल थैला छाती से चिपटाए हुए ज़मीन पर उकड़ूँ लेट गया था।

सपनों को अपने शरीर से ढाँप लिया था उसने।

हत्यारों की भीड़ अब उससे जूझ रही थी। पकड़कर उसे पलटने की कोशिश कर रहे थे वे लोग। उसके नीचे दबे थैले को इधर-उधर से खींच रहे थे सब। वह पल अब दूर नहीं था जब वे उसके थैले पर कब्ज़ा कर लेते।

अब तो यों चुपचाप बाहर पट्टी पर खड़ा रहना एकदम ग़लत था।

सो वे हाशिए से उछले और सपने में कूद पड़े। वे सीधे ही हमलावरों पर टूट पड़े।

अब उन्होंने भी एक तरफ़ से थैला दबोच लिया। अब उनके सपने में, सपनों के थैले को लेकर ख़ासी खींचतान मच गई थी।

तभी थैले का मुँह खुल गया।

सपनों के टुकड़े थैले से निकलकर सपने में इधर-उधर गिरने लगे। सड़क पर उनके टूटे सपनों की किरचें उड़ने लगीं।

फिर इसी खींचतान में अचानक ही अधखुला थैला हवा में उछल गया। थैला हवा में ऊपर जाकर पूरा ही उलट गया।

टूटे सपनों के टुकड़े आसमान में दूर तलक बिखर गए और धीरे-धीरे गिरते हुए नीचे आने लगे। वे अपने सपनों को बटोरने के लिए सड़क पर कूद गए। सपना अब बेहद बेचैनी से भर गया था।

वे अब सोते-सोते इतना ज़ोर से हाथ-पाँव फेंक रहे थे कि पत्नी की नींद पूरी तरह खुल गई। वह घबराकर उठ बैठी।

इधर सपने सड़क पर गिरे और दूर-दूर तक बिखर गए। टूटे सपनों की किरचें तीर-सी उछलीं और उनकी दोनों आँखों में भर गईं। दर्द से एकदम बिलबिला उठे वे। दोनों हाथों से अपनी आँखों को मलते हुए वे सपने की सड़क पर ही लोट गए। साथ ही ज़ोर-ज़ोर से रोने लगे थे वे।

पत्नी ने उनके कन्धे पकड़कर ज़ोर से हिलाया तो उनकी नींद टूट गई।

वे दहाड़ें मारते हुए नींद से उठ गए।

बेचैन। दोनों आँखों को सहलाते। ज़ोर-ज़ोर से रोते। पलंग पर बैठे बेहद तड़प रहे थे वे। आँखों में मर्मांतक पीड़ा थी। वहाँ कुछ गड़ रहा था, हर तरफ़। आँखें गीली थीं। कुछ बह रहा था। हाथ गीले हो रहे थे।

तभी पत्नी ने उठकर बेडरूम की लाइट जला दी।

आँखों से हाथ हटाकर अब उन्होंने अपनी हथेलियों को सामने फैलाकर देखा। हथेलियाँ ख़ून से रँगी हुई थीं। सपनों की किरचें शायद आँखों में गहरे धँस गई थीं। आँखों से ख़ून बह निकला था।

'ख़ून, ख़ून...' वे हथेलियाँ फैलाकर पत्नी को दिखाने लगे।

'कहाँ?...कहीं, कुछ भी तो नहीं।' पत्नी ने उनके हाथ छूकर कहा।

'अरे, मेरी आँखें तो देखो।...उनसे ख़ून बह रहा है।' वे चिल्लाए।

पत्नी ने उनकी आँखें देखीं। वहाँ, बस आँसू थे। वहाँ आँसुओं के सिवाय और कुछ भी नहीं था।

परन्तु वे तो आँखें मलते हुए दर्द से तड़पे जा रहे थे।

'मेरी आँखें...मेरी आँखें...' वे बिलख रहे थे। आँसू झरझर बह रहे थे। वे हथेलियों से आँखें पोंछते जा रहे थे और गीली हथेलियों को फटी आँखों से देख रहे थे।

'ख़ून... ख़ून ही तो है।...देखो न?' वे गीली हथेलियाँ फैलाए हुए पलंग पर उकड़ूँ बैठे थे। रात आधी से ज़्यादा बीत चुकी है।

घर के पास ही कोई कार तेज़ी से सामने की सड़क से गुज़री है। कोई कुत्ता ज़ोर-ज़ोर से भौंकता हुआ कार के पीछे भागा। भौंकने की तेज़ आवाज़ धीरे-धीरे फेड होती जा रही है।

'अरे, यह ख़ून नहीं, आँसू हैं, बस।...घबराओ मत...' पत्नी उनकी पीठ पर हाथ फेर रही है।

रात के सन्नाटे में उनका सिसकना बेहद डरावना लग रहा है।

'तुम नहीं समझ रहीं। ये ख़ून के आँसू हैं।...सपनों की किरचें आँखों में धँस जाएँ तो ख़ून के आँसू ही रोना पड़ता है।' वे रोते-रोते बड़बड़ाए जा रहे हैं।

वे हाथों को बेहद चिन्ता से देख रहे हैं। जब उसे स्पष्ट नज़र आ रहा है तो किसी और को यह ख़ून क्यों नहीं दिख रहा?

उनकी हथेलियों पर ख़ून ही ख़ून लगा है। उनकी आँखों से ख़ून रिस रहा है।...और कोई यह देखने को ही राज़ी नहीं!

वह दरवाज़े तक आ गया है, ख़बरदार

रात आधी से ज़्यादा बीत चुकी।

तारे टिमटिमाते हुए ऊँघ रहे हैं। चाँद भी उनींदा है। आसमान काले लिहाफ़ में मुँह ढाँक कर पड़ा है। गली लगभग अँधियारी है। छत से गली में झाँको तो वहाँ गली में कुछ दिखता नहीं। गली में झरती बरामदों की रोशनियाँ भी कब की बुझ

चुकीं। हाँ, गली के मुहाने पर हाल ही में बना वह मॉल दिव्य क़िस्म की रोशनी में दमक रहा है।

ऐसे में वे हस्बमामूल छत पर हैं। पहरे पर।

जब सारी दुनिया लिहाफ़ ओढ़े पड़ी है, वे जाग रहे हैं। रात का पहरा बड़ा ही कठिन और चुनौतीपूर्ण होता है। आँखें पहरे पर हैं और पलकें धोखा देने को आतुर। वैसे, वे पलकों के भरम में नहीं फँसनेवाले। एकदम चौकन्ने हैं। जीवन दाँव पर है। पलक झपकाने का ख़तरा नहीं उठाया जा सकता। बेदख़ल करनेवाले कभी भी आ सकते हैं। किसी भी पल। किसी भी दिशा से। किसी भी सायत में। उन्हें कोई दिशा शूल नहीं। हर सायत उनके अनुकूल है। सतर्क रहना होगा। वे हैं भी। मुँडेर के पीछे औंधे होकर पोजीशन लिये हुए हैं। पर उनकी मुसीबत यह है कि दुश्मन की कोई शक्ल ही तय नहीं। उसका चोला ही तय नहीं। वह सन्त के बाने में भी रह सकता है, क्रान्तिकारी की धज में भी, किसी विद्वान-सा गुरु-गम्भीर भी और एकदम लम्पट जैसा भी। पहचानना बड़ा कठिन होगा। उसकी कोई गन्ध भी नहीं। आवाज़ भी नहीं। नैन-नक्श तय नहीं। बस, इतना पता है कि वह है कहीं। दुश्मन हवा में घुल-सा गया है। बाज़ार की तरफ़ से हवा का कोई झोंका भी आए तो डरा जाता है। वैसे, उन्हें अपनी छठी इंद्रिय पर पूरा भरोसा है। वे जानते हैं कि वे उसे देखते ही पहचान लेंगे। पक्के से। दुश्मन लाख भेस बदलकर आए, वे जान जाएँगे। मानव-विरोधी हर चेहरा, लाख खूबसूरत होने के बावजूद अजीब-सा लिजलिजा, खुद में डरा-डरा, डरावनी हद तक परम आत्मीय-सा लगने की जुगत में इतना अपरिचित होता है कि उसे एकदम पहचाना जा सकता है। वे उसे ज़रूर पहचान लेंगे।

और देखो कि उन्होंने आज पहचान भी लिया।

रात का रोज़-रोज़ यों पहरा देना आख़िर बेकार नहीं गया। गली में उसके घुसने के पहले ही दुश्मन को ताड़ लिया उन्होंने। दुश्मन को गली के मुहाने पर ही पहचान लिया उन्होंने। शायद, उसने भी उन्हें छत पर खड़ा देख ही लिया। दुश्मन इतना विशालकाय है कि तीसरी मंज़िल की छत पर भी वह उन्हें देख सकता था। उन्हें देखकर भी दुश्मन डरा नहीं। उसने छुपने की कोशिश भी नहीं की। न ही वह भागा। वह अपनी पूरी दबंगई से गली के मुहाने पर खड़ा रहा। वहीं से पूरी गली को घूर रहा था वह।

उन्होंने दुश्मन को ध्यान से देखा : कितना बेखौफ़! कितना विराट! आकाशचुंबी। कैसे चमकीले वस्त्र! हज़ार नेत्रों वाला। डरावना मगर फिर भी खूबसूरत। भयावह सुन्दरता। उसका पूरा व्यक्तित्व एक बड़ी लात जैसा था जो आसमान में उठी हुई थी और गली को रौंदने को तत्पर थी।...

तो दुश्मन आ ही पहुँचा! एक्शन का समय आ पहुँचा है।

वे छत पर अधलेटे ही पीछे की तरफ़ सरकने लगे। वे दुश्मन की नज़रों से बचकर छत से उतरना चाहते हैं। परिवार को अभी के अभी तुरन्त ही जगाना होगा। सबको चेताना ज़रूरी है। लोग ऐसे ही सोते रह जाते हैं। उनको पता ही नहीं चलता और दुश्मन कब्ज़ा कर लेता है। फिर लोग खुद के ही जीवन में किराएदार की तरह रहने को मजबूर हो जाते हैं। कितनी गलियाँ, कितने मकान, कितने खेत, कितने गाँव, कितने जीवन...दुश्मन के लोग कहीं न कहीं से आते हैं और कान पकड़कर लोगों को जीवन के बाहर बिठा देते हैं। ज़मीनों का अधिग्रहण हो जाता है। डूब का पानी गाँव को जलमग्न कर देता है। लोगों की छँटनी हो जाती है। दुकान डूब जाती है। रातोंरात लोगों का जीवन बदल जाता है। दुश्मन बेहद शातिर है। वह यों आता है मानो आपने ही उसे आमंत्रित किया हो! अभी वह भी गली के बाहर आकर वह इसी अदा से खड़ा है। कल गली में घुस जाएगा। यह तो अच्छा हुआ कि वे पहरे पर सजग थे। देख लिया।

वे छत पर रेंगते पीछे की तरफ़ जा रहे हैं। पीछे सीढ़ियाँ हैं। वे नीचे जाकर परिवार को जगाना चाहते हैं। अभी सबको दिखा तो दें कि देखो, मैं कहता था न?...वे धीरे-धीरे, पीछे को खिसकते-खिसकते, सीढ़ियों तक जा पहुँचे। एक बेहद ताक़तवर दुश्मन के ख़िलाफ़ मोर्चे पर तैनात एक अदने से सिपाही का यह जज़्बा सलाम करने लायक है। उनींदे सितारों की आँखें आश्चर्य से खुल गई थीं। ऊँघता चाँद भी चौंक गया था। अँधेरे ने उन्हें हैरानी से देखा। वे किसी चुस्त सैनिक की भाँति लपककर उठे और अभी सीढ़ियों पर धड़ाधड़ उतरते जा रहे हैं।...माना कि उनका शरीर बूढ़ा हो चुका है।...चलें, तो घुटनों से आवाज़ें आती हैं। कमर जकड़ी रहती है।...पर आज कोई उनको देखे तो। मानो दुनिया का सारा गुरुत्वाकर्षण उनकी ही ताबेदारी में आ गया हो। वे दर्द, जकड़न और भय से परे निकलकर नीचे की तरफ़ तेज़ी से चले जा रहे हैं। वे सीढ़ियों से नीचे आए। तेज़ी से बरामदे में भागे। दरवाज़ा खोला। अपने कमरे में धड़ाम से घुसे।

उनके बेडरूम से ही लगा हुआ उनके बेटे का भी कमरा है।

बीच में एक दरवाज़ा है। उसे भी धड़ाम से खोला। ज़ोर की एक आवाज़ हुई। गहरी नींद में लीन लड़का एकदम चौंककर उठ गया। वे उसके कमरे में घुसे और दीवार पर लगे सारे स्विचों पर पियानो की भाँति एक हाथ घुमा दिया। कमरे की सारी बत्तियाँ एक साथ जल गईं। अँधेरे कमरे में अचानक चकाचौंध-सी हो गई। लड़का आँखें मिचमिचाता बैठा हुआ है पलंग पर। उन्होंने उसका लिहाफ़ खींचकर बेटे का हाथ पकड़ लिया।

वे पसीने से तर-ब-तर थे। बौखलाए हुए थे। छत की तरफ़ इशारा कर-करके कुछ कह रहे थे। लड़का जानता है कि उनकी मानसिक हालत ठीक नहीं पर इस उत्तेजित रूप में उसने भी उन्हें पहले कभी नहीं देखा है। वह भी एकदम घबरा गया।

'वे आ गए!...वे आ गए!...' लगातार बड़बड़ा रहे हैं वे।

शोरगुल सुनकर उनकी पत्नी भी कमरे में पहुँच गई है।

'क्या हुआ?...बताओ तो?' पत्नी पूछ रही है।

'वे आ पहुँचे पगली...वे आ गए!...अरे, भाग जा रे, भाग, तू कहीं छुप जा।...' उन्होंने पत्नी को झटककर अलग किया और बेटे को सीढ़ियों की तरफ़ खींचने लगे। बेटा उनके साथ चल भी दिया। नहीं, वह कोई दकियानूसी आज्ञाकारी बेटा नहीं था जो पिता के पीछे यों चल देता पर अभी तो बाप की शक्ल जिस तरह हक्की-बक्की थी, उसने साथ चलकर पड़ताल करना ही उचित समझा। ज़रूर ही इन्होंने छत पर कुछ गम्भीर गड़बड़ देखी है। वह साथ चल दिया। पत्नी के घुटने सूजे रहते हैं। थोड़ा-सा चलना भी दूभर। पर वह भी उनके पीछे-पीछे घिसटती चल दी।

'मेरा हाथ तो छोड़ो...!' सीढ़ियों तक पहुँचते-पहुँचते बेटे ने झटके से अपना हाथ छुड़ा लिया।

वे बड़ी तेज़ी से सीढ़ियाँ चढ़ने लगे।

चढ़ते हुए बड़बड़ाते भी चले जा रहे हैं।

'तुम लोग तो मुझे पागल समझते हो न?...तुम...और तुम्हारा वो पागल डॉक्टर?...लो आओ, अब चलकर खुद देख लो।...दुश्मन तुम्हारी गली तक आ गया है।'

लड़का भी देखना चाहता है कि ऐसा क्या देख लिया है इन्होंने! किसे देखकर ये इतने उत्तेजित हैं? इतनी रात गए, कौन घुस आया है गली में कि ये ऐसा घबरा गए हैं?...चलकर देखें तो! बेटा भी तेज़ी से सीढ़ियाँ चढ़ता उनके पीछे-पीछे आ रहा है।

दोनों लोग छत पर जा पहुँचे। पहुँचते ही, वे किसी ट्रेंड फ़ौजी की भाँति अचानक ही जंप जैसा लगाकर छत पर लेट गए। पोज़ीशन लेकर सतर्क हो गए और लेटे-लेटे ही गर्दन घुमाकर बेटे से भी इसरार करने लगे कि तू भी ऐसे ही लेटकर पोज़ीशन ले ले ताकि दुश्मन की नज़र हम लोगों पर न पड़ सके!

'तुम ज़मीन पर क्यों लोट रहे हो?' बेटे ने चिढ़ते हुए पूछा।

उन्होंने लेटे-लेटे ही बेटे के पाजामे का पायँचा पकड़कर नीचे को खींचा।

'अरे, तू भी ठीक से पोज़ीशन ले ले!...दुश्मन देख लेगा!'

उन्होंने बेटे का पाजामा ऐसी ताक़त से नीचे को खींचा कि बेटा गिरते-गिरते बचा।

'एकदम ही पगला गए हो क्या?...अरे, कौन देख लेगा?' बेटे ने ग़ुस्से से चिल्लाकर पूछा।

'धीरे बोलो बेटा...वो सुन लेगा।' वे छत पर लेटे-लेटे ही बेटे को चेता रहे हैं।

'कौन सुन लेगा पापा?...सब सो रहे हैं।'

'पर वो जागा हुआ है। वह देख लेगा। वह सुन लेगा।...'

'वो कौन? कहाँ?'

'वो। वहाँ।...' ज़मीन पर लेटे-लेटे ही उन्होंने गली के मुहाने की दिशा में इशारा किया।

'किधर?'

'उस तरफ़...उधर...'

'वहाँ कौन है?...वहाँ तो कोई भी नहीं।'

'है।...ठीक से देखो तो।'

'बताइए न?...कौन है?...वहाँ तो कोई भी नहीं। गली एकदम ख़ाली पड़ी है।'

'गली के ठीक बाहर...वहाँ सड़क पर देखो न?...अरे, तनिक उकड़ूँ तो हो जाओ। उसकी नज़र में आ जाओगे।'

'मुझे तो वहाँ कोई नहीं दिख रहा।...आख़िर क्या दिखाना चाहते हैं आप?'

'अरे, तुम खुद देख लो।...तुम तो मुझे पागल समझते थे न?...'

'माफ़ कर दो बाबा।...हम ही पागल हैं शायद।' लड़का चिड़चिड़ाया।

'मैं कहता था न कि दुश्मन एक दिन हमें इस घर से बेदख़ल कर डालेगा? तुम सब इसे मेरा पागलपन समझते थे न?'

'तो?'

'तो लो, अब खुद देख लो, वो आ गया है। खड़ा है तुम्हारी गली के बाहर।... देख लो। जल्दी ही वो हमारी गली में घुस जाएगा और हमारे मकानों पर कब्ज़ा कर लेगा।'

'पूरे ही पगला गए हो क्या पापा?'

'तुम खुद देख तो लो, फिर बताना कि कौन है पागल!'

'क्या देख लूँ?'

'वहाँ देखो न? वो खड़ा तो है,' वे लेटे-लेटे ही, वहीं नीचे से इशारा कर रहे हैं।

'अरे, मैंने खूब देख लिया, वहाँ कोई नहीं खड़ा।'

'ठीक से देखो बेटा।...और ठीक से पहचान भी लो इसे।...यही दुश्मन है हमारा।' वे उकड़ूँ होकर छत पर बैठ गए हैं और एक तरफ़ इशारा कर रहे हैं। बेटे ने उसी दिशा में देखने की कोशिश की।

वहाँ, गली के उस सिरे पर बहुत प्रकाश है। चकाचौंध-सी है। बड़ा-सा मॉल बना हुआ है वहाँ। उसकी रोशनियों से प्रकाशित है गली का मुहाना।...वहाँ कोई भी खड़ा होता तो उसे दिख ही जाता।

'वहाँ कोई भी नहीं है पापा।...उठ जाओ। नीचे जाकर सो जाओ और हमें भी सोने दो।...'

लड़का पलटकर लौटने को हुआ। तभी पत्नी भी कुढ़ती-कराहती हुई सीढ़ियाँ चढ़ती, हाँफती हुई छत पर आ पहुँची।

'क्या हुआ बेटा?' उसने पति की बजाय बेटे से पूछा। बेटा नीचे जाते-जाते रुक गया।

'न जाने क्या तो दिखाना चाहते हैं। इनसे ही पूछो।' बेटा चिड़चिड़ा रहा है।

वे बेटे की बात सुन रहे थे।

'देखोगे, तभी न दिखेगा?' वे भी चिड़चिड़ाए।

'तुम इसे क्या दिखा रहे थे?' पत्नी ने पूछा।

'कहते हैं कि वहाँ पर दुश्मन खड़ा है।...हद है!' लड़का गली के मुहाने की तरफ़ इशारा करके बोला।

'वो खड़ा तो है?...देखो, कैसा तनकर खड़ा है!' वे बोले।

'वहाँ?...मॉल के पास?...' पत्नी ने पूछा।

वे उत्साहित हो उठे। 'हाँ, वहीं।...'

'वहाँ कौन है?...वहाँ तो कोई नहीं।'

'है न।...वो देखो। कैसा घूर रहा है इसी तरफ़।...'

'वहाँ तो कोई नहीं।'

'वो है तो?...इत्ता ऊँचा! आसमान तक।...तना खड़ा है।...इत्ता चमकीला।...देखो तो।...सामने ही तो है। तुम लोगों को कैसे नहीं दिख रहा?' वे मॉल की दिशा में उँगली उठाकर बड़े उत्तेजित हैं।

लड़का झुँझलाकर सीढ़ियों की तरफ़ लौटने लगा। लौटते-लौटते वह बोला, 'जाओ, खुद भी सो जाओ, औरों पर भी थोड़ी किरपा करो।...बहुत रात हो चुकी।...और उधर, वहाँ कोई नहीं है। न तो दुश्मन, न दोस्त।...वे कहीं होंगे भी तो अभी सब सो रहे होंगे।'

'रुको, रुको...' वे बड़े ही कातर स्वर में बोले। लड़का जाते-जाते रुक गया।

'बेटा, तनिक रुककर दुश्मन को देख, पहचान तो लो। वो वहाँ खड़ा तो है...'

'अरे है, तो हमें क्यों नहीं दिखता?...' लड़का चिढ़कर बोला।

'है तो, वो सामने तो है।...चमकीले वस्त्रों में।...हज़ार चमकीली आँखों वाला।...वो तुम्हारे सामने खड़ा है।...' वे फिर इशारा कर रहे हैं। उनकी उँगली एकदम मॉल की तरफ़ है।

'वहाँ कोई भी नहीं है भैया!'

'वो वहाँ है तो?...इत्ता ऊँचा!'

'ऊँचा तो वहाँ केवल वो मॉल है, बस।'

'वही तो।'

'आप हमें ये मॉल दिखाने के लिए इस वक्त जगाकर छत पे लाए हैं?...यार, हद है ये तो!' लड़के ने माँ की तरफ़ देखकर कसमसाते हुए कहा। उसका बस चलता तो अपने बाप को कूटकर रख देता।

'दुश्मन ही है वो।...मॉल के रूप में यहाँ आया है सो तुम उसे पहचान नहीं पा रहे।'

'और आप एकदम पहचान गए?'

'मैं भी कहाँ पहचान पाता? वो तो मैंने उसकी आँखों से उसे पहचान लिया।'

'आँखें?'

'हाँ, आँखें।...देखो न, कैसा घूर रहा है हमारी इस गली को!...हजार आँखें हैं इसकी और हर आँख की नज़र बस हम पर है।' वे मॉल की जलती रोशनियों की तरफ़ इशारा कर रहे हैं।

'कोई बिल्डिंग किसी को कैसे घूरेगी—बता सकते हैं आप?' लड़का बोला।

'बेटा, वह कोई इमारत नहीं है। वह वास्तव में दुश्मनों का एक ग्रुप है। इसमें ये कोई दुकानें नहीं हैं। ये तो सब दुश्मन एक जगह गिरोह बनाकर खड़े हो गए हैं। ये हम पर कब्ज़ा करने की फिराक में हैं।' वे फुसफुसाकर षड्यंत्र का पर्दाफाश करने के लहजे में बता रहे हैं।

'यार, आधी रात को तो अपना यह चुतियापा मत पटको पापा।' लड़का बिफर गया।

'बाप से कोई इस भाषा में बात करता है?' वे आश्चर्य और क्षोभ से बोले।

'बाप भी तो थोड़ी बाप टाइप समझदारी दिखाए न।...तुम आधी रात को नींद से जगाकर किसी बिल्डिंग को हमारा दुश्मन बताओगे तो तुम्हारी इस बात को और क्या कहा जाएगा?'

'तुम अभी भी इसे मात्र एक इमारत ही समझ रहे हो क्या?...पागल तो तुम हो गए हो और मुझे बताते हो कि मैं...'

'तो आपका कहना है कि यह कोई मॉल नहीं है?'

'हाँ, ये मॉल नहीं है...'

'तो क्या है ये?...हमें बतलाएँगे ज़रा? बताइए न? तनिक हम जैसे पागल भी तो आपसे कुछ ज्ञान प्राप्त कर लें...' लड़के ने नाटकीय स्वर में पूछा।

'अरे, यह बाज़ार है, बाज़ार। ये तुम्हारी गली के दरवाज़े पर आकर खड़ा हो गया है।'

'तो?...इससे क्या!'

'अच्छा! इससे कुछ भी नहीं?' वे बेटे की मूर्खतापूर्ण बात पर अवाक् हैं।

'हाँ, तो इससे क्या परेशानी?'

'बेटा, ज़रा ठंडे दिमाग़ से मेरी बात को समझो तो।...तुम समझ ही नहीं रहे।

यह मॉल नहीं है बेटा।...यह तो दुकानों का एक गिरोह यहाँ आकर मौक़े की तलाश में टोह लगाये खड़ा हो गया है।...बहुत चालाक है यह गिरोह।...गिरोह के लोग एक-एक करके इस गली में घुसेंगे।...तुम कल गली से निकलोगे और आश्चर्य करोगे कि अरे, इस घर में कल तक तो कोई दुकान नहीं थी—आज यहाँ एक दुकान खुल गई है!...धीरे-धीरे हर घर में एक दुकान खुल जाएगी।...घर बचेगा ही नहीं। हर घर दुकान में तब्दील हो जाएगा।...तुम घर में नहीं, बाज़ार में रहने लगोगे।...इस तरह पहले वो गली पर कब्ज़ा करेगा, फिर तुम पर।...' वे बोलते-बोलते हाँफने लगे।

'तो... ?...' बेटे ने पूछा।

वे हैरान रह गए। यह कैसी बातें कर रहा है? यह उनका बेटा ही है, या कोई और?

'आप इसे इस तरह क्यों नहीं सोचते पापा, कि इस मॉल के बन जाने से हमारी गली के मकानों की क़ीमत कितनी बढ़ गई है और आगे और भी कितनी बढ़ जाने वाली है?...जानते भी हैं कि अपने इस मकान का आजकल क्या रेट चल रहा है?...' लड़के ने पूछा।

वे हैरान थे! यह कौन खड़ा है उनके सामने? यदि यह उनका बेटा है तो वे उसे अभी पहचान क्यों नहीं पा रहे? कैसा अजनबी-सा शख़्स है यह जो अभी उनके सामने खड़ा है?...इसकी शक्ल इतनी डरावनी क्यों है? इसकी आँखें... ।...ओह, इसकी आँखें भी तो एकदम वही हैं, जिन आँखों से दुश्मन वहाँ से खड़ा हमें घूर रहा है!...

'मुझे तुम ऐसे क्यों घूर रहे हो पापा?...' बेटा असहज हो चला।

हाँ, ज़रूर यह दुश्मन ही है। नहीं, दुश्मन केवल गली के बाहर ही नहीं है। वह तो पहले ही उनके घर पर कब्ज़ा कर चुका है। वे इधर छत पर पहरा देते रहे और बाज़ार ने उधर पहले ही उनके बेटे को अपने साथ मिला लिया है!...

नहीं, यह उनका बेटा नहीं है।

यह भी दुश्मन ही है जो छत पर उनके सामने खड़ा है। वे घबराकर उससे पीछे हटने लगे। छत पर उकड़ूँ बैठे-बैठे ही वे छत की मुँडेर की तरफ़ जाने लगे।

वे जाकर छत की मुँडेर से चिपक गए।

'पापा...पापा...' उनको छत की मुँडेर की तरफ़ जाता देखकर बेटा घबरा गया। कहीं ये कुछ उल्टा-सीधा न कर बैठें! मुँडेर से नीचे ही न कूद जाएँ! वह धीरे से उनकी तरफ़ बढ़ा। वे और घबरा गए।

'कौन हो तुम?...' उन्होंने वहीं से घबराकर पूछा। वे मानो सकते में थे।

'कौन हूँ मैं?...आप नहीं जानते कि मैं कौन हूँ?...'

'हाँ, शायद मैं तुम्हें नहीं जानता।' वे अब मुँडेर का सहारा लेकर खड़े होने लगे थे।

बेटा घबराकर तेज़ी से आगे बढ़ा।

'मेरे पास मत आना।...' वे भयभीत होकर उसे चेताने लगे।

'पापा, मैं हूँ...मैं...।' बेटे ने आश्वस्त किया और गति धीमी करके धीरे-धीरे ही उनकी तरफ़ बढ़ा। बेटा डर रहा है कि पागलपन की झोंक में ये कहीं छत से न कूद जाएँ!

वे मुँडेर से टिककर खड़े हो गए थे। अब उन्होंने एक बार फिर से गली के मुहाने की तरफ़ पलटकर देखा। वहाँ दुश्मन अभी भी तना हुआ खड़ा है और उन्हें घूरकर देख रहा है। वह व्यंग्यपूर्वक मुस्कुरा भी रहा है। मानो कह रहा हो कि अब बोलो बच्चू, कैसी रही?

अब वे बेटे की दिशा में पलटे। वह उनकी तरफ़ ही बढ़ रहा था। दुश्मन दोनों तरफ़ से बढ़ रहा था उनकी तरफ़। वे घिर गए थे। इतने दिनों का उनका पहरा बेकार सिद्ध हो गया था।

अचानक ही वे अपनी जगह से उछले और मुँडेर पर चढ़ने लगे। वे दुश्मन के हाथों कभी नहीं पड़ने वाले। बेटा उनकी तरफ़ दौड़ा। पत्नी हाय-हाय करके रोने लगी। अब वे मुँडेर पर चढ़ गए थे। दुश्मन उनके एकदम क़रीब था। उनको दबोचने ही वाला था। तभी बेटा ज़ोर से कूदा और उनकी टाँगें पकड़कर झूल गया। वे बेटे से जूझने लगे। वे तड़पकर स्वयं को दुश्मन की पकड़ से छुड़ा रहे हैं। मुँडेर पर अधलटके बाप को वापस खींच रहा है बेटा।

आप रो रहे हैं गो कि आपको पता नहीं

नेत्र विशेषज्ञ ने बड़ी देर तक, बहुत विस्तार से उनकी आँखों का गहन मुआयना किया। कई कोणों से उनकी आँखें देखीं। हर तरफ़ से रोशनी डाली। चार्ट दिखाए। पूछा। आँखों का दबाव मापा। मशीनों के ज़रिये आँखों के अन्दर झाँका।...आँखों के रेशे-रेशे की पड़ताल कर डाली। जाँच पूरी करके, बड़ी सन्तुष्ट-सी मुस्कुराहट के साथ देखता रहा उनको। फिर पूरे आत्मविश्वास के साथ उसने मानो आधिकारिक घोषणा-सी की :

'इनकी आँखें एकदम बढ़िया हैं। कहीं भी कोई ख़राबी नहीं है। आप क़तई चिन्ता न करें।'

वे चुपचाप रहे। डॉक्टर के मुँह कौन लगे! नेत्र-विशेषज्ञ चाहे तो किसी अन्धे

को भी नयनसुख का प्रमाणपत्र दे सकता है।...

'सर, फिर इन्हें हुआ क्या है?' लड़के ने चिन्तापूर्वक पूछा।

'चिन्ता की कोई बात ही नहीं। आँखें तो एकदम बढ़िया हैं।' डॉक्टर ने फिर कहा।

'पर ये तो सुबह से ही परेशान हैं। आँखों में बहुत दर्द है। बहुत तेज़ गड़ रहा है वहाँ कुछ। सुबह से आँखें मल-मलकर हलकान हैं। दोनों आँखों से पानी बह रहा है।...' लड़के ने बताया।

'कुछ नहीं है। सब ठीक है।' डॉक्टर ने फिर कहा और बेहद विश्वास से कहा।

'पर, आँखों से इतना पानी... ?' लड़के ने दुविधा-भरे स्वर में फिर पूछा।

इधर वे चुपचाप बैठकर सब सुन रहे हैं।

'आँखों से क्या?' डॉक्टर ठीक से सुन नहीं पाया था।

'आँखों से पानी...' लड़के ने फिर बताया।

'नहीं, ये तो बस आँसू हैं।...आदमी रोता है तो आँसू तो निकलते ही हैं न! ...इनकी आँखें ख़राब नहीं हैं। ये तो यों ही रो रहे हैं, बस।...' डॉक्टर ने अन्तिम निर्णय देने के लहजे में कहा।

अब वे और चुप नहीं रह सकते थे।

'पर मैं तो नहीं रो रहा?' वे बोले।

'नहीं, आप रो ही रहे हैं।...कई बार स्वयं आदमी को भी पता नहीं चल पाता कि वह रो रहा है।...वास्तव में, सच यही है कि आप रो रहे हैं।'

'सर, मैं बिलकुल नहीं रो रहा।'

'नहीं, आप ज़ोरदार रो रहे हैं।...आपकी आँखों से आँसू बह रहे हैं। अभी भी।...देखिए न!'

'ये आँसू नहीं हैं जनाब।'

'ये आँसू ही हैं। मैं डॉक्टर हूँ। जानता हूँ। कम-से-कम एक्सपर्ट की बात तो मानिए।'

वे और आगे बहस नहीं कर सकते थे। यदि डॉक्टर अदालत में भी यही सब कह देता तो वह भी यही कहती कि हाँ, तुम रो रहे हो!...वे चुप हो गए। बल्कि एक बार तो उनको भी खुद पर सन्देह हो उठा कि क्या पता, डॉक्टर ही सच बोल रहा हो!...क्या पता कि वे रो रहे हों और उनको ही इस बात का पता न चल पा रहा हो! कहीं शरीर में कुछ ऐसा बदलाव तो नहीं हो गया है कि आदमी इन दिनों खुद से ही छुपकर रोने लग गया हो! समय विकट चल रहा है। आजकल कुछ भी हो सकता था।

उन्होंने डॉक्टर से सीधे पूछना उचित समझा।

'क्या मैं वास्तव में रो रहा हूँ डॉक्टर?' उन्होंने पूछा।

'हाँ, ये आँसू ही तो हैं।' डॉक्टर ने विशेषज्ञ की अथॉरिटी से बताया।

‘और मुझे पता भी नहीं चल पाया कि मैं रो रहा हू?’ वे आश्चर्यचकित होकर बोले।

‘हो सकता है।...ऐसा भी हो सकता है। जब आदमी दिन–रात रोए और रोता ही रहे तो उसे पता ही नहीं चल पाता कि न रोने पर आदमी को कैसा लगता है।...’

‘तो क्या आँसू गड़ते भी हैं?’

‘जी?’

‘सर, क्या आँसू भी गड़ सकते हैं, आँखों में?’

‘यह कैसा प्रश्न है?’

‘क्योंकि मेरी आँखों में कुछ गड़ रहा है। निरन्तर।...पानी भी तो उसी कारण आ रहा है।’

‘पर आपकी आँखें तो एकदम ठीक...’

‘...आप मेरी पलकों की पड़ताल तो करके देखिए सर।...’

‘मैं सब देख चुका।...’

‘एक बार और देखिए न सर...’

‘क्या देखूँ, आप ही बता दें न?’ डॉक्टर ने व्यंग्यात्मक लहजे में कहा।

‘दरअसल, मेरी पलकों में सपनों की किरचें धँस गई हैं डॉक्टर साहब!...ध्यान से देखें। आपको ज़रूर दिखेंगी। देखिए, वे ही तो मुझे गड़ रही हैं।’

‘सपनों की किरचें!...यह क्या चीज़ होती है?...यार, क्या कह रहे हैं ये तुम्हारे पापा?...’ डॉक्टर ने उनके बेटे से पूछा।

लड़का क्या उत्तर दे?

वह तो घर से ही पिता को समझाता हुआ लाया था कि वहाँ पहुँचकर ये अपने टूटे सपनों का क़िस्सा लेकर न बैठ जाना। वहाँ, डॉक्टर को अपनी आँखों की तकलीफ़ें बताना, बस। ज़रूरी नहीं है कि हम दुनिया भर को बताते फिरें कि हमारा दिमाग़ फिर गया है। तब वे भी मान गए थे। कहते थे कि मैं तो वहाँ एकदम चुप रह जाऊँगा। वो मेरी आँखें देखकर कोई दवा बता दे तो मैं क्यों फ़ालतू ही सपनों की बातें करूँगा? मैं पागल हो सकता हूँ पर इत्ता भी पागल नहीं हूँ।...पर देखिए, वही हुआ। अभी डॉक्टर से वे वही बात ले के बैठे हैं।

लड़के ने बेहद क्षमाप्रार्थी स्वर में पिता के दिमाग़ घूम जाने का इशारा करते हुए कहा, ‘सर, इनकी बातों पर आप कोई ध्यान न दें।...आजकल पापा बहक जाते हैं।...मेंटल वालों से इनका इलाज भी चल रहा है।...’

‘ओह, ...तब कोई बात नहीं।’ डॉक्टर ने कहा।

‘डॉक्टर, हो सकता है कि मैं पागल ही होऊँ।...पर मेरी आँखों से इतना पानी तो बह ही रहा है न?...तो?...यह तो पागलपन नहीं हो सकता न? ये मेरे सपनों की किरचें हैं जो मेरी आँखों में धँस गई हैं। मानिये तो मेरी बात।’ वे इतने गम्भीर

होकर इसरार कर रहे थे कि एक बार तो डॉक्टर भी पुनर्विचार करने को तत्पर हो गया।

'और, ये सपनों की किरचों का क्या मामला है सर?' डॉक्टर ने बड़े आदर से पूछा।

वे डॉक्टर को समझाने के अन्दाज़ में, किसी मास्टर की भाँति आँख तथा सपने के बीच के सम्बन्ध के बारे में बातें करने लगे।

'देखिए डॉक्टर साहब, ये आँसू नहीं हैं। दरअसल मेरे कुछ बेशक़ीमती सपने थे। चुरा ले गए वे उनको। फिर उन्होंने ये सपने तोड़ भी दिये। चकनाचूर कर दिये मेरे सपने उन्होंने। उन टूटे सपनों की किरचें ही धँसी हुई हैं मेरी पलकों में। उसी से ये पानी गिर रहा है।...'

डॉक्टर रुचिपूर्वक उनकी बात सुनता रहा।

'आपको ज़रूर कुछ ग़लतफ़हमी हुई है। वैसे भी, आँखों में सपनों की किरचें हो ही नहीं सकतीं।' डॉक्टर ने पूरे आत्मविश्वास से कहा।

'क्यों? क्यों नहीं हो सकतीं?'

'आजकल आँखों में सपने रहते ही नहीं...। नेत्र विज्ञान की नई रिसर्च बताती है कि मनुष्य के नेत्रों में सपने नहीं रहते।...हम आँखों की गहन जाँच करके यह बात सिद्ध कर चुके हैं।...जब सपने ही नहीं होंगे तो ये आपकी किरचें भी कहाँ से आएँगी?' डॉक्टर ने किसी लेटेस्ट साइंस जर्नल का सन्दर्भ देते हुए बताया।

'पर मेरी आँखों में तो... ?'

'आपकी आँखें क्या दूसरे मनुष्यों से कुछ अलग आँखें हैं जनाब?...'

'यह भी तो सम्भव है कि बस मेरे जैसों के पास ही मनुष्य वाली आँखें बची हों?'

'और बाक़ी दुनिया की आँखें मनुष्य की नहीं हैं? वे सब नक़ली हैं?'

'हाँ, ऐसा क्यों नहीं हो सकता?'

'तो क्या मेरी भी आँखें नक़ली हैं? मैं नक़ली आँखों से ही मरीज़ों की असली आँखें जाँच रहा हूँ?'

'मैं आपकी बात नहीं कर रहा डॉक्टर। आपकी बात ही और है। पर यह हो सकता है कि वे लोग दुनिया की आँखें बदल चुके हों। इसीलिए तो आपकी साइंस को लोगों की आँखों में कोई सपने नहीं मिलते।'

'आप बार-बार 'वे' लोग कहते रहते हैं। 'वे' कौन? 'वे' का मतलब? 'वे' कौन?'

'वे सबकी आँखों से सपने चुराने निकले लोग हैं। दुनिया यह बात समझ ही नहीं पा रही।'

'...और बस, आप समझ गए?'

'...वो तो मैंने उनको अपने सपने में ही सपने चुराते हुए रँगे हाथों पकड़ लिया तभी तो मैं आपको बता रहा हूँ...'

लड़का अब बीच में उतरा। वह बाप को फटकारने लगा :

'पापा, आप यहाँ भी वे ही बातें ले के बैठ गए न? मैंने मना किया था न आपको? डॉक्टर के पास आपकी फ़ालतू बातें सुनने का टाइम नहीं है।...'

डॉक्टर भी उन्हें घूरकर देखता रहा। वे चुप हो गए। चुपचाप आँखें मलते बैठे रहे। उनकी आँखों से अभी भी पानी बह रहा है, निरन्तर।

डॉक्टर ने एक बार पुन: उनके लड़के को कुछ इस तरह से बताया कि वे भी बात को ठीक से सुन लें।

'इनकी आँखें एकदम ठीक हैं।'

'...और यह पानी?' वे फिर पूछने लगे।

'आपके आँसू हैं ये।...मैंने बताया न? आप रो रहे हैं।...' डॉक्टर ने कहा।

'मैं नहीं रो रहा। मुझे पता है।'

'आप रो रहे हैं। पक्का है। मुझे पता है। मानिए।...' डॉक्टर ने कहा।

'मुझे खूब पता है कि रोना क्या होता है। मैंने यह जीवन रोते झींकते ही बिताया है। हँसने का अनुभव शायद न हो परन्तु रोने का लम्बा अनुभव है मेरा।...पक्का है कि मैं अभी तो बिलकुल भी नहीं रो रहा डॉक्टर साहब।' वे बोले।

'मेरी आँखों में जो गड़ रहा है, यह उसी का पानी है।...देखिए तो?' वे फिर बोले।

'मेरे पास कोई ऐसी मशीन नहीं जनाब, जो आपकी आँखों से सपनों की किरचें निकाल सके।...ऐसी कोई भी मशीन अभी नहीं आती।...बताइए, क्या करें?' डॉक्टर चिढ़ रहा है।

'डॉक्टर, मेडिकल साइंस को देर-सवेर ऐसी मशीन ईजाद करनी ही होगी। और जल्दी ही करनी होगी।...कोई ऐसी मशीन जो सपनों की किरचों को आँखों से बीन सके।...अभी मेरे जैसे बड़े सारे मरीज़ आपके पास आनेवाले हैं।...इतने सपने चारों तरफ़ टूट रहे हैं कि सबकी आँखों में सपनों की किरचें धँस जानेवाली हैं।...कितनों को आप यह कहकर बहला पाएँगे कि तुम्हारी आँखें ठीक हैं?...नहीं डॉक्टर, आप लोगों को कोई न कोई उपाय तो करना ही होगा।...कुछ तो करिए।...' बोलते-बोलते वे उद्वेलित हो उठे।

अब डॉक्टर का हाथ कसकर पकड़े बैठे हैं वे। आँखों से आँसू झरझर बह रहे हैं। डॉक्टर ने धीरे से अपना हाथ उनसे छुड़ाया और बेटे को उन्हें ले जाने का इशारा किया। बेटे ने पकड़कर, लगभग जबरन उठा लिया उन्हें। वे उठते-उठते भी बड़बड़ाते रहे।

'तुम इसे कोई बीमारी नहीं मान रहे न डॉक्टर? पर यह है तो। जल्दी ही सब

तरफ़ कंजक्टिवाइटिस जैसी फैलने वाली है। तुम इस बीमारी का नाम सोचकर रखना डॉक्टर।...'

वे उठकर दीवार की तरफ़ जाने लगे।

'उस तरफ़ नहीं, इस तरफ़ पापा...' बेटे ने दरवाज़े की दिशा में मोड़ा उन्हें।

'ठीक से दिखता नहीं बेटा—क्या करूँ? आँखों में टूटे सपने गड़ रहे हैं न...' वे चलते-चलते बोले।

'आप, और आपके सपने।' लड़का झल्लाकर बोला।

'अजीब शख़्स है। रो रहा है परन्तु यह मानने को राज़ी ही नहीं कि रो रहा है।' डॉक्टर बड़बड़ाया।

लड़का उन्हें बाहर ले जाते हुए तनिक रुका। उन्हें दरवाज़े पर ही छोड़कर वह वापस लौटा। डॉक्टर के पास आकर क्षमा माँगते हुए उसने कहा, 'बुरा मत मानिएगा डॉक्टर साहब, पापा थोड़े मेंटल हो गए हैं आजकल।'

डॉक्टर ने मुस्कुराकर कहा, 'मैं समझता हूँ।...तभी तो वे रो रहे हैं और मान भी नहीं रहे...' कहते-कहते डॉक्टर हँसने लगा।

डॉक्टर के लिए किसी का रोना हँसी का विषय बन गया है।

बाज़ार ने प्रपोज़ल भेजा है कि

उस दिन तो बड़ा ही ग़ज़ब वाक़िया हुआ। ग़ज़ब यह कि बाज़ार ने 'सुरंग वाले अंकल' को उनके द्वारा खोदी जा रही सुरंग के बाबत एक 'प्रोजेक्ट' का 'प्रपोज़ल' भेज दिया।

वैसे वे इन दिनों एकदम चुपचाप रहने लगे थे। सुरंग की चर्चा भी नहीं करते थे किसी से। घर के लोगों से भी नहीं। आजकल, सब बड़े खुश थे कि वे ठीक हो रहे हैं। यह डॉक्टर है तो बड़ा होशियार, कैसा भी पागल मरीज़ इसके पास ले जाओ, ठीक हो ही जाता है।...किसी को पता ही नहीं चलने दिया उन्होंने कि इन दिनों तो उन्होंने सुरंग खोदने के काम में इतनी तेज़ी ला दी है कि अब वह दिन दूर नहीं था जब उनकी सुरंग वहाँ जाकर खुलेगी जहाँ बाज़ार की पहुँच नहीं थी!

पर उससे पहले ही बाज़ार स्वयं उनसे आकर मिला और उसने सुरंग के बारे में एक आकर्षक प्रस्ताव उनके समक्ष पेश कर दिया।

बाज़ार की ओर से सशंकित तो थे ही वे। बाज़ार को उनकी सुरंग की ख़बर

थी। शुरू में तो वे एकदम घबरा गए थे। कई दिनों तक सुरंग की तरफ़ गए भी नहीं। फिर एकाध बार सुरंग तक होकर आए। सुरंग वैसी ही पड़ी हुई थी। पटिया भी ज्यों का त्यों। आसपास कोई सुरंग पर निगाह धरे हो, ऐसा भी कुछ नहीं लगा।...तो क्या यह सब उनका भ्रम था?...तो क्या पटिया किसी और ने यों ही धर दिया था कि इस गड्ढे में कोई गिर गिरा न पड़े?

कुछ समय पश्चात् उन्होंने दोबारा सुरंग खोदनी शुरू कर दी थी। दोगुने जुनून से। और भी सावधानी बरतते हुए। रात-रात भर लगातार खोदते। दिन भर, बिस्तर पर सोते या ऊँघते। घर के लोग यही मानते कि पागलपन की दवाओं के कारण इन्हें नींद बहुत आती है आजकल। वे स्वयं भी यही कहते। सुरंग का ज़िक्र तक न करते। पहले काम पूरा कर लें। सुरंग पूरी हो। फिर, अचानक, एक दिन परिवार को बताया जाएगा। तब जाकर सबको पता चलेगा कि वे पागल नहीं थे। यह सोच-सोचकर वे मन-ही-मन मुस्काते!

ऐसे ही एक रात, वे खुदाई करके बाहर निकले ही थे और पटिया सरकाकर सुरंग ढँक ही रहे थे कि बेतरह चौंक गए।...

...सामने ही बाज़ार खड़ा था। मुस्कुराता हुआ। चेहरे पर लम्बी, गहरी मुस्कान, परन्तु आँखें घूरती हुईं। होंठ फैले हुए, परन्तु भृकुटियाँ तनी-तनी। भोलेपन का आत्मीय भाव, परन्तु डरावने काइंयाँपन की झाईं ऐसी कि समझ ही न सको कि यह शख़्स तुम्हें अगले पल आलिंगन में लेनेवाला है या कि क़त्ल कर देगा!

वे सुरंग से बस, निकले ही थे। धूल-धूसरित थे। पसीने से लथपथ। थके। क्लान्त। थकान से उनकी आँखें मिचमिचा रही थीं। वे जल्दी से घर पहुँचकर सो जाना चाहते थे।...

...कि बाज़ार ने उन्हें दबोच लिया। वे छटपटाकर रह गए परन्तु स्वयं को छुड़ाने की कोई भी कोशिश उनकी बदतमीज़ी कहलाती। बड़ा ही 'कस्टमर फ्रेंडली' दबोचना था यह। बाज़ार कभी भी वैसे जंगली तरीक़े से किसी को भी नहीं दबोचता था जैसाकि 'दबोचना' शब्द सुनकर मन में एक दृश्य बनता है। बाज़ार ने यही चमत्कारिक दबोचना सीखने के लिए ऊँची पढ़ाई की थी। पकड़ जानलेवा भले ही हो परन्तु फिर भी वह अति कोमल-सी प्रतीत हो—ऐसा ग़ज़ब मैनेजमेंट सीखा था बाज़ार ने।...

बाज़ार की पकड़ इतनी दोस्ताना थी कि उनकी हिम्मत ही नहीं पड़ी कि खुद को छुड़ाते, या छटपटाते भी।

उन्होंने कूटनीतिक तरीक़े अपनाकर पकड़ से छूटना चाहा।

'आपका सूट ख़राब हो जाएगा सर।...धूल से लिथड़ा हुआ हूँ। मुझे छोड़ दें।...' वे बोले और बोलते-बोलते स्वयं को छुड़ाने का उपक्रम करने लगे।

उसने पकड़ ढीली नहीं होने दी और विनम्रता दुगुनी कर दी।

'गुड इवनिंग सर, आप कैसे हैं?' बाज़ार ने उनको दबोचे हुए ही उन्हें प्रणाम किया।

किसी की हत्या भी करनी हो तो पहले उस छुरे से ही उसे प्रणाम करो फिर आगे बढ़ो! इससे हत्या का अपराधबोध जाता रहता है और मरनेवाला भी, इज़्ज़त की मौत मरने के कारण सन्तोष से मरता है। बाज़ार की यह अपनी सोच है।

'मैं कैसा हूँ?'

'हाँ, आप कैसे हैं?'

'पसीने से लथपथ हूँ। तभी तो कह रहा हूँ। आपका सूट ख़राब हो जाएगा।'

'नहीं होगा। याद रखें, दूसरों के पसीने से हम इत्र बना लेते हैं। आपके बदन पर जिस पसीने से बदबू आती है, हमारे कपड़ों पर लगकर आगे वही बढ़िया ख़ुशबू देगा।...चिन्ता न करें।...'

'पसीने के अलावा धूल भी तो लगी है मेरे पूरे बदन पर।...मुझे छोड़ दें।'

'हम आपको पकड़े ही कहाँ हैं सर?'

'दबोचे तो हैं।'

'यह तो हमारा आलिंगन है। बाज़ार आपका ही है—हम तो यह बताने की कोशिश कर रहे हैं। कृपया इसे दबोचना न कहें।...और धूल से हमारा कुछ भी नहीं बिगड़ेगा। धूल तो उड़ती रहती है। आँखों में झोंकने के लिए भी तो धूल चाहिए कि नहीं...' कहकर बाज़ार ठठाकर हँस पड़ा ताकि साफ़ रहे कि बात मज़ाक में कही जा रही है।

अचानक ही बाज़ार ने अपनी पकड़ ढीली करके उन्हें आज़ाद कर दिया। अब उनके सामने बड़े ही अदब से खड़ा हुआ था बाज़ार। उन्होंने ध्यान से देखा उसे। स्मार्ट। निकलते पेट को अन्दर की तरफ़ खींचे हुए। टाई। सूट। दमक। चमक। काइंयाँपन। चमकती आँखें। शिकार के लिए एकदम तत्पर जानवर जैसी मुद्रा, जिसमें धैर्य भी है और छलाँग लगाने की तत्परता-भरी बेचैनी भी।

बाज़ार उनके समक्ष इतनी विनम्रता से रास्ता रोककर खड़ा था कि उनकी हिम्मत ही नहीं हुई कि उसे दरकिनार कर निकल पाते।

'मुझे घर जाना है। आपसे बाद में मिलता हूँ।' उन्होंने टालने की कोशिश करते हुए चल निकलने का उपक्रम किया।

'आप बाज़ार में हैं। इसे भी अपना घर ही समझिए।...'

'देख तो रहे हो न—थका-माँदा हूँ। धूल-धूसरित भी।...घर जाकर थोड़ा नहाऊँगा-धोऊँगा।'

'थके-माँदों के लिए भी बड़े शानदार इन्तज़ाम कर रखे हैं बाज़ार ने।...एक बार मौक़ा तो दें सर।...'

'घर जाकर नहा-धो लूँ तो मेरी थकान यों भी खत्म हो जाएगी।...मैं चलूँ?'

'चलिए, फिर मैं आपके घर पर ही आ जाता हूँ।...दो घंटे में आपको फ़ोन कर लूँ?...'

'फ़ोन नम्बर तो मैंने दिया ही नहीं, फ़ोन कहाँ करेंगे?'

'हमारे पास है। सबका है। हर ग्राहक की पूरी जन्मकुंडली धरी है हमारे पास।...आप तो टाइम बता दें। मैं घर पहुँच जाता हूँ।...' बाज़ार ने बहुत इत्मीनान से 'कूल' होकर कहा। कूल रहना, गिद्ध की भाँति धैर्य रखना बहुत बारीक़ हथियार है। बाज़ार जानता है। धीरे-धीरे गर्दन रेतनी हो तो बड़ा धैर्य चाहिए।

वे बिना कोई उत्तर दिये चल पड़े। बाज़ार उनके पीछे-पीछे चल दिया। लगभग उनकी परछाईं की तरह। वे जानते हैं। परछाईं से पीछा छुड़ाना मुश्किल है।

'नहाकर मैं सोऊँगा। बेहद थका हुआ हूँ। थका हूँ तो नींद भी मुश्किल से आएगी।' उन्होंने पीछे आते बाज़ार से पिंड छुड़ाने के लिए कहा।

'अनिद्रा के लिए भी बाज़ार कई चीज़ें लेकर आया है।...ऐसे गद्दे हैं जिनमें नींद भर के ही उन्हें बनाया गया है। लेटो और नींद में धँस जाओ।...स्पेशल लोरियों के फ्री एप्स भी हैं।...पलकें भारी करने की एक्सेसरीज़ भी हैं।...' पीछे आते बाज़ार ने बताया।

पर वे बाज़ार के चंगुल में आनेवाले नहीं थे। सतर्क थे। बोले, 'नहीं, मुझे नींद की तो ऐसी प्राब्लम नहीं। कभी नहीं रही। बिस्तर पर गिरते से नींद आ जाती है।...ऐसा घोड़े बेचकर सोता हूँ कि वाइफ़ सुबह उठाते-उठाते परेशान हो जाती है।...' वे चलते-चलते बोले। उनके लहज़े से स्पष्ट था कि वे कह रहे हैं कि उनको अकेला छोड़ दिया जाए।

बाज़ार ने कहा, 'नींद से न उठ पाते हों तो बाज़ार में उसके लिए भी बहुत सारी सर्विसेज़ आई हुई हैं। कोई-सी भी ले लें।'

'नींद से उठाने की सर्विसेज़?' वे आश्चर्यचकित रह गए।

'हाँ, बाज़ार चाहता है कि नींद लाने से लेकर जगाने तक, सबमें वह ग्राहक की सेवा कर सके।...' बाज़ार बोला।

'क्या लोगों की नींद पर कब्ज़ा करने का कोई इरादा है?' वे वितृष्णा से बोले।

'मैंने ऐसा तो कुछ नहीं कहा...'

'कई बातें कही नहीं जातीं।...'

'नहीं, वो बात नहीं है।'

'वैसे, जगाने की क्या सर्विसेज़ हैं बाज़ार में?' वे हैरान हैं। बाज़ार की आदमी के जीवन में पैठ कहाँ तक हो गई है। वे सोचकर ही काँप उठते हैं।

'कई हैं।' वह उत्साहित होकर उनको बता रहा है। उसका ध्यान उनकी हैरानी पर है ही नहीं। 'कई सर्विसेज़ हैं। चूज़ आपको करना है।...नये क़िस्म के अलार्म हैं। कहेंगे तो हमारा कोई आदमी आकर आपका दरवाज़ा खटखटाकर आपको जगा

देगा।...या पलंग के पास आकर कोई आपको प्यार से सहलाकर उठा दे, यह स्कीम भी है। सहलाने वाली की उम्र वग़ैरह ज़रूर बतानी पड़ती है, बस।...पलंग के पास नगाड़ा बजवाने की सर्विस भी है, नगाड़ा बजाकर जगाने वाला सितार लेकर भी आ सकता है। लात मारकर जगाने का भी प्रावधान है।'

वे चलते-चलते रुक गए।

'हमें छोड़ने का क्या लोगे? या उसका भी कोई सर्विस चार्ज होगा?' वे तल्ख़ होकर बोले।

'नाइस सेंस ऑफ ह्यूमर सर...' उसने तल्ख़ी को नज़रअन्दाज़ करते हुए उनकी तारीफ़ की।

वे फिर चल पड़े। पर वह अब वहीं रुका रह गया। उनके पीछे-पीछे नहीं आया।

'आप पहले घर जाकर आराम कर लें।...जब भी नींद से उठें, तब मैं आ जाऊँगा। दरअसल, मेरे पास आपकी सुरंग को लेकर एक शानदार प्रपोज़ल है।' उसने वहीं से, खड़े-खड़े ही अपनी बात कह दी।

वे चौंककर रुक गए।

'सुरंग?'

'जी, सुरंग।'

'कौन-सी सुरंग?'

'वही, जो आप खोद रहे हैं।...'

'तुमको कैसे पता?...'

'बाज़ार को सब पता रहता है। उसे पता रखना होता है। हमें पता है। आप सुरंग खोद रहे हैं न?'

'वो तो बस, ऐसे ही।...'

'कहाँ जाने के लिए सुरंग खोद रहे हैं? कहाँ जाना है सर?...'

'कहीं नहीं। वो तो बस, ऐसे ही।'

वह अपनी ही जगह खड़े होकर बात करता रहा। वे अवश्य, वापस लौट आए थे और अब उसके ठीक सामने खड़े होकर बातें कर रहे थे।

'नहीं बताना चाहें तो मत बताइए।'

'बताने को कुछ है ही नहीं।'

'तो ऐसेई इतना सब खोद रहे हैं?'

'जी, ऐसेई!...'

'चलिए, यही सही।...'

'यही सही है।...सच।...'

'चलिए, मान लिया। पर मान लो कि मैं आपको सुरंग खोदने के इसी शौक़ के कुछ पैसे भी दिला दूँ, तो?'

'पैसे?'

'हाँ, पैसे। देखिए, वैसे भी आप तो खोद ही रहे हैं। अपना इतना जी हलकान करते हैं। बाज़ार ने अन्दर तक सुरंग देख ली है आपकी।...दिखवा भी दी है।'

'किसे दिखवा दी है?'

'कुछ टीवी चैनल्स वालों ने इसमें इंटरेस्ट ज़ाहिर किया है। वे अन्दर तक देख गए हैं। वे बड़े उत्तेजित हुए यह जानकर कि एक आदमी ऐसेई इतनी लम्बी सुरंग खोदे चला जा रहा है। वे कहते हैं कि यदि ठीक से इसकी मार्केटिंग की जाए तो करोड़ों दर्शक यह देखना चाहेंगे कि कैसे, आपकी उम्र का एक शख़्स जुनून में आकर इतनी गहरी सुरंग खोद रहा है।...'

'लोग क्यों देखेंगे?'

'ज़रूर देखेंगे।...अरे, हर कोई सुरंग थोड़े ही खोद रहा है। आप जैसा कोई शख़्स जब बिना बात के इतनी लम्बी सुरंग खोदेगा तो लोग क्यों नहीं देखना चाहेंगे? बड़ा इंटेरेस्टिंग आइडिया लगेगा सबको।'

'इसमें क्या इंटेरेस्टिंग है?'

'है न।...आदमी की यही तो फ़ितरत है। दो सिरवाला बच्चा पैदा हो जाए तो उसे देखने के लिए कितनी भीड़ लग जाती है?...ऐसे ही।...सुरंग खोद रहे हैं आप, यह बात आपको इंटेरेस्टिंग न लगे पर और सबको लगेगी ही। बाज़ार इसी से कुछ पैसा कमा लेगा। चार पैसे आपको भी मिल जाएँगे।'

'सुरंग खोदने में क्या ऐसा है?'

'होगा। तभी न। बोरवेल में बच्चा गिर जाता है। बग़ल में खोदकर हम जब उसे निकालते हैं तो टीवी पर सब लोग देखते हैं कि नहीं?...आपकी सुरंग तो और भी दिलचस्प चीज़ सिद्ध होगी। इस बुढ़ापे में आख़िर कोई क्यों सुरंग खोद रहा है? वह क्या करना चाहता है? कौन-सा रास्ता बना रहा है? वह सुरंग से कहाँ जाना चाहता है?...बड़ा गर्मागर्म इश्यू बनेगा सर।...टीवी में आप इतने ज़्यादा व्यस्त हो जाएँगे कि फिर सुरंग खोदने का टाइम भी नहीं मिलेगा।'

वे हैरान थे। कैसे बाज़ार हर चीज़ को बेचने लायक बना डालता था!

इधर बाज़ार का प्रतिनिधि उत्साहित होकर और आगे बताने लगा।

'एक बार यह सुरंग पॉपुलर हो जाए तो हम सुरंग टूरिज़्म का एक प्रोजेक्ट ही ले आएँगे। टिकिट लेकर लोग सुरंग में घुसेंगे। आपको सुरंग खोदते हुए लाइव देखेंगे। आपके साथ सेल्फ़ियाँ खींच सकेंगे। आपसे ऑटोग्राफ़ लेंगे...'

'मुझे क्षमा करें...'

'अरे, आप समझिए तो?'

'मुझे पता ही नहीं था कि बाज़ार सुरंग में भी घुस आएगा।...'

'बाज़ार फैल रहा है सर। फैलेगा तो वो सुरंग में भी आएगा ही।'

'क्या बाज़ार बाढ़ जैसा हो गया है?...'

'बाढ़ ही मान लें सर।...बाज़ार बाढ़ जैसा बढ़े, इसमें आपको क्या परेशानी?'

'बाढ़ हो तो आदमी डूब जाता है। बस, यही परेशानी है।'

'पर सामने बाढ़ हो तो आदमी मछली क्यों नहीं बन जाता?'

'कैसी उल्टी बात करते हो?'

'क्यों? उल्टी बात कैसे?'

'अरे, आदमी अरबों साल पहले मछली ही तो था। वहाँ से विकसित होकर सदियों में तो वह आदमी बन पाया है। अब यह पहिया वापस क्यों घुमाना चाहते हो?...बाज़ार के लिए आदमी फिर से मछली हो जाए—वाह!'

'क्यों? आदमी बने रहकर भी आज तक उसने क्या पा लिया?' बाज़ार ने पूछा।

वे उसे देखते ही रह गए। कौन है यह जो उनके सामने खड़ा है? यह शख़्स तो उनके आदमी होने के ही ख़िलाफ़ है और यह बात कहते हुए उसे न तो डर लग रहा है, न ही वह शर्मिन्दा है!...

वे उससे डरकर पीछे को खिसके। फिर अचानक ही उन्होंने तेज़ दौड़ लगा दी। थके थे परन्तु बेतहाशा दौड़ते ही चले गए। पता नहीं कि वह उनका पीछा कर भी रहा था या नहीं? उन्होंने जानने की कोशिश ही नहीं की। बस, दौड़ते चले गए। दौड़ते ही गए। वह उनके पीछे नहीं दौड़ा। अपनी ही जगह खड़ा रहा। उनको भागते हुए देखता रहा जब तक कि वे एक मोड़ पर मुड़ नहीं गए।

बाज़ार अकेला खड़ा हुआ उनको भागता हुआ देखता रहा। वह मुस्कुराया। मुस्कुराता ही रहा। बाज़ार की मुस्कान बुद्ध की मुस्कान नहीं थी, यह तय है।

कोई तो है वहाँ

शहर आश्चर्यचकित था और डरा हुआ भी।

ऐसे कैसे हो सकता है?

मेनहोल के भीतर कोई रह कैसे सकता है?

पर कई लोग यह भी कहते थे कि आदमी जात के जीवट का आपको पता ही नहीं है भाई साहब। शहर में ही कई इलाक़ों में हालत मेनहोल के नरक से कम नहीं

है परन्तु आदमी वहाँ भी ठाठ से ज़िन्दा है कि नहीं? चलिए, ठाठ से न भी कहें, पर ज़िन्दा तो है न?...अन्य बहुत से यह भी कहने लगे थे कि यह कोई भूत-प्रेत टाइप का चक्कर लगता है। कुछ और लोग मानते थे कि ऐसा कुछ है ही नहीं। सब इन सिरफिरे, कामचोर सफ़ाई कर्मचारियों का फैलाया प्रमाद है, बस। छककर दारू पीते हैं। एक बार भरपेट दारू पी लो तो फिर आदमी को कुछ भी दिखने लगता है।...वैसे, दोषी तो वे भी नहीं हैं बेचारे। इस नरक में दारू पीकर ही उतरा जा सकता है!...

शहर में मेनहोल वाले शख़्स की चर्चा का बाज़ार गर्म था।...

लोगों के पास कई तरह की कहानियाँ थीं और सभी कहानियाँ प्रामाणिक बताई जाती थीं। लोगों ने सड़क के नीचे से आती पदचापें सुनी थीं। रात में पहरा देते चौकीदारों ने, देर रात, निपट सन्नाटे में ऐसी पदचापें सुनी थीं मानो कोई कीचड़ में छप-छप करता हुआ नीचे घूम रहा हो!

ऐसी ही आवाज़ें कई लोगों ने रात में सोते हुए अपने पलंग के नीचे भी सुनी थीं और वे 'चोर-चोर' कहते हुए चौंककर उठ गए थे।...कुछ लोगों ने तो देर रात, घर लौटते हुए, सड़क के मेनहोल की झिर्री से ऐसा चमकीला प्रकाश झरता हुआ देखा है जैसाकि देवताओं की तस्वीरों में उनके श्रीमुख के चहुँओर दिखाया जाता है। उनमें से कई लोग तो इसे कोई दिव्य चमत्कार मानकर मेनहोल पर नारियल और अगरबत्ती तक चढ़ा आए थे।

कुछ लोगों ने एक छाया जैसी चीज़ को, देर रात मेनहोल से बाहर निकलते हुए देखा था जो बाहर निकलते ही, देखते-देखते रात के अँधेरे में बिला जाती थी।

ख़बर बाज़ार तक भी पहुँची थी। बाज़ार में तुरन्त ही गेम्स के नये 'एप्स' आ गए थे जो बच्चों से लेकर बड़ों तक ख़ासे लोकप्रिय भी हो गए थे। ऐसे ही एक गेम में, खेलनेवाला एक सीवेज़ लाइन में जाकर फँस जाता है। फिर इसी में तमाम तरह की बाधाएँ पार करके मेनहोल से बाहर निकलने के विभिन्न लेवल दिये गए थे। एक गेम में बाहरी ग्रह से सीवेज़ पाइपों में आ बसे जीवों की बस्ती होती थी, जिसमें खिलाड़ी फँस जाता था। उसे इन जीवों को मारकर मेनहोल तक का रास्ता तय करना पड़ता था। समाज में यह अफ़वाह ज़ोरों पर थी कि नीचे, पाइपों में ऐलियन छुपकर अपना मौक़ा ताड़ रहे हैं। वे कभी भी बाहर आकर हमारी धरती पर कब्ज़ा कर सकते थे। कुछ लोगों ने तो उड़न-तश्तरियों को भी मेनहोल से निकलकर आसमान में जाते हुए देखा था।

सब तरफ़ मेनहोल के नीचे किसी रहस्यमय प्राणी के रहने की बातें होती थीं।

पर वास्तविकता क्या थी? वह, जो कभी मेनहोल में उतर गया था, वास्तव में अब वह कहाँ था? पाठक यहाँ यह बात पूछ सकते हैं। उत्तर यही है कि उसके बारे में ठीक से कुछ भी पता नहीं है। वैसे, ये पदचापें लेखक ने भी सुनी हैं।

लगता यही है कि वह शख़्स अभी भी मेनहोल के गटर में ही ज़रूर कहीं रहता है। ज़िन्दा है। यदि ज़िन्दा रहने के लिए उसे कीड़ा भी बनना पड़े तो वह कीड़ा भी बन गया होगा। वह यदि वहाँ कीड़ा बनकर भी रहता हो तो किसी को आश्चर्य नहीं होना चाहिए। बहुत से आदमी धरती के ऊपर पहले ही कीड़ों वाला जीवन जी रहे हैं। ऐसे में एक शख़्स यदि धरती के नीचे जाकर कीड़ा बन गया तो आश्चर्य कैसा?

परन्तु यदि वह वास्तव में कीड़ा ही बन चुका होता तो फिर यह चर्चा कैसे होती जो अभी सीवेज़ पाइप में रेंगनेवाले कीड़ों के बीच हो रही है? पाइप पर बैठे कीड़े यों ही आपस में गपिया रहे हैं। एक कीड़े ने दूसरे से पूछा है कि यार, वह आदमी, जो इन पाइपों में भटकता हुआ फिर रहा था, आख़िर कहाँ चला गया? इन दिनों वह दिखता ही नहीं।

'क्या हुआ उसका?' कीड़े आपस में पूछ रहे हैं।

इनमें से एक कीड़े की शक्ल उस आदमी से बड़ी मिलती-जुलती है।...कीड़ों की भीड़ में रेंगता वह कीड़ा इन कीड़ों की बातें सुन रहा है। उसी कीड़े ने अचानक ही अपने आगे के पाँव उठाए और यों रख लिये कि उसका मुँह उसके पंजों में छुप गया है।...क्या यह कीड़ा जानबूझकर अपना मुँह छुपा रहा था?...कहीं यह वही आदमी तो नहीं जिसने सीवेज़ लाइन की नागरिकता ले ली थी?

फिर पागलों का वही हश्र हुआ
जो पागलों का होता रहा है

कैंसर दिमाग़ तक पहुँच गया है

शनैः-शनैः बाज़ार यों फैल गया कि जहाँ भी जीवन खोजने के लिए हाथ डालो, वहीं जीवन की जगह बाज़ार हाथ आता था। अब बाज़ार को ही जीवन मान लेने के आग्रह थे। जीवन-मूल्य भी अब वही मान्य थे जिनका बाज़ार में भी कोई मूल्य हो।

वैसे सेंसेक्स ही एकमात्र मूल्य रह गया था। हर दरवाज़ा दुकान में खुलने लगा था। हर खिड़की से बाज़ार झाँकता था। हर साँकल को बस बाज़ार ही खटखटाता था और हर शख़्स एक ग्राहक में बदल चुका था।

उन्हीं दिनों की एक घटना आपको बताते हैं।

एक बहुत बड़े पूँजीपति की मृत्यु हो गई। ज़ाहिर है, वह एक पाँच सितारा अस्पताल में मरा।

अस्पताल के सूत्रों ने मीडिया को बताया कि वे कैंसर से मरे हैं। उनको एकदम आख़िर में आकर ही पता चला कि उनके शरीर में लम्बे समय से कैंसर पल रहा था। शरीर में था तो, बस, उनको पता नहीं चला। कैंसर धीरे-धीरे उनके शरीर में फैलता चला रहा। वे समझे ही नहीं। वे बेहद बड़े आदमी थे। और भी बड़ा बनने की कोशिशों में वे अपने कैंसर को समझने का समय ही नहीं निकाल पाए। बल्कि, कई बार तो उल्टा ही समझते रहे।

बदन पर सूजन आई तो मान बैठे कि वज़न बढ़ रहा है और भूख गिरी तो खुश हुए कि इससे उनका बढ़ता हुआ वज़न कंट्रोल में आ जाएगा। उल्टी में ख़ून आया तो माना कि गन्दा ख़ून बाहर निकल जाने से शरीर शुद्ध हो रहा होगा, और चढ़ाई चढ़ने पर साँस फूली तो माना कि ऊँचे जाओ तो साँस तो फूलेगी ही।...इधर बाज़ार बढ़ रहा था। ऐसे में पूँजीपति के पास अवकाश ही नहीं था कि पैसे और बाज़ार के सिवाय वह किसी और बात को सोच भी पाता।

फिर एक दिन उसे मिर्गी का दौरा आ गया। वह बाज़ार में ही था जब वह चक्कर खाकर गिर पड़ा। कुछ देर तक तो लोग यही मानते रहे कि वह सेंसेक्स के गिर जाने के सदमे में चक्कर खाकर गिर गया है। बाद में असलीयत समझ पड़ी तो सब उसे अस्पताल ले गए।...वहीं पता चला कि कैंसर उसके दिमाग़ तक फैल गया था।

पूँजीपति की मृत्यु के बाद मीडिया में कैंसर को लेकर चर्चाएँ चल पड़ीं। सबने एकमत से माना कि कैंसर को यदि शुरू-शुरू में ही पकड़ लिया जाए, बस, तभी उसे रोका जा सकता है। यदि इसे शुरुआत में न समझ पाओ तो फिर यह सारे शरीर में फैल जाता है। बात हाथ से निकल जाती है। और कैंसर यदि दिमाग़ तक फैल जाए तब तो स्थिति बहुत दारुण हो जाती है। आदमी के शरीर पर भी, और सोच पर भी, फिर बीमारी का कब्ज़ा हो जाता है।

सब तरफ़ इसी तरह की बड़ी-बड़ी बातें चलीं। सबने यह माना कि कैंसर को तो शुरू में ही रोकने की कोशिश ज़रूरी है तथा कैंसर का दिमाग़ तक पहुँच जाना बेहद डरावनी और जानलेवा बात होती है।

कुछ दिनों तक खूब चर्चाएँ चलीं। फिर यह चर्चा पीछे छूट गई। तब तक बाज़ार में वेलेन्टाइन डे आ गया। अब दिमाग़ पर वेलेन्टाइन डे का कब्ज़ा रहना था, एक-दो दिन तक।

यह वही समय था जब आदमी का दिमाग़ बाज़ार के कब्ज़े में आ चुका था और उसे ख़बर ही नहीं थी। आदमी अब वही बात करता था, जो बाज़ार चाहे। बाज़ार आदमी के दिमाग़ तक फैल गया था परन्तु इसका पता आदमी को अभी भी नहीं लग पा रहा था। बस, इस एक मामले में बाज़ार कैंसर से अलग भी था और आगे भी!

क्रान्ति का आध्यात्मिक अन्त

फिर वे तीन दिनों तक तो सुरंग खोदने के काम पर निकले ही नहीं।

डर बैठ गया था मन में। वे निकले कि बाज़ार के लोग ज़रूर पीछे आएँगे। वे सुरंग में भी आकर उन्हें दबोच सकते हैं। बाज़ार के लोग उनके पीछे लगे हुए हैं। वे उन पर नज़र रखे हैं।...उन्होंने स्वयं भी देखा है। वे लोग घर के बाहर ही खड़े रहते हैं। वे बदलते रहते हैं ताकि उन्हें पहचाना न जा सके।

वे अभी खिड़की से झाँककर बाहर की पड़ताल कर रहे हैं। देखें कि वे लोग बाहर हैं कि नहीं? आधी रात के बाद का प्रहर हो चुका। सामने की सड़क पर बिजली के खम्भे का मरियल प्रकाश बिखरा हुआ है। थोड़ी दूरी पर ही वह शख़्स कुछ देर पहले तक सड़क पर खड़ा उनके घर को ताक रहा था। अलबत्ता, अभी पिछले एक घंटे से वहाँ कोई भी नहीं है। सड़क ख़ाली पड़ी है। उनका पहरा टूट गया है। हो सकता है कि थोड़ी देर बाद ही कोई और नया शख़्स पहलेवाले की जगह पहरे पर आ जाए। बस, अभी मौक़ा है।

अभी पहरे पर उनका कोई शख़्स नहीं। उन्होंने घड़ी देखी! रात के दो बजे थे।

उन्होंने पलंग के नीचे से सुरंग खोदने के सामान वाला अपना थैला उठाया। हाँ, यही मौक़ा है।...वे धीरे से उठे। दरवाज़ा खोलकर एहतियातपूर्वक बाहर निकले। सड़क पर दोनों तरफ़ सतर्क होकर देखा। वहाँ अभी भी कोई नहीं था।...बस, यही मौक़ा था। शायद आख़िरी मौक़ा।

वे थैला कन्धे पर डालकर भागे। बेतहाशा भागे। भागते ही गए। न जाने कहाँ से उनमें इतनी ऊर्जा आ गई थी। इतना तेज़ तो वे अपने जीवन में कभी नहीं भागे हैं। वे भागते ही चले गए। रात गहरी थी। शायद, अमावस की रात थी। सड़कों पर, गलियों में अँधेरा ही अँधेरा मचा था। बस, यहाँ-वहाँ रोशनी के कुछ चहबच्चे थे, जिनसे बचकर निकल गए वे। भागते-भागते, अन्ततः वे बाज़ार के पीछे पहुँच गए।

सामने ही सुरंग का पटिया था। उन्होंने एक पल भी बेकार नहीं जाने दिया। पटिया हटाया और वे सुरंग में कूद गए।

बस, यही आख़िरी दिन था जब किसी ने उन्हें देखा हो, तो। फिर वे घर के लोगों को कभी वापस नहीं मिले। सुबह जब परिवारजन जागे तो वे अपने कमरे में नहीं थे। घर का दरवाज़ा खुला हुआ पड़ा था।

घर के लोग उन्हें सब तरफ़ खोजते रहे। वे कहीं भी नहीं मिले।

और वे फिर कभी मिले ही नहीं। पुलिस, पोस्टर, भागदौड़—वे कहीं नहीं मिले।

कहाँ थे वे?

ख़बर फैल गई मोहल्ले भर में।...रामकुमारजी घर से ग़ायब हो गए हैं। दस तरह की बातें कही जाने लगीं। सबमें यह एक बात साझा थी कि दिमाग़ कुछ गड़बड़ हो गया था बेचारे का। 'ऐसे लोग अक़्सर घर से भाग जाया करते हैं।'—सबने माना।

'कहाँ चले जाते हैं ऐसे लोग?' किसी ने जिज्ञासा की।

'यार, किसे फ़ुर्सत है यह सब पता करने की...' किसी और ने जवाब दिया।

दुनिया बहुत व्यस्त थी सो किसी को पता ही नहीं चला कि वे कब सुरंग में वापस घुस गए थे।

घर वाले अलबत्ता परेशान होते रहे और उन्हें खोजते रहे।

उस रात वे सुरंग में घुसे तो फिर वापस निकले ही नहीं।

अब वे कोई ख़तरा मोल लेने को ज़रा भी राजी नहीं थे। बाज़ार कभी भी उनकी सुरंग में प्रवेश कर सकता था। उससे पहले न केवल उन्हें बहुत दूर निकल जाना था बल्कि जाते-जाते सुरंग का दूसरा सिरा यों भरकर बन्द कर जाना था कि कोई उनका

पीछा न कर सके।...और परिवार? एक बार नई जगह जाकर ठीक से ऐसा ठिया बना लें जो बाज़ार से दूर हो, तो दूसरी क़िस्त में वे परिवार को भी वहाँ ले जाएँगे।

अँधियारी सुरंग में वे एक तरफ़ टॉर्च धरके आगे खोदने लगे। फिर वे रुके ही नहीं। खोदते ही चले गए। खोदते रहे। खोदते ही रहे। बिना थके। बिना रुके। बिना किसी विश्राम के वे खोदते चले गए। दिन बीते। रातें निकलती गईं। न खाना। न पीना। बस, एक जुनून था। पसीने से लथपथ। गर्मी लगी तो कपड़े उतार डाले। शरीर पर बस अधोवस्त्र रह गए। वे तो बस खोदते गए। सब्बल और सुरंग।

न जाने कितने दिन! या शायद कई महीने!

न खाया, न पिया। बस, सुरंग खोदते रहे। मीलों तक खोद डाली, शायद। याद ही नहीं कुछ। एक जुनून कि अब पूरी सुरंग खोदकर ही बाहर जाना है। वे बस हड्डी का ढाँचा बनकर रह गए। दाढ़ी बढ़ गई। बाल बढ़कर सिर पर जटाजूट से बन गए। मिट्‌टी में पूरा सनं गया शरीर।...पर वे खोदते चले गए!

सब जगह उन्हें खोजा घर वालों ने। वे नहीं मिले। महीनों गुजर गए। फ़ोन, विज्ञापन, बस अड्डे, पुलिस स्टेशन... । पूछने पर उन्होंने पुलिस को यह भी बताया कि वे किसी सुरंग से भाग निकलने की बातें किया करते थे और मानसिक रोगों का डॉक्टर उनका इलाज भी कर रहा था। थानेदार और सिपाही ने तब एकमत होकर घरवालों को समझाया कि पागल आदमी का भला क्या भरोसा जनाब, कहाँ निकल गए हों! क्या पता साधू बन गए हों, या कहीं यों ही भटक रहे हों! सिपाही ने तो यह भी सन्देह व्यक्त किया कि आप जो सुरंग की बात कर रहे थे तो कहीं वे किसी कुएँ को सुरंग मानकर उसमें न कूद गए हों!

फिर समय गुज़रने के साथ उनकी खोज कम होती चली गई। कभी, यहाँ-वहाँ, कोई पहुँचे हुए फकीर या सन्त का कहीं पता चलता तब ज़रूर परिवारजन उनके पास पहुँच जाते। परन्तु बता कोई नहीं पाया। सब यही कहते कि एक दिन ज़रूर लौट आएँगे। पर कब?...यह कोई न बता पाता।

कोई कैसे बताता जब स्वयं उनको ही पता नहीं था कि वे कब तक सुरंग खोदेंगे और कब उनको वह सिरा मिलेगा जहाँ से बाज़ार से बाहर निकल जाने का रास्ता निकलेगा!

फिर एक दिन वे मानो लम्बी बेहोशी से जागे। एक गहन तन्द्रा से उठे हों जैसे! उन्हें कुछ देर तक तो कुछ याद ही नहीं आया।

पहली बार मानो उन्होंने खुद को देखा। सुरंग का जायज़ा लिया। खुदाई रोक दी। वरना अब तक तो वे खोदते ही रहे थे, लगातार। थककर, खोदते-खोदते ही

लुढ़क जाते और नींद टूटते ही फिर खोदने लगते थे। यह लम्बा सिलसिला आज जाकर टूटा था।

उन्होंने पाया कि एक बेहद लम्बी, अन्तहीन-सी प्रतीत होती सुरंग में बैठे हुए हैं वे। दाढ़ी छाती तक और बाल कन्धों तक। खाल पर धूल की इतनी मोटी परत कि यदि न हिलें-डुलें तो एकदम मिट्‌टी की मूरत प्रतीत हों!

आज पहली बार वे सुरंग खोदने के अलावा भी कुछ और सोचने की स्थिति में थे!

वे सुरंग से पीठ टिकाकर काफ़ी देर तक यों ही बैठे रहे। पाँव के पास मिट्‌टी, गिट्‌टी के टुकड़े। टॉर्च की मद्धम रोशनी सब्बल की नुकीली नोक की चमकीली सतह से परावर्तित हो रही थी और सुरंग की छत पर एक जगह स्थिर हो गई थी।...

आँखें खोलकर सुरंग की छत को निहार रहे हैं वे।...ठीक उसी रोशनी के दायरे पर। एकटक।...

बस, अब यह सुरंग यात्रा पूरी हुई। बहुत हुआ। बहुत दूर निकल आए हैं वे। ईश्वर भी मानो अब इशारा कर रहा है। उन्होंने तय किया कि वे अब सुरंग की छत को ठीक उसी जगह से खोदेंगे जहाँ परावर्तित प्रकाश का यह दायरा इशारा कर रहा है। यहीं से खोदकर वे सुरंग से बाहर निकल जाएँगे।

वे उसी जगह पर सुरंग की छत को खोदने लगे। खोदते रहे। खोदते गए।

फिर अचानक ही उनका सब्बल एक पत्थर को तोड़कर मानो हवा में चला गया। सुरंग के बाहर जाने का रास्ता बनने लगा। शीघ्र ही एक चौड़े छेद के नीचे उकड़ूँ बैठे हुए थे वे।

उन्होंने छेद से आधा बाहर निकलकर उधर का जायज़ा लिया।...उनकी सुरंग कहाँ जाकर खुली है?...पर सुरंग के बाहर भी अँधेरा ही था। तो वे एक अँधेरे से निकलकर दूसरे अँधेरे में प्रवेश कर रहे थे क्या?

नहीं, बाहर शायद रात थी। उसी का अँधेरा होगा। थोड़ी सी, मद्धम-सी रोशनी भी थी बाहर। वहाँ कोने में दो दीपक जल रहे हैं। भगवान की एक प्राचीन प्रतिमा के समक्ष। वे सुरंग से बाहर निकल आए और सँभलकर बाहर बैठ गए।

नीचे एकदम ठंडा पत्थर था। कुछ तो दीपकों के मद्धम प्रकाश में दिख भी रहा था, कुछ स्पर्श से समझ आया—उनके नीचे संगमरमर का फर्श था।

दीपक, भगवान की मूर्ति, संगमरमर—वे जान गए कि सुरंग किसी मन्दिर के गर्भगृह में जाकर खुली है।

गर्भगृह के कपाट अभी तो बन्द हैं।

रात में भगवान को भी सुला देते हैं पुजारी। दीपक की मद्धम रोशनी में ऊँघ रहा है भगवान। पता नहीं, भगवान ने उनका यों गर्भगृह में फ़र्श फोड़कर सुरंग से बाहर आना नोट भी किया है कि नहीं!

वे बेहद थके हुए थे। ठीक से बैठते भी नहीं बन रहा था। इतने महीनों की थकान है। काम ख़त्म हुआ है तो अब मानो सारी थकान एक साथ ही दबोच बैठी है उन्हें।

वे संगमरमरी फर्श पर फैलकर लेट गए। अभी और कुछ भी सोच पाना असम्भव-सा प्रतीत हो रहा था।

...और कुछ देर में ही वे गहरी नींद की चपेट में थे। महीनों से नहीं सोए थे। वे फिर सुबह तक बेहोश जैसे सोते रह गए।

फिर सुबह हुई। पुजारियों ने गर्भगृह का ताला खोला।

ईश्वर सुरक्षित था परन्तु मूर्ति के पास ही पथरीले फर्श पर वे बेहोश जैसे पड़े मिले। उनकी धज ऐसी थी जो किसी शातिर अपराधी की भी हो सकती थी, पहुँचे हुए सन्त की भी।

'चोर है शायद... ?'

पुजारी ने लात से ठेलकर जगाया उनको। वे आँखें मलते हुए उठ बैठे।

सुबह की बेला है। सूर्योदय हुआ ही है अभी-अभी। बाहर की धूप यहाँ-वहाँ से परावर्तित होकर गर्भगृह में पहुँच रही है। पीला-सा प्रकाश और अँधेरे कोनों से रिसता अन्धकार यहाँ कुछ यों मिल रहे हैं कि एक मायावी क़िस्म की उजास फैली हुई है गर्भगृह में। संगमरमर का फर्श यों भी मटमैला-सा है। फिर वे भी धूल-मिट्टी में सने उसी पर बैठे हैं। फर्श का मटमैलापन और धूल-धूसरित वे। बढ़ी हुई दाढ़ी। लम्बी जटाएँ। महीनों से न सोने के कारण रक्तिम हो चुके नेत्र। दुबला-पतला शरीर। वे कुछ बोल भी नहीं रहे। रक्तिम नेत्रों से सबको घूरे जा रहे हैं, बस।

एक युवा पुजारी ग़ुस्से में आगे बढ़ ही रहा था कि मुख्य पुजारी ने उसे रोक दिया। नहीं, ये चोर नहीं हो सकता।

गर्भगृह में कहीं भी कोई छेड़छाड़ नहीं हुई है। मूर्ति एकदम सुरक्षित है। शृंगार के गहने भी ज्यों-के-त्यों हैं।...ताला भी बाहर से बन्द ही मिला था। फिर भी इस शख़्स का अन्दर यों पाया जाना एक चमत्कार जैसा है।

'यहाँ तुम अन्दर कैसे आ पहुँचे? बाहर तो इतना मज़बूत ताला लगा हुआ है?...कौन हो तुम?...' पूछा गया।

वे बैठे-बैठे ही लड़खड़ा से रहे थे। कुछ बोलना चाहा तो जीभ भी लटपटाने लगी। सूख रही है उनकी जीभ। मुँह सूख रहा है। महीनों से पानी नहीं पिया है उन्होंने। सुरंग खोदते रहे, बस। घर से लाया पानी का थर्मस तो कब का समाप्त हो चुका था। जीभ और मुँह सूखकर पपड़िया गए। जीभ ऐंठ-सी गई है और मुँह गटापारचा जैसा हो गया है। फिर भी बोलने की कोशिश की उन्होंने। बताया कि वे एक लम्बी सुरंग खोदकर यहाँ तक पहुँचे हैं। यह भी बताया कि बाज़ार उनके पीछे लगा है, जिससे बचते-बचाते वे यहाँ तक आए हैं।

पुजारी उनकी बात का सिर-पैर, कुछ भी समझ नहीं पाए।

कैसी सुरंग? किस सुरंग की बात कर रहे हैं वे?

गर्भगृह में तो एक छोटा-सा सुराख तक नहीं दिख रहा?

किस जगह से भागकर आने की बातें कर रहे हैं?

ये सब तरफ़ से बन्द गर्भगृह में यों कैसे प्रकट हो गए?

बहुत देर नहीं लगी पुजारियों को सारा माज़रा समझने में।

अवश्य ही ये कोई चमत्कारी, पहुँचे हुए सन्त हैं। बस, देवयोग से यहाँ उनके मन्दिर में यों प्रकट हो गए हैं। तपस्या में गला दिया है इन्होंने अपने शरीर को। धन्य है!

बार-बार 'सुरंग', 'सुरंग' बड़बड़ाते हैं। यह पहुँचे हुए सन्त की वाणी है। 'सुरंग' कहकर संसार को शायद कोई गूढ़ संकेत दे रहे हैं। पुजारी चरणों में गिर पड़े। उनका भी हाथ स्वत: आशीर्वाद की मुद्रा में आ गया। धूल-धूसरित हाथों से धूल झरने लगी। पुजारी धन्य हुए। तपस्या की भभूत उन पर आशीर्वाद बनकर झर रही थी।

'सुरंग बाबा' उनके मन्दिर में यों चमत्कारिक रूप से प्रकट हुए थे, यह बात अध्यात्म के बाज़ार में मन्दिर की 'ब्रांड वैल्यू' बनाने में कितनी महत्त्वपूर्ण सिद्ध होगी, इसे पुजारियों से ज़्यादा और कौन जानता था?

इस तरह वे एक बाज़ार से भागकर दूसरे बाज़ार के हत्थे चढ़ गए थे, वे यह बात अभी समझ ही नहीं पा रहे थे शायद। या फिर बाज़ार से भागो तो अध्यात्म में जाकर गिर सकते हो, क्या यह एक कटु सत्य था?

पता नहीं कि सच क्या था। फ़िलहाल तो वे 'सुरंग बाबा' हो गए थे।

धीरे-धीरे, कीर्तनियों और भक्तों की भीड़ मन्दिर और उसके आसपास एकत्रित हो चली। दोपहर होते-होते मन्दिर तक हज़ारों की पंक्ति थी। प्रसाद का बाज़ार खड़ा हो गया था। मेला लग गया था वहाँ। शहर में दूर तक इस चमत्कार की चर्चा फैल गई थी कि कोई चमत्कारी 'सुरंग बाबा' मन्दिर में प्रकट हुए हैं। वे हर मुराद पूरी कर सकते हैं।

धर्म के बाज़ार में वे एक नये सितारे की हैसियत से प्रकट हुए थे और खुद भौंचक थे।

मन्दिर के बाहर के परकोटे में ही संगमरमर का एक बड़ा चबूतरा बना हुआ है।

वे अभी उसी चबूतरे पर बिराजे हुए हैं। सारे पुजारी खड़े हैं उनके आसपास। उन्हें नहला-धुलाकर नये वस्त्रों में सजा-धजाकर बिठा दिया गया है। लम्बे केश। फहराती दाढ़ी। बड़ा-सा माथा। रेशमी गेरुवे वस्त्र। वे बिना किसी और बात के, ख़ासे भव्य निकल आए हैं। भीड़ का रेला है मन्दिर में चारों तरफ़। जयकारों का शोर। हर भक्त 'सुरंग बाबा' की चरण रज लेना चाहता है। चमत्कारी सुरंग बाबा अर्धनिमलित नेत्रों से भीड़ को देख रहे हैं। भक्त धन्य हुए जा रहे हैं। और वे स्वयं? वे मानो कहीं खोए हुए थे। वे आसपास को ध्यान से देख रहे हैं।

मन्दिर के मुख्य द्वार तक एक सँकरी-सी सड़क आई हुई है।

इस सड़क के दोनों तरफ़ प्रसाद, पूजापाठ की सामग्री की बड़ी-बड़ी दुकानें हैं। उनके बीच होटलनुमा सँकरी दुकानें। फिर कपड़ों और साबुन, तेल, क्रीम वाली दुकानें। भक्त भी अन्ततः एक ग्राहक ही तो है। अध्यात्म के ग्राहकों की भीड़ से गली भरी हुई है। वे इस गली को ध्यान से देख रहे हैं।

यह लम्बी गली एक सँकरी सुरंग की तरह लग रही है उन्हें।

तो क्या वे एक तरह की सुरंग से निकलकर दूसरी तरह की सुरंग में फँस गए हैं?

यदि फँस ही गए हैं तो उन्हें फिर इसमें इतना आनन्द क्यों आ रहा है?...क्या बाज़ार से भागो तो फिर अध्यात्म ही एकमात्र सहारा रह जाता है? पता नहीं।

फ़िलहाल वे 'सुरंग बाबा' के जयकारों के बीच मुस्काते बैठे हुए हैं।...

सुरंग बाबा!

उन्होंने आँखें मूँद लीं। महीनों सुरंग खोदी है उन्होंने। महीनों सोए नहीं हैं। अभी वे बैठे-बैठे झपकी ले रहे हैं।

'यह भी सुरंग बाबा की कोई आध्यात्मिक मुद्रा होगी!'—भक्त तो यही मान रहे हैं। कदाचित ध्यान में लीन हो गए हैं बाबा!

जयकारे बढ़ गए हैं।

वे शहीद हो गए और किसी को पता भी नहीं चला

भोर बस अभी हुई ही है। पर अलसुबह भी गली में बड़ी सरगर्मी है।

गली के रहवासी घर से निकलकर सड़क पर खड़े हुए हैं। वहीं पुलिस की एक गाड़ी भी खड़ी है। तीन पुलिसकर्मी। दो स्थानीय टीवी चैनल वाले भी। कुछ और भी जाने-अनजाने चेहरे। गली में ख़ासी गहमागहमी है। गली के मुहाने पर एक एम्बुलेंस भी खड़ी हुई है जिसके पास एक अस्पतालकर्मी खड़ा-खड़ा ऊब रहा है। गली में उनका मृत शरीर पड़ा हुआ है।

सुबह-सुबह, वे, अलसभोर के धुँधलके को चीरते हुए, अपने घर की तीसरी मंज़िल की छत से नीचे गली में आ गिरे थे। तब गली एकदम सुनसान थी। कुछ ऊँघते और पड़ताली प्रवृत्ति के कुत्ते तथा एक मकान के जंगले के पास यों ही बेमतलब खड़ा एक बूढ़ा आदमी—बस, गली में तब ये ही थे। कुत्ते यों ही पड़े अलसा रहे थे कि तभी वे छत से नीचे गली में आ गिरे। गली में एक किनारे, नाली से सटकर एक हथठेला रखा हुआ था। वे सीधे ठेले पर आकर गिरे थे। धड़ाम की

आवाज़ के साथ वे बड़े ज़ोर से ठेले से टकराए, वहाँ से एक मकान के बरामदे में लगे लोहे के जंगले की तरफ़ उछले और फिर उससे भी टकराकर वापस गली में औंधे मुँह जा गिरे थे। गिरते शरीर का धक्का खाकर वह ठेला तेज़ी से एक तरफ़ लुढ़कता, दीवार से घिसटता हुआ अन्ततः उलट गया था। ऊँघते कुत्ते पर ठेला लगभग चढ़ते-चढ़ते रह गया। कुत्ता उन दूसरे कुत्तों के पीछे काँय-काँय करता हुआ भागा जो धड़ाम की आवाज़ और ठेले के पलटने से चौंककर पहले ही भागना शुरू कर चुके थे।

गली में गिरते ही उनकी खोपड़ी फट गई। फटी खोपड़ी से रिसता हुआ ख़ून अब तलक सिर के आसपास की ज़मीन पर फैलकर गाढ़े कत्थई रंग के एक चहबच्चे में तब्दील हो चुका है। छत से गिरते हुए उनकी बनियान ऊपर को उलट गई है। पसलियों का टूटा, कमज़ोर पिंजर उघड़ा पड़ा है। चंद बाल। गंजी खोपड़ी। एक हाथ सामने फैलकर नाली में घुसा पड़ा है। दूसरा, मृत शरीर के नीचे जा दबा है।

पुलिस ने मान लिया कि मामला आत्महत्या का ही लगता है। यह बहुत बड़ी राहत की बात थी। गली में खड़े सभी लोग पुलिस की इस दयानतदारी पर अश-अश कर रहे थे क्योंकि पुलिस अगर इसे हत्या भी मान लेती तो कोई उसका क्या कर लेता? वैसे, बेटे ने उनके इलाज की पर्चियाँ भी पुलिस को दिखा दी हैं। मनोरोग विशेषज्ञ बताता था कि पिताजी गहरे डिप्रेशन में हैं। उसी की दवाइयाँ भी दे रखी थीं।...मतलब कि पागलपन की दवाइयाँ चल रही थीं? क्यों न साहब?...जी, वही समझ लें। गली वालों ने भी बेटे की बात की तस्दीक की थी।...बाबूजी आजकल दिन-रात बड़े घबराए से तो ज़रूर रहते थे। सबसे डरे-डरे भी रहते थे। तीनेक वर्षों से बड़े गुमसुम से रहने लगे थे। पिछले दो साल से तो किसी ने उन्हें घर से बाहर निकलते भी नहीं देखा था। उन्होंने सबसे मिलना-जुलना ही छोड़ दिया था। हमेशा खिड़की से झाँकते ज़रूर दीखते परन्तु बाहर, गली से कोई उनको नमस्ते भी कर दे तो वे घबराकर खिड़की का परदा खींच लेते थे।...चाहे जब वे छत पर चढ़े भी दिखते थे।...इलाज भी बराबर नहीं लेते थे सर।...कहते थे कि दवाइयों से नींद आती है। सो जाएँगे तो पहरा कौन देगा?...पहरा?...मत पूछिए इंस्पेक्टर साहब!...अजीब-अजीब बातें करने लगे थे। कहते थे कि कोई आकर अपने घर पर कब्ज़ा कर लेगा। घर को हमेशा बन्द रखते थे। कभी कोई खिड़की-दरवाज़ा खुला छूट जाए तो तमाशा खड़ा कर डालते थे। हमेशा छत पर चढ़े रहते। कहते कि पहरा दे रहा हूँ। कहते कि गली में कब्ज़ा करनेवाले कभी आए तो हम उनको पहले ही यहाँ छत से देख लेंगे।...वही, पागलों टाइप बातें।...बड़ा इलाज कराया सर। इलाज भी कितना ख़र्चीला हो गया है आजकल! पर हमने इलाज में कोई कमी नहीं की। मुसीबत यह रही कि बाबूजी दवाइयाँ लेते ही नहीं थे। इसी चक्कर में बीमारी बढ़ती चली गई। आजकल तो उनके बेहद बुरे हाल हो गए थे। दिन-रात छत पर ही बैठे रहते थे। कहते थे कि

मेरा खाना-पानी तो यहीं भेज दो। छत से नीचे आने को राज़ी ही नहीं होते थे। अपने खाने की थाली लेकर हमेशा छत पर चले जाते। पूरे घर की नींद हराम कर रखी थी। रात भर खटपट मचाए रहते थे। छत से आसपास की टोह लेते रहते। परदे खींचकर छुपे-छुपे खिड़की से झाँकते। दिनभर, हम सबको चेताते रहते कि सतर्क रहो, दुश्मन का हमला कभी भी हो सकता है।...एक हवलदार तो यह पूरी बात सुनकर ज़ोर-ज़ोर से हँसने लगा था। बोला था कि क्या पूरा ही सरक गए थे बुढ़ऊ? दूसरे पुलिस वाले ने भी माना था कि ऐसा पगलट कब छत से कूद जाए या फंदे में गर्दन फँसाकर लटक जाए, कौन क्या कह सकता है? पागल आदमी को आप पकड़ थोड़ेई लोगे? हाँ, भाई, पागल का क्या कर लोगे? देखो, आख़िर कूद ही गए कि नहीं?

थानेदार ने अपनी काग़ज़ी कार्यवाही आराम से, धीरे-धीरे पूरी की। तब तक उनका मृत शरीर गली में ही पड़ा रहा।

लड़का थानेदार साहब को बार-बार 'थैंक्यू-थैंक्यू' बोलता रहा। वह अत्यन्त अनुगृहीत था कि पुलिस ने मामले को उलझाया नहीं और घर वालों को उसमें फँसाने की कोशिश भी नहीं की। मान लो कि वे कहने लगते कि घर के ही किसी ने बाबूजी को छत से धकेलकर गिराया है तो भला कोई क्या कर लेता? बाबूजी कोई चिट्ठी भी तो छोड़कर नहीं गए थे। क़ानूनन, आत्महत्या वाले को यह लगभग लाज़िमी-सा होता है कि वह मरते-मरते एक चिट्ठी तो छोड़कर जाए। इस तरह देखें तो बाबूजी ने तो ख़ैर मरते-मरते सबको मरवा ही दिया था। वह तो पुलिस ने इसे आत्महत्या मानकर बात आसान कर दी थी। परन्तु क्या यह वास्तव में आत्महत्या ही थी?

नहीं, यह आत्महत्या नहीं थी।

वे तो शहीद हुए थे।

और यह बात केवल वे ही जानते थे। पर वे तो अब थे नहीं। अब केवल बाज़ार को ही यह बात पता थी क्योंकि उसी से लड़ते हुए तो वे शहीद हुए थे।

सच यही है कि उन्होंने कोई आत्महत्या नहीं की थी। वे कोई कायर नहीं थे कि आत्महत्या करते।

माना कि वे इन दिनों डरे-डरे रहते थे। पर यह डरना उनकी कायरता के कारण नहीं था। बस, वे सतर्क थे क्योंकि दुश्मन की पूरी ख़बर थी उन्हें। वे हर पल उसकी टोह रखते थे। उनकी इसी सतर्कता को लोग उनका डर कहते और समझते थे। दुनिया सोती थी और वे जागते थे। जब समय इतना ख़राब चल रहा हो तब किसी को तो जागना ही होगा, वे कहते। वे जागते। दिन-रात दुश्मन पर नज़र रखते। और कल रात भी तो वे यही कर रहे थे कि अन्ततः जब दुश्मन से मुठभेड़ का वह पल आया जिसकी आशंका में वे पिछले लम्बे समय से जी रहे थे।

हुआ यों।

कल रात भी वे हस्बमामूल रात भर छत पर ही थे। अब, घरवाले भी उनसे कुछ

नहीं कहते थे। जब आपको छत पर ही रात गुज़ारनी है, तो खूब गुज़ारो। इनके पागलपन के चक्कर में कोई अपनी कितनी नींदें ख़राब करे? कुछ समझाओ तो कहते हैं कि पहरा दे रहे हैं। तो दो भैया। खूब पहरा दे लो। पता नहीं, किस दुश्मन की बातें हरदम करते रहते हैं! आजकल गली के बाहर की सड़क पर बने मॉल को ही अपना दुश्मन माने बैठे हैं। बताइए! हद है कि नहीं?...ख़ैर, घर के लोग जो भी समझें या न समझें, वे अपना कर्तव्य खूब समझते थे।

वे कल भी छत पर थे। वे रात भर, बिना पलक झपकाए दुश्मन पर निगाहें धरे रहे। बेटा तो मूरख है। इतने विराट दुश्मन को भी नहीं देख पाता है। बताया तो कहता है कि यह तो एक बिल्डिंग है। यह तो मॉल है। कितना समझाया कि मॉल तो बस एक मुखौटा है दुश्मन का। मॉल का मुखौटा पहनकर बाज़ार तुम्हारी गली तक आ पहुँचा है। तुम्हारे घर के एकदम बाहर खड़ा है। वह, बस एक मौक़े की तलाश में है। दुश्मन कभी भी गली में घुस सकता है। यह गली और ये घर, सब बाज़ार के कब्ज़े में आनेवाले हैं। सतर्क नहीं रहोगे, तो बहुत बुरा होगा। बाज़ार तुम्हें तुम्हारी ही गली से बेदख़ल कर डालेगा। हर जगह उसकी यही ट्रिक रहती है। वह हर जगह यों आता है कि लोगों को पता ही नहीं चलता। सुन्दर मुखौटों में तुमको उलझाकर, वह तुम्हें, तुम्हारे ही जीवन से बेदख़ल कर डालेगा। सारी दुनिया में वह ऐसा ही कर रहा है। लोग अपने ही घर में बेघर हुए जा रहे हैं। वह हमारी इस गली में भी घुसने ही वाला है। वह...। कोई उनकी नहीं सुनता। बेटे ने तो यहाँ तक समझाया कि आप ये अपनी उल्टी-सीधी किताबें पढ़कर गड़बड़ा गए हो। बेहतर है कि टीवी पर अपने ज़माने की फ़िल्में देखा करो और शाम को गली के मन्दिर चले जाया करो। फ़ालतू की किताबें पढ़ो ही मत। ज़्यादा पढ़ डालो तो यही हाल होता है।

सो कोई अब उनके साथ नहीं था।

वे अकेले ही मोर्चे पर तैनात थे। पर वे जानते थे कि यदि एक आदमी भी तनकर सामने खड़ा हो जाएगा तो बाज़ार की हिम्मत नहीं कि वह इस गली में घुस सके। एक जाग्रत आदमी भी दुश्मन के दाँत खट्टे कर सकता है। सो वे सतर्क थे। वे गली के मुहाने पर खड़े दुश्मन पर छत से नज़र रखे रहे। रात भर कुछ भी नहीं घटा था।

दुश्मन गली के मुहाने पर ही खड़ा रहा। दुश्मन उनके धैर्य की परीक्षा ले रहा था शायद। या फिर उचित मौक़े की तलाश में था।

सुबह होने को थी। अलसभोर की बेला हो चली थी।

कि उनकी झपकी लग गई।

मुश्किल से पाँच मिनट को ही उनकी नींद लगी थी कि वे चौंककर उठ बैठे। नींद खुली तो वे घबराकर खड़े हो गए। वे मुँडेर से टिककर ही सो गए थे। अब वे मुँडेर पकड़कर खड़े हो गए। एक ऐसी झपकी भी दुश्मन को मौक़ा दे सकती है। कहीं दुश्मन ने न ताड़ लिया हो कि वे सो गए हैं, तो? हाय राम, यह क्या कर डाला

मैंने? उन्होंने खड़े होकर दुश्मन की तरफ़ देखा। और उन्होंने जो देखा तो एकदम चौंक गए। वे तो मुंडेर पकड़े हुए थे वरना जो देखा, वह इतना डरावना था कि आँखों के सामने घना अँधेरा-सा छा गया और वे गिरते-गिरते बचे।

उन्होंने देखा कि दुश्मन गली के मुहाने से ग़ायब हो चुका था।

और इसी समय अचानक ही पूरे शहर की लाइट भी गुल हो गई थी। यहाँ-वहाँ, धुँधली रोशनियों के प्रेत से खड़े थे, बस! जगमगाते मॉल और उसके आसपास के इलाक़े में रात का अँधेरा, अलसभोर का धुँधला मायावी प्रकाश और कुछ कमज़ोर रोशिनयों का मिला-जुला धुँधलका फैला दिख रहा था, बस। जितना कुछ दिख रहा था, उससे अधिक तो दिखने न दिखने का जादुई तिलिस्म बिखरा पड़ा था वहाँ। ऐसे में दुश्मन कहीं नहीं दिख रहा था।

कहाँ चला गया दुश्मन? बेचैन होकर उन्होंने सब तरफ़ नज़र डाली।

गली में अँधेरा था। कुछ घरों की इन्वर्टर की कमज़ोर रोशनियाँ बरामदे से गली में देखने की कोशिश कर रही थीं।...देखो कि ज़रा-सी उनकी आँख क्या झपकी कि दुश्मन शहर की लाइट बन्द करके चोरी-छुपे उनकी अँधेरी गली में घुस गया था।

एक वे ही तो वहाँ जागे हुए थे। दुश्मन ने उनकी आँखें झपकने की प्रतीक्षा की। उनकी आँखें झपकीं कि वह गली में घुस आया था। उन्होंने गली में झाँककर देखा। अँधेरे में ही देखने की कोशिश की। और उन्हें वह दिख भी गया। दुश्मन तेज़ चाल से चलता हुआ गली में फैल रहा था। उनकी यह गली भी बाज़ार के कब्ज़े में जाने को थी।

वे वहीं छत से तेज़ आवाज़ में चीख़े। उन्होंने दुश्मन को ऊँची आवाज़ में ख़बरदार किया। कहा कि वह तुरन्त गली से बाहर न गया तो...? 'तो' के आगे क्या? क्या कहें, कुछ समझ में ही नहीं आया। इधर उनकी चेतावनियों को एकदम नज़रअन्दाज़ करता हुआ दुश्मन गली में आगे बढ़ता ही गया। अब उन्होंने और ज़ोर से चिल्लाकर घर वालों और मोहल्ले के नागरिकों को जगाना चाहा।

छत पर धरा ढोल भी ज़ोर-ज़ोर से बजाया। पर गली में किसी ने भी नहीं सुना। हद है। अरे, ऐसा भी क्या सोना कि अपनी जान पर आए ख़तरे का भी पता न चल सके!...वे बौखलाकर बेतहाशा छत पर यहाँ-वहाँ भागे। छत पर कुछ ईंटें पड़ी हुई थीं। कुछ और भी अंगड़-खंगड़। घर का फ़ालतू सामान।...वे छत से नीचे ईंटें फेंकने लगे। फिर टूटी साइकिल का फ्रेम। फिर कुछ टूटी मूर्तियाँ। प्लास्टिक की पुरानी टूटी हुई बाल्टियाँ।...सारा सामान गली में जा गिरा। गली में शोर मच गया।

पर गली का कोई नागरिक नहीं जागा। दुश्मन भी डरा नहीं। वह बढ़ता ही गया।

ईंटें उसके शरीर से टकराकर गली में बिखर गईं। दूसरा अटाला भी दुश्मन से टकराकर यहाँ-वहाँ लुढ़क गया। उसका कुछ भी नहीं बिगड़ा। वह बढ़ता ही जा रहा था।

अब ?

अब क्या किया जाए ?

दुश्मन तो एक पल को भी रुक ही नहीं रहा था; बल्कि एक बार तो उसने ऊपर की तरफ़ मुँह करके उनको देखा भी। उन्हें देखकर मुस्कुरा भी दिया।

वे अब सीढ़ियों की तरफ़ भागे। क्या नीचे जाकर बेटे को जगा दें ? पर वह तो आजकल तुरन्त नाराज़ हो जाता है। कोई ठीक-ठाक बात भी बताने जाओ तो कहता है कि बाबूजी, आपका ही काफ़ी है—साथ में हमारा भी दिमाग़ मत ख़राब करने को आ जाया करो। आप तो वहीं छत पर बैठा करो।...वे सीढ़ी पर उतरते-उतरते रुक गए।...नहीं।...अभी नीचे जाने का कोई मतलब ही नहीं। वे सीढ़ियों से वापस आ गए और मुँडेर तक भाग के पहुँचे। गली में झाँकने के चक्कर में मुँडेर से आधा लटक गए। झाँकते हुए, वहीं से दुश्मन को फिर से चिल्लाकर बहुत ख़बरदार किया।...दुश्मन पर कोई असर नहीं हुआ।

उन्हें कुछ तो करना होगा। दुश्मन को किसी तरह से तो रोकना ही है। यदि उनको अकेले ही यह काम करना पड़ रहा है तो फिर उनको अकेले ही यह कोशिश करनी होगी। जब जीवन ख़तरे में हो तो जीवन को ख़तरे में डालना ही पड़ता है। दुश्मन बेखटके गली में बढ़ता चला आ रहा है। इसका अभी के अभी कुछ न किया तो गली, कुछ ही देर में बाज़ार के कब्ज़े में जानेवाली थी।

वे बेहद बेचैन हो उठे।...क्या करें ?...हे भगवान, अब वे क्या करें ?...वे किसी त्रासदी के नायक की भाँति छत के मंच पर यहाँ से वहाँ भागते व्याकुल हो रहे थे। अब तनिक भी और देर की तो फिर बहुत देर हो जानी थी।...पर वे आख़िर क्या करें ? अकेले हैं। कमज़ोर हैं। बुढ़ापा है। उधर दुश्मन इतना विराट है। इस गली से लाख गुना बड़ा। बहुत बड़ा। एक पग में गली को नापने वाला जूता पहने हुए।...

तो ?

उन्हें ठंडे दिमाग़ से काम करना होगा। व्यर्थ ही उत्तेजित होकर चिल्लाने से अब कुछ नहीं मिलेगा।...वे शनैः-शनैः शान्त होने लगे। नीचे गली को देखते हुए मुँडेर पर खड़े रहे।

उन्होंने निर्णय ले लिया था। अब मन में कोई दुविधा नहीं थी। मन अब बेचैन भी नहीं है। अब वे छत पर यहाँ-वहाँ डोल भी नहीं रहे थे। उन्होंने एक बार मानो अन्तिम तौर पर गली में झाँककर दुश्मन की स्थिति का गहन जायज़ा लिया। फिर उन्होंने मुँडेर में बने मोखे में अपना पंजा फँसाकर दूसरा पंजा और भी ऊपर वाले छेद में डाल दिया। पंजों को मुँडेर में फँसाए वे हाथों के बल मुँडेर पर झुक गए। कोई दूर से देखता तो उन्हें ज़रूर बरजता कि अंकल, ध्यान से, वर्ना नीचे टपक जाओगे। पर अलसभोर की इस धुँधली बेला में उनको कौन देख पाता ? वे मुँडेर पर बैलेंस बनाये नीचे झाँकने लगे। दुश्मन पर सटीक निशाना साधा। फिर नीचे वाले

पंजे को उन्होंने एक स्प्रिंग की भाँति दबाकर उछाला। ऊपर के दूसरे पंजे से अपनी छलाँग में और भी बल जोड़ा और वे हवा में उछल गए।

वे गली में घुस रहे दुश्मन की छाती पर कूद गए।

वे छत से कूदे और मर गए।

उनकी गर्दन टूट गई। खोपड़ी चटख गई। एक पल भी नहीं लगा। सीधे गली में गिरे, और मर गए। वे दुनिया के लिए शहीद हो गए थे और दुनिया को उनके इस बलिदान की ख़बर ही नहीं मिली।

दुनिया के रोज़नामचे में यह घटना उनके पागलपन के खाते में दर्ज हुई। आत्महत्या।

और दुनिया के इतिहास में?

दुनिया का इतिहास इन दिनों बाज़ार लिख रहा था। यह घटना जब इतिहास में दर्ज होने के लिए बाज़ार के सामने उपस्थित हुई तो बाज़ार ने बस अपनी पीठ को उस जगह एक बार तनिक-सा सहलाया जहाँ वे छत से उस पर उस सुबह कूदे थे। ऐसी मूर्खताओं को बाज़ार अपने इतिहास में दर्ज नहीं करता।

वे मर गए थे। बस, यों ही। गुमनाम-सी मौत।

डेमेन्शिया

अब उन्हें कुछ भी याद नहीं।

स्मृति पूरी की पूरी लोप हो चुकी।...बस, यह बात याद है कि उनकी स्मृतियाँ किसी ने चुरा ली थीं। याददाश्त बिलकुल भी साथ नहीं देती पर वे चोर का नाम नहीं भूले हैं। उसे वे अभी भी खूब जानते हैं। स्मृतियाँ चुराने वाले का नाम अभी भी उनको मुँहज़ुबानी याद है। यहाँ-वहाँ वे सबको बताते भी रहते हैं। पर कोई उनकी बात आजकल सुनता ही नहीं। कोई उनको सुनता ही नहीं। वे दिन भर कुछ न कुछ बोलते रहते हैं। न जाने क्या बड़बड़ाते हैं। वे ठीक से कुछ भी नहीं बता पाते। आजकल वे ठीक से एक वाक्य भी नहीं बना पाते। भाषा को ठीक से बरतना ही विस्मृत-सा हो गया है। घर के लोग उनकी बड़बड़ाहट के आदी हो चुके हैं। आजकल उनकी बातों पर ध्यान ही नहीं देते। बच्चे हँसते हैं। बाहर वाले दया दिखाते हैं, या मुस्कुरा कर रह जाते हैं। आपस में बतियाते हैं कि देखो, इतने विद्वान आदमी का आज यह क्या हाल हो गया है यार? कितना बड़ा इकॉनोमिस्ट था इस शहर का!

यहाँ-वहाँ जाकर भाषण देता फिरता था। फिर न जाने क्या हुआ कि ये धीरे-धीरे पगलाने जैसे लगा। और अब तो ये हाल।...सब उनको भूल चुके। वे भी सबको भूल चुके। आजकल, घर के बच्चों तक को नहीं पहचान पाते। कोई रिश्तेदार चरण-स्पर्श करके कहे कि मैं फलाना—तो या तो दूर कहीं देखते रह ज़ाते हैं, या फिर मुस्कुराते बैठे रहते हैं। चेहरा शनैः-शनैः एक बियाबान इलाक़े में बदल गया है जहाँ किसी भी भाव की कोई रिहाइश नहीं बची।...डॉक्टर भी जवाब जैसा दे चुके हैं। डॉक्टर कहते हैं कि बस, अब तो सेवा करिए इनकी। डेमेन्शिया हो गया है इन्हें। 'एलझीमर' कहते हैं न जिसे, वही। कहीं कोई इलाज ही नहीं है इसका।

भागती, व्यस्त दुनिया की गुलज़ार बस्ती में वे एक सूने, वीरान खँडहर से पड़े रह गए हैं। स्मृतियाँ अब यहाँ नहीं रहतीं। दिमाग़ एकदम ख़ाली है।...बस, एक ही विचार लगातार अभी भी उनका पीछा करता रहता है कि देखो, वह चोर अभी भी खुला घूम रहा है। मेरी स्मृतियाँ तो गईं, परन्तु और सबकी भी स्मृतियाँ कितने ख़तरे में हैं! पूरी दुनिया ही ख़तरे में है। मान लो कि वह सबकी स्मृतियाँ चुरा डाले तो? वे ऐसे संसार की कल्पना करके ही बेचैन हो जाते हैं जहाँ हर नागरिक उनकी स्थिति में पहुँच चुका होगा—स्मृतिहीन, भटकता और पूर्णतः दूसरों पर निर्भर। तब तो सभी उस एक चोर पर ही निर्भर हो जाएँगे? सारी दुनिया। चोर जो भी कहेगा, सब मानेंगे क्योंकि तब स्मृति तो केवल उसके पास ही होगी। तब, स्मृति वाला तो केवल वह चोर ही होगा। अनंत स्मृतियों वाला। सबकी स्मृतियों का मालिक। तब स्मृतियाँ बाज़ार के कब्ज़े में होंगी। सबकी। कहीं कोई विरोध नहीं। सब बाज़ार का हाथ पकड़कर घूमेंगे। जहाँ भी वह ले जाए। हर तरफ़, बस, बाज़ार ही बाज़ार। सब तरफ़। हर गली में। हर मकान में। हर घर में। और इसके बीच पागलों से भटकते स्मृतिविहीन लोग। पूर्णतः बाज़ार पर निर्भर। टट्टी-पेशाब तक को बाज़ार के मोहताज़!

वे खुद भी तो टट्टी-पेशाब के लिए मोहताज़ हो गए हैं। भूल जाते हैं कि बाथरूम कहाँ है। वहाँ जाकर यही याद नहीं रहता कि अब क्या करें। नाड़ा खोलते नहीं बनता। कभी खोल लें तो पाजामे का कुछ समझ नहीं पाते। छोटी-छोटी बातें उनके लिए बड़ी पहेलियाँ बन चुकी हैं। प्रायः अपने कपड़ों में पेशाब कर लेते हैं। दिन भर गन्धाते रहते हैं। घरवाले भी आख़िर कितनी बार कपड़े बदलें? आजकल उनको डायपर बाँधकर छोड़ दिया है। बीच-बीच में कोई आकर उनका डायपर चेक कर लेता है, बस। वे भी परिवार वालों की झल्लाहट को समझते हैं। इतना तो वे अभी भी समझ लेते हैं। पर क्या करें? वे मजबूर हैं। कुछ याद ही नहीं रहता। बड़े परेशान रहते हैं। अपने लिए नहीं। उनकी तो जो दुर्गति होनी थी, हो ही रही है।...प यह सोच उन्हें बार-बार परेशान करता है कि एक दिन यह सारा संसार भी उन जैसा ही निशक्त हो सकता है। यदि समय रहते दुनिया ने इस चोर को नहीं पहचाना तो इस दुनिया का क्या होगा? और इस चोर को न रोका गया तो एक दिन सभी उनके

जैसे हो सकते हैं। तब, क्या सारे लोग ऐसे ही डायपर पहने घूमेंगे? क्या पूरी दुनिया ऐसी ही गन्धाएगी? क्या दुर्गंध ही अब आदमी की पहचान रह जाएगी?...

यही सब सोचकर वे बुरी तरह घबरा जाते हैं। चाहे जब। अचानक। फिर दिन भर बेचैन बने रहते हैं। कभी बेचैनी में उनका दिल इतना खलबलाने लगता है कि वे ज़ोर-ज़ोर से अपने हाथ-पाँव पटकने लगते हैं। फिर वे किसी के भी समझाए नहीं मानते। 'बाज़ार', 'डायपर', 'गन्ध'—न जाने क्या-क्या बड़बड़ाते रहते हैं। चोर के ख़िलाफ़ ज़ोर-ज़ोर से चिल्लाने लगते हैं। चिल्लाकर वे सबको आगाह करना चाहते हैं। परन्तु वे पाते हैं कि उनके इतना चिल्लाने पर भी किसी पर कोई असर ही नहीं होता। आसपास के लोग बेख़बर और मज़े में दिखते हैं। कोई उनकी बातों को समझता ही नहीं। उनका बोलना एक बेबूझ बड़बड़ाहट में बदल चुका लगता है। तब वे खीजकर और भी चिल्लाते हैं। फिर रोने लगते हैं। फिर कोई आकर उन्हें गोली खिला जाता है। फिर सिसकते-सिसकते उनको नींद आ जाती है। डॉक्टर ने घर के लोगों को इनके उत्तेजित हो जाने पर देने के लिए कुछ गोलियाँ बता रखी हैं। बेचैन हों तो आप इनको एक गोली दे सकते हैं। सो जाएँगे तो वे भी ठीक और आप लोग भी फ़्री!

उनकी याद पूरी तरह से जा चुकी है। इतना भर याद है कि कभी उनको भी सब याद था। अब कुछ भी याद नहीं रहता। खाना खा लेते हैं और कुछ ही देर बाद ज़ोर-ज़ोर से चिल्लाने लगते हैं कि जब भूख से हमारी जान निकल जाएगी, क्या तब कोई हमें खाना खिलाएगा? कल ही घर का दरवाज़ा खोलकर, बाहर सड़क पर अलफनंगे खड़े हो गए। मोहल्ले के बच्चे उनके चारों तरफ़ एकत्रित होकर हो-हो करने लगे। परिवार वालों की बड़ी फ़ज़ीहत हुई। बेटे ने खूब डाँटा, उनको। वे कहने लगे कि हम कतई नंगे नहीं थे। हम तो हरदम अन्तर्यामी लंगोट लगाये रहते हैं। यह तो लोगों की नज़र में ही खोट है। वैसे वे, पाजामा बाँधने का तरीक़ा ही भूल चुके थे। नाड़े का करें क्या, समझ नहीं पाते थे। कोई बाँध देता था तो उससे खेलते-खेलते कभी उसे खींच देते थे। अब घर वालों ने पाजामे से नाड़े हटाकर इलास्टिक डाल दिये हैं।

खोए-खोए से बैठे रहते हैं। ऊँघते रहते हैं। रात में जागकर हाय-हाय करते हैं। दिन-रात का अन्तर भूल चुके हैं। किसी को पहचानते ही नहीं। वे चीज़ें भी देख लेते हैं, जो कहीं होती ही नहीं। वे आवाज़ें सुनते रहते हैं जो कहीं हैं ही नहीं। इन आवाज़ों का प्रति-उत्तर भी देते रहते हैं। कहते हैं कि चोर को पकड़ने के लिए उन्होंने अपनी पूरी टीम लगा रखी है जो उनके कानों में अपनी रिपोर्ट सुनाती रहती है। कभी चोर की पदचापें सुन लेते हैं और मोर्चा साध लेनें की मुद्रा पकड़कर छुपकर बैठ जाते हैं। आने दो। यहाँ घुसा तो वे हमला कर देंगे। एक बार बेटे पर ही झपट्टा मार दिया था। डॉक्टर ने तब कहा था कि यदि ये ऐसे हिंसक होकर लोगों पर हमला करने लगेंगे तो फिर मरीज़ को भर्ती करने की नौबत आ सकती है।

रोज़ ही रात में एक चोर उनके घर घुसता है और उनकी गठरी से कुछ और स्मृतियाँ चुरा ले जाता है। स्मृतियाँ बची ही नहीं, पर चोरी जारी है। चोर बड़ा करिश्माई है। रोज़ उन्हें निर्धन बना रहा है। बड़ा ग़ुस्सा है उन्हें इस बात पर। चोर कहीं मिल जाए तो मुश्कें बाँध दें उसकी वे, गो कि मुश्कें बाँधना भी वे कब का भूल चुके और अभी तो मुश्कों को पहचान भी नहीं सकते। फिर भी। कल उनको क्लीनिक ले जाते हुए जब गाड़ी बाज़ार से गुज़र रही थी, वे अचानक ही उत्तेजित होकर चलती गाड़ी का दरवाज़ा खोलकर कूदने को तत्पर हो गए। बग़ल से गुज़र रहा स्कूटर कार के दरवाज़े से टकराते-टकराते बचा।...'अबे, पागल हुआ है क्या?' स्कूटर वाले ने स्कूटर बचाते हुए चिल्लाकर कहा था। लड़के ने लपककर दरवाज़ा वापस खींचा और लगभग गाली-गलौज सी करते हुए उन्हें फटकारा कि अभी कहीं उससे टकरा जाते तो यहाँ सबकी ऐसी-तैसी हो गई होती। लड़के ने किनारे दबाकर गाड़ी खड़ी कर ली थी।

'ऐसा करोगे पापा, तो आपको फिर वहाँ भर्ती ही करना पड़ जाएगा।...पागलख़ाने में मुश्कें बाँधके रखते हैं वे लोग...' लड़का उन्हें धमकाता-सा रहा। वे चुपचाप बाहर की तरफ़ देखते रहे थे।

वे खिड़की से बाहर झाँकते हुए उस चोर को तलाश रहे थे जो उनको बाज़ार में अभी-अभी दिखा था और बाज़ार से निकलकर बाज़ार में ही बिला गया था।

उसी को पकड़ने के लिए तो वे चलती कार का दरवाज़ा खोलकर कूदने को हुए थे।

एक रईस की मौत

शहर का एक बहुत बड़ा रईस आदमी अपने ही घर में मृत पाया गया है।

शहर वालों को तो ख़ैर इस क़िस्से की ख़बर नहीं परन्तु आप इस क़िस्से को शुरू से ही फॉलो कर रहे हैं। आप अच्छी तरह से जानते हैं कि यह वही रईस है जो अपना सारा धन कहीं सुरक्षित छुपाने के लिए एक सुरंग बना रहा था।...बना भी क्या रहा था, लगभग पूरी बना ही चुका था।

अब वही रईस आज सुबह-सुबह अपने बेडरूम के पलंग के नीचे मृत पाया गया है। और मौत की वजह भी इतनी अजीब निकली है कि पुलिस तथा मृतक का पोस्टमार्टम करने वाले डॉक्टर, सभी असमंजस में हैं कि इसे क्या मानें :

हत्या, आत्महत्या, दुर्घटना या कुछ और? पुलिस ने मौक़ाये-वारदात पर पाया था कि मृतक के कपड़े धूल और मिट्टी से सने पड़े थे। इतना रईस व्यक्ति, अपने लकदक बेडरूम में, जहाँ धूल के कण का प्रवेश भी वर्जित था, इस कदर धूल-धूसरित कैसे हुआ? वह मृत्यु से ठीक पूर्व ऐसी किस जगह, कहाँ गया होगा जहाँ वह मिट्टी में ऐसा सन गया? फिर उसकी लाश पलंग के नीचे पड़ी हुई कैसे मिली है? वह पलंग के नीचे क्या कर रहा होगा? मरते टाइम वह पलंग के नीचे कैसे जा पहुँचा? पुलिस हैरान थी। उसे पोस्टमार्टम रिपोर्ट से ही कुछ उम्मीद थी। शायद पोस्टमार्टम में उसकी मृत्यु का कोई कारण स्पष्ट हो सके।...पर डॉक्टर तो एकदम और भी चकरा गए थे। मृतक की साँस नली में मिट्टी ही मिट्टी भरी हुई पाई गई थी। उसका दम इसी मिट्टी में घुट गया था। यदि सारी बातों को जोड़कर देखें तो मृतक को देखकर ऐसा प्रतीत होता था मानो वह किसी खदान में दबकर मरा हो।

परन्तु खदान में कोई रईस क्यों दबेगा? वास्तव में यह तय करना बहुत मुश्किल हो रहा था कि आख़िर कैसे मरा होगा यह रईस?

रईस के बेटे ने उसके इलाज के पूरे काग़ज़ पुलिस को पेश कर दिये हैं। दिमाग़ी बीमारी थी उनको जनाब। उनका नियमित इलाज भी चल रहा था। इस आधार पर तो आत्महत्या का प्रकरण बनाया जा सकता है न? पुलिस शायद बनाएगी भी। रईस का मामला है। ऊपर तक पहुँच के अपने दबाव होते हैं। पैसे के भी अपने दबाव होते हैं। फिर भी। पुलिस तक एक और भी क़िस्सा छन-छनकर पहुँचा है। ख़बरियों ने इस प्रकरण में कुछ अजीब-सी ही कथा सुनाई है।

घर के नौकर खुसपुस के अन्दाज में मौत से ठीक पहले की उस शाम का क़िस्सा सुना रहे हैं। शाम को बाप-बेटे में बड़ी देर तक, खूब ऊँची आवाज़ में तीखी बहस हुई थी। शायद उनके बीच कुछ मारपीट भी हुई, ऐसा एक चपरासी बता रहा था। किसी 'सुरंग' का जिक्र भी बार-बार आया था। पूरी बात तो किसी ने ठीक से सुन नहीं पाई पर ज़रूर ही किसी सुरंग की बात तो पक्के से हो रही थी। बन्द दरवाज़े से रिसकर जो भी बातें बाहर निकल पाती हैं, उनका चेहरा इतना बिगड़ जाता है कि उनको ठीक से पहचान पाना मुश्किल हो जाता है कि अन्दर असल में बातें क्या हो रही होंगी? हाँ, यह पक्का था कि बहस में बड़ी गरमागर्मी थी। ऊँची आवाज़ें। ऊँची ही रही होंगी तभी तो कुछ शब्द बाहर भी सुनाई दे गए वर्ना तो रईसों के दरवाज़े और दीवारें गूंगी ही बनाई हैं।

पुलिस ने इस 'सुरंग' के मसले को लेकर भी बेटे से कुछ सवाल किये थे।

'ये सुरंग का हम क्या सुन रहे हैं?' पुलिस ने बेटे से जानना चाहा।

बेटा एक मिनट को तो थोड़ा अचकचाया पर वह तुरन्त ही सँभल भी गया।

'सर, कुछ भी बात नहीं। बस, दिमाग़ी खलल था डैडीजी का।...उनका दिमाग़

एकदम चल चुका था। एक साल से तो उनका इलाज भी चल रहा था। सायकेट्रिस्ट का। ये देखिए न ? ये डॉक्टर के इतने सारे प्रिस्क्रिप्शन और दवाओं की रसीदें !...कुछ भी बड़बड़ाने लगते थे। कुछ भी सोचते रहते थे। डाँटकर चुप कराना भी ठीक नहीं लगता था। पिता का मामला। पर कभी-कभी डाँटना भी पड़ता था। कल शाम को ही डाँटा था। क्या करें सर! एक पागल आदमी के साथ चौबीसों घंटे रहना किस कदर कठिन काम है, यह कोई और शख़्स कभी नहीं समझ सकता।...'

बेटे ने कहा और बात पूरी करते-करते अपना सिर पकड़कर बैठ गया।

बेटे ने पुलिस को जो बताया, उससे तो 'सुरंग' और 'बाप बेटे के बीच झगड़ा'—दोनों बातें एकदम स्पष्ट हो रही थीं। फिर उनके पागलपन के इलाज के काग़ज़ भी मौजूद थे।

परन्तु वास्तविकता में उस शाम को जो हुआ था, पुलिस को उसका कुछ भी नहीं बताया बेटे ने। बता देता तो पुलिस उसे ही दबोच लेती। यदि वह एकदम सही-सही घटना भी किसी को बतला देता तो कोई उसकी बात पर विश्वास ही न करता।

कल शाम की घटना इतनी ज़्यादा अविश्वसनीय थी कि स्वयं बेटे को ही अभी तक भरोसा नहीं रहा है कि उसके आँखों देखे कल यहाँ ऐसा कुछ हुआ था।

कल शाम को जो वास्तव में हुआ था, वह कुछ यों हुआ था।

लड़का रोज़ की तरह शाम को फैक्टरी से घर लौटा था। दो फैक्टरियाँ डलवा दी थीं डैडीजी ने। ईश्वर की कृपा और लड़के की मेहनत, बढ़िया चलती हैं दोनों ही फैक्टरी। वहीं से लौटा तो उसके ब्रीफकेस में काफ़ी सारा कैश था। वह इस पैसे को निकालकर घर के लॉकर में रखने लगा तो उसने पाया कि वहाँ पहले से रखे पचास लाख रुपये के बंडल लॉकर में कहीं दिख ही नहीं रहे हैं।

एकदम सन्न रह गया वह!

आख़िर इत्ता सारा कैश लॉकर से कहाँ चला गया ? किसने उठाया है उसके बन्द लॉकर से यह सारा रुपया ? इस लॉकर को या तो वह आपरेट कर सकता था या फिर डैडीजी।

तो क्या डैडीजी ने ? ज़रूर उन्हीं ने कुछ किया होगा। उसने खुद को कोसा। कब से तो वह सोच रहा था कि लॉकर का कोड नम्बर बदल दे। देख रहा था कि डैडीजी पगला रहे हैं। ख़ूब जानता था वह। फिर भी! वह बस, सोचता ही रह गया। क़ायदे से, बहुत पहले धीरे-धीरे, उसे सम्पत्ति के हर मालिकाना हक़ तथा ज़िम्मेदारी से डैडीजी को मुक्त कर डालना चाहिए था। लोग तो अच्छे-भले पिता को कर देते हैं। डैडीजी तो पगला रहे थे। फिर भी। लानत है।

वह लॉकर को खुला छोड़कर ही डैडी के बेडरूम की तरफ़ भागा। डैडीजी वहाँ अपनी एक डायरी में कुछ दर्ज करते हुए, पलंग पर उकड़ूँ बैठे हुए थे।

'आपने कल-परसों में कभी लॉकर ऑपरेट किया था क्या?' उसने पूछा।

उन्होंने डायरी से अपना सिर धीरे से उठाया। उसके बदहवास चेहरे को देखा। उसकी उड़ी हुई शक्ल देखकर एक रहस्यमयी मुस्कान खेलने लगी उनके चेहरे पर। मुस्कुराकर, मुंडी हिलाकर 'हाँ' का संकेत दिया उन्होंने।

'इत्ते सारे कैश का आपने क्या किया?' उसने एकदम उनके सिर पर खड़े होकर पूछा।

वे पागलों जैसे हँसने लगे।

बोले, 'अच्छा, तुम बताओ, मैंने क्या किया होगा?' कहकर वे उसे यों मज़े से देखने लगे मानो बेटे की स्कूली किताब से कोई ऐसा ट्रिकी प्रश्न पूछ लिया हो जिसका उत्तर बेटा न दे पा रहा हो!

लड़का उनके और भी पास आ गया। इतने पास कि कहीं बावला हो उठे तो सीधे उनके गाल पर थप्पड़ मारने के लिए उसे कोई भी अतिरिक्त दूरी तय न करनी पड़ती।

'डैडीजी, आपने उस पैसे का क्या किया—ये बताओ?' वह बेचैन होकर बोला।

उसकी बेचैनी देखकर उन्होंने उसे पूरी बात बता देना ही उचित समझा। बेचारा! बेकार ही परेशान हो रहा है। उन्होंने रहस्य-सा खोलते हुए उसे सारी बात बता ही दी।

लड़का अवाक् रह गया।

'क्या कह रहे हैं आप?'

'मैं सच कह रहा हूँ।' वे लड़के की प्रतिक्रिया पर हैरान थे। वे तो शायद उससे यह आशा किए बैठे थे कि उनकी दूरदृष्टि और समझदारी की वह खूब दाद देगा।

पर उनकी बात सुनकर तो लड़के का मानो पूरा ख़ून ही निचुड़ गया था। चेहरा एकदम फक्क! एक पल को तो उसकी आँखों के समक्ष अँधेरा-सा छा गया।

'आपने सारे पैसे...!'

'तुम बिलकुल भी चिन्ता मत करो बेटा।...अपना सारा पैसा वहाँ एकदम सुरक्षित है।' वे लड़के का चेहरा देखकर घबरा गए थे।

'आप न जाने किस सुरंग में ये सारे पैसे धर आए हैं और मुझे कहते हैं कि मैं चिन्ता न करूँ?' उसने उन्हें कन्धे से पकड़कर पूछा।

'मैं तो वहाँ अपना दो किलो सोना भी रख आया हूँ। मेरी सुरंग एकदम सुरक्षित है बेटा। एकदम सेफ। तेरे लॉकर से भी ज़्यादा सेफ।...अपुन धीरे-धीरे वहाँ ले जाकर अपना सब कुछ छुपा आएँगे। फिर कोई कित्ता भी अपने यहाँ छापा मार ले,

कुछ भी कर ले—उन्हें कुछ भी नहीं मिलेगा। मैंने ऐसी जगह सुरंग बनाई है कि कोई कित्ता भी ट्राई कर ले, उसका पता ही नहीं कर सकता।...'

वे अपनी होशियारी पर इतने अभिभूत थे कि अपनी बात कहकर वे तालियाँ बजाकर बेसाख्ता हँसने लगे और फिर हँसते ही रहे।

लड़का आश्चर्य और ग़ुस्से से उनकी शक्ल को देखता रह गया। यार, ये मेरा बाप तो पूरा ही पागल हो चुका है। मैं ही शायद मूर्ख था जो समय पर इतनी-सी बात को जान नहीं पाया। इस स्साले डॉक्टर ने भी तो मुझे ठीक से चेताया नहीं। हद है। सुरंग खोदने, छापा पड़ने, पैसे छुपाने की बहकी-बहकी बातें तो पापा हमेशा ही करते रहते थे, पर नौबत यहाँ तक आ जाएगी, इसका तनिक भी गुमान उसे नहीं था कभी। उनको अपनी डायरी में कुछ-कुछ नोट करते भी देखा था उसने। डॉक्टर ने सांत्वना दी थी कि ये सब सिज़ोफ्रेनिया के बस शुरुआती लक्षण हैं। पिताजी को डेल्यूशंस तथा हेल्यूसिनेशन हो रहे हैं। आपके पिताजी कभी भी कुछ भी सोच लिया करेंगे और मानेंगे कि वही एकदम सच है। कोई सुरंग न होते हुए भी वे एकदम साक्षात् सुरंग देख लेंगे। कोई कुछ न बोल रहा हो, ये उसकी आवाज़ें सुन लेंगे।...पर मैं दवाइयाँ दे रहा हूँ, दोगे तो ये एकदम ठीक हो जाएँगे। पक्का। ऐसा कहा था डॉक्टर ने।

खाक पक्का!

अब देख लो!...डैडीजी ने ये इत्ता बड़ा कांड कर डाला था।

न जाने, इतना सारा पैसा, गोल्ड—ये कहाँ दबा आए हैं, और बैठे-बैठे अभी कैसे मन्द-मन्द मुस्कुरा रहे हैं!

और मुझे ऐसे देख रहे हैं, मानो कोई बहुत बड़ा तीर मारकर आए हों और मुझसे शाबासी की उम्मीद कर रहे हों।

पचास लाख रुपये!

और अभी तो बता रहे हैं कि दो किलो सोना भी!

लड़के का मन वितृष्णा से भर उठा।

उसने दोनों कन्धों से उन्हें झझकोरते हुए पूछा, 'तू क्या एकदम ही पगला गया है रे बुड्ढे?'

बेटे की बात सुनकर वे सकते में आ गए। वे अभी इतने पागल भी नहीं हुए थे कि यह बात न समझ पाते कि बेटा उनको गरिया रहा है।

'तुम सुनो तो...' उन्होंने लड़के को समझाना चाहा।

लड़का अभी भी उन पर झुका हुआ है। वह उनके दोनों कन्धों को ज़ोर से जकड़कर उनके ठीक सामने खड़ा हुआ है। जलती हुई नज़रों से उनको घूरता हुआ।

'तुम इतने घबराओ मत बेटा।...बिलकुल भी मत घबराओ।...मेरी सुरंग किसी बैंक लॉकर से भी ज़्यादा मज़बूत और सुरक्षित है।'

लड़का और कितना बरदाश्त करता ?

उसने ज़ोर का एक झापड़ उनके गाल पर मारा तो वे पलंग से नीचे जा गिरे। नीचे बिछे हुए शानदार कॉलीन पर फैलकर पड़े हुए थे वे। वे ऐसे सकते में थे कि कुछ सोचना–समझना भी कठिन।...वे कालीन पर पड़े रहे। लड़के ने उनको वहाँ भी नहीं पड़े रहने दिया। लड़के ने नीचे झुककर उनका एक हाथ पकड़ा और लगभग घसीटकर उन्हें खड़ा करने की कोशिश करते हुए पूछा :

'कहाँ है तुम्हारी वो सुरंग? मुझे अभी के अभी वहाँ लेकर चलो।...'

वे काठ की तरह सख्त हो गए थे। ज़मीन से उन्हें उठा पाना कठिन था।

लड़का बौखलाकर, धमकाने वाले स्वर में उनका हाथ खींचते हुए बोला, 'तुम मुझे तुरन्त वहाँ लेकर चलो।...अभी!...इसी वक्त!...कल सुबह मुझे एक पार्टी को कैश देना है।...'

वे फर्श पर आड़े पड़े हुए थे। बेटा उन्हें हाथ पकड़कर ऊपर को खींचने लगा। इस कारण उनका एक कन्धा और उस तरफ़ की थोड़ी–सी छाती कालीन से ऊपर उठ गई। चेहरा बड़ा भयभीत निकल आया। गर्दन टेढ़ी करके बमुश्किल से उन्होंने बेटे को देखा और बोले, 'कल सुबह–सुबह जाकर सारा कैश वापस ला दूँगा बेटा। पक्का।...'

'और जो रात में ही किसी ने उसे इधर–उधर कर दिया, तो?' लड़के ने अभी उनका हाथ खींचना बन्द नहीं किया है। वह उनको खींचने में ही लगा है।

उनका शरीर अभी और भी कड़क हो गया था।

'वहाँ रात में जाना बड़ा कठिन है बेटा।...सुबह...' वे बमुश्किल बोल पा रहे थे।

'क्या मुश्किल है?' लड़के ने व्यंग्यपूर्वक पूछा।

'सुरंग गहरी है। वहाँ रोशनी भी नहीं है। रास्ता टेढ़ा–मेढ़ा है। मैंने खुद ही यह सुरंग ऐसी बनाई है कि छापा मारने वाले भी वहाँ पहुँच न पाएँ।...वहाँ, रात में तो जाया ही नहीं जा सकता।'

वे अब धीरे–धीरे स्वयं ही खड़े होने की कोशिश कर रहे हैं। वैसे लड़के ने अभी तक उनका हाथ नहीं छोड़ा है।

'दिमाग़ पूरा ही फिर गया है क्या तुम्हारा?' लड़के ने कहा।

'...नहीं। मैं पागल नहीं हूँ बेटा।...तुम उस डॉक्टर की बातों में कभी मत आना। उसका तो धन्धा ही है आदमी को पागल घोषित करना। रोज़ी–रोटी है यह उसकी। ...मैं एकदम ठीक हूँ।' वे अब पूरे खड़े हो चुके थे।

'अच्छा?' लड़का उनके एकदम सामने आकर खड़ा हो गया। छाती ताने। उन्हें डर लग रहा है, उसे देखकर। वे पलंग के पटिये से सटकर खड़े हैं। पलंग उनके ठीक पीछे था।

'मैं एकदम सच बता रहा हूँ।...'

‘तो फिर बस यह बता दो कि तुम्हारी सुरंग है कहाँ? मैं खुद ही अभी वहाँ जाकर सारे पैसे उठा लाता हूँ।’

‘तुम वहाँ नहीं जा पाओगे।...’

‘और तुम?’ लड़का आजिज़ आ चुका लगता है।

‘रात में तो मैं भी नहीं।...कोई भी नहीं।...मैं सुबह होते ही...’

लड़के ने ग़ुस्से में आकर उन्हें एक ज़ोरदार धक्का दिया। वे पलंग पर जा गिरे।

लड़के ने पलंग पर अपना एक पैर रखा और उन पर झुकते हुए कहा, ‘तुम अभी के अभी यहाँ से निकलोगे और पैसे लेकर ही घर वापस आओगे।...समझे?’

वे लड़के का चेहरा देखते रह गए। इस चेहरे को वे पहचान ही नहीं पा रहे हैं। कौन है यह अपरिचित शख़्स? बेटे जैसा लगता ज़रूर है पर है नहीं। हमेशा ‘डैडीजी, डैडीजी’ कहने वाला बेटा इस क़दर कैसे बदल सकता है? क्या पैसों का मसला बीच में आ जाए तो दुनिया के हर बेटे की शक्ल ऐसी ही बदल जाती है?

वे पलंग पर पड़े-पड़े सिसकने लगे। फिर वे धीरे से पलंग पर बैठ गए और सिर को बाँहों में डालकर देर तक सिसकते रहे।

‘मुझे ऐसे रोकर मत दिखा बुड्ढे।...’ लड़के से स्वर में इतनी क्रूरता है कि वे अन्तर्मन तक काँप गए।

‘अभी जा।...तुरन्त।...अभी इस घर से निकल।...जो भी सुरंग, तूने जहाँ भी खोदी हो, वहाँ जा।...अभी सारा मालभत्ता उठाकर यहाँ ला।...लाए, तभी तू घर वापस आना।...सुन रहा है न तू?’

लड़के का चेहरा बेहद डरावना निकल आया है। बेहद ही डरावना। काला-सा चेहरा। जलती हुई आँखें! टेढ़ी-सी नाक। बचपन में कहानी की किताबों में राक्षस की तस्वीरें देखी थीं उन्होंने। वे सारे पन्ने अभी उनके दिमाग़ में फड़फड़ा रहे हैं। फड़फड़ाने का शोर है मन में कि उनका दिल ही बड़ी तेज़ी से धड़क रहा है?

वे धीरे से उठे। पलंग से उठकर दरवाज़े की तरफ़ बढ़ने लगे।

‘पैसे लेकर ही वापस आना।...वर्ना लौटकर घर मत आना।...’

बस, वे ही जानते हैं कि रात में सुरंग में जाना कितना ज़्यादा ख़तरनाक काम है। लगभग जानलेवा। पर लड़का उनकी बात को समझने को ही राज़ी नहीं। यहाँ रुके तो वो उन्हें पीट-पीटकर वैसे भी मार डालेगा! उनको सुरंग में जाना ही होगा। सारे ख़तरे उठाकर भी अब रात में ही जाना होगा।

वे बेडरूम के दरवाज़े को खोलकर खड़े हो गए। कुछ सोचते हुए दरवाज़े पर ही खड़े रहे।

बेटा पीछे से आया और उसने ज़ोर से एक धक्का देकर उन्हें बाहर धकेल दिया। वे लड़खड़ाते हुए बरामदे में फिंका गए और दरवाज़ा उनके पीछे धीरे-धीरे बन्द हो गया। ‘जाइए...जाइए अब...’

वे तो बस इतना ही सुन पाए कि दरवाज़ा पूरा बन्द हो गया। हो सकता है कि लड़के ने पीछे कोई गाली भी दी हो पर वह उन्हें सुनाई दे, इससे पूर्व ही दरवाज़ा पूरा बन्द हो गया था।

लड़का अब वापस अपने बेडरूम में पहुँचा। पत्नी ने पूछा कि तुम अभी डैडीजी से इतनी ऊँची आवाज़ में क्या बहस कर रहे थे? उनसे क्यों बहस करते हो? पता नहीं है क्या तुम्हें? दिमाग़ ठीक नहीं है डैडीजी का!

उसने पत्नी को भी वैसा ही घूरकर देखा जिसको देखकर पिता को चेतावनी मिली थी कि वह कभी भी मारपीट करना शुरू कर सकता है।

'दिमाग़ तो अभी मेरा भी ठीक नहीं है। तुम अब बाद में ही बात करना।...' कहकर उसने फटाफट दो पैग मारे और लेट गया।

पत्नी चुप रही। वह भी उसकी ये वाली निगाहें पहचानती है।

फिर, रात में बिना बोले-बतियाए ही लड़का नींद की गोलियाँ खाकर सो गया।

और फिर सीधे सुबह हुई।

और सुबह-सुबह वे मरे हुए मिले।

अलसभोर में लड़के की नींद खुली। पैसों की चिन्ता के बाद भी कैसे वह ऐसे घोड़े बेचकर सोता रह गया, वह स्वयं आश्चर्यचकित था।

नींद खुली तो वह भड़भड़ाकर उठा और लगभग भागकर डैडीजी के बेडरूम जा पहुँचा।

डैडीजी अपने पलंग के पास, ज़मीन पर मृत पड़े हुए थे।

उनके कपड़े धूल-धूसरित थे, बदन पर यहाँ-वहाँ मिट्टी लगी हुई थी। हथेलियाँ बेहद मटमैली थीं। बालों में भी मिट्टी भरी हुई थी। गालों पर और माथे पर भी मिट्टी ही मिट्टी। मानो रेंगकर और घिसटकर कहीं सुरंग में घुसे हों।

तो क्या वे वास्तव में किसी सुरंग में जाकर वापस लौटे थे?

पास ही पूरे पचास लाख रुपये और सोना वहीं पलंग पर पड़ा हुआ था।

सारा नज़ारा देखकर वह एकदम अवाक् रह गया।

फिर एक सिलसिला चला। पहले डॉक्टर। फिर पुलिस। फिर पूछताछ।

और आज पुलिस ने बताया है कि पोस्टमार्टम में यह निकला है कि साँस की नली में मिट्टी भर जाने के कारण ही उनकी मृत्यु हुई है। मामला बेहद पेचीदा और उलझा हो गया है। वैसे तो वे घर के बेडरूम में मरे हुए मिले हैं परन्तु मिट्टी-धूल ऐसी मिली है मानो किसी खदान में दबकर मरे हों! पुलिस ने तभी तो उससे सुरंग की भी चर्चा की बात की। उसने यही कहा कि डैडीजी तो पगला गए थे—वो कुछ भी बोला करते थे। हम आपको कैसे बताएँ कि वे कौन-सी सुरंग की बात कर रहे थे। हाँ, मरे हुए तो वे हमें बेडरूम में ही मिले हैं और वहाँ बेडरूम में कहीं कोई सुरंग नहीं।

लड़का, पुलिस को सारी बात सच-सच बता भी तो नहीं सकता। हाँ, वह स्वयं

अब यह बात खूब जानता है कि कहीं कोई सुरंग तो थी। कहीं न कहीं। वे ज़रूर उस रात ख़तरा उठाकर सुरंग में घुसे होंगे तभी तो वहाँ रखे हुए पैसे वापस ला सके। तो क्या सुरंग उन पर धसक गई थी? क्या मिट्टी के मलबे में दबकर मारे गए थे डैडीजी? साँस की नली में मिट्टी का पाया जाना तो यही इंगित करता था।

तो फिर वे रात में घर कैसे वापस आए? बेडरूम में कैसे घुसे? वहाँ कैसे मिले?

या कि सुरंग का एक सिरा वास्तव में उनके बेडरूम में ही था जहाँ से होकर बमुश्किल, मरते-मरते वे बेडरूम तक घिसटकर आ गए थे?

पर बेडरूम तो अभी भी एकदम लकदक और चाकचौबन्द था। वहाँ पर किसी सुरंग की गुंजाइश ही कहाँ थी?

फिर?

पता नहीं।

हाँ, इतना तो तय है कि डैडीजी बेहद बढ़िया बाप साबित हुए थे।...और निश्चित ही वे पागल नहीं थे। कोई सुरंग तो कहीं न कहीं ज़रूर थी। डैडीजी ही बना रहे थे। वे ज़रूर किसी ख़तरे को पहचान रहे थे जिसे हम अभी भी नहीं देख पा रहे हैं शायद।

क्या हो सकता था वह ख़तरा?

वह तो उनकी बातों को हमेशा ही पागलपन मानता रहा। आज जीवित होते तो ज़रूर इस ख़तरे की बाबत उनसे ढंग से पूछता। समझता उनकी सारी बातें। अभी तो बस कुछ उड़ती-उड़ती-सी बातें याद हैं जो तब बेसिरपैर की प्रतीत होती थीं।

क्या डैडीजी जो कुछ भी अपनी डायरी में गोदते रहते थे, उससे कुछ संकेत मिलेंगे?

उसने डैडीजी की यह डायरी पहले ही पुलिस से छुपाकर रख दी थी। वह एक बार फ़ुर्सत से बैठकर वह डायरी ज़रूर पढ़कर देखेगा। शायद उससे कुछ बात पता चले।

दिखता नहीं तो क्या

वैसे तो उनकी आँखें एकदम ठीक बताई जाती हैं पर उन्हें दिखता कुछ भी नहीं।

आजकल वे अन्धों की तरह हाथ में एक सफ़ेद छड़ी और आँखों पर काला चश्मा लगाकर शहर में घूमते मिलते हैं।

घर वालों ने उन्हें कई मशहूर नेत्र विशेषज्ञों को दिखलवा लिया। पचासों तरह की महँगी जाँचें करके, सबकी राय एकमत से यही रही है कि आँखें तो इनकी एकदम बढ़िया हैं; दिखता इनको इसीलिए नहीं है क्योंकि ये शायद देखना ही नहीं

चाहते हैं। पर क्या यह सम्भव है कि यदि कोई न देखना चाहे तो क्या उसे दिखना एकदम बन्द हो जाएगा ? इनको तो कुछ भी नहीं दिखता। ये तो यहाँ-वहाँ टकराकर, गड्ढे में पाँव देकर कई बार चोटें भी खा चुके हैं। ऐसा कैसे ?

नेत्र विशेषज्ञ ने इन प्रश्नों के उत्तर में यही कहा कि इसके लिए आप किसी अच्छे न्यूरोलॉजिस्ट की राय लें, तो बेहतर होगा। वही आपको शायद कुछ बता पाएगा। न्यूरोलॉजिस्ट से क्यों ? तब नेत्र विशेषज्ञ ने देखने का पूरा सिस्टम ही उनको समझा दिया कि शरीर में आँखें एकदम ठीक भी हों तब भी यदि मस्तिष्क का वह हिस्सा जहाँ से दृष्टि बनती है और जहाँ आँखों देखी चीज़ की तस्वीर बनती है और संज्ञान में आती है, यदि दिमाग़ के उस सिस्टम में ही कोई विकार आ जाए तब भी आदमी देख नहीं पाता है। वे न्यूरोलॉजिस्ट से भी मिले। न्यूरोलॉजिस्ट ने कुछ और भी महँगी, बल्कि महँगी से महँगी जाँचें कीं और अन्ततः उसी नतीज़े पर पहुँचा कि (न्यूरोलॉजिकली भी) इनका सबकुछ ठीक है। फिर ? फिर ये अन्धे कैसे हैं ? क्यों ये चलते हुए चीज़ों से टकराते हैं ? क्यों एकदम सामने की चीज़ भी देख नहीं पाते ?

'...आप इनको किसी अच्छे मानसिक रोग विशेषज्ञ को ही दिखलाइए।' बताया गया।...वह तो हम पाँच साल से दिखा रहे हैं ! पहले शिकायत करते थे कि मेरे सपने किसी ने चुरा लिये हैं। इसी का रोना रोते रहते थे। रात-बिरात नींद से उठकर बैठ-बैठ जाते थे। उसका हमने बड़ा लम्बा इलाज चलाया। एक धेले का भी कोई फ़ायदा नहीं हुआ। फिर हमने तो निराश होकर वह इलाज ही बन्द कर दिया।...अब ये एकदम नई प्राब्लम !...नहीं। ये भी कोई नई प्राब्लम नहीं है। इनका वही पुराना मानसिक रोग ही बढ़ गया लगता है। आप तो इन्हें वापस किसी सायकेट्रिस्ट को ही दिखलाइए।

इनकी बीमारी का उत्तर किसी मनोरोग विशेषज्ञ के पास ही मिल सकता है। यह एक क़िस्म का दिमाग़ी खलल ही है। और कुछ भी शारीरिक विकार नहीं। आँखें तो इनकी एकदम ठीक हैं। दिमाग़ भी न्यूरोलॉजिकली एकदम ठीक।...फिर ?...फिर क्या ? गए उसी सायकेट्रिस्ट के पास। फिर से।...सायकेट्रिस्ट क्या बोला ? उसने तीन-चार बार लम्बी सिटिंग्स कीं और फिर बताया कि इनका मन ही कुछ भी देखने से उचट गया है। देखने से मन भर चुका है इनका। ये अब कुछ देखना ही नहीं चाहते हैं। यदि कोई न देखने की ठान ही ले तो धीरे-धीरे उसकी आँखें भी देखना बन्द कर सकती हैं। सबकुछ अन्ततः मन के ही तो कब्ज़े में है।

तो कोई इनको समझाता क्यों नहीं ?

अच्छी भली आँखें रहते हुए भी ऐसे क्यों अन्धे बने हुए हैं ?...समझाया क्यों नहीं, खूब समझाया है। सबने कोशिश की है। सब हार चुके। दोस्त, घरपरिवार के लोग, डॉक्टर। सब। कोई इन्हें समझाए तो ये फ़ालतू की बहस करने लगते हैं। ऊलजलूल तर्क देने लगते हैं। कहते हैं कि मैं तो अन्धा ही भला। अरे, दुनिया में ऐसा क्या है देखने का ? क्यों देखूँ मैं ? जिस दुनिया में सपने ही देखने की मनाही हो चुकी हो वहाँ फिर

और कुछ देखने को बचा ही क्या है? सपनों के बिना तो वैसे भी दुनिया अन्धी ही है।

तो क्या वे अपना समस्त जीवन ऐसे ही अन्धों की तरह काटेंगे? नहीं।...वे बेहद आशावादी हैं। कहते हैं कि एक दिन फिर से मुझे सबकुछ दिखने लगेगा। एक दिन मेरे सारे सपने फिर से ज़रूर वापस आएँगे। हत्यारों ने मेरे सपनों को अपनी समझ में तो ज़िबह कर डाला है, यह सत्य है। पर यह उनका भ्रम है। बड़ा सत्य यह है कि सपने कभी मरते नहीं। वे मरकर भी नहीं मरते। सपनों का यही तो चमत्कार है। वे बार-बार पुनर्जीवित हो जाते हैं। मेरे सपने भी एक दिन अवश्य वापस आएँगे। वे आएँगे।...और उसी दिन से मेरी आँखों से वापस दिखना शुरू हो जाएगा।

अच्छा?

जी, एकदम पक्का।

और तब तक?

तब तक तो यह सब है न?...वे सफ़ेद छड़ी और काले चश्मे की तरफ़ इशारा करके मुस्कुराने लगते हैं। कहते हैं कि अन्धों की यही तो धज तय कर रखी है न समाज ने? तो यही सही। वे साथ-साथ हँसते हुए यह भी जोड़ देते हैं कि उनको इस बात पर आश्चर्य होता है कि यदि अन्धों का यही गणवेश आपने तय किया है तो फिर यह सारी दुनिया ही क्यों नहीं ये सफ़ेद छड़ी और काला चश्मा पहनकर घूमती? यह कहते हुए वे हँसते रहते हैं ताकि बात को मज़ाक में कहा गया ही माना जाए। वे नहीं चाहते कि खुद को अन्धा कहने पर यह दुनिया उनसे बुरा मान जाए।

ख़ैर, कल एक आश्चर्यजनक घटना हुई जिससे यह तो स्पष्ट हो गया कि वे देख सकते हैं। कल एक बहुत बड़ी कार बड़ी तेज़ी से उनकी तरफ़ आई। तब वे फ़ुटपाथ पर अपने बेटे के साथ चले जा रहे थे। वे ऐन मौक़े पर अपनी जगह से कूदकर किनारे हट गए। बेटे को भी उन्होंने ऐन मौक़े पर एक तरफ़ को धकेलकर बचा लिया। बेटा आती हुई कार को नहीं देख पाया था। उन्होंने देख ली। वर्ना तो कार उन लोगों को कुचल ही देती। कार का एक पहिया तो फ़ुटपाथ पर चढ़ ही गया था। तेज़ स्पीड की कार तिरछी-आड़ी होकर कैसे तो भी सँभली और आगे निकल गई। बेटा तो घबराहट में बड़ी देर तक कुछ बोल ही नहीं सका।

फिर वह बोला, 'पापा, आपने यह कार आती हुई देख ली थी न?'

'हाँ।...' वे बोले।

'यानी कि आपको बढ़िया दिखता है? ठीक?'

'मैं अपने सपनों के हत्यारों को तो अपने अन्धेपन में भी एकदम साफ़ देख सकता हूँ न।' वे बोले।

उनका कहा बेटा समझ ही नहीं पाया।

वैसे भी पागल की बातों को समझने में कोई क्यों अपना समय तथा दिमाग़ खर्च करे?

विद्रोह पनप रहा है

देर रात को, उस सड़क से होकर निकलने से बचते हैं आजकल लोग।

डरते हैं कि कहीं सड़क पर 'वह' न मिल जाए।

यों 'वह' किसी का कभी कुछ बिगाड़ता नहीं। देर रात को कभी-कभी 'वह' मेनहोल से बाहर निकलता है। उसे निकलते देखा है लोगों ने। उन्होंने ही यह भी बताया है कि वह आपको कभी देख भी ले तो आपसे कुछ नहीं कहता। देखकर चुपचाप वापस मेनहोल में घुस जाता है। कुछ सिरफिरों ने ज़रूर उसका पीछा करने की कोशिश की है। पर उसने जो एक बार पलटकर उनको देखा तो वे सिहरकर थमकर रह गए। उसकी आँखें बड़ी चमकदार थीं। मानो अन्दर कोई भट्ठी जल रही हो! 'नॉर्मल आँखें नहीं हैं भाई साहब उसकी...नाग-नागिन टाइप की आँखें हैं। फ़िल्मों में दिखाते हैं न, वैसी हैं!...' तो मेनहोल में पलने वाला कोई नाग ही तो आदमी का रूप धर के बाहर नहीं निकलता? मीडिया को जब कोई अन्य रोचक क़िस्सा नहीं मिलता है तो वे बार-बार इसी क़िस्से को नया बनाकर मीडिया में चला देते हैं। हाँ, बहुत से अन्य लोग इस सारे प्रकरण को विशुद्ध बकवास कहते हैं। बाक़ी के ज़्यादातर लोगों ने उस निशाचर को शहर का अदृश्य नागरिक-सा स्वीकार कर लिया है।

पर कौन है जो मेनहोल से निकलकर शहर की टोह लेता घूमता रहता है?

मेनहोल के नीचे आख़िर रहता कौन है?

अकेला है, या कि कोई बस्ती बस गई है वहाँ?

कौन है जो रातों में इस शहर की गतिविधियों पर नज़र रखता है?

चर्चा गर्म है कि मेनहोल के नीचे कहीं विद्रोही लोग तो नहीं रहने लगे हैं? विद्रोह तो कहीं भी पनप सकता है। विद्रोह का यही तो है। घुटन कहीं भी एक हद से ज़्यादा बढ़ जाए तो विद्रोह खदबदाने लगता है। मेनहोल के नीचे भी तो खूब घुटन है। कीचड़ भरे पानी में बुलबुलों की खदबदाहट भी है। हो सकता है कि वहाँ विद्रोह पनप रहा हो? वैसे बाहर भी तो कोई कम घुटन नहीं। तो क्या नीचे रहने वाले विद्रोही इस बात की प्रतीक्षा कर रहे हैं कि ऊपर भी घुटन खूब बढ़ जाए तो वे बाहर निकलें? क्या विद्रोहियों का ही कोई बाशिन्दा मेनहोल के ऊपर की घुटन का जायज़ा लेने के लिए बार-बार बाहर आता है?

पता नहीं। परन्तु यह तय है कि मेनहोल के नीचे ज़रूर कोई रहता है और देर रात निकलकर जायज़ा लेता हुआ शहर भर में घूमता है।

पागल की डायरी में दर्ज है कि पागल बढ़ रहे हैं

लड़का तो डैडीजी की डायरी को भूल ही चुका था।

वैसे भी डैडीजी की रहस्यमयी मौत के बाद, सबकुछ 'सेटल' करने में बड़ा लम्बा समय और बड़ी भागदौड़ लगी। किसी काल्पनिक सुरंग में डैडीजी का वास्तव में दबकर मर जाना बेटे के लिए बेहद महँगा साबित हुआ था। पुलिस ने अपनी रेट डबल लगाई। लम्बा मोलभाव चला। इतनी बड़ी सम्पत्ति के अकेले वारिस पर सन्देह तो यों भी होता ही। बहरहाल। अन्ततः सब कुछ ठीकठाक से निबट गया था।

महीनों के बाद आज जाकर वह चैन से बैठा था।

एक लार्ज पैग बनाकर पाँव फैलाए लिविंग रूम में बैठा हुआ था कि अचानक ही उसे डैडीजी की डायरी का स्मरण हो आया। अपने बेडरूम की एक दराज में दबाकर रख छोड़ी थी यह डायरी उसने। अभी न जाने कैसे उसे डैडीजी की वह डायरी याद आ गई। उसने गिलास को बग़ल में रखी तिपाही पर धरा। उठकर अपने बेडरूम में गया और वह डायरी उठा लाया। अब वह धीरे-धीरे घूँट-घूँट पीते हुए इस डायरी के पन्ने पलटने लगा था।

कुछ अजीब-सी, ऊटपटाँग-सी लिखी हुई डायरी थी वह।

कई पेजों में तो सुरंग का ही हिसाब-किताब लिखा था। कब, किस तारीख़ को, कितना खोदा। प्लान। सुरंग की डिज़ाइन। सामान वग़ैरह का विवरण। कुछ पेजों में लेन-देन का विवरण भी था।

कुछ पेजों में उन मूल्यवान चीज़ों का कूट भाषा में विवरण भी दर्ज था जिन्हें सुरंग में सुरक्षित रखा जाना था।

फिर बहुत से पेजों में कई नाम भी थे, जिनके सामने (शायद) उनके फ़ोन नम्बर भी दर्ज थे। ये नाम परिवार या किसी परिचित के नाम से मेल नहीं खाते हैं। डैडीजी के सभी ख़ास दोस्तों के नाम तो लड़का भी जानता ही है। डायरी में दर्ज फेहरिस्त में एक भी नाम ऐसा नहीं है जिनको वह जानता हो। नितान्त अपरिचित नामों की लिस्ट उसके सामने थी।...कौन थे ये लोग? इनका डैडीजी से क्या सम्बन्ध था? डैडीजी ने डायरी में नाम दर्ज कर रखा है तो इसका कोई तो मतलब होगा?

वह नामों की इस लिस्ट के पेज पर रुक गया।

डायरी के पन्ने एयरकंडीशनर की धीमी हवा में हल्के से हिल रहे हैं। फड़फड़ाते पन्नों को सूनी आँखों से देखता हुआ वह कुछ सोचता बैठा रहा।

एक पैग और बना लिया उसने। धीरे-धीरे पीता रहा। सोचता रहा।

लिविंग रूम के एक कोने में अपना छोटा-सा बार बना रखा है उसने। झीनी-झीनी प्रकाश व्यवस्था है इस कोने की। इसी झीने प्रकाश के बीच लम्बी-सी कुर्सी पर अधलेटा पड़ा हुआ है वह। गोद में डायरी है। हाथ में गिलास।

खुली डायरी को गोद में धर के बड़ी देर तक वह कुछ सोचता रहा। फिर उसे मानो कुछ सूझा। उसने डायरी के खुले पन्ने पर दर्ज नामों में से पहला नाम चुना। उसने एक नाम के समक्ष दर्ज नम्बर पर अपने मोबाइल से फ़ोन लगाया।

'यह नम्बर मौजूद नहीं है...' एक रिकॉर्डेड आवाज़ उधर से आई। उसने फिर प्रयास किया। पर वह आवाज़ लगातार यही दोहराती रही कि यह नम्बर मौजूद नहीं है।

फिर उसने उसी लिस्ट से एक-एक करके अगले नाम चुनना शुरू किए। तीन अगले लोगों के नम्बरों पर फ़ोन लगाए। एक नम्बर स्विच ऑफ मिला। दूसरा लगातार, पहुँच से बाहर। तीसरा मौजूद ही नहीं।

वह चिढ़ गया। हाथ का गिलास उसने बग़ल में धरी छोटी-सी तिपाही पर रख दिया। अब उसने ख़ाली हाथ में डायरी को ठीक से उठा लिया। यार, ऐसा कैसे हो सकता है कि सबके ही नम्बर बन्द मिलें?

वह भी अब ज़िद में आ गया था। उसने पाँचवाँ फ़ोन लगाया। यह एक लैंडलाइन नम्बर था। इस बार फ़ोन लग गया। किसी लड़की ने उधर से फ़ोन उठाया।

'पन्नालालजी से बात करा दें, प्लीज़...' उसने डायरी में दर्ज नाम को एक और बार ठीक से पढ़कर कहा और गिलास वापस उठा लिया।

उस तरफ़ एकदम चुप्पी छा गई। लड़की ने उधर से कुछ भी नहीं कहा। थोड़ी देर तक उस तरफ़ से कोई भी उत्तर नहीं मिला। सन्नाटा-सा बजता रहा फ़ोन लाइन पर।

'हैलो...' उसे लगा कि फ़ोन कहीं कट तो नहीं गया?

'जी...' लड़की ने छोटा-सा 'जी' कहा और फिर से चुप हो गई।

'जी, मुझे पन्नालालजी से बात करनी थी...' लड़के ने फिर अपनी बात दोहराई।

दूसरी तरफ़ से फिर से एक लम्बी चुप्पी छा गई।

'आप पन्नालालजी के घर से ही बोल रही हैं न?'

'जी, पर आप कौन?' अब जाकर लड़की ने कुछ शब्द बोले।

'मैं उनके एक मित्र का बेटा बोल रहा हूँ।...तनिक उनसे ही बात करनी थी।...प्लीज़!'

'उनके मित्र हैं तब तो आपको उनका पता ही होगा न?'

'क्या पता होगा?' उसने उत्सुकता से पूछा। गिलास होंठों के पास आकर रह गया।

'...कि पन्नालालजी छह माह से पागलख़ाने में भर्ती हैं?' लड़की की आवाज़ आई।

'...सॉरी, मुझे बिलकुल भी पता नहीं था।...वैसे, आप कौन बोल रही हैं?'

'मैं उनकी बहू...'

'आख़िर ऐसा क्या हो गया था कि उनको भर्ती करने की नौबत आ गई?' उसने पूछा।

'पता नहीं। बस, एक फितूर-सा चढ़ गया था उनके दिमाग़ पर। दिन-रात किसी सुरंग खोदने की बात किया करते थे। कहते थे कि ऐसी सुरंग खोद रहा हूँ जो एकदम नई दुनिया में ले जाएगी सबको।...सबसे यही कहते फिरते थे। सब उन पर हँसते थे। मोहल्ले, पड़ोस के बच्चे तक हँसकर पूछते थे कि अंकल, हमको भी नई दुनिया में ले जाओगे न? कहते थे कि एक बार सुरंग खुद जाए तो सारी दुनिया को ही उस नई दुनिया में ले जाऊँगा।...' लड़की मानो अपने मन की पूरी भड़ास फ़ोन पर ही निकालने लगी।

सुरंग का नाम सुनकर लड़का भी उत्तेजित हो गया। ऐसा कैसे हो सकता है? क्या यह संयोग मात्र है, या कुछ बेहद जटिल बात?

'फिर?' उसने हैरानी वाले स्वर में पूछा।

'...फिर एक दिन तो वे घर का फर्श ही खोदने लग गए। हम लोगों ने रोका तो गैंती लेकर सबको मारने दौड़े। न जाने, कहाँ से एक गैंती उठा लाए थे।...बोले कि मेरी सुरंग अब एकदम तैयार है। मुझे बस, घर से सुरंग तक का रास्ता और खोदना है।'

'अरे!'

'जी!...सबने समझाने की खूब कोशिश की परन्तु वे और भी उत्तेजित हो उठे।...इनको तो गैंती लगभग मार ही दी थी। ये अगर ऐन मौक़े पर अपनी जगह से न हटते तो इनका सिर फट जाता।...एकदम कंट्रोल से बाहर हो गए थे।...तभी तो भर्ती कराना पड़ा।'

'अब कैसे हैं? क्या मैं कभी उनसे मिल सकता हूँ?'

'अभी तो बड़े ख़राब हाल में हैं। अस्पताल में भी, कई बार बेड से बाँधकर रखना पड़ता है।...डॉक्टर तो खुद भी सरप्राइज़्ड हैं कि यह न जाने किस तरह का पागलपन है कि इन पर कोई भी दवाएँ काम ही नहीं कर रहीं।...सॉरी, अभी तो आप उनसे नहीं मिल सकेंगे। अभी उनसे मिलने का कोई मतलब भी नहीं। डॉक्टर हमें भी कई बार दूर से ही दिखवा देते हैं।...वैसे आप क्यों मिलना चाहते हैं?'

'कभी ठीक हो जाएँ तो उनको ज़रूर बता दीजिएगा कि गर्ग साहब नहीं रहे।'

'गर्ग साहब?...'

'जी, गर्ग साहब।...मेरे डैडी।...'

'सॉरी...। क्या हुआ? कैसे?'

'वे भी किसी सुरंग खोदने की ही बातें किया करते थे। वैसे, वे तो सुरंग में पैसा छुपाने की बातें करते थे। सुरंग से किसी नई दुनिया में जाने की बात उन्होंने कभी नहीं की। हम भी उनके पागलपन का ही इलाज कराते रहे।...'

'फिर?' लड़की भी आश्चर्यचकित-सी पूछ रही थी।

'फिर वे एक दिन उसी सुरंग में दबकर मर गए।'

'अरे, आपने वह सुरंग देखी थी?' लड़की के स्वर में उत्तेजना थी।

'नहीं। कैसे देखता? जब डैडीजी जीवित थे तो सुरंग की उनकी बात को हमने हमेशा पागलपन ही माना और मरने के बाद सुरंग का पता ही नहीं चला। न जाने कहाँ जाकर खोदते थे। पर यदि यह उनका पागलपन मात्र था, यदि सुरंग बस उनके मन में ही कहीं थी तो फिर उसमें दबकर वे मर कैसे सकते थे? तो यदि वह सुरंग कहीं है तो ज़रूर। आपके पिता को शायद पता हो। वही मैं उनसे पूछना चाहता था। वे भी सुरंग ही तो खोद रहे हैं न? आप अभी बता ही रही थीं कि वे भी सुरंग खोद रहे हैं?'

'वेरी सरप्राइजिंग...'

'जी।...कभी वे तनिक से भी ठीक हो जाएँ तो मैं उनसे ज़रूर मिलना चाहूँगा। मेरा नम्बर नोट कर लीजिए।' वह अपना मोबाइल नम्बर लिखवाने लगा।

'ओके...' लड़की अभी तक इस चौंकाने वाली बात के झटके से उबरी नहीं लगती थी। उसने धीरे से 'ओके' कहा और फ़ोन काट दिया था।

लड़के ने फ़ोन अपने बग़ल में रख दिया और बचा हुआ गिलास होंठों से लगा लिया है। अब वह पैग को धीरे-धीरे ख़त्म कर रहा है।

डायरी उसकी गोद में अभी भी अधखुली पड़ी है।

शेष नाम झाँक रहे हैं पन्नों से। मानो, पागलख़ाने की सलाखों के पीछे से पागल झाँक रहे हों!

उसने तय किया। वह अब सबको बारी-बारी से फ़ोन करके देखेगा। वह डायरी देखकर अगला नम्बर डायल करने लगा है।

खुशी है कि पागल बढ़ रहे हैं

वही सायकेट्रिस्ट। वही उसकी क्लीनिक। वही पागलों की भीड़। वही वेटिंग रूम। अपना नम्बर जल्दी आ जाए, इसकी वही बेचैनी।

सुबह का समय। डॉक्टर बस, अभी वहाँ पहुँचा ही है। बैठा है अपनी नर्म कुर्सी पर। थोड़ी देर के बाद वह मरीज़ देखने शुरू करेगा। थोड़ी देर तक वह यों ही पाँव फैलाकर बैठा रहा। फिर उसने ड्राअर खींचकर एक डायरी बाहर निकाली।

यह उसकी अपनी प्राइवेट डायरी है। गुप्त डायरी कह लें। दो नम्बर की डायरी कह लें। जो भी नाम दें इसे। पर इसी डायरी में वह अपनी असली कमाई और लेन-देन दर्ज करता है।

रोज़ ही, क्लीनिक शुरू करने से पहले वह एक बार इस डायरी पर सरसरी नज़र डाल लेता है। कमाई के आँकड़े और मरीज़ों की संख्या का इन्दराज उसे काम करने का एक नया उत्साह देता है।

उसे यह देखकर बड़ी खुशी मिलती है कि शहर में पागल बढ़ रहे हैं। पागल बढ़ेंगे तो उसकी कमाई भी बढ़ेगी।...पर इन दिनों वह एक बात से ज़रूर हैरान है। वह देख रहा है कि एक निश्चित पैटर्न वाले मरीज़ ही बढ़ रहे हैं। एकदम, एक ही तरह के पागल। एक जैसी कहानी। एक जैसा पागलपन। लगता है, मानो, वे ही मरीज़, वेश बदल-बदलकर बार-बार उनके पास लाये जा रहे हों।

अब कल के केसों को ही देखो।

इनमें से दो लोगों को विश्वास है कि वे सुरंग खोद रहे हैं, तीन लोग सपनों की चोरी के कारण बेचैन हैं, पाँच लोग इतना असुरक्षित महसूस करते हैं कि खुद को सात तालों में बन्द रखते हैं, तो कुछ हैं जो इस डर से सो ही नहीं पा रहे हैं कि सरकार उनका सबकुछ ज़ब्त करके बाज़ार के हवाले करने वाली है—ऐसे ही मरीज़ों का ताँता है आजकल। रोज़। नये-नये मरीज़। सबमें एक ही बात ज़रूर साझा है। सब, न जाने क्यों, किसी-न-किसी सन्दर्भ में बाज़ार का नाम ज़रूर लेते हैं। वह समझ ही नहीं पा रहा है इस पैटर्न को। बाज़ार जब इतना मज़बूत और सेंसेक्स इतना ऊँचा जा रहा है, तब ये किस सन्दर्भ में बाज़ार की बात किया करते हैं, समझ ही नहीं पाता है वह।...पागल हैं शायद, इसीलिए।

डॉक्टर इन सबकी असली बीमारी को समझ नहीं पा रहा है।

स्वयं बाज़ार की ऊँचाइयों पर मज़े लेते हुए डॉक्टर को बाज़ार के तलछट में मची बजबजाहट को समझ पाना असम्भव हो रहा है।

चिन्ता है कि पागल बढ़ रहे हैं

बाज़ार का भव्य ऑफ़िस।

बाज़ार के सामने एक बड़ी-सी मेज पर अनगिनत कम्प्यूटर प्रिंट आउट्स फैले पड़े हैं। पास ही उसका वह कारिन्दा खड़ा है, जिसने ये प्रिंट आउट्स उसके समक्ष रखे हैं।

कारिन्दा बाज़ार का तरंग विशेषज्ञ है।

वह समाज में बह रही मानसिक तरंगों को पकड़ने वाला सुपर-कम्प्यूटर ऑपरेट करता है। वैसे तो बाज़ार के पास हर नागरिक की, जिसे वह ग्राहक कहता है, बहुत-सी सूचनाएँ दूसरे कई स्रोतों द्वारा पहले ही उपलब्ध हैं। मोबाइल, ई-मेल, गूगल सर्च के विषय, सोशल मीडिया पर कमेंट्स आदि से वह ग्राहक के मन की एक तस्वीर बनाता रहा है। इनके आधार पर ही बाज़ार अपनी रणनीतियाँ तैयार करता रहा है। परन्तु अब उसकी रणनीतियाँ निर्धारित करने में यह एक नया अस्त्र और जुड़ गया है। नागरिक के सोचने से, वायुमंडल के मैग्नेटिक फ़ील्ड में जो सूक्ष्म परिवर्तन पैदा होते हैं, उन्हें यह सुपर-कम्प्यूटर पकड़कर एक तरंग में बदल देता है।

इन तरंगों से आप आदमी के मन में गहरे तक वहाँ जा सकते हो, जहाँ आदमी खुद नहीं जा पाता। अवचेतन मन की जटिल तरंगों को पकड़ के विश्लेषित करता है यह सुपर-कम्प्यूटर। और उँगलियों के निशान की भाँति हर आदमी की तरंग का पैटर्न भी पकड़ा और पहचाना जा सकता है। हर तरंग के विश्लेषण को ग्राहक के बारे में उपलब्ध पुराने पैटर्नों से जोड़कर उसका और आगे विश्लेषण किया जाता है। इसके आधार पर फिर यह तरंग विशेषज्ञ कारिन्दा बाज़ार को अपनी सलाह तथा एक्सपर्ट कमेंट्स प्रस्तुत करता है।

अन्तिम निर्णय बाज़ार ही करता है। बाज़ार इस विश्लेषण के ज़रिये अपने ग्राहक के अवचेतन पर कब्ज़ा करने की रणनीति निर्धारित करके अपने अन्य कारिन्दों को तदनुसार निर्देशित करता है।

अभी-अभी अपना नवीनतम विश्लेषण बाज़ार के समक्ष प्रस्तुत किया है, सुपर-कम्प्यूटर एक्सपर्ट कारिन्दे ने। यह विश्लेषण बाज़ार को विचलित करनेवाला है। बाज़ार इन प्रिंटआउट्स पर छपे विशेषज्ञ के कमेंट्स पढ़कर परेशान है। कारिन्दा अपनी बातें कहकर अब बाज़ार के समक्ष आदरपूर्वक खड़ा हुआ है।

'यह सब क्या है?' उसने कम्प्यूटर प्रिंटआउट्स की तरफ़ इशारा करके बड़ी तल्ख़ी से कारिन्दे से पूछा।

कारिन्दा उस मुद्रा में खड़ा है जिस मुद्रा में कारिन्दे खड़े होते हैं। मुद्रा से स्पष्ट है कि यह आदमी शायद ही कभी किसी बात पर अपने मालिक से असहमत होता होगा।

'जी, सर, ऐसा ही है...' कारिन्दे ने क्षमाप्रार्थी स्वर में कहा।

'पर ऐसे कैसे?'

'सर... ?'

'मैं अभी आपके कमेंट्स देख रहा था। ये देखिए।...यहाँ आपका कमेंट है कि बहुत से ग्राहक पागल हो रहे हैं और उनका यह पागलपन बढ़ता ही जा रहा है।

आपकी चेतावनी भी मैंने पढ़ ली है कि यह बात बाज़ार के लिए ठीक नहीं। है, न?...पर ऐसे कैसे?'

'जी, तरंगों का यह विश्लेषण हमें भी बड़ा आश्चर्यचकित करनेवाला लगा है सर...'

'परन्तु हमारी समझ तो आज तक यही रही है न कि ग्राहक जितना ज़्यादा पागल हो, बाज़ार के लिए वह उतना ही फ़ायदेमन्द होता है। फिर आप अपनी इस आब्ज़र्वेशन पर ऐसी चेतावनी वाली टिप्पणी क्यों क़र रहे हैं?'

'क्योंकि सर, यह कुछ अलग ही तरह का पागलपन प्रतीत हो रहा है।'

'क्या मतलब?'

'सर, इन जटिल तरंगों को समझना हमें भी बेहद कठिन हो रहा है। सुपर-कम्प्यूटर तक ठीक से कुछ भी नहीं बता पा रहा। कम्प्यूटर इस बारे में बड़े ही परस्पर विरोधी विश्लेषण दे रहा है।'

'तो...? यार, मतलब क्या है तुम्हारा?'

'ऐसा प्रतीत होता है कि आजकल समाज में कुछ अलग ही सोच पैदा हो रही है, सर। अभी तो यह बस उसके अवचेतन में ही है। पर इसके बढ़ने का डर है—ऐसा लगता है।' कारिन्दे ने डरते-डरते बताया। बाज़ार को कड़वे सच बताने में बहुत डर लगता है कारिन्दों को।

'ऐसा क्यों लगता है आपको?'

'तरंगें बता रही हैं।'

'क्या चक्कर है इन तरंगों का? ज़रा खुलकर बताओ?'

'ये बड़ी विचित्र तरंगें मिल रही हैं सर।...ये लोगों की वितृष्णा भी इंगित कर रही हैं, विद्रोह भी।'

'किससे विद्रोह?'

'सॉरी सर, पर सच यही है कि इनके मन में बाज़ार के विरुद्ध कुछ-न-कुछ ज़रूर पनप रहा है। इसी चिन्ता को मैंने अपनी टिप्पणी में दर्ज किया है।'

'पर यह कैसे सम्भव है?'

'सर, तरंगें तो यही बता रही हैं।'

'ये स्साले एकदम पागल हो रहे हैं क्या? अरे, कोई बाज़ार के विरुद्ध सोच भी कैसे सकता है?'

'पर अच्छी बात यही है कि अभी तक तो समाज भी ऐसे विद्रोहियों को पागल ही मान रहा है, वैसे...'

'वैसे?'

'वैसे यह कि इनकी संख्या जिस तेज़ी से बढ़ रही है तो डर है कि अन्तत: कहीं पूरे समाज की मानसिक तरंगें भी वैसी ही न हो जाएँ।'

'क्या यह सम्भव है?'

'सर, इन सारी तरंगों का कम्पोज़िट एनालिसिस तो इसी डर की तरफ़ इशारा करता है। मैंने अपनी टिप्पणी में इस डर को भी पूरा दर्ज...'

'यार, तुम दर्ज ही करे चले जाओगे या कुछ और भी करोगे?'

कारिन्दा मौन हो गया। सिर झुकाए खड़ा रहा।

बाज़ार भी चुप हो गया। बाज़ार यह सब सुनकर बेहद चिन्तित है। उसकी निगाहें कारिन्दे द्वारा प्रस्तुत किये गए काग़ज़ों पर टिकी हुई हैं। वह सोच रहा है। वह देर तक सोचता रहा। वह देर तक काग़ज़ों को एकटक देखता रहा। फिर अचानक ही वह बोला :

'ये तुम्हारा कम्प्यूटर तो ठीक है न?'

'जी?'

'मैं पूछा रहा हूँ कि कम्प्यूटर में कोई वायरस-फायरस?...'

'नहीं सर, अपना यह कम्प्यूटर एकदम दुरुस्त है।'

'कहीं ये कोई ग़लत-सलत तरंगें तो नहीं पकड़ रहा?'

'नहीं सर, वह सम्भव ही नहीं।'

'क्यों सम्भव नहीं? अरे, मान लो कि तुम्हारा कम्प्यूटर कुत्ते-बिल्ली की तरंगें भी साथ में पकड़ रहा हो तो?...कुत्ते-बिल्ली के मन से भी तो कुछ तरंगें उठती ही होंगी न?'

'हाँ, उठती हैं न।'

'तो? मान लो कि अपना कम्प्यूटर उन तरंगों को बीच-बीच में पकड़ रहा हो, तो?'

'सर, जानवरों की तरंगों को कम्प्यूटर पूरा फ़िल्टर कर देता है क्योंकि वे अभी सीधे हमारे ग्राहक नहीं बन सकते। वे अभी सीधे हमारे काम के नहीं हैं। कम्प्यूटर उनकी तरंगें इग्नोर कर देता है। कम्प्यूटर बस मनुष्यों की तरंगें ही पकड़ता है।'

'तो क्या हम किसी तरह लोगों के मन में उठ रही इन तरंगों को इसी स्टेज पर कंट्रोल नहीं कर सकते हैं?' बाज़ार ने मानो स्वगत ही पूछा।

'सर, अभी तक तो ऐसे कम्प्यूटर नहीं बने हैं जो आदमी के मस्तिष्क को पूरा कंट्रोल कर लें।' कारिन्दे ने क्षमाप्रार्थी होकर कहा।

'मैं जानता हूँ।' बाज़ार ने कहा।

कारिन्दा सिर झुकाए खड़ा रहा। बाज़ार भी सिर नीचे करके बैठ गया है। दोनों का सिर झुका हुआ है पर कारण अलग हैं। एक का आदतवश झुका है। दूसरा बेहद चिन्ता में सिर झुकाए बैठा है।

सन्तोष है कि पागल बढ़ रहे हैं

सुरंगवाले बाबा का मन्दिर।

बड़ी मान्यता है इसकी, शहर में, और आसपास के इलाक़े में भी। सुरंगवाले बाबा बड़े चमत्कारी हैं। आशीर्वाद दे दें तो बड़ा फलता है साहब। बीमार को छू दें तो मरता आदमी खड़ा हो जाए! गुमशुदा आदमी किस दिशा में, कितनी दूरी पर मिलेगा, बता देते हैं। बोलते नहीं। उनके इशारों को समझना पड़ता है।...वे भी अब सुरंगवाले बाबा के अपने रोल में पूरा रम गए हैं। बाज़ार के विरुद्ध चले थे, अध्यात्म की शरण में आ गए हैं। इतने लोग उन्हें प्रणाम करते हैं कि अपने चमत्कारी होने का भ्रम खुद उनको भी हो चला है। दिन भर में दसों तरह के लोग आते हैं, उनकी शरण में। हाँ, सुबह का समय ज़रूर एकान्त समाधि में गुज़रता है। फिर जलपान ग्रहण करने के बाद, वे मात्र तीन घंटों के लिए भक्तों को दर्शन देते हैं। समाधान देते हैं। सिर पर हाथ रखते हैं। भभूत पकड़ाते हैं। बताशा दे देते हैं। किसी को फूल। किसी पर जल छिड़ककर रह जाते हैं। किसी की तरफ़ देखकर मुस्कुरा भर देते हैं। पचास तरह की मुद्राएँ और टोटके। भक्त कृतकृत्य होकर वापस जाते हैं। सब तरह के लोग। परेशान। पराजित। विजयी। ग़रीब। अमीर। दुखी। सुखी। भूखे। अघाए। असफल। बेहद सफल। छात्र। माँ-बाप। बूढ़े। जवान। सबको सुरंग बाबा का आशीर्वाद चाहिए।

और हद तो तब हुई जब एक दिन उनके खुद के बच्चे भी उनकी कृपा लेने आ गए। भीड़ के कारण, धक्का-मुक्की के माहौल में ठीक से न देख पाने के कारण, या लम्बे जटाजूट और उनकी साधू वाली धज की वजह से बच्चे अपने बाप को ही नहीं पहचान पाए। बताने लगे कि हमारे पिता लम्बे समय से गुमशुदा हैं। हमारी मदद करें। वे कहाँ मिलेंगे ?...वे चुप रहे। मुस्कुरा भर दिये। आश्वस्ति वाला हाथ उठाया। बस।...बाद में दिन भर इस बारे में सोचते रहे। मान लो कि वे वहीं अपने बच्चों से कह देते कि मैं ही तुम्हारा बाप हूँ, तो ? क्या होता ? फिर सोचा कि उनको न बताना ही ठीक रहा।...फिर सोचा कि... । फिर तो वे रोज़ ही इस बारे में सोचते रहे हैं। घर। बाज़ार। बाज़ार के प्रति अपना वह विद्रोह। बाज़ार से परे कोई नई दुनिया बसाने के लिए नया रास्ता पाने की अपनी वह छटपटाहट। सुरंग।...पर देखो न कि उनका सारा विद्रोह अन्ततः अध्यात्म में तिरोहित हो गया।

इसी बीच उनकी एक बेचैनी और बढ़ गई है।

रोज़ ही, उनके दरबार में एक-दो पागल लोग लाये जाते हैं। परेशान घरवाले इन पागलों पर सुरंग बाबा का आशीर्वाद चाहते हैं। डॉक्टर का इलाज तो चल रहा है परन्तु पागल ठीक ही नहीं हो रहे। बाबा अपना हाथ इनके सिर पर धर दें तो शायद

ईशकृपा हो जाए। और सब अजीब-अजीब से पागल हैं। कुछ सुरंग खोद रहे हैं और सुरंग बाबा के दरबार में भी अपनी गैंती के बिना आने को राज़ी नहीं। दो-एक तो मशाल लेकर घूमते हैं। बुझी मशाल। कहते हैं कि एक दिन वे इसे जलाएँगे तो रोशनी भी होगी, बाज़ार का कचरा भी इसी से जलेगा। मशाल को दिन भर जलाते-बुझाते रहते हैं। एकाध बार तो अपना हाथ तक जला चुके हैं पर मानते नहीं। कुछ ऐसे भी लाये गए हैं जो दिन भर बाज़ार में घूमते हैं और बाज़ार के विरुद्ध नारे लगाते हैं। गला बैठ जाता है पर चुप नहीं होते। बमुश्किल सोते हैं। सोते हुए भी नारे लगाते हैं। इन सबमें यही एक बात साझा है कि उनके पागलपन में बाज़ार का एक बड़ा किरदार है!...और यही बात उन्हें बेचैन कर रही है आजकल।

सुरंग बाबा को आजकल निरन्तर अपने वे दिन याद आते हैं जब वे भी बाज़ार के विरुद्ध एक सुरंग खोद रहे थे। इन पागलों को देख-देखकर उन्हें वह सब याद आ रहा है, जिसको छोड़कर वे इस मन्दिर की शरण में जा पहुँचे हैं। क्या उनका यह अध्यात्म एक पराजित आदमी का ढोंग मात्र है? क्या बाज़ार के विरुद्ध सुरंग खोदते-खोदते वे इसी सुरंग को पलायन का रास्ता बनाकर भाग निकले हैं? तो क्या उनसे मज़बूत, उनसे ज़्यादा प्रतिबद्ध और जुझारू ये सारे लोग हैं जो अभी भी लड़ रहे थे, भले ही लोग उनको पागल मानें? हाँ, शायद। हाँ, कदाचित् यही सत्य है।

आज सुरंग बाबा किसी से भी नहीं मिले हैं। बताते हैं कि आज उनकी तबीयत ठीक नहीं।

सुबह से पूजा में लीन हैं। न कुछ खाया, न पिया। बस, भगवान के सामने आँखें मूँदे हुए बैठे हैं। मन्दिर के पुजारियों को भी नहीं पता कि यह क्या पूजा चल रही है। सुरंगवाले बाबा दरअसल ईश्वर का शुक्रिया अदा कर रहे हैं कि दुनिया में ऐसे पागल बढ़ रहे हैं।

वे हार गए तो क्या, और लोग तो नहीं हारे हैं!

शुक्र है कि सब तरफ़ पागल बढ़ रहे हैं।

कोई तो उनकी लड़ाई को और आगे लड़ रहा है!

विद्रोह का समय

एक दिन तो यह होना ही था

शहर का घंटाघर इलाक़ा।

बड़ा ही मशहूर इलाक़ा है यह।

पुराने शहर की भव्य ऐतिहासिक परम्परा के प्रमाणों में से एक महत्त्वपूर्ण अवशेष। इसकी 'हेरीटेज़ वैल्यू' की चर्चा दूर-दूर तक है। देश-विदेश के लाखों पर्यटक घंटाघर की यह मीनार देखने आते हैं। शहर को बड़ा नाज़ है इस पर।

घंटाघर चौक के आसपास का घना बाज़ार शहर का बेहद समृद्ध बाज़ार है। यह घंटाघर मार्केट कहलाता है। इसका भी सब तरफ़ बड़ा नाम है। शहर को इस पर भी बड़ा नाज़ है।

घंटाघर की घड़ी एक चार मंज़िली मीनार के ऊपर लगी हुई है। दो सौ साल पुरानी घड़ी है यह। यह इतना सटीक समय बताती है कि शहर को इस बात पर भी खूब नाज़ है। यह बात हर पर्यटक को बड़े गर्व के साथ बताई जाती है।

यही मीनार घंटाघर कहलाती है।

आसपास के बाज़ार को भी एक हेरीटेज़ बाज़ार की धज में ही विकसित किया गया है। बाज़ार को पता है कि 'हेरीटेज़' को भारी क़ीमत पर बेचा जा सकता है। पर्यटक घंटाघर की मीनार देखते हैं, फिर आसपास दूर तलक फ़ैले बाज़ार की गलियों में देर तक भटकते रहते हैं।

बाज़ार को भी घंटाघर पर नाज़ है।

घंटाघर की घड़ी का घंटा, हर घंटे बजता है। घड़ी के ठीक नीचे बने एक छोटे-से मंच पर एक पुतला बना हुआ है। घंटा बजते ही पुतला घूम-घूमकर नाचने लगता है। एक बजने पर एक बार, तो चार बजने पर चार बार वह चक्कर मार के नाचता हुआ घूम जाता है। सुन्दर से वस्त्रों में सजा रहता है यह पुतला। पुतले के कपड़े हर दिन बदल जाते हैं। देश के विभिन्न इलाक़ों के लोकजीवन के वस्त्र धारण करके नाचता है यह पुतला। लोकजीवन की पारम्परिक वेशभूषा से सारे खेल की हेरीटेज़ वैल्यू में इज़ाफा होता है, ऐसा मानता है शहर। शहर को इस पुतले पर भी नाज़ है।

घड़ी का घंटा हर घंटे पर बजता है।

एक बजने पर, एक बार। चार बजने पर, चार बार। दस बजने पर, दस बार। पुतला भी, अपनी धुरी पर बड़ी अदा से घूमता है, उतनी ही बार। घंटे की हर आवाज़ के साथ। पर्यटक भी, उस पल की प्रतीक्षा में मीनार के पास भीड़ लगाकर खड़े हो जाते हैं, जब घंटा बजेगा और पुतला उसके साथ नाचेगा। लोग घेरा बनाकर तालियाँ पीटने लगते हैं।

घंटे की आवाज़ सुनकर बाज़ार मुस्कुराने लगता है। उसे यह आवाज़ मधुर सिम्फनी-सी लगती है। घंटे की ध्वनि का संगीत, बाज़ार की आँखों में ग्राहकों की भीड़ का सपना पैदा करता है।

और आज तो रविवार का दिन है।

रविवार को यहाँ ऐसी विकट भीड़ होती है कि चौक की गलियों में तिल धरने को जगह नहीं बचती। बाज़ार भी इस दिन अपने पूरे शबाब पर होता है।

आज भी यहाँ खूब पर्यटक हैं। खूब ग्राहक हैं।

अभी शाम के सात बजने को हैं।

घड़ीवाली मीनार के आसपास के गोल चक्कर में इतनी भीड़ एकत्रित हो चुकी है कि धक्कामुक्की का माहौल बन गया है।

कि तभी सात बज गए।

घंटाघर की घड़ी का घंटा बजने लगा।

पुतला भी साथ-साथ नाचने लगा।

सारी भीड़, धक्कामुक्की छोड़कर यह नज़ारा देखने लगी।

एक। दो। तीन।...छह। सात।

घंटे बज रहे थे।

पुतला भी साथ-साथ घूम-घूमकर नाच रहा था।

लोग तालियाँ बजा-बजाकर खिलखिला रहे थे।

परन्तु सात घंटे बजाकर जब घड़ी को रुक जाना चाहिए था—वह नहीं रुकी।

घड़ी के घंटे बजते ही गए। बजते ही चले गए। धीरे-धीरे वे और भी ज़ोर से बजने लगे। अब वे इतने तेज़ बज रहे थे कि सब तरफ़ बस घंटों की आवाज़ ही थीं, बस। मानो सारा ब्रह्मांड घंटों की आवाज़ से भर गया था! घंटे की आवाज़ अब इतनी तेज़ हो गई थी कि लोग आपस में कुछ कहें भी तो सुनना-कहना कठिन हो रहा था।

पुतला भी साथ-साथ लगातार घूमे चला जा रहा था। जैसे-जैसे घंटे की ध्वनि तेज़ होती गई, पुतला और भी तेज़ नाचने लगा था। घंटे की तेज़ आवाज़ सुनकर वहाँ और ज़्यादा तमाशबीन एकत्रित होते चले जा रहे थे। भीड़ अब अनियंत्रित-सी हो चली थी।

घंटाघर में घंटे बजते ही जा रहे थे।

भीड़ बढ़ती ही जा रही थी।

शहर की पुलिस भागी-भागी आई। बाज़ार के प्रबंधक भी वहाँ पहुँच गए। मैंटेनेन्स का स्टाफ़ भागा-भागा आया। घंटाघर के वर्कर दौड़कर मीनार की सीढ़ियाँ चढ़ गए। मेकैनिक ने घड़ी खोलने की कोशिश की। दो-चार खटके-वटके यहाँ-वहाँ दबाए। पर घंटे का बजना रुका नहीं। तब मेकैनिक ने घड़ी का घंटा पकड़कर उसे रोकना चाहा। पेंडुलम उसकी हथेली से छूट गया। पेंडुलम मेकैनिक के माथे से इतनी ज़ोर से टकराया कि वह मीनार की सीढ़ियों से नीचे टपकते-टपकते बचा!

घंटे का बजना अब इतने तेज़ शोर में बदल गया था कि शहर का आकाश इसकी गूँज से भर गया था। वर्कर्स की भीड़ अभी भी मीनार के ऊपर ही थी और पेंडुलम को रोकने की कोशिश कर रही थी। परन्तु कोई उसे रोक नहीं पा रहा था। घंटे बजे जा रहे थे। पुतला और भी तेज़ घूमने लगा था।

नीचे भीड़ बहुत बढ़ गई थी।

और भी ढेर सारी पुलिस मौक़े पर आ गई थी।

बाज़ार इस तमाशे से बेहद घबरा गया था। भीड़ हर पल और-और अनियंत्रित होती जा रही थी।

तभी घूमते पुतले की किसी बियरिंग से चिंगारियाँ निकलने लगीं। पुतले के घाघरे ने आग पकड़ ली।

अब पुतला, जलते हुए घाघरे के साथ नाच रहा था। आग का एक गोला मीनार पर नृत्य कर रहा था। विकट दृश्य था। मीनार पर चढ़े वर्कर्स भगदड़ मचाकर नीचे की तरफ़ भागने लगे। एक वर्कर तो घबराहट में मीनार के छज्जे से सीधे नीचे जा गिरा। सिर फट गया उसका।

भगदड़ मच गई, घंटाघर चौक पर।

भीड़ भागती-भागती बाज़ार की गलियों में घुस गई।

भीड़ दुकानों में घुस गई।

लूटपाट होने लगी।

दुकानों के शटर खटाखट गिरने लगे। मिनटों में बाज़ार बन्द हो गया। बन्द शटरों वाली गलियों में लोग बेतहाशा भाग रहे थे। लोग लातें, घूसे और डंडे मारकर दुकानों के शटर तोड़ने की कोशिशें कर रहे थे। बन्द शटरों के पीछे डरा हुआ बाज़ार सहमा छुपा बैठा था।

घंटे अब इतने तेज़ बजने लगे थे कि बन्द शटर के पीछे भी उनकी आवाज़ बहुत तेज़ सुनाई दे रही है।

उधर जलता हुआ पुतला अभी भी मीनार पर घूमे जा रहा था।

बन्द दुकान के भीतर छुपे बाज़ार ने अपने कारिन्दे दौड़ाकर आला अफ़सर, पुलिस और मैंटेनेन्स वाले मेकैनिक को बुलवा भेजा था।

अभी वे सब बन्द शटर के पीछे खड़े हैं।

बाहर गली में दौड़ते पदचापों का स्वर और घंटे की आवाज़ें भर गई हैं। शोर बढ़ता ही चला जा रहा है। दंगे जैसा माहौल है।

बाज़ार के चेहरे पर भय और आशंका ज़रूर है परन्तु यह विश्वास भी है कि वह स्थिति को नियंत्रण में कर लेगा।

'यह सब क्या हो रहा है, सर?' बाज़ार ने आला अफ़सर से शिकायती स्वर में पूछा।

अफ़सर ने मेकैनिक की तरफ़ देखा।

'यह क्या हो रहा है मिस्टर?...कौन मेंटेन करता है तुम्हारी इस घड़ी को?' अफ़सर ने पूछा।

'सर, करता तो मैं ही हूँ।...'

'तो फिर यह क्या हो रहा है बे?' सिपाही ने कहा।

'इसमें भला मैं क्या कर सकता हूँ सर जी?' मेकैनिक बोला।

'अरे करना क्या है—बस, इस घंटे को रोको न!...इसे तुम ही रोकोगे न—और कौन रोकेगा?' अफ़सर ग़ुस्से से बोला।

'यार, इस घंटे को तुरन्त रोको भैया!...जो ख़र्चा लगे, हमसे लो...' बाज़ार ने पुचकारते हुए उससे प्रार्थना की।

'अब इसे रोकना सम्भव नहीं रहा सर जी!...मैंने बहुत कोशिश करके देख लिया।...अब इसके पहिये को पकड़ना असम्भव है...' मेकैनिक ने हाथ खड़े कर दिये।

'अबे, कुछ तो होता होगा?...मशीन ही तो है।...न हो तो स्साली को ज़ोर से हथौड़ा मार दे।...' पुलिस वाला बोला।

'सर, मैंने बताया न—अब कुछ नहीं हो सकता। घड़ी हमारे हाथों से निकल चुकी है।...'

'अरे वाह, ऐसे कैसे? मैं तुम्हारे ठेकेदार का मैंटेनेंस ठेका कल ही रद्द कर दूँगा तो तुम सब सड़क पर आ जाओगे।' अफ़सर की अफ़सरी जागी।

'यार, कुछ करो भैया।...मार्केट के सेंटीमेंट्स को तो समझो।...घड़ी पर कंट्रोल निकल गया तो बाज़ार लुट जाएगा।...' बाज़ार ने गिड़गिड़ाकर कहा।

'सर जी, इस मामले में अब कुछ भी नहीं हो सकता।...' मेकैनिक ने फिर बताया।

'क्यों नहीं हो सकता रे?' पुलिस के सिपाही ने कहा।

'सर जी, बताया न, घड़ी हाथ से निकल गई है।...' वह बोला।

'ऐसा कैसे?' अफ़सर ने कहा।

'सर, समझने की कोशिश तो कीजिए।...दरअसल, समय ने विद्रोह कर दिया है...'

'किसने? क्या कर दिया है?' बाज़ार पूछने लगा।

'सर जी, समय ने विद्रोह कर दिया है।' वह फिर बोला।

'समय ने विद्रोह?' बाज़ार आश्चर्यचकित है।

'हुज़ूर, समय अगर विद्रोह पर उतर आए तो फिर कोई कुछ भी नहीं कर पाता।...' मेकैनिक ने बात-बात में बड़ी फ़िलासॉफ़िकल-सी बात कह डाली थी।

अफ़सर और सिपाही का ध्यान शटर पीटने के शोर की तरफ़ है। लगता है कि भीड़ शटर को तोड़कर अन्दर घुसने ही वाली है।

बाज़ार सकते में है।

कभी समय भी उसके विरुद्ध विद्रोह कर सकता है, बाज़ार ने सोचा ही नहीं था। अपनी स्कीम में उसने इस बात का कभी कोई इंतज़ाम ही नहीं किया था। बाज़ार तो हमेशा ही स्वयं को समय से परे समझता रहा था। वह कितना ग़लत था!

समय ने विद्रोह कर दिया था।

विद्रोह का समय था यह।

बाज़ार कदाचित् यह बात अभी न समझ पा रहा हो, पर एक दिन तो यह होना ही था!

ooo